RICHARD MEYERS

Mord in Halruaa

Buch

Wenn Pryce Covington geahnt hätte, worauf er sich einläßt, dann hätte er sich ganz gewiß nicht den warmen Mantel einer Leiche »ausgeliehen«. Denn plötzlich hält ihn alle Welt für den legendären Darlington Blade, den berühmten Abenteurer, Magier und furchtlosen Helden. Natürlich gefällt Pryce die Ehrerbietung und Achtung, die man ihm jetzt entgegenbringt. Doch ihn beunruhigt auch das Wissen, daß eine solche Anmaßung mit dem Tode bestraft wird, sollte sie ans Licht kommen. Und dann wird ihm klar, daß der Mörder des echten Darlington Blade ihn als nächstes Opfer ausersehen könnte ...
Nach R. A. Salvatores »Vergessenen Welten«, der »Saga vom Dunkelelf« und dem »Lied von Deneir« erscheint im Goldmann Verlag eine neue Reihe von Fantasy-Krimis aus den »Vergessenen Welten« und der »Welt der Drachenlanze« – kriminalistische Fantasy voller Spannung und Magie, gefüllt mit den Geheimnissen der »Forgotten Realms« und der »Dragonlance«

Autor

Richard Meyers ist Mitarbeiter von Magazinen wie *Starlog, Famous Monsters* und *Fangoria* und Verfasser von zahlreichen Comics. Er veröffentlichte mehrere Romane und eine reihe von Sachbüchern aus dem Filmbereich, wurde zudem als Drehbuchautor zu den Fernsehserien *The Twilight Zone* und *Columbo* bekannt

Bereits erschienen:

Chet Williamson: Mord in Cormyr. Fantasy-Krimi (24796)

Weitere Fantasy-Krimis aus den »Vergessenen Welten« und der »Welt der Drachenlanze« sind in Vorbereitung.

Richard Meyers

MORD IN HALRUAA

Fantasy-Krimi

Aus dem Amerikanischen von Imke Brodersen

GOLDMANN

Die amerikanische Originalausgabe erschien 1996
unter dem Titel »Forgotten Realms®/Murder in Halruaa«
bei TSR, Inc., 1801 Lind Ave. SW, Renton, WA 98055, USA

Umwelthinweis:
Alle bedruckten Materialien dieses Taschenbuches
sind chlorfrei und umweltschonend.
Das Papier enthält Recycling-Anteile.

Der Goldmann Verlag
ist ein Unternehmen der Verlagsgruppe Bertelsmann

Deutsche Erstveröffentlichung 3/98

U. S., CANADA,
ASIA, PACIFIC &
LATIN AMERICA
Wizards of the Coast, Inc.
P.O. Box 707
Renton, WA 98057-0707
+ 1-206-624-0933

EUROPEAN
HEADQUARTERS
Wizards of the Coast,
Belgium
P.B. 34 · 2300 Turnhout
Belgium
+32-14-44-30-44

Visit our website at http://www.tsrinc.com

Published in the Federal Republic of Germany by
Wilhelm Goldmann Verlag, München
Deutschsprachige Rechte beim
Wilhelm Goldmann Verlag, München
Umschlaggestaltung: Design Team München
Umschlagillustration: TSR/Larry Elmore
Satz: deutsch-türkischer fotosatz, Berlin
Druck: Elsnerdruck, Berlin
Verlagsnummer: 24795
Redaktion: Guido Michl
V. B. · Herstellung: Peter Papenbrok
Printed in Germany
ISBN 3-442-24795-0

1 3 5 7 9 10 8 6 4 2

Für James C.
und die gesamte Familie Christensen –
in großer Dankbarkeit …

Für Brian T., der sagte, ich könnte.
Für Reneé W., die sagte, ich sollte.
Für Steve H., der mir zeigte, wie.
Für Al Z., der mir zeigte, wieviel.
Für Bill L., der mir bei der Auswahl der Worte half.
Für Kate L., die mir half, sie zu ordnen.
Für George B. & N., die mir sagten, wohin.
Für Christopher B., der mir sagte, wohin nicht.
Für die ganze glückliche Mannschaft
im GWS aus Dankbarkeit.
Und für Steve Lyman –
aus Respekt und im Gedenken.

1 *Ein zweischneidiges Schwert*

Pryce Covington wußte, daß er ein echtes Problem hatte, als er die zweite Leiche entdeckte.

Das sollte nicht heißen, daß er beim Anblick der ersten glücklich gewesen wäre. Ganz und gar nicht. Wohl eher schon das Gegenteil. Ihm war das Herz in die Hose gerutscht wie ein Ei in ein Glas Bier und damit auch jede Aussicht auf Erfüllung seines innigsten Wunsches geschwunden. Aber unter all dem, was ihm während dieses Augenblicks durch den Kopf gegangen war – »Nein«, »Das ist ungerecht« und »Warum immer ich?« –, hatte sich das Wort »Problem« nicht befunden.

Das Gefühl, selbst in Gefahr zu sein, stellte sich erst ein, als er den zweiten Toten fand. Auf den ersten Blick wirkte jener bei weitem nicht so bedrückend wie sein Vorgänger. Der junge Mann mit dem faltenlosen Gesicht saß friedlich auf dem mit Gras bewachsenen Boden, ja, lehnte mit etwas erstauntem Gesichtsausdruck an einem Baumstamm. Nicht wie der andere.

Nein, ganz und gar nicht wie der erste Tote. Das Gesicht dieser Leiche erschien zumindest einmal beunruhigend, selbst unter den freundlichen Strahlen der aufgehenden Sonne: Die Augen waren hervorgetreten, die steife, angeschwollene Zunge hing in voller Länge aus dem Mund, die Haut war aufgedunsen und hatte eine schreckliche blaugrüne Farbe angenommen. Nun, so sieht wohl jeder aus, der mit einer Schlinge um den Hals von einem Ast baumelt, ganz gleich, wie ansehnlich er auch gewesen sein mochte, solange das Herz noch schlug und das Hirn arbeitete.

Pryce Covington fühlte, wie seine Beine nachgaben. Ein

Schleier legte sich vor seine Augen, ein Nebel der Trauer, der mit dem Morgentau nichts zu tun hatte. »Schluß damit«, befahl er sich streng. »Du bist doch kein Schwächling.« Der Anblick von zwei toten Menschen war nicht so furchtbar ungewöhnlich, aber die Szene hatte ihn tiefer erschüttert, als er je gedacht hätte.

»Schluß damit«, wiederholte er leise. Er lebte in einer rauhen Welt, in der Auseinandersetzungen an der Tagesordnung waren. Wie viele Kämpfe hatte er schon gesehen? Zu viele. Muskelstrotzende Männer, gutgebaute Zwerge, schlaue, geschickte Gnomen, allesamt mit scharfen Waffen ausgestattet, schnaubende, aufeinander einschlagende Minotauren in einem Gladiatorenring.

Aber dann wurde ihm klar, daß »gesehen« auch das Schlüsselwort darstellte. Pryce Covington war bei zahlreichen Kämpfen *Augenzeuge* gewesen, ohne jemals selbst in sie verwickelt gewesen zu sein. Er hätte nahezu alles getan, um einen Schlagabtausch zu vermeiden.

Pryce merkte, daß er Schwierigkeiten mit dem Schlucken hatte, aber – im Gegensatz zu seinem Expartner Gamor Turkal – er konnte es wenigstens noch. Armer Gamor, dachte er, während er die Füße seines bisherigen Kollegen anstarrte, die langsam vor ihm hin und her pendelten. Dann wurden die Worte in seinem Kopf ganz gegen seinen Willen zu »Armer Pryce«.

Um seine Fassung wiederzugewinnen, zwang er sich zu kühlem Nachdenken.

Gamor würde wenigstens kein Leid mehr widerfahren. Gamor hatte Glück, er war tot. Jetzt stand nur noch der arme, bemitleidenswerte Pryce Covington hier und versuchte herauszufinden, was geschehen war.

Was soll das Theater, schalt sich Pryce. Es war nur der Tod ... Der Tod, das eine Geheimnis, das jeder irgendwann lüften würde. Pryce hatte schon Geister gesehen ... Nun ja, zumindest hatte er mit Leuten gesprochen, die sie gesehen haben wollten. Und möglicherweise hatte er tatsächlich ein Gespenst durch die Ruinen an der Ostseite der Straße von Lallor streifen sehen, auf seinem Weg zu diesem Treffen vor den Mauern von Lallor, Halruaas am besten abgeriegelter, geheimnisvollster Stadt.

Schnell verdrängte Pryce jeden Gedanken an Lallor oder Halruaa. Wichtig waren jetzt Gamor Turkal und dieser andere Tote, wer immer er auch sein mochte. Er konnte sich nicht konzentrieren, wenn er sich von seinen Gefühlen ablenken ließ.

Hier half nur unbestechliche Logik. Geister existierten, entschied er fest, und Geister waren ein deutlicher Hinweis darauf, daß es zumindest so etwas Ähnliches wie ein Leben nach dem Tode gab. Was war also so schrecklich daran, wenn er seinen alten Partner und einen Fremden tot auffand? Bleib fair, ermahnte er sich.

Plötzlich erklangen in ihm wieder die Worte, die sein Vater vor vielen Jahren zu ihm gesagt hatte: »Leb wohl, mein Junge. Wenn du dem Mann, der dir das Leben geschenkt hat, Ehre machen willst, dann bitte ich dich nur um drei Dinge: Sei stark, sei klug und sei gelassen. Das ist der einzige Rat, den ich dir geben kann, Pryce. Aber wenn du ihn beherzigst, wirst du immer gut zurechtkommen …«

Pryce schüttelte verärgert den Kopf, denn er mußte heftig blinzeln. Verwünscht sei sein Vater, verwünscht dafür, daß er seine Familie im Stich gelassen hatte und nun in Covingtons Gedanken eindrang, und verwünscht sei diese feuchte Morgenluft. Wasserperlen hatten sich um seine Augen herum gebildet. Pryce wischte sich das Gesicht mit dem Ärmel trocken. Dann versuchte er noch einmal, seine Fassung wiederzugewinnen.

Konzentriere dich, dachte er und schloß kurz die Augen. Konzentriere dich auf das, was du *weißt*. Und wie so oft, wenn Pryce Covington sich sammelte, kullerten die Wissensbrocken wie Spielsteine aus dem Unterbewußtsein hervor.

Also gut ... Wenn er Turkals Tod meldete, würde es voraussichtlich kaum Probleme geben. Pryce kannte seinen Partner gut genug, um sich über alle möglichen häßlichen Verdachtsmomente hinwegreden zu können. Wenn er aber den Tod des Fremden meldete, waren die Schwierigkeiten, die er bekommen konnte, schon entschieden größer. Es gab einfach zu vieles, was Pryce nicht wußte.

Das allerdings wußte er: Im Augenblick stand er im Schatten einer beeindruckenden, zwanzig Fuß hohen Mauer, welche die Stadt Lallor umgab. Sie schien ganz aus schimmernden, naß wirkenden Felsen zu bestehen. Bei näherem Hinsehen bemerkte Pryce, daß die Steine geschickt miteinander verfugt waren. Solange niemand oben auf die Mauer stieg, waren auch Pryce und seine toten Gefährten von keinem Stadtbewohner zu entdecken. Denn von seinem Standpunkt aus konnte Pryce gerade noch die phantastischen Dächer der Gebäude der Stadt ausmachen, jedoch kein verräterisches Fenster, vom dem aus er wiederum gesehen werden konnte.

Nicht weit von der Mauer stand ein ganz und gar außergewöhnlicher Baum, ein prachtvolles Gewächs aus rindenlosem, weichem, fast glänzendem Holz. Es wurzelte in einem Grashang, der zum Fuß der Mauer hinaufführte. Irgendwie – vielleicht durch menschliche Nachhilfe – war der Baum in der Form eines riesigen Fragezeichens gewachsen. An seinem Stamm lehnte ein Toter. Am äußersten Ende des Fragebogens hing ein weiterer, mit einer Seilschlinge um den dünnen Hals, der jetzt noch entschieden dünner geworden war.

Pryce Covington verlor nun doch den Kampf gegen seine Beine. Die Knie knickten ihm ein, und er fiel auf den Boden. Seine Hände streiften das Gras.

»Gamor, warum?« stöhnte er kläglich. »Warum mußtest du unbedingt sterben, bevor ...« Gnädigerweise ließ er den

Rest des Satzes unausgesprochen, aber er klang dennoch in ihm nach: *... bevor du mir von dem versprochenen ruhigen Job fürs Leben erzählen konntest!*

☆☆☆

Ein ruhiger Job war alles, wonach Pryce Covington sich je gesehnt hatte. Seit der Zeit seiner Geburt in der winzigen Stadt Merrickarta, in der Senke zwischen den Berghängen des Nordens, bis zum heutigen Tag hatte er aus seinem Herzenswunsch kein Geheimnis gemacht. Es war geradezu unmöglich, mehr als zwei Bier mit ihm zu trinken, ohne daß dieses Thema auf den Tisch kam. Die Kellnerinnen von einem Ende des Nath bis zum anderen konnten es praktisch einstimmig nachsingen: »Ich will nichts weiter als einen ruhigen Job fürs Leben. Ist das zuviel verlangt?«

Keine andere Verlockung hätte ihn dazu bringen können, sein festgelegtes, aber aussichtsloses Dasein gegen ein Leben in diesem Land der Verheißung zu tauschen. Es ist nicht meine Schuld, dachte er. Was hätte ich sonst tun sollen? Er hatte sich gerade in seiner gemütlichen Bude in Merrickarta aufgehalten und um seine eigenen Dinge gekümmert, als plötzlich Gamor Turkals schönes Gesicht vor ihm aufgetaucht war – gebildet aus Staubteilchen, die wie in einem Sonnenstrahl unvermittelt Form angenommen hatten.

»Pryce«, hatte das Staubgesicht gesagt.

»Gamor?«

»Du mußt nach Lallor kommen, Pryce.«

»Lallor?«

»Ja, Lallor!« hatte das Gesicht ausgerufen. »Bist du denn ein verdammtes Echo oder was?«

Da Covington nicht jeden Tag Staubgesichtern in den Mund blickte, war sein Interesse geweckt gewesen, trotz der bizarren Art des Auftretens, die sein Geschäftspartner gewählt hatte. Aber er war nicht bereit, über zweihundert Meilen nach Südwesten zu ziehen, ohne zuvor noch mehr zu erfahren.

»Warum soll ich denn nach Lallor gehen, Gamor?«

»Entscheide dich, Pryce. Glaubst du, ich kann diese Verbindung ewig aufrechterhalten?«

»Und glaubst du, daß ich wirklich das Wort von einer Handvoll sprechendem Staub akzeptiere? Wenn du wirklich Gamor Turkal bist, dann kennst du mich besser!«

»Und wenn du wirklich Pryce Covington bist, treffen wir uns am Punkt der Fragen«, gab das Gesicht zurück, um anschließend die magischen Worte auszustoßen von dem oft ersehnten, nie erlangten, ewig gesuchten »ruhigen Job fürs Leben«.

Aber bevor Pryce die Stauberscheinung noch nach Einzelheiten befragen konnte, war das Gesicht plötzlich verschwunden, und die Partikel hatten sich wie rauher Glitzerstaub überall auf dem Boden der Hütte niedergelassen.

Erst gut fünfzig Meilen südwestlich von Merrickarta hatte Pryce sich allmählich gefragt, wie Gamor wohl diesen interessanten Effekt zustande bekommen hatte. Turkal hatte schon immer einen Sinn für Dramatik besessen, aber bislang wenig Interesse an der Magie gezeigt, obwohl er nicht so vehement gegen sie eingenommen war wie Pryce.

»Weißt du, was Magie ist? Echte Magie?« hatte dieser Gamor oft gepredigt. »Ich will dir sagen, was Magie ist. Sie ist die Methode der Machtlosen, einen Streit zu gewinnen.«

»Wie bitte?«

»Genau«, sagte Pryce, während er eine Elektrummünze über seine Finger tanzen ließ. »Wer sich machtlos fühlt, lernt Magie, um damit die anderen zu beherrschen.«

»Nicht wie du«, lachte Gamor, der seinen Trick bewunderte, denn das Geldstück schien sich wie von selbst zu bewegen.

»Meine Tricks bestehen nur aus Fingerfertigkeit«, entgegnete Pryce. »Kunststückchen. Leute, die Magie benutzen, sind Betrüger. Sie arbeiten mit geistigen Tricks ...«

»Was ist mit dir, Pryce?« jammerte sein Kamerad. »Hat ein Zauberer deine Mutter erschreckt, als du noch ein Baby warst?«

Covington hatte die Augen zusammengekniffen, und das Lächeln war plötzlich von seinem Gesicht gewichen.

»Merk dir meine Worte, Gamor«, hatte er ungerührt gesagt, während er unvermittelt die Münze aus der Luft schnappte. »Ich würde nicht einmal dann die Magie erlernen, wenn jeder Magier im Umkreis von einem Tagesritt auf seine knochigen Knie fiele und mich darum anbettelte.« Dann öffnete er langsam Finger für Finger die geschlossene Faust, um zu demonstrieren, daß die Münze verschwunden war.

Gamor hatte wenig beeindruckt mit den Schultern gezuckt.

»Das wäre auch sehr unwahrscheinlich.«

Er hatte recht. Obwohl sie häufig mit Magiern Kontakt hatten, betrachtete man die jungen Partner schlicht als bessere Laufburschen.

»Ja, aber was für Laufburschen!« hatte Pryce immer gekontert, wenn ein hübsches Mädchen über seine gegenwärtige Beschäftigung die Nase rümpfte. Nach dem Aufbruch seines Vaters zu unbekannten Ufern hatte er viele Tätigkeiten ausprobiert, doch keine schien so recht zu ihm passen zu wollen.

Mit acht Jahren hatte er sich als Schauspieler versucht. Darin war er ziemlich gut gewesen, doch haßte er es, vor Zuschauern zu spielen. Immer analysierten sie seine Vorstellung, anstatt seine Rolle zu akzeptieren. Sie fällten Urteile, ohne richtig zuzuhören. Pryce wußte nicht einmal, weshalb ihn das so wurmte. Mit zwölf Jahren hatte er überlegt, ob er bei einem Magier in die Lehre gehen sollte, aber schon beim bloßen Gedanken daran eine Gänsehaut bekommen.

Schließlich hatte er sich mit fünfzehn hingesetzt und versucht, sich den perfekten Beruf auszumalen – einen, in dem er seine Jugend, sein relativ angenehmes Äußeres, seine rasche Auffassungsgabe und seinen Stolz einbringen konnte. Und so wurde Pryce Covington der Mann für alle Fälle. Er stellte ein Schild in das einzige Fenster der Hütte, die er mit seiner Mutter geteilt hatte, bis sie vor kurzem gestorben war:

Nichts zu ernst,
nichts zu komisch;
ich tue,
was zu tun ist.

Natürlich war das Geschäft zunächst nur zäh angelaufen. Er hatte einige Schweineställe ausgemistet – menschliche und tierische –, aber bald war er zur Anlaufstelle für Kreaturen aller Art und für alle möglichen Aufgaben geworden. Sobald jemand zwei zusätzliche Hände brauchte für den Transport einer Ladung, zwei zusätzliche Füße für einen Auftrag, weitere Augen, die einen Handel bezeugten, eine Spürnase zur Informationsbeschaffung und einen Kopf, um ein Problem objektiv zu bedenken, das zu subjektiv geworden war, war Pryce Covington zur Stelle.

Bald brauchte er mehr Arme, Beine, Augen, Ohren und eine weitere Nase, und das war der Zeitpunkt für den Einstieg seines Zechkumpans Gamor Turkal gewesen. Gamor war faul, aber besaß ein phänomenales Gedächtnis. Ein bißchen zu sehr auf das eigene Wohl bedacht, hatte dies aber auch seinen Vorteil.

Er eignete sich perfekt für manche Aufträge, die Pryce lieber mied, und war nicht zu gebrauchen für Aufgaben, auf die Pryce sich spezialisiert hatte. Mit anderen Worten, er stellte den Inbegriff des perfekten Partners dar, eines Menschen, der sogar über die entgegengesetzten Neurosen verfügt, der einen immer gut dastehen läßt und niemals die eigene Position gefährdet.

Sie hatten einen hübschen Skie verdient, dazu eine ordentliche Menge anderer halruanischer Münzen, aber die Dinge schienen ihnen zu entgleiten, als sie auf eine neue Art höchst lukrativer Aufträge stießen. Es ging darum nachzuprüfen, ob von Zauberern durch Magie versandte Nachrichten wirklich an ihrem Bestimmungsort ankamen, ohne Einmischung anderer Magier.

Pryce hatte darauf bestanden, die ersten Erkundungen alle persönlich zu übernehmen, und aus schierem Eigensinn den Lohn auf einen neuen Gipfel hochgehandelt. Der Gedanke, daß Magie so verwundbar sein sollte, daß er als »Aufseher« gebraucht wurde, gefiel ihm ungemein, und daher setzte er den Preis entsprechend fest. Wenn die Magier gegenüber einem so einfachen Menschen wie ihm zugeben mußten, daß ihre Magie fehlbar war, dann sollte sein Schweigen sie etwas kosten!

Obwohl die Dienste diskret geleistet wurden, breitete sich die Kunde über seine Botenfähigkeiten aus, und bald bot jeder unsichere Magier und Zauberlehrling der Gegend ihm Säcke voller Elektrum, um sich heimlich über die Zuverlässigkeit seiner Zaubersprüche zu versichern. Schon bald kamen so viele Aufträge herein, daß Pryce Gamor mit einigen davon betrauen mußte.

Pryce und Gamor waren wirklich gut beschäftigt gewesen, und im Besitz von mehr als genug Kleingeld, um jeden Abend – wenn sie sich dazu vor Erschöpfung noch aufraffen konnten – so zu verbringen, daß sie sich am nächsten Morgen kaum noch an ihn erinnern konnten. Unglücklicherweise war Gamor den eklatanten Freizeitmangel bald leid gewesen. Eines Morgens kündigte er seine sofortige Abreise zu weniger grünen Weiden an, und am Nachmittag war er verschwunden.

Pryce hatte sich gerade mit dem abrupten Abschied seines

bisherigen Partners abgefunden, als sozusagen Staub aufgewirbelt wurde und das geisterhafte Bild von Gamor Turkal ihn nach Lallor rief.

☆☆☆

Der erste Regentropfen, der Pryce vor der Stadtmauer auf die Jacke fiel, riß ihn aus seinem Selbstmitleid – ein Fingerzeig der Götter. Er blickte hoch, Sturmwolken zogen auf.

Oh, toll, dachte er. Das kommt davon, wenn man seine Hoffnungen auf jemanden setzt. Doch so schnell, wie er gekommen war, verwarf er den Gedanken wieder. Gamors Angebot war einfach zu verlockend gewesen. Egal, in was er nun hineingeraten war, er hatte es einzig und allein sich selbst zuzuschreiben.

Ein zweiter Regentropfen traf ihn genau zwischen die Augen. Das reichte. Sofort schaltete sein Gehirn auf praktisches Denken um. Reiner, frischer Regen begann auf ihn niederzuprasseln, während er seinen Aufzug überprüfte.

Seine Kleider hatten die lange Reise von Merrickarta nach Lallor ziemlich gut überstanden. Die hellgraue Tunika, die aus der festen Seide der Raupen gewoben war, die man nur in den vermodernden Blättern umgestürzter Bäume am Fuß des Alue fand, bedeckte ihn weich und warm vom Kinn bis zu den Hüften. Sein dunkelrotes Wams, der Stoff dafür stammte aus den berühmten Farbwerken in Achelar, spendete weitere Wärme. Die dicken schwarzen Hosen und die gleichfarbigen wasserfesten Stiefel ließen die unzähligen Flecken auf ihnen gnädigerweise nicht erkennen.

Seine elegante dunkle Jacke war vom hohen Kragen bis zum Saum in Oberschenkelhöhe mit vielen Geheimtaschen ausgestattet, die seine restlichen Ersparnisse enthielten. Diese Kleidung hatte ihm während seiner langen Reise gute Dienste geleistet, nur um bei der Ankunft am Ziel jetzt doch noch komplett durchnäßt zu werden.

Fast als wollten nun auch die Naturgewalten seine betrübte Bestandsaufnahme kommentieren, jagte plötzlich ein beißender, durchdringender Wind über den sattgrünen Hang. Covington erschauerte, als der Ast über ihm zitterte. Der leblose Körper von Gamor Turkal schien dem bedrängten Neuankömmling aus dem Norden zuzunicken. Es war, als wollte ihm Gamor noch aus dem Grab heraus sagen: »Das hast du jetzt von deiner Suche nach dem ruhigen Job fürs Leben!«

»Bloß keine Schadenfreude«, murmelte Pryce, der vergeblich versuchte, mit dem Jackenkragen seine Ohren zu schützen.

Wie zur Antwort ächzte der krumme Baum. Der Regen peitschte nun schräg herunter, und der Wind erhob seine eigene, stöhnende Stimme. Seltsam, dachte Pryce. Es war überraschend kühl für Anfang Herbst in Südhalruaa. Er drehte sich um und schaute die Straße hinab, die ihn an diesen schlimmen Ort gebracht hatte.

Nur etwa fünf Minuten zur Straße zurück, befand er, dann noch zehn bis fünfzehn bis zum Tor von Lallor. Wenn er in die Stadt hineingelassen wurde, konnte er vielleicht eine einfache Unterkunft finden, warm, trocken und erschwinglich – er dachte an seine mageren Ersparnisse. Seine Möglichkeiten konnte er ja überprüfen, wenn sein Verstand wieder klar war.

Warum eigentlich nicht? fragte er sich. Auch wenn Gamor tot war, wartete doch irgendwo innerhalb der Stadtmauern ein ruhiger Job fürs Leben auf ihn, und wenn jemand diesen finden konnte, dann Pryce Covington. Das hätte Gamor sich gewünscht. Schließlich hatte sein alter Zechkumpan und kurzzeitiger Geschäftspartner ihn deshalb hierhergerufen! Bestimmt hätte Gamor gewollt, daß Pryce seinen Traumjob fand. Ganz sicher!

Pryce straffte die Schultern und machte sich auf den Weg. Er war keine zehn Schritte weit gekommen, als der Wind mit erneuerter Kraft losheulte und der Regen noch heftiger niederprasselte. Er senkte den Kopf und versuchte gegen den tobenden Wind anzugehen. Seine Schritte wurden langsamer. Doch bald stand er keuchend an der Stadtmauer von Lallor.

Dieser plötzliche Sturm würde ihm eine üble Erkältung einbringen, wenn er länger als fünf Minuten in ihm unterwegs war. Ein weiteres schlechtes Vorzeichen! Doch Pryce schwor sich, sich nicht geschlagen zu geben. Widerwillig kehrte er in den leider nur bedingten Schutz zurück, den der Baum bot. Er stand unter den wild schwankenden Zweigen und suchte den Himmel nach Anzeichen für eine Wetterbesserung ab.

Aber jedesmal, wenn er kurz die Sonne zu sehen glaubte, schwang Gamors Körper in sein Blickfeld. Der triefend nasse Turkal schien ihn mit seiner herausgestreckten Zunge und den hervortretenden Augen verspotten zu wollen. Pryce drehte sich um ... und starrte dem toten Fremden ins Gesicht. Sehr zu seiner eigenen Überraschung war Covington plötzlich nicht mehr unsicher oder von Gefühlen aufgewühlt. Im Gegenteil, er schien sich sicher, daß das Gesicht des unbekannten Toten ein Geheimnis barg, und Pryce war entschlossen, es zu lösen. Er wußte aus Erfahrung, wie man in Gesichtern las.

Die Gesichtszüge des Unbekannten verrieten Bildung und Intelligenz. Dumme oder unwissende Leute sahen anders aus, selbst im Tod. Der Haaransatz des Mannes war hoch, sein Haar kurz und sehr dünn. Die Haut wirkte einigermaßen straff, mehr Falten wären ein Hinweis auf körperliche Arbeit gewesen, weniger hätten von einem sorglosen Leben gesprochen. Nach allem, was Pryce Covington erkennen konnte, war dieser Unbekannte von der Natur bestens ausgestattet worden. Er hatte kein Fettpölsterchen zuviel am Leib und besaß einen kräftigen Nacken. Pryce schloß auf eine gute Familie und eine der Gesundheit förderliche Beschäftigung.

Das alles reichte nicht aus. Covington war überzeugt, daß er etwas Offensichtliches übersah, er mußte also mit der Untersuchung weitermachen. Er kniete sich neben den Mann und musterte ihn nachdenklich.

Sieh dem Toten in die Augen. Pryce war von sich selbst überrascht. Warum ausgerechnet die Augen? Die Augen sind die Fenster zur Seele und bergen ihre Geheimnisse wie die Taschen der Kleidung. Ein Blick in sie, genausogut wie ein Blick in die Taschen des Mannes, würde ihm das Verborgene enthüllen. Aber dazu mußte er zuerst die geschlossenen Augenlider öffnen.

Covingtons Finger berührten die glatte trockene Haut. Er drückte mit dem Daumen leicht auf ein Lid, schob es hoch und betastete das Auge darunter. Er hielt den Atem an. Dann wurde ihm endlich klar, was ihn am Gesicht des Mannes so interessiert hatte. Seine Finger verharrten regungslos auf der trockenen Haut.

Pryces Kopf fuhr herum. Er blickte Gamor an, der immer noch im Wind schwang. Regen strömte an dessen Körper herunter. Covington sah an sich selbst herab. Seine Kleider und – wichtiger noch – seine Haut waren triefnaß. Er schaute zurück zu dem Fremden. Sein Kopf war trocken wie das Lächeln eines Gläubigers.

Da bemerkte Pryce Covington endlich den Mantel.

Er war auf bestechend einfache Weise schön und zeitlos. Er saß so perfekt, daß er aus wenigen Fuß Entfernung fast unsichtbar wirkte, obwohl er die Leiche doch vom Kopf bis zu den Knien einhüllte. Die Kapuze, einmal zurückgeschlagen, würde flach auf dem Cape aufliegen.

Eine düstere Mischung dunkler Farben zeichnete den Mantel aus, sie wirkte wie der Himmel gleich nach Sonnenuntergang. Pryce unterschied Blau, Schwarz und sogar Purpur, dazwischen waren Flecken eingefügt, Sternen vergleichbar, die nach dem Vergehen des Tageslichts zu Leben erwachten. An den Rändern schien er grau zu werden, grau wie das Versprechen einer neuen Welt gleich hinter dem Horizont.

Der Mantel war naß, aber da er hervorragend genäht war, hielt er seinen Besitzer absolut trocken – im Gegensatz zur Kleidung von Pryce und dem armen Gamor Turkal.

Pryce war überrascht, wie er auf ein auf den ersten Blick so einfaches Kleidungsstück reagierte, aber diese Beachtung verdiente der Mantel auch. Dann gab es da noch die Spange, die den Mantel an Ort und Stelle hielt. Die runde Spange mit höchstens drei Fingerbreit Durchmesser zählte zu den schönsten Schmuckstücken, die Pryce je gesehen hatte. Oberflächlich betrachtet schien sie eine Art Rankenmuster zu besitzen, das sich bei näherem Hinsehen in eine Waldwildnis verwandelte … als blickte man tief in ein Dornendickicht.

Pryce fuhr über die Spange. Sie fühlte sich glatt und kühl an, schien aber seinen Finger interessanterweise zu führen: Erst hinunter, weiter im Bogen nach links oben, dann zurück nach rechts unten und zweimal im Kreis nach links unten. Faszinierend.

Gerade als er seinen Finger von dem kreisrunden Metall nehmen wollte, sprang die Spange auf, und der Mantel öffnete sich.

Pryce fuhr erschreckt hoch und landete mit dem Gesäß in einer Schlammpfütze. Sofort sprang er wieder auf, als hätte er sich aus Versehen auf ein Baby gesetzt. Der Schlamm durchdrang das dicke Tuch seiner Hosen, und er zog eine Grimasse. Schnell wischte er sich, so gut wie es ging, ab und streckte sogar seinen Hintern zwischen den Zweigen hervor, um ihn vom Regen abspülen zu lassen.

Er brauchte den Mantel des Toten wirklich, entschied er, schließlich wollte er nicht noch nasser werden, außerdem brauchte er etwas, um die Flecken auf seiner Hose zu verdecken. Nichts beeindruckt Torhüter mehr als ein Fremder, der sich anscheinend selbst besudelt hat.

Später würde Pryce sich einreden, den Mantel nur wegen seines »Unfalls« »ausgeliehen« zu haben, insgeheim sich im klaren darüber, daß er ihn praktisch ab der ersten Minute gewollt hatte. Es war, als hätte der Mantel sein Leben lang auf ihn gewartet. Dennoch dauerte es eine ganze Weile, bis er sich dazu durchgerungen hatte, ihn der Leiche abzunehmen.

Das praktische Denken siegte. Die Leiche brauchte den Schutz des Mantels nicht mehr. Ihr war die Nässe egal. Die Lebenden gingen vor. Richtig? Richtig.

Pryce erschauerte fast vor Vergnügen, als der Mantel über ihn glitt. Nicht nur, daß der Regen plötzlich ausgesperrt war, nein, eine wunderbare Wärme, wie er sie in dieser Intensität auf der ganzen Reise noch nicht erlebt hatte, drang in ihn. Woraus besteht denn nur dieser herrliche Umhang? fragte er sich, aber das Zweckdenken verscheuchte alle weiteren Erwägungen.

Es wurde Zeit zum Aufbruch. Irgendwo innerhalb der Stadtmauern winkte ein ruhiger Job fürs Leben, und den wollte Pryce Covington nicht auslassen. Im stillen dankte er dem bisherigen Besitzer des Mantels, dann machte er einen entschlossenen Schritt unter dem eigenartig geformten Baum hervor.

Er vermied es absichtlich, noch einen Blick auf seinen alten Partner zu werfen, denn er wollte an die kommenden guten Zeiten und an das verführerische Versprechen denken, das ihm gegeben worden war.

»Komm nach Lallor, Pryce«, hatte Gamors Bild gesagt, »zum heimlichen Juwel Halruaas. Hier wird jedes Wesen, gleich welcher Art, aufgenommen und fühlt sich ganz wie daheim …«

Daheim, dachte Pryce. Seine Schritte wurden länger und zielstrebiger, bis der Regen nur noch eine ferne Erinnerung an etwas außerhalb seines schützenden neuen Mantels war.

Seit dem Tod seiner Mutter hatte Pryce immer das nagende

Gefühl gehabt, daß Merrickarta nicht seine wahre Heimat war. Der Ort, an dem er zufrieden sein konnte, lag irgendwo weit ab vom Nath ... Vielleicht würde er dort seinen Vater wiederfinden. Aber vorläufig wirkte Lallor vielversprechender.

»Es ist eine herrliche Gegend«, hatte Gamor grinsend erklärt. Pryce lächelte innerlich bei der Erinnerung an dieses wissende, verschlagene Grinsen. Es signalisierte Pryce immer, daß Turkal wieder von etwas sprach, was er nur zu wissen glaubte. Die Art von Grinsen, dem leere, aber große Versprechungen folgten, die der unglückliche Mitverschwörer dann kaum einlösen konnte.

Pryce dachte an den Tag, als Gamor versprochen hatte, die lieblichen Zwillinge Benetarian würden sie im *Schluckspecht* erwarten, nach Erledigung ihrer Aufgabe für einen Zauberer namens Petarius.

»Absurd!« hatte Pryce geantwortet. »Erstens würde man Frauen wie Victoria und Rebecca Benetarian nicht einmal im Koma in einem Loch wie dem *Schluckspecht* antreffen. Zweitens, warum sollten solche Schönheiten an der Gesellschaft zweier Verehrer ohne jede Zukunft wie dir und mir Interesse haben?«

Aber Gamors verschlagenes Grinsen war nur noch verschlagener geworden. Also hatte Pryce seinen Hoffnungen die Zügel schießen lassen, und sie hatten sich aufgemacht, um die erfolgreiche Übertragung eines Zauberspruches zu prüfen. Als sie schließlich in den *Schluckspecht* kamen, fanden sie zwar die Zwillinge in einer Nische vor – aber umworben von zwei Zauberlehrlingen des Petarius.

Sarkastisch dankten die Damen Gamor dafür, einen so diskreten Ort gewählt zu haben, kein Bekannter des übellaunigen Petarius würde sie hier je entdecken. Dann, nachdem Gamor den Zauberschülern sardonisch vorgeschlagen hatte, er könne ja das Stelldichein ihrem Meister verraten, hatten diese gelacht und erklärt, daß der arrogante Magier jede gegen seine Schüler gerichtete Geschichte, die ein so einfacher Bote nur vorbrächte, als Lüge betrachten würde.

Pryce mußte dann miterleben, wie Gamor einmal, zweimal dreimal aus dem Lokal geworfen wurde. Die ersten beiden Male hatte er noch zugesehen, wie Turkal auf dem Rücken und auf der Seite landete, doch als sein Partner beim dritten Rauswurf auf dem Kopf aufkam, drehte er sich weg. Dann mußte Pryce langsam den Kopf schütteln, denn sein geprügelter Partner richtete sich auf wackligen Beinen auf, klopfte sich ab und taumelte unsicher in das Lokal zurück.

Doch diesmal kam er auf eigenen Beinen heraus und hatte zudem noch eine schön geschwungene Flasche in sattem Türkis dabei.

»Jetzt laß uns unsere Sorgen ertränken«, meinte er.

»Aber das ist eine Flasche besten marbäischen Weines!« rief Pryce aus. »So etwas kannst du dir doch gar nicht leisten!« Er kniff die Augen zusammen. »Hast du unser ganzes Geld ausgegeben?«

»Hab' ich nicht«, hatte der gebeutelte, aber ungebeugte Turkal mit verletztem Stolz zurückgegeben. »Ich bin gleich wieder rein, nach hinten zur Nische und habe meine Hand ausgestreckt. ›Es heißt, der Bessere soll gewinnen‹, sagte ich ihnen, ›und in diesem Fall ist das offenkundig wahr. Ich hätte es besser wissen müssen, anstatt mich mit Herren im Dienste des Petarius anzulegen und mit so hochwohlgeborenen Damen aus Merrickarta. Bitte gestattet mir, Euch zu beweisen, daß ich meine Lektion gelernt habe und Euch nichts nachtrage.‹«

»Das ist nicht wahr«, sagte Pryce.

»Aber ja«, erwiderte Gamor. »Ich bin dann prompt zur Bar gegangen und habe gesagt: ›Eine Runde für meine Freunde und eine Runde fürs Haus. Die Lehrlinge des großen Zauberers Petarius wollen dem Reich zeigen, was für ein feiner, talentierter, altruistischer und wohltätiger Mensch ihr Meister ist!‹«

Pryce begann zu lachen. »Warum hast du nicht einfach dem Wirt gesagt, die Zauberlehrlinge würden zahlen, und den beiden zugewinkt, damit sie zurückwinken?«

»Der Trick wäre ihnen vielleicht schon bekannt gewesen!« rief Gamor aus. »Denk doch mal nach. Was hätten sie sonst tun können? ›Oh, nein‹ schreien, damit jeder Taugenichts der Stadt das als Beleidigung des eigenen Meisters auffassen muß? Außerdem haben sie so keine Zeit mehr, mit den verräterischen, eingebildeten Zwillingen herumzumachen ... wenn das größte Gesindel diesseits des Nath ihnen alle paar Minuten auf die Schulter klopft. Jetzt laß uns hier verschwinden, bevor sie es durch all die Dankeschöns der Betrunkenen und die vielen Hände nach draußen schaffen!«

Dann rannten die beiden davon ... in die Nebel von Covingtons Gedächtnis. Pryce kehrte widerstrebend zur unseligen Gegenwart zurück und fand sich auf dem saftig grünen Grashang vor der Stadtmauer wieder.

Er drehte sich um, als das erste Donnergrollen über den Himmel lief. Bei einem zuckenden Blitz sah er seinen Partner, Gamor Turkal, am Ende des langen nassen Seils pendeln, die Stiefel sechs Fuß hoch über dem Boden.

Verfluchter Regen, dachte Pryce. Er erschwerte das Sehen. Zum zweiten Mal an diesem Nachmittag wischte er sich Wassertropfen von den Augen. Was war er doch für ein schlauer Dieb! Keine zwanzig Schritt weit kam er, ohne daß seine Gefühle ihn überwältigten. Gamor war vielleicht ein Frauenheld und ein wichtigtuerischer Halunke gewesen, aber eben auch ein zuverlässiger Geschäftspartner und manchmal sogar ein Freund.

Turkals augenblickliche Lage jedoch erschien Pryce unerträglich. Deshalb unternahm Covington etwas, das noch schlimmer war, als den Mantel zu stehlen und den Schauplatz eines Verbrechens zu verlassen. Er schickte sich an, den Tatort zu verändern.

Pryce konnte seinen alten Partner einfach nicht am Ende eines Seils baumeln lassen. Ohne auf den Sturm zu achten, kletterte Covington auf den Baum, um seinen alten Kumpel, Gamor Turkal, abzuschneiden.

2 Der Preis für Pryce

Der plötzliche, heftige Sturm war bereits vorüber, als Pryce Covington das Ende der langen Schlange derer erreicht hatte, die vor dem Stadttor von Lallor warteten. Er hatte am Rand der Straße haltgemacht und betrachtete die Szene.

Die Schlange vor dem Tor bestand eigentlich aus zwei Reihen: einer sehr kurzen auf einem schön gepflasterten Weg und einer sehr langen auf einem matschigen Pfad, der eher wie ein enger Graben aussah. Er war im Laufe der Jahrzehnte von hoffnungsvollen Immigranten getreten worden, die verzweifelt auf eine Gelegenheit warteten, den Gründervätern dieser Enklave am Strand ihren Wert zu beweisen.

Die zwei Wege verliefen parallel zueinander inmitten einer auf raffinierte Weise schön wie sicher gestalteten Umgebung. Obwohl überall Bewuchs und Blattwerk zu sehen war, waren die Pflanzen niedrig gehalten, so daß die Sicht nicht behindert wurde. Man hatte nur Blumen und niedrige Sträucher gepflanzt, keine wirklichen Verstecke oder Deckungsmöglichkeiten für Diebe und Angreifer gelassen.

Pryce, der zwischen den sorgfältig gepflegten Pflanzen stand, betrachtete die zwei Wege zum Tor von Lallor. Er sah, daß die Pflasterstraße von der Bauart her der Mauer ähnelte, welche die Stadt umgab. Wie jene schien auch sie aus miteinander verzahnten Steinen zu bestehen, nur fielen diese ein

Gutteil kleiner aus und glichen eher Edelsteinen. Vielleicht hatte Gamor ja doch nicht übertrieben, als er Lallor das Juwel von Halruaa genannt hatte!

Nein, dachte Pryce, das war nicht möglich. Es konnten einfach keine ungeschliffenen Edelsteine sein! Denn dann hätte ein gewaltiger Aufwand an Magie zu ihrem Schutz getrieben werden müssen. Und außerdem, warum sollte man jeden Dieb von Githim, dem Seehafen im Süden, bis zur Räubersteppe, Hunderte von Meilen weiter nördlich, in Versuchung führen? Selbst wenn es sich dabei nicht um Edelsteine handelte, der Zugang blieb eindrucksvoll genug für jene Reichen und Mächtigen, die ihn benutzten.

Pryces Augen wurden schmal, als er die geteilte Straße hochsah und das in die Mauer eingelassene Tor von Lallor erblickte. Selbst aus dieser Entfernung bestach es durch seine offensichtlich hinreißende Konstruktion. Das Holz war vortrefflich bearbeitet und glänzte stellenweise, als wären die Balken miteinander durch Gold und Silber verbunden. Seine Augen wurden noch schmaler, als er versuchte, in den geschwungenen Linien seiner Oberfläche ein verborgenes Muster zu entdecken.

Plötzlich, es war unglaublich, öffnete sich ein großes Auge ganz oben auf dem Tor. Es mußte zwanzig Fuß Durchmesser besitzen, denn es erstreckte sich quer über die ganze Breite. Die Pupille war schwarz wie die dunkelste Nacht, das Weiß des Auges hell wie die Sterne am Himmel. Doch dazwischen befand sich die ovale Iris, die ihre Farbe in schneller Folge von Braun, Blau auf Grün wechselte.

Zuerst dachte Pryce Covington, das Riesenauge würde mitten durch ihn hindurchblicken, aber bald merkte er, daß es einem Neuankömmling folgte, dem Zutritt in die Stadt gewährt worden war. Es sah genau hin, als der Mann gewissermaßen langsam schneller wurde … Das heißt, der Mann hatte es sichtlich eilig, nach Lallor zu kommen, aber er achtete darauf, es dem wachsamen Auge gegenüber nicht an Respekt mangeln zu lassen. Er sputete sich wirklich langsam.

Pryce machte ein Gesicht wie ein Frosch – seine Mundwinkel sackten schräg nach unten ab. Dann nahm sein Mund wieder den gewohnten natürlichen, eher freundlich wirkenden Ausdruck an, und Pryce schritt wie selbstverständlich über die Edelsteinstraße zur Reihe der Wartenden. Er trottete an seinen Platz hinter der letzten Person in der Schlange, wobei er sorgfältig darauf achtete, den Mann weder anzurempeln noch sonstwie auf sich aufmerksam zu machen.

Schließlich wurden Fremde überall in Halruaa mit Mißtrauen bedacht, wie es sich für eine reiche und ziemlich exklusive Nation auch gehörte. Da die Halruaner in der Vergangenheit einige Invasionen neidischer Fremder erlebt hatten, waren sie mittlerweile von Natur aus vorsichtig. Pryce schätzte diese Eigenschaft und versuchte so taktvoll zu sein, wie sein Ego es nur zuließ. Also hielt er sich ganz am Ende der langen Schlange und fand, daß das Warten eigentlich keine schlechte Sache sei. Schließlich gab es ihm Zeit und Gelegenheit herauszufinden, was er tun sollte.

Aus der Dunkelheit der Erinnerung erreichten ihn weitere Worte seines Vaters: »Jeder Tag ist ein neues Spiel. Stell dir dein Leben als dramatische Komödie vor und dich als den Helden darin. Rüste dich für jede Eventualität. Dann verhalte dich, wie du es von deinem fiktiven Helden erwarten würdest. Sei der Held deines eigenen Lebens!«

Für einen treulosen Herumtreiber, der Pryce praktisch nichts hinterlassen hatte, war es seinem Vater doch gelungen, dem einzigen Sohn eine Menge nützlicher Dinge mitzuteilen.

Pryce tat die Erinnerung mit einem Schulterzucken ab. Er mußte sich über zwei Leichen Gedanken machen, die sein Leben enorm kompliziert hatten. Außerdem fand er, daß er schon viel zu weit gekommen war, um jetzt noch haltzumachen. Schließlich hatte er alle Brücken in Merrickarta abgebrochen, war Hunderte von Meilen durch das Nath gezogen, am Maerusee vorbei, über den Maeru und dann durch den gefährlichen Lallorer Paß. Ein winziger Streifen fruchtbaren Landes, eingezwängt zwischen den Ruinen des Zalasuu-Assundath-Sumpfes, die von Untoten wimmelten, den monsterverseuchten Bergen des Zhalkamms und der Räuberwüste in den Einöden der Gesetzlosen von Niederswagdar.

Selbst wenn er nach dem fehlgeschlagenen Rendezvous hätte umkehren wollen, hätte er sein Geschick nicht zum zweiten Mal bei einer Durchquerung des Passes auf die Probe gestellt. Nein, lieber warten und sein Glück in Lallor versuchen. Die Frage war nur, die Wahrheit sagen oder nicht? Die Chancen standen gut, daß Gamor innerhalb dieser Mauern bereits Fuß gefaßt hatte. Wie sonst wäre er in den Besitz der notwendigen Magie gelangt, um durch ein sprechendes Staubgesicht mit Pryce Kontakt aufzunehmen? Warum hätte er Pryce sonst einen ruhigen Job fürs Leben versprochen? Darüber hinaus war der Besitzer des Mantels, den Pryce jetzt trug, wahrscheinlich sehr erfolgreich gewesen, falls seine schlichte, aber eindrucksvolle Kleidung als Beleg dafür gelten konnte.

Vielleicht würde Pryce gar nicht das Risiko eingehen müssen, das Schicksal seines alten Partners und dessen unbekannten Begleiters zu enthüllen. Vielleicht würde jemand in der Stadt sie als vermißt melden. Das schien nicht unwahrscheinlich, nach allem, was er über Lallor wußte. Die Inquisitrixen von Lallor rühmten die eigenen Fähigkeiten auf dem Feld der Sicherheitspflege. Nur die besten Inquisitrixen durften in Lallor dem Gesetz Geltung verschaffen, und dies auch erst nach vielen Dienstjahren und eingehenden halbjährlichen Prüfungen. Natürlich wollten sie sich ihren Ruf erhalten, indem sie so gründlich wie nur menschenmöglich waren. Das bedeutete, keine vermißte Person blieb lange vermißt.

Bei etwaigen Nachforschungen würden die Leichen wahrscheinlich auftauchen, und dann konnte Covington darauf vertrauen, daß er nicht allzu viele Spuren am Tatort zurückgelassen hatte. Bis dahin würde er den Mantel längst versteckt oder wenigstens die eindrucksvolle Spange gewechselt haben!

Pryce bemerkte, daß der Mann vor ihm in der Schlange sich umgedreht hatte. Plötzlich wurde Pryce klar, daß er beim Überlegen bestimmt gegrunzt, laut geflüstert und das Gesicht verzogen hatte. Er machte den Mund auf, um sich zu entschuldigen, klappte ihn aber wieder zu. Der Mann blickte ihn nicht an, als wäre er ein plappernder Idiot oder auch nur ein Ärgernis. Nein, er sah ihn gar nicht richtig an, nicht in die Augen, sondern aufs Kinn, er wendete den Blick ab, als würde er einer Gottheit gegenüberstehen.

Der Mund des Mannes bewegte sich, als wolle er etwas sagen. Seine Hände begannen zu flattern wie die gestutzten Flügel eines Vogels, und seine Arme zitterten beschwichtigend.

»B-B-B-Bitte«, sagte er zu Pryce.

»Verzeihung, guter Herr?«

»Nein, nein, ich bitte Euch um Verzeihung. Bitte ... ich würde es als eine Ehre ansehen, wenn Ihr ... meinen Platz in der Reihe einnähmt.«

»Wirklich?«

»Bitte. Ihr würdet mir wirklich Ehre erweisen.«

Pryce überlegte, was diese seltsame, aber angenehme Wendung der Dinge wohl zu bedeuten hatte. Er versuchte verschiedene Gründe zu konstruieren, aber ihm kam keine glaubhafte Erklärung in den Sinn. Er konnte das freundliche Angebot natürlich auch ausschlagen ... Das wäre eine unverzeihliche Unhöflichkeit gewesen. Er konnte eigentlich nichts anderes tun, als den Platz des Mannes in der Schlange anzunehmen und ihm später dafür angemessen zu danken.

Covington trat vor und zog dadurch das Interesse des Nächstvorderen auf sich. Dieser Mann sah sich um, wollte wieder nach vorne blicken, aber dann fuhr sein Kopf zu Pryce zurück, als hätte ein Stahlkabel ihn herumgerissen. Er betrachtete Pryce von oben bis unten, klappte den Mund auf und wich gegen die Person vor ihm zurück. Dieser wandte sich nun ebenfalls um und wollte sich beschweren, doch der andere hatte kein Auge für sie. Ein weiterer Blick richtete sich nun auf Covingtons Gesicht.

»Bei – bei aller Magie des Talath!« hauchte der dritte Mann, nahm den zweiten am Arm und machte mit ihm zusammen Pryce den Weg frei. »Bitte, mein Herr ... wenn Ihr bitte ...«

»Aber mit Vergnügen«, antwortete jener freundlich. »Vielen herzlichen Dank.«

Er rückte weiter vor, reckte sich und schüttelte dann mit ungläubigem Lächeln den Kopf. Jedermann in Merrickarta hatte ihm erzählt, die Lallorer seien verschlossener als ein akhluarischer Abfluß, aber ihm selbst begegneten sie ausgesprochen höflich. Nun, er war größer als jeder andere in der Schlange und – soweit er das beurteilen konnte – auch jünger. Und wenn man das unbedingt aussprechen mußte, nun gut, klar, er sah auch besser aus.

Pryce legte den Kopf schief und lächelte vergnügt. In diesem Augenblick bemerkte ihn die alte Frau. Sie musterte seine dünne Gestalt und blieb dann mit ihren Augen an seinem Gesicht hängen. Der Kopf der Alten kam unter der Haube hervor wie der einer Schildkröte aus dem Panzer.

»Ihr – Ihr seid es!«

Pryce sah sie freundlich an. Was sollte er da schon sagen? »Niemand anderer«, erwiderte er in nettem Ton.

Eilig raffte sie ihre Röcke und wollte den Platz hinter ihm einnehmen.

»Oh, nein, nein, nein«, wehrte sich Pryce ernst, während er versuchte, sie wieder vor sich zu schieben.

»Oh, ja, ja, ja« murmelte die Frau. »Ich bestehe darauf ... Ihr müßt ...« Sie tat, als wolle sie nach rechts, und als Pryce sich in diese Richtung neigte, schlüpfte sie links vorbei und reihte sich triumphierend hinter ihm ein.

Pryce wunderte sich noch etwas über die zufriedene kleine Bande, die ihm Blicke voller Elternstolz zuwarf, dann zuckte er mit den Schultern und wandte sich wieder dem Tor zu. So stand er ein paar Augenblicke mit den Fäusten in die Hüften gestemmt, dann tippte er höflich seinem Vordermann auf die Schulter.

»Hallo«, sagte er.

Der Angesprochene sperrte nur den Mund auf, sein Kiefer klappte herunter und hob sich wieder, wie bei einem Fisch auf dem Trockenen. Schließlich trat auch er beiseite.

Pryce machte einen übertriebenen Schritt nach vorn. Langsam beugte er sich herunter und streckte seinen Kopf dem Nächsten vor ihm über die Schulter.

»Entschuldigung?« meinte er warmherzig.

Der Mann grunzte nur zur Antwort

»Wie lange wartet Ihr schon?« fragte Pryce unerschrocken weiter.

Der Mann grunzte wieder.

»Wie bitte? Ich habe nicht verstanden, was Ihr gesagt habt. Wie war das noch mal?«

»Ich sagte –«, setzte der Mann verärgert an, aber inzwischen hatte er sich zu dem aufdringlichen Fragensteller umgedreht. »Ich – ich – ich – ich sagte, äh, ich sagte, ich sollte einem Mann Eures Rufes nicht im Weg stehen! Mein Herr, ich bitte Euch …«

»Ihr bietet mir Euren Platz in der Reihe an?« schlug Covington vor, während er selbst schon vorrückte. »Ihr seid zu liebenswürdig.«

Anscheinend galten Jugend, Vitalität und ein angenehmes Äußeres am Tor von Lallor als höchste Güter. Pryce rieb sich erwartungsvoll die Hände. Ein ruhiger Job fürs Leben, tatsächlich! Wenn das so weiterging mit dem Respekt und der

Freundlichkeit dieser Menschen, dann würde es ihm hier gefallen ... und zwar sehr!

Der erste Mann in der Reihe – ein knochiger nervöser Kandidat mit einem Adamsapfel, der wie ein Ball auf und ab hüpfte – konnte seinen Platz nicht aufgeben, weil er bereits mitten in der Eintrittsuntersuchung steckte. Covington fand schnell heraus, daß man erst nach Lallor eingelassen wurde, wenn man ausführlich erklärt hatte, wer man war, und vollständig untersucht war, was sich hinter einem verbarg.

Ein Aufsichtsbeamter in einem dicken Mantel saß hinter einer Marmorplatte, auf der ein Stoß von Pergamenten lag. Das Gesicht des Mannes war der lebende Beweis für das Wirken der Schwerkraft. In seinem gealterten Antlitz hing alles herab, von den Säcken unter den wäßrig blauen Augen bis zu den Backen, eine ansprechende Umrahmung für den traurigen hufeisenförmigen Mund.

Dicht hinter dem sichtlich übelgelaunten Mann stand ein nun wirklich klassisches Exemplar eines Steingolems. Neuneinhalb Fuß hoch und mindestens zweitausend Pfund schwer, sah er aus wie eine Kreuzung zwischen einem gigantischen Kopfstein und einem riesigen Baumstamm. Drohend ragte er zwischen dem Beamten und dem Tor auf.

Seine Steinaugen waren geschlossen, die Nase platt und breit, und die schmalen Lippen zeigten den Ausdruck leichter Mißbilligung. Die Beine waren bestenfalls angedeutet, für Pryce ein sicherer Hinweis darauf, daß man das Monstrum nicht umkippen konnte. Das Bemerkenswerteste und Beeindruckendste an dem Ding jedoch stellten die Hände dar. Sie waren riesig und flach. Sollte die Kreatur jemals klatschen, würde das dabei entstehende Geräusch einem Donnern ziemlich nahekommen. Der Kopf eines unbefugten Eindringlings mußte zwischen diesen Pranken mit einem einzigen hallenden Klatschen zerplatzen. Der monströse Golem wurde seiner Aufgabe in nahezu idealer Weise gerecht: Er würde jeden, die Dümmsten und die Selbstmörder vielleicht ausgenommen, davon abhalten, einfach auf die Freiheit und den Wohlstand, den Lallor versprach, zuzulaufen.

Covingtons Mut zerplatzte wie eine große Seifenblase. Er biß die Zähne zusammen und holte tief Luft. Sorgenvoll verfolgte er die Fragen, die der Aufsichtsbeamte dem einzigen Mann stellte, der noch vor Pryce in der Reihe stand.

»Rasse?« Die Stimme des Torhüters ähnelte seinem Gesicht: dunkel, schlaff und vergrämt.

»Menschlich«, sagte der kleine krumme Mann vor Pryce schnell und leise, während er den Hut in den Händen drehte.

Der Beamte sprach unterdessen weiter, als habe der nervöse Mann gar nicht geantwortet. »A: Elf. B: Gnom. C: Halbelf. D: Halbling. E: Mensch. F: Zwerg.«

»Äh, das wäre dann E, mein Herr. Ja, eindeutig E.«

Der Beamte ignorierte das Gestammel. Er schien nur den Buchstaben »E« wahrzunehmen und trug diesen vorschriftsmäßig mit einer Schreibfeder in seinen Unterlagen ein. Dann setzte er die Befragung mit immer noch nüchterner, langsamer Stimme fort: »Klasse?«

Der Mann wartete, ob der Beamte noch etwas hinzufügen würde, als das jedoch nicht geschah, fühlte sich der Kleine gezwungen zu sagen: »Ein paar Jahre Schule, mein Herr …«

»A: Barde. B: Krieger. C: Priester. D: Vagabund. E: Zauberkundiger. F: Sonstiges.«

»Oh! Äh … D, nehme ich an. Nein, A! Ja, das ist richtig, A.«

Der Beamte hielt inne, dann sah er langsam und vielsagend auf. »Also, was nun? A oder D?«

Die Augen des Mannes blinzelten kurz zu dem ausdruckslosen Golem hin. »Ich bin viele Meilen gereist, mein Herr«, sagte er dann mit bemühtem Lächeln. »Ich möchte die guten Menschen in der Stadt unterhalten.«

Der Beamte starrte ihn nur schweigend an. Pryce hielt den

Atem an, aber plötzlich wurde die Stille durchbrochen, als der Beamte mit sonorer Stimme »D« sagte, den Buchstaben eintrug und mit der Befragung fortfuhr.

»Seid Ihr ein Dieb, oder kennt Ihr einen solchen?«

Der Nervöse zirpte: »Nein, mein Herr!«

»Wie steht es mit Euren Fertigkeiten auf den Gebieten des Taschendiebstahls, des Öffnens von Schlössern, des Fallenentfernens, der Tarnung, des Kletterns, des Deckungsuchens oder des Anschleichens?«

Pryce wand sich innerlich bei der Erwähnung des zweiten Punktes und der letzten drei Fertigkeiten. Sein Mund zuckte nervös, und er begann sich für das bevorstehende Verhör zu rüsten. Das würde nicht leicht werden ... Nicht, solange dieses große Auge über ihnen nach jedem Zeichen von Unsicherheit Ausschau hielt und der Golem darunter nur darauf wartete, als Rausschmeißer seine Pflicht zu erfüllen.

»Nein, mein Herr, keines dieser Talente nenne ich mein eigen«, sagte der kleine Mann nun sehr ernsthaft. »Ich will nur die guten Menschen von Lallor unterhalten und hoffe, ihre Gunst zu erringen.«

»Wie lange wollt Ihr Eure Vorstellungen geben?« erkundigte sich der Beamte und blickte von seinem Pergament auf.

Bei dieser Frage schien sich der Mann zu entspannen. »Ich glaube, ich brauche nur eine Genehmigung für vierzehn Tage, mein Herr. In dieser Zeit kann ich gewiß beweisen, was ich wert bin.«

»Gut«, erwiderte der Beamte brüsk. Er schien sich nicht länger für den Kleinen zu interessieren. Jetzt galt seine ganze Aufmerksamkeit dem vor ihm liegenden Pergament, auf das er dermaßen rasch etwas niederschrieb, daß die Schreibfeder nur so zuckte.

Doch gerade als der kleine Mann sich endlich sicher genug fühlte, um einen Seufzer der Erleichterung auszustoßen und ein breites Lächeln aufzusetzen, sah der Beamte plötzlich wieder hoch und sagte: »Zwei Männer spielen fünf Spiele Schach. Jeder gewinnt die gleiche Anzahl von Spielen, und es gibt kein Unentschieden. Wie kann das sein?«

»Wie bitte?« stammelte der kleine Kerl überrascht.

»Zwei Männer. Fünf Spiele. Jeder gewinnt. Kein Unentschieden. Nun?«

»Ich ... aber ... Wie soll das ...?«

»Kommt schon, kommt schon, mein Herr«, mahnte der Torhüter ernst. »Ihr glaubt doch sicher nicht, daß allein Euer Begehren Euch den Zutritt zu Lallor verschafft. Wir sind eine exklusive Gemeinschaft, mein Herr. Wir müssen sichergehen, daß jeder, der unterhalten möchte – und wirklich jeder aus *diesem* Personenkreis –, ein schlaues Köpfchen hat. Also, antwortet schon. Wie können zwei Männer fünf Partien ohne Unentschieden spielen und dabei beide gewinnen?«

»Tut mir leid.« Der kleine Mann war erst verwirrt, dann verzweifelt, schließlich am Boden zerstört. »Ich – ich –«

Pryce legte ihm eine Hand auf die Schulter. »Sie haben nicht gegeneinander gespielt«, flüsterte er.

»Was?«

»Die beiden Männer haben nicht gegeneinander gespielt«, wiederholte er. »Nur so können sie beide die gleiche Anzahl von Spielen gewonnen haben.«

Langsames Verstehen zeichnete sich auf dem Gesicht des Kleinen ab, während der Beamte über diese Schützenhilfe nicht allzu begeistert schien. Jener stemmte sich hoch, seine Fäuste zitterten auf der Marmorplatte.

»Ich bitte um Vergebung, mein Herr!« stieß er dann verärgert hervor. »Wie könnt Ihr es wagen?«

Pryce wußte, daß er jetzt schnell denken und handeln mußte. Wenn der Golem psychisch an die Gefühle des Beamten gekoppelt war, drohte Covingtons Kopf zu Apfelmus zerquetscht zu werden. Es gab nur einen Ausweg: Er mußte die Aufmerksamkeit von sich ablenken.

»Entschuldigt, aber es ist zwingend notwendig, daß ich mit einer Amtsperson spreche. Es geht um meinen Freund, Gamor Turkal ...«

Zu seinem Erstaunen sah Pryce nun die Wut aus dem Gesicht des Beamten schwinden. Dann richtete sich dieser auf wie ein Spürhund, dem ein erstklassiges Steak angeboten wird. Schließlich wiederholte der Torhüter seine vorherige Ermahnung, aber diesmal in einem entschuldigenden Tonfall.

»Mein Herr, ich bitte um Vergebung!«

»Ja, ja«, sagte Pryce bescheiden. »Aber mein Freund Gamor ...« Er wies die Straße hinunter.

»Natürlich, mein Herr!« unterbrach ihn der Beamte, der um die Marmorplatte herumgeeilt war. »Gamor Turkal hat Euer Kommen angekündigt. Wir haben Euch erwartet!«

»Wirklich?«

»Natürlich«, antwortete der Torhüter begeistert. Er wollte Pryce seinen Arm um die Schultern legen, besann sich aber eines Besseren. »Wir haben Eure Ankunft schon einige Zeit erwartet.«

Pryce blinzelte. Auf alles mögliche war er gefaßt gewesen, aber nicht hierauf.

»Wirklich? Nun, der Sturm hat mich etwas aufgehalten, und dann waren da die Gefahren auf dem Paß ...«

»Oh, wir wußten, daß Ihr damit schnell fertig werden würdet«, sagte der Beamte wegwerfend. »Aber kommt, kommt. Nach Eurer Reise müßt Ihr hungrig und durstig sein.« Erst jetzt fühlte sich der Aufsichtsbeamte sicher genug, Pryce den Arm umzulegen und ihn zum offenen Tor zu geleiten.

»Aber ... aber«, stammelte Pryce und zeigte auf die Reihe der Wartenden, »sollte ich nicht erst den Test machen?«

»Ach was! Dieser Test ist nicht für Euch bestimmt! Nur Ihr würdet darauf kommen, in aller Demut anzustehen und die Zugangsprüfung abzulegen. Euch freundlich und bedachtsam zu nennen war durchaus gerechtfertigt!« Er zog Pryce unter das Torauge, das jeder seiner Bewegungen folgte. Covington blickte seinerseits das Auge an. Er fragte sich besorgt, ob es wohl direkt in seine Seele schauen konnte.

»Was für ein schönes Blau«, sagte er dann mit breitem, aber beileibe nicht spöttischem Grinsen. »Nein, ein Grün. Jetzt ein Braun!«

Der Beamte kicherte, daß seine Hängebacken wie Münzsäckchen zitterten. »Das Auge der Inquisitrix«, meinte er gutgelaunt. »Natürlich tritt niemand unbemerkt ein. Nicht einmal Ihr!«

»Sehr vernünftig«, betonte Pryce und konnte nur mit Mühe seine Augen von dem ominösen Zyklopen-Augapfel abwenden. »Sehr weise.« Dann war er unter dem Tor.

»Mein Herr«, sagte der Beamte nun mit gesenkter Stimme, »ich kann Euch gar nicht sagen, welche Ehre es für mich ist, daß ausgerechnet ich Euch in unserer bescheidenen Stadt willkommen heißen darf. Und daß es mir, Matthaunin Witterstaet, gestattet sein soll ... Nun, mein Herr, ich hoffe, es ist Euch nicht peinlich, aber ich werde meinen Nichten und Neffen erzählen müssen, daß diese Hände tatsächlich Euch berührt haben!«

Der Alte konnte vor Rührung nicht mehr weitersprechen, was auch nichts machte, weil Pryce ihm sowieso nicht zuhörte. Er bestaunte gerade das exklusive »Juwel von Halruaa«. Was auch immer ihm von nun an zustoßen mochte, niemals würde er den ersten Anblick von Lallor vergessen.

Sowohl Stadt wie Mauer waren sehr fachkundig gebaut. Die Mauer umgab die Gemeinschaft von drei Seiten und schmiegte sich an die höchste Erhebung der Ansiedlung an. Jenseits des Walles fiel die Stadt langsam bis zur Bucht von Lallor ab. Das war auch der Grund, warum man von der anderen Seite der Mauer nur die höchsten Dächer der größten Gebäude innerhalb der Stadt sehen konnte. Das abfallende

Gelände verwehrte es auch den Einlaßbegehrenden, die ganze Pracht Lallors zu genießen.

Ein einziger Blick reichte Covington, um zu wissen, daß nur die Besten und Klügsten von Halruaa es wagen konnten, inmitten eines solchen Glanzes zu leben. Er widerstand der Versuchung, sich die Augen zu reiben, und versuchte seine Überraschung nicht zu zeigen. Die Gebäude waren von unterschiedlicher Breite und Größe, aber sie schienen alle geradezu aus der üppig grünen Vegetation herauszusprießen, die sie umgab und die nur von den frischen Tupfen der seltenen Blumen mit ihren kräftigen Farben unterbrochen war.

Einige Gebäude waren klassische Herrenhäuser mit gelbem und dunkelbraunem Putz, andere weitläufige Gehöfte aus teurem Stein, aber alle regelrechte Paläste von erstaunlichster Machart. Dann gab es Häuser wie riesige Birnen, anscheinend aus organischem Material und durchscheinend wie Glas. Diese Birnen leuchteten nicht nur in vielen verschwommenen Farben, sondern waren auch manchmal spitzer, manchmal runder geformt, aber immer geräumig genug, um große Familien beherbergen zu können.

Pryce reckte den Kopf. Er meinte, innerhalb dieser erstaunlichen Gebäude Bewegungen gesehen zu haben, aber das mochte eine Reflexion der Wolken und der glitzernden Bucht gewesen sein. Mit verwundertem Kopfschütteln warf er einen Blick über die Schulter auf die ihm vertrauter wirkenden Schlösser, die den großen Zauberern aus jeder Stadt Halruaas gehörten. Diese niedrigen, ausgedehnten Gebäude bildeten beinahe eine zweite, innere Mauer, die sich von einem Ende des Stadtwalles zum anderen erstreckte.

»Ich hoffe, unsere anspruchslose kleine Gemeinde stellt keine allzu große Enttäuschung für einen so weitgereisten, erfahrenen Mann wie Euch dar«, bemerkte der Beamte bescheiden.

Pryce gewährte ihm ein Lächeln. »Ein bißchen dick aufgetragen, findet Ihr nicht ... Wie war noch Euer Name, guter Mann?«

Die Hängebacken des Aufsichtsbeamten zitterten, als er überrascht den Kopf hob, dann wurden sie in seinem zufriedenen Lächeln breiter. »Matthaunin Witterstaet, zu Euren Diensten! Und, wenn ich so sagen darf, mein Herr, Ihr seid wirklich so aufmerksam, wie behauptet wurde.«

»Wie bitte?« Aber bevor Pryce diesen Punkt weiterverfolgen konnte, kam eine beeindruckende Frau auf sie zu und blieb vor ihnen stehen. Ihr plötzliches Auftauchen machte Pryce bewußt, daß die hinreißende Architektur ihn von den vielen gutgekleideten Menschen mit den guten Manieren abgelenkt hatte, die in den gepflegten breiten Straßen den Alltagsgeschäften nachgingen.

Die Frau war fünf Fuß und drei Fingerbrcit groß – sie reichte ihm gerade bis an die Brust – und etwa hundert Pfund schwer. Als Pryce mit der Musterung der kleinen Füße, die in hautengen Stiefeln steckten, der wohlgeformten O-Beine in dunklen Lederhosen und des kurzen, aber kräftigen Körpers in blutroter Tunika mit weiß-gold-gepunkteten schwarzen Tressen und rundem Halsausschnitt fertig war, konzentrierte er sich auf das Gesicht über dem dunklen purpurfarbenen Kapuzenmantel, der von den Schultern der Frau bis auf das Kopfsteinpflaster der Straße fiel.

Große dunkelblaue Augen, eine schnauzenartige Nase, hohe hervortretende Wangenknochen und dünne, dünne, *dünne* Lippen. Absolut einzigartige Lippen, dachte er, eigentlich nur ein waagerechter Strich wenige Zentimeter über dem strengen Kinn. Ihr sandfarbenes Haar war straff zu einem kurzen Pferdeschwanz zurückgebunden, was Covington keineswegs überraschte.

»Einen schönen guten Tag wünsche ich, Begrüßer«, sagte sie mit nicht gerade angenehmer, schriller Stimme zu dem Beamten.

»Auch Euch einen schönen Tag, Inquisitrix«, erwiderte dieser. Dann schwenkten seine beiden Arme zu Pryce, als würde er einen lang ersehnten Preis präsentieren. »Und das ist –«

»Ihr braucht mir nicht zu sagen, wer das ist!« unterbrach sie ihn mit einem Lächeln für Pryce. Er bemerkte, daß ihre Schneidezähne etwas schärfer waren als üblich. »Ein Blick genügt. Wie sollte, könnte ich mich da täuschen?« Sie stieß eine Hand vor. »Berridge Lymwich, Inquisitrix ersten Ranges von Mystra, zu Euren Diensten, mein Herr. Es ist mir ein Vergnügen, Euch endlich kennenzulernen, nachdem ich schon soviel über Euch gehört habe.«

Er nahm ihre Hand. Sie war kalt und hart, ihr Griff wie das Zupacken eines Schraubstocks. Pryce zuckte zusammen und zog rasch seine Hand zurück.

»Wenn Euer Vergnügen so groß ist wie Eure Kraft«, meinte er, »dann müßt Ihr vor Freude außer Euch sein.«

Lymwichs Kinn sackte nach unten, ihr Mund ging auf, und sie zwinkerte. Dann stieß sie ein lautes Lachen hervor.

Der Beamte lehnte sich vor und blinzelte ihr zu. »Entspricht er nicht in allem der Beschreibung?«

Die Inquisitrix taxierte Pryce von oben bis unten. »Und da ist noch mehr!« Sie stellte einen Fuß hinter den anderen und machte halb eine Verbeugung, halb einen Knicks. »Wirklich, mein Herr, ein Vergnügen, Euch kennenzulernen.«

»Danke«, erwiderte Pryce und massierte seine Hand, um sich zu vergewissern, ob noch alle Knochen und Knöchelchen an Ort und Stelle waren. Dann drohte er ihr mit dem Finger. »Ihr Lallorer überrascht mich immer wieder mit eurer Freundlichkeit. Mir wurde erzählt, ich könnte mich glücklich schätzen, wenn man mir hin und wieder einen Blick schenken würde, ganz zu schweigen davon, einen Handschlag zu empfangen!«

Lymwich gestattete sich einen weiteren Lacher, in Bewunderung seiner offenbaren Freundlichkeit. »Na, wer hat Euch denn das berichtet?« fragte sie dann mit einer gewissen Vertraulichkeit. »Hat Geerling Euch etwa Geschichten erzählt?«

Pryce zog die Augenbrauen hoch. Geerling? Welcher Geerling? Aber bevor er noch nachsetzen konnte, lehnte sich der Beamte herüber. »Wohl eher Gamor Turkal«, sagte er mit einem Lächeln, das das Fleisch um seine Knopfaugen herum in Falten legte, und einem Nicken, das seine vielen Kinne erzittern ließ.

»Turkal?« Lymwich rümpfte mit einem gewissen Abscheu die Nase. »Pfff.« Der Name seines alten Partners hatte sichtlich die Stimmung geändert, aber das überraschte Pryce nicht. Gamor hatte oft diese Wirkung. Er konnte ein Gespräch auf fünf Längen Abstand zum Erliegen bringen. »Aber genug der Höflichkeiten, Begrüßer«, sagte schließlich die Inquisitrix knapp. »Ich glaube, Ihr habt noch einige Eintrittswillige zu prüfen ...?«

»Aber, Herrin Lymwich«, protestierte Matthaunin, »schließlich kommt nicht jeden Tag –«

»Genug, Begrüßer«, erwiderte die Inquisitrix schroff, um klarzumachen, daß dessen Begegnung mit Pryce damit beendet war. »Unser illustrer Gast, den wir so lange schon erwartet haben, ist jetzt endlich hier. Wir vom Inquisitorium der Mystra können ihn jetzt übernehmen. Es gibt keinen Grund, ihn oder Euch noch länger aufzuhalten.«

Der Torhüter war sichtlich enttäuscht. »Ja, Inquisitrix. Ich verstehe.« Der Zurechtgewiesene wandte sich zum Gehen.

»Wie weit kann ein Jagdhund in einen Wald hineinlaufen?« fragte ihn Pryce anstelle eines Abschiedsgrußes.

»Wa... was?« stotterte Matthaunin, dann hellte sich seine Miene auf. »Oh ... oh, ich verstehe. Ein Rätsel! Ein Hund ... in den Wald? Mal sehen ... Oh, liebe Güte, das sollte ich aber wissen ... Verflixt! Also gut, wie weit?«

»Bis zur Hälfte«, verriet ihm Pryce mit einem Grinsen. »Wie ...? Oh, natürlich! Denn die andere Hälfte läuft er aus dem Wald heraus! Ja, ja, das ist gut. Das werde ich verwenden …« Und dann verschwand Matthaunin Witterstaet kopfschüttelnd und lächelnd durch das Tor zu seinen Pergamenten, dem Golem und den Wartenden.

Pryce drehte sich zu der Inquisitrix um, die ihn mit einem seltsamen Gesichtsausdruck betrachtete. »Was ist denn?« fragte er sie direkt.

»Ihr brauchtet doch nicht …«, setzte sie an, dann versuchte sie es noch einmal. »Warum habt Ihr …?« Und als auch das nicht weiterführte, zog sie sich auf eine Feststellung zurück. »Ihr seid überhaupt nicht so, wie ich es erwartet hatte, aber irgendwie all das, womit ich gerechnet hatte.«

Pryce wollte sie schon dafür schelten, daß sie sich überhaupt eine Vorstellung von ihm gemacht hatte, aber dann riß er sich doch am Riemen. »Was genau *habt* Ihr denn erwartet?« fragte er mit amüsiertem Lächeln.

Mit seiner Ungezwungenheit erreichte er aber genau das Gegenteil von dem, was er beabsichtigt hatte. Die Inquisitrix räusperte sich und straffte ihre Schultern.

»Nun, Euch natürlich, mein Herr. Ich hoffe, Ihr werdet mir vergeben. Ich vernachlässige meine Pflichten. Natürlich haben wir Euch durch das Auge des Inquisitors gesehen, und ich wurde geschickt, um sicherzustellen, daß Ihr Euch gleich wohl fühlt. Würdet Ihr mir bitte folgen, mein Herr?«

Sie führte ihn die Straße in das eigentliche Lallor hinunter. Bald wußte Pryce nicht mehr, wo ihm der Sinn stand: Einerseits wollte er auf irgendeine Weise Informationen aus Lymwich herausquetschen, über ihre Beziehung zu Gamor und das, was das alte Schlitzohr überall von ihm erzählt hatte, andererseits versuchte er beim Anblick der offenbar endlosen Schätze dieser luxuriösen kleinen Stadt am Meer auch nicht zu eingeschüchtert zu erscheinen.

Hier war alles nicht einfach nur erbaut, sondern geschmackvoll entworfen – von den Bordsteinen bis zu scheinbar unbedeutendem Fensterschmuck. Es war kaum zu glauben, doch die meisten zum Verkauf feilgebotenen Dinge wirkten ganz und gar nicht protzig. Statt dessen waren sie kunstvoll, ja, elegant in ihrer Einfachheit. Alles schien sauber, jedoch nicht steril zu sein. Jedes Haus, jedes Geschäft, an dem sie vorbeikamen, strahlte einen eigenen Charme, eine eigene Persönlichkeit aus. Wo er auch hinblickte, überall fielen ihm farbenfrohe Dekorationen ins Auge.

Die Menschen, an denen sie vorbeikamen, betrugen sich keineswegs überschwenglich, aber gewiß auch nicht unfreundlich. In ihren weichen, extravaganten, doch geschmackvollen Kleidern und den bodenlangen Mänteln blickten sie kritisch von ihm zur Inquisitrix, dann nickten sie irgendwie zustimmend. Für die ganzen Geschichten von der Zurückhaltung der Lallorer gegenüber Fremden konnte er als einzigen Beweis bisher nur das strenge Einlaßverfahren anführen. Vielleicht war das auch alles, was diese reichen, zivilisierten Bürger brauchten, um die Ordnung aufrechtzuerhalten – dies und das allsehende Auge am Haupttor.

Ein allsehendes Auge, das mitbekommen haben mußte, wie Gamor Turkal die Stadt verlassen hatte, und wissen mußte, daß er nicht zurückgekehrt war!

Der Rest des Weges verschwamm vor Covington. Sosehr er auch bestrebt war, die wunderbare Architektur und Landschaft zu genießen, wurde es doch zunehmend wichtiger für ihn herauszufinden, was alle anderen nur über ihn zu wissen schienen. Er war so darauf versessen, der kleinen zugeknöpften Inquisitrix diese Informationen abzuringen, daß er gar nicht bemerkte, wie dicht die Vegetation nun um sie herum wurde und wie eng auf einmal die hohen Bäume mit ihrer dicken Rinde in diesem Teil der Stadt standen.

»Da wären wir, mein Herr.«

Covington blickte auf. «Wie bitte?«

Sie befanden sich in einer dunklen kühlen Sackgasse, im

Rücken die Stadt und vor sich die innere Mauer der Schlösser. Sie standen auf dunkelroten rechteckigen Steinen. Die Sackgasse hatte ungefähr die Form einer Birne. Mauern umgaben Pryce von drei Seiten. Über und über waren sie von blühenden Weinranken bedeckt. Bei näherer Betrachtung stellte er fest, daß der Wein um so wilder wuchs, je höher er wurde. Stellenweise rankte er sich über ihren Köpfen zu einem wahren Blätterdach zusammen.

Lymwich zeigte nach links. »Hier.« Pryce starrte auf den riesigen Stamm eines beeindruckenden Stevlymanbaums. Der Pflanzenmagier Usherwood Stevlyman hatte diese spezielle Art vor vielen Jahren gezüchtet, zusammen mit den beliebten, in vielen Farben blühenden Blumen dieser Stadt. Bäume dieser Art wurden ihrer sattbraunen Farbe und der eleganten Gestalt wegen sehr geschätzt.

Wieder wies die Inquisitrix auf den dicken Stamm des Stevlymanbaumes. Pryce konnte nun eine etwa mannsgroße Höhlung darin erkennen.

»Ja?« sagte Pryce langsam.

Berridge brach in Gelächter aus. »Ihr versteht mich nicht. Das gehört Euch, mein Herr. Das ist Euer Haus.«

»Mein Haus? Ein Baum?«

Sie nickte, und Pryce schaute endlich auf. Er entdeckte sorgfältig gearbeitete, kleine runde Fenster mit Fensterkreuzen, die aus den verschlungenen, alles überwuchernden Weinranken herausblickten. Dann nahm er die Öffnung im Baumstamm genauer in Augenschein. Sie lag geschickt verborgen zwischen Wurzelwülsten, selbst aus wenigen Fuß Abstand war sie kaum zu bemerken.

Pryce steckte seinen Kopf in die Höhlung. Nach einem schmalen Vorraum kam eine Tür, die ebenfalls mit dem Baum zu verschmelzen schien. Wieder einmal wurde Pryce daran erinnert, daß alles in dieser Stadt einem lebenden Kunstwerk glich.

Plötzlich fiel Covington ein, daß seine Führerin draußen wartete. »Ha!« sagte er aus dem Baum heraus. »Ich kann mir aber durchaus selbst eine passende Unterkunft suchen. Es ist nicht notwendig, jemand anderen auf die Straße zu setzen.«

»Oh, nein«, erwiderte Lymwich. »Kein Wort mehr davon. Gamor hat Geerlings Wünsche sehr genau bekanntgemacht. Ihr sollt hier wohnen.«

Pryce sah über die Schulter zum Eingang zurück. »Nun«, meinte er dann mit einem Achselzucken, »wenn ich muß, dann muß ich ...« Er kam wieder aus dem Eingang heraus und bedeutete der Inquisitrix, daß er ihr den Vortritt lassen würde. »Nach Euch.«

Lymwich schüttelte den Kopf. »Oh, nein. Mich legt Ihr nicht so leicht herein. Ich müßte doch verrückt sein, die Schutzzauber von Geerling Ambersong auszulösen.«

Aha, dachte Pryce. Ein kleiner Schritt für Pryce Covington. Jetzt hatte er wenigstens einen Nachnamen für den mysteriösen Geerling. Und da gab es noch die Schutzzauber, an denen er irgendwie vorbeikommen mußte. Instinktiv machte er das, was er früher immer getan hatte, wenn er vor einem haarigen Problem stand.

»Inquisitrix Lymwich«, sagte er geheimnisvoll, »kennt Ihr Gamor Turkal?«

»Pfff, diesen Lebemann? Bitte, erwähnt ihn nicht weiter, wenn es Euch nichts ausmacht. Es war abstoßend, wie er von Euch herumkrähte, über seine Freundschaft mit Euch und wie wichtig Eure Ankunft für Großmagier Ambersong wäre.«

Pryce fühlte sich geschmeichelt. »Wirklich? Er hat von mir gesprochen?«

»Unablässig. Er und Ihr hier, der Großmagier und Ihr da, er und Geerling Ambersong ...«

Covington hoffte, daß sie sein plötzliches Zusammenzucken nicht bemerkt hatte. Geerling Ambersong – konnte das der andere Tote am Baum gewesen sein? Pryce drehte sich schnell um und sah wieder die Tür vor sich. Angesichts der Zuspitzung der Lage schien es besser zu sein, die Sache lieber früher als später hinter sich zu bringen. Wenn Ambersongs Magie seinen Körper, seinen Verstand oder beides versehrte, wäre der Verdacht jedenfalls hinfällig und er zudem von seinem wachsenden Unbehagen erlöst. Er schloß die Augen und machte einen letzten Schritt auf die Tür zu.

Durch seine Augenlider nahm er ein schwaches Licht wahr, und seine Ohren hörten ein Klicken. Irgendwie war das Geräusch eher einladend als abschreckend. Er schlug die Augen gerade noch rechtzeitig auf, um ein letztes Aufleuchten von irgendwo unterhalb seines Kinns mitzubekommen. Aber bevor er in einer Weise reagieren konnte, schwang die Tür langsam nach innen.

Die Mantelspange, dachte Pryce. Sie muß ein magischer Schlüssel sein ... Und plötzlich war sein Sinn von der Vision einer Heimkehr erfüllt, wie er sie noch nie erlebt hatte. Das Innere des Baumes war geräumiger, als sein Äußeres vermuten ließ. Ein großer, annähernd pyramidenförmiger Raum tat sich auf, und selbst die Äste waren noch ausgehöhlt, so daß man sie als Ablageflächen benutzen konnte.

Die Einrichtung bestand aus bequemen Holzmöbeln, dicken Teppichen, geschmackvollen Lampen und dem größten gemauerten Kamin, den Pryce je gesehen hatte. In den untersten Asthöhlen waren Haushaltsgegenstände und Zubehör verstaut.

Zu Covingtons großer Überraschung konnte er in dem gemütlichen Haus keinen einzigen magischen Gegenstand ausmachen. Es gab jedoch auf einem entlang der inneren Baumwand von Ast zu Ast führenden Regalbord eine gehörige Anzahl von Gegenständen, die Pryce Covington nun wirklich etwas bedeuteten.

»Bücher«, hauchte er. »So viele Bücher.« Er blickte zu

Lymwich zurück, die absichtlich – und steif – vor der Tür gewartet hatte. »Das ist meins?«

»Der Großmagier hat seine Wünsche deutlich genug ausgedrückt«, erwiderte sie ein wenig neidisch. »Es gehört Euch.«

Er widmete sich wieder dem Haus. Diesmal entdeckte er auch noch größere Nebenräume, die Schlafkammer, das Bad und die Küche. In seinen Gedanken nahm er jede nur irgendwie geartete Kritik zurück, die er über Gamor Turkal geäußert haben mochte. Dieser Platz war wie geschaffen für ihn.

Es war alles einfach zuviel. Covington wurde schwindelig. Er merkte, daß die nicht abreißende Kette von Ereignissen ihn schließlich doch überwältigt hatte. Aber ihm war nicht nach Ruhe zumute. Schlaf war das letzte, was er wollte.

»Sehr hübsch«, antwortete er schließlich mit einer gehörigen Untertreibung. »Das dürfte genügen. Sagt mir, meine gute Inquisitrix, gibt es hier in der Nähe einen kleinen Imbiß? Kann ich Euch im nächsten Lokal einen ausgeben?«

***

»Glaubt Ihr, ich hätte es nicht bemerkt?« fragte ihn Berridge Lymwich und unterstrich ihre Bemerkung, indem sie den Bierkrug hochhielt. »Ich bin eine erstklassige, hochrangige Myquisitrix von Instra! Ich meine … Ach, Ihr wißt schon, was ich meine. Ich merke alles!«

Sie waren beide beim dritten Metkrug angelangt. Zuvor hatte sie ihn aus seinem neuen Haus geführt und war dann an der Stelle nach links abgebogen, wo die Mauer der Sackgasse wieder an den Stamm des Stevlymanbaums stieß. Dort befand sich hinter blühenden Weinranken eine gut versteckte eiserne Wendeltreppe.

Pryce staunte, wie vollkommen die Weinranken die Treppe verbargen, als sie hinabstiegen. Weder von außen noch von innen konnte man etwas erkennen. Er hörte jedoch das Wasser der Bucht von Lallor in der Ferne an den Strand schlagen und sah ein diffuses Licht einen gelbgrünen Glanz auf die Wendeltreppe werfen. Covington zählte die Stufen. Mit dem fünfundzwanzigsten Schritt traten sie durch die Ranken auf einen Vorplatz zwischen der Innenmauer der Schlösser und der Bucht. Von dort hatte Pryce einen schönen Blick auf den malerischsten Teil der Küste.

»Dies ist der älteste Teil der Stadt», erklärte Lymwich ihm kurz. »Von den ersten Bewohnern als unauffälliger Rückzugsort geplant.« Angesichts der betagten Häuser aus Stein und Holz rümpfte sie die Nase. »Ich finde, der ganze Stadtteil sollte abgerissen werden.«

Pryce war da anderer Ansicht. Er bewunderte das Geschick, mit dem die damaligen Erholungssuchenden ihren Häusern einen einfachen Anstrich, aber zugleich viel Charakter und Charme verliehen hatten. Das erinnerte ihn an malerische Dörfer zu Hause, die in jedem Detail familiäre Harmonie ausstrahlten. Selbst jetzt glaubte er den angenehmen Klang von Stimmen zu hören, ein miteinander Singen und Lachen.

»Kommt schon«, grunzte Berridge. «Ich habe Euch nicht wegen eines Picknicks hergebracht.« Sie zeigte mit dem Daumen hinter sich. Pryce schaute in die angedeutete Richtung und entdeckte ein Gasthaus, das unmittelbar in die Steinmauer hineingebaut war. Die Fensterrahmen bestanden aus Holzbalken, die Scheiben aus dickem, klarem Glas. Die große graue, mit Stahl beschlagene Tür trug ein einfaches Schild: *Schreders. Immer zu Diensten.*

Innen wirkte das Haus wie eine gemütliche Kombination aus luxuriöser Kapitänskajüte und der Höhle eines kaiserlichen Zauberers. Wände und Decke variierten in Höhe und Breite. Hölzerne Stütz- und Querbalken wetteiferten auf Gedeih und Verderb mit Steinen und Felsquadern und schufen so mancherlei Nische. Überall gab es gemeißelte Steintische und so schöne Holzstühle, wie Pryce sie selten gesehen hatte.

Er betrachtete gerade ein paar Lampen, die wie Flaschen, Krüge oder Karaffen geformt waren, als er durch eine dröhnende Stimme aufgeschreckt wurde.

»Wer das ist, braucht Ihr mir nicht zu sagen!« Azzoparde Schreders, der Besitzer der gastlichen Stätte, hatte sich eingeführt.

Der vollbärtige, rotgesichtige Mann in weißem Hemd, schwarzen Hosen und brauner Schürze, der da nun mit ausgebreiteten Armen vor Pryce hintrat, konnte auch niemand anderer sein als der Wirt. Sein Kopf war rund wie der Mond, und das dichte, schwarze Haar setzte an einer ebenfalls runden Kahlstelle auf dem Schädel an. Seine Arme, sein Leib und seine Beine waren dick und stämmig, und der Gesichtsausdruck wirkte offen und einladend wie die ganze Gaststube.

»Habt lang genug gebraucht, um herzufinden! Was?« Seine Stimme kratzte wie ein Sack Kies, der hinter einem Karren hergeschleift wird. »Habt wohl gedacht, daß wir ewig auf Euch warten? Das Herbstfest steht schon fast vor der Tür!«

Pryce lächelte freundlich. »Ich hatte einen weiten Weg.«

»Das will ich meinen«, sagte sein Gastgeber verschwörerisch und ließ seine Ellbogen wie die Flügel eines Vogels flattern. »Das würde ich auch sagen! Was?«

Etwas verwirrt von dieser Unterhaltung wandte sich Pryce ab und bewunderte lieber wieder die rustikale Schönheit des Raumes. Eine Reihe einladender Nischen war mit durchsichtigen oder dunkel getönten Fensterscheiben versehen. Und was Pryce noch mehr gefiel – eine magische Beleuchtung ließ alles Wichtige erkennen, ohne die gastliche Stätte gleich ungemütlich zu erhellen.

»Willkommen in der exklusivsten Weinstube für Genießer in einer ohnehin schon exklusiven Stadt«, prahlte Schreders. »Gerade gut genug für den Wirt« – er stieß Lymwich mit dem

Ellbogen an und zwinkerte ihr wissend zu – »und gerade grob genug für das Salz der Erde!«

»Ein hübsches Plätzchen habt Ihr da«, meinte Pryce, um sich dann zur Inquisitrix hinüberzuneigen. »Für jede Gelegenheit das passende Klischee.« Lymwich stieß ein höfliches, wieherndes Lachen aus.

»Vielleicht *seid* Ihr sogar so großartig, wie es heißt!« Schreders nickte anerkennend. »Die große Inquisihex' zum Lachen zu bringen ist gar nicht so leicht! Was?«

Berridge schlug Azzo auf den Arm, während dieser vor und zurück schaukelte und sich den runden Bauch hielt.

Lymwich stieß einen Seufzer aus. »Jeder, der etwas darstellt, taucht irgendwann einmal hier auf«, gab sie widerstrebend zu. »Komfort und Diskretion sind unerreicht.«

»Genau wie die Sicherheit.« Azzo zwinkerte wieder der Inquisitrix zu, bevor er sich zu voller Größe aufrichtete, um Covington ins Gesicht zu sehen. »Was wünscht Ihr zu trinken, mein guter Herr? Was wir nicht haben, kann man auch nicht trinken.«

»Aufrichtigere Worte habe ich selten gehört«, sagte Pryce anerkennend. Er stellte sich der Herausforderung. »Ich erkenne jede Stadt an ihrem Getränk. Und werde nur selten enttäuscht. Wie das Lieblingsgetränk, so der Ort. Schlichtes, einfaches Bier: ein Kampf braut sich zusammen. Voller, weicher Grog: Liebe liegt in der Luft.«

Schreders wollte Pryce auf den Rücken klopfen, besann sich aber noch schnell eines Besseren. Statt dessen trat er zurück und klopfte auf die Bar. Dieses Geräusch – wie fast alle anderen Töne – wurde von den zahlreichen Ecken und Kanten in dem weitläufigen Raum nahezu verschluckt.

»Und aufrichtigere Worte habe *ich* selten gehört, mein Herr«, erwiderte Azzo.

Die Bar lag im hintersten Teil des Gastraums. Sie war hufeisenförmig angelegt. Jeder, der dort saß, konnte also für sich sein, den Fenstern und der Stube den Rücken kehren oder sein Gesicht der Eingangstür zuwenden.

Azzo schlüpfte in die Bar und bezog hinter einer Reihe von Zapfhähnen Stellung. »Ihr gefallt mir, mein Herr«, verriet er Pryce. »Ganz ehrlich. Die erste Runde jedenfalls geht auf mich!«

Pryce Covington hatte selten süßere Worte vernommen. Und wenn das erste Getränk ein ernstzunehmendes Omen darstellte, steckte Lallor voller Verheißungen. Die zweite Runde wurde dann von Azzo persönlich an einem ruhigen Tisch serviert, an dem Pryce gerade Berridge Lymwichs Fragen mit der grundsätzlich zuverlässigen »Reden-wir-doch-nicht-von-mir-ich-würde-lieber-mehr-von-dir-erfahren«-Methode abzuwehren versuchte.

Er bekam heraus, daß die Inquisitrix weitgehend so war, wie sie erschien: uneingeschränkt loyal, pflichtbewußt und ehrgeizig, jedoch auch ein wenig unsicher. Ihr leichter Minderwertigkeitskomplex zeigte sich in Ausbrüchen mürrischer Mißbilligung, sobald sich Azzos hübsche blonde Kellnerin näherte. Dann aber wechselte Lymwich plötzlich das Thema und kam auf die Bücher in Covingtons neuer Heimstätte zu sprechen.

»Ich habe es Euch gesagt«, mahnte sie mit der sorgfältigen Betonung der leicht Betrunkenen. »Ich merke alles. Was ist das für eine Sache mit Geerling und Euch und all diesen Büchern?«

Pryce wurde still. Es war schon spät, und sie hatte offenbar mehr getrunken, als sie vertrug. Noch ein Krug, und es war sicher nichts Vernünftiges mehr von ihr zu erfahren. Wenn er etwas herausbekommen wollte, mußte es jetzt geschehen.

»Für Geerling kann ich nicht sprechen, aber ich liebe Bücher, weil sie sich nicht verändern.«

»Was soll das heißen, Blade?«

Covington lehnte sich zurück. Wie hatte sie ihn genannt?

Er schüttelte den Kopf. Da hatte wohl der Alkohol etwas ihre Worte verzerrt. Pryce zuckte einfach mit den Schultern und beugte sich wieder vor.

»Ihr wißt schon. Menschen verändern sich, Orte verändern sich, aber Bücher nicht.«

»Was redet Ihr da? Bücher werden älter, die Seiten gelb …«

»Ich rede nicht vom Altern«, sagte er, überrascht, wie flüssig seine eigenen Worte hervorsprudelten. Vielleicht hatte der verdächtig süffige Met auch ihn schon im Griff. »Ich rede von dem, was zählt – bei Büchern *und* Menschen: das Innere. Wer einmal die Wahrheit gesagt hat, kann anfangen zu lügen. Bücher nicht. Wenn die mit der Wahrheit beginnen, bleiben sie dabei.«

Plötzlich beugte sich Berridge Lymwich über den Tisch, bis sich ihr Gesicht höchstens zwei Fingerbreit vor dem seinen befand. Covington mußte feststellen, daß sie nicht im geringsten angeheitert war. Sie war es gewesen, die ihn auf die Probe gestellt hatte.

»Oh, Ihr und Eure blumigen Worte«, sagte sie nur. Um ihren Mund lag ein wissender Zug. »Gamor Turkal und Geerling Ambersong mögen vielleicht alle anderen mit den Geschichten von Euren unglaublichen Abenteuern beeindruckt haben, aber ich will, daß Ihr eines wißt: Vor mir müßt Ihr Euch erst beweisen, Darlington Blade!«

3 *In Blades Haut*

Pryce Covington fürchtete, ihm würde schlecht werden, und dieses Gefühl kam nicht vom Trinken. Inquisitrix Lymwich hätte ihn genausogut mit einem Barhocker in die Magengrube schlagen können. Ihn mit diesem Namen anzusprechen hatte denselben Effekt.

Darlington Blade. Natürlich! Covington erinnerte sich wieder, wie seltsam sein Finger durch die Spange geführt worden war. Runter, im Bogen herum und hoch: *D*. Dann zweimal im Bogen runter und nach rechts: *B*. Die Initialen von Darlington Blade. Oder vielleicht auch: Doofer Banause. Oder: Dämlicher Betrüger. Plötzlich erkannte er glasklar, daß niemand in Lallor ihn für Pryce Covington hielt. Alle dachten, er wäre der große Darlington Blade!

Darlington Blade. Selbst kleine Laufburschen im fernen Merrickarta hatten von Blade gehört. Von dem legendären Zauberer und Abenteurer, der bei einem ausgezeichneten, aber exzentrischen Magier in die Lehre ging, dem Ersten Magier der exklusivsten Stadt des Reiches, wohnhaft in einem Ferienort vieler weithin bekannter Zauberer und anderer wichtiger Bürger der Nation.

Das also war Geerling Ambersong! Darlington Blades Meister! War er der andere Tote? Ziemlich unwahrscheinlich. Geerling Ambersong wurde für weit über siebzig gehalten, und das schon seit mehr als zehn Jahren. Nein, Covington hatte diesen einzigartigen Mantel – den Mantel, den jeder in Lallor als den Darlington Blades erkannte! – einem jung aussehenden Toten abgenommen.

Pryce Covington trank seinen dritten Krug in einem eindrucksvollen Zug leer. Der Met schien mit einem fernen, bittersüßen Lied durch seinen Körper zu rauschen. Darlington Blade tot unter einem Baum … Und Pryce trug seinen Mantel. Das verhieß wunderbare Möglichkeiten – und gefährliche Verwicklungen.

»Ich hätte nicht gedacht, daß eine Herausforderung von jemandem wie mir den großen Darlington Blade so erschüttern könnte«, riß ihn Lymwich aus seinen Gedanken. Covington war noch ganz mit seiner prekären Lage beschäftigt, als er sich wieder auf die Inquisitrix zu konzentrieren versuchte.

»Nein, wirklich«, sagte Pryce abgelenkt. »Mich selbst vor

Euch zu beweisen, bereitet mir keine Sorgen. Es liegt an Euch festzustellen, was ich wert bin oder nicht. Bis dahin werde ich einfach meinen Geschäften nachgehen ... Hoffentlich stilvoll.« Er warf einen Blick in seinen leeren Krug. »Azzo, mein Guter! Noch einen Met, falls es Euch nichts ausmacht!«

Lymwich schien seine Bemerkung zufriedenzustellen. Aber sie wollte noch nicht in die Heldenverehrung der restlichen Stadtbewohner einstimmen. »Kommt schon«, sagte sie auffordernd, immer noch nach vorn gebeugt. »Geerling Ambersong verschwindet, und Ihr taucht auf. Was soll eine Inquisitrix da denken?«

»Was immer sie mag«, erwiderte Pryce trocken, als die hübsche blonde Kellnerin in ihrem tief ausgeschnittenen Schnürmieder einen neuen schäumenden Krug vor ihn hinstellte. Er zwinkerte, und sie lächelte zurück, doch dann wurde sie von Lymwichs Stirnrunzeln vertrieben.

»Sagt schon, Blade«, drängte sie weiter. »Ihr müßt wissen, wo sich Geerling Ambersong befindet ... oder was ihm zugestoßen ist.«

»Was geht Euch das eigentlich an?« fragte Pryce und starrte in seinen Met, als läge darin die Antwort auf alle nur denkbaren Fragen.

»Behandelt mich nicht so herablassend«, gab die Inquisitrix zurück. »Das Herbstfest steht vor der Tür, und Gamor prahlt damit, wie hart Ambersong Euch rannimmt. Dann – nach Jahren der Heimlichtuerei – taucht Ihr plötzlich wirklich auf, genau zu dem Zeitpunkt, an dem der alte Mann verschwindet. Ihr müßt zugeben, das Inquisitorium der Mystra darf vor diesen Ereignissen nicht die Augen verschließen.« Plötzlich schien Lymwich sich aus einer zielstrebigen Ermittlerin in eine vertrauensvolle Verbündete zu verwandeln. Sie rückte dicht an ihn heran und flüsterte: »Also, kommt, Ihr könnt es mir ruhig sagen ... Was hat der schlaue alte Fuchs sich da ausgedacht?«

Es gab nichts, was Covington ihr lieber erzählt hätte, aber dazu mußte er erst selbst einmal herausfinden, was Geerling Ambersong vorhatte. Immerhin schien zumindest diese letzte Wendung ihr Gespräch in angenehmere, weniger bedrohliche Bahnen zu lenken. Jede Straße, die nicht in einer Sackgasse endete, war Pryce recht.

Erleichtert wie eine Feldmaus, die eine Eule entschwinden sieht, erklärte er Lymwich absolut ehrlich: »Ich kann es wirklich nicht sagen, aber ich versichere Euch, sobald ich es herausfinde, seid Ihr unter den ersten, die es erfahren.«

Die Inquisitrix lehnte sich zurück und versuchte ihre Enttäuschung zu verbergen. Einige Details zu Ambersongs Plänen hätten sich zweifellos bei ihren Vorgesetzten in ein gutes Licht gesetzt.

»Abgesehen von Eurem Ruf«, sagte sie ernst, »seid Ihr, Darlington Blade, hier in Lallor noch immer ein Fremder. Und für einen Fremden ist es unklug, dem Inquisitorium der Mystra nicht entgegenzukommen.«

Covington hätte sich normalerweise in diesem Moment ganz von allein aus dem Staub gemacht, aber da war etwas an Lymwich, an dieser Stadt, etwas an dem Met und an der Rolle des Darlington Blade, die er – wenigstens vorläufig – spielte, was ihm ungewohnten Mut einflößte.

»Genausowenig« , erwiderte er deshalb ruhig, »wie es für eine ehrgeizige Inquisitrix klug sein dürfte, dem treuen Schüler von Geerling Ambersong nicht entgegenzukommen.«

Lymwich zischte abfällig, rückte vom Tisch ab und erhob sich. »Es wird Zeit, daß ich dem MIS Bericht erstatte«, sagte sie, während sie ihren bodenlangen Mantel zuknöpfte. Sie nickte Covington kurz zu. »Mystras Inquisitrixen-Schloß«, übersetzte sie. »Wir ... *ich* werde wachsam sein.«

»Und ich werde meine Aufgabe erfüllen«, versprach er. Dann wandte er sich ab und nahm einen tiefen Zug aus seinem Krug. Als er zurücksah, war Berridge Lymwich verschwunden. Gut, dachte er, trank einen weiteren Schluck und ignorierte die Schweißperlen, die auf seine Stirn traten. Das ist noch einmal gutgegangen. Schließlich blickte er sich um, ob Azzo Schreders für ein paar unauffällige Fragen verfügbar war, doch er wurde nur der hübschen Gestalt der Serviererin gewahr.

Sobald die Inquisitrix sich davongemacht hatte, war die Bedienung wieder aufgetaucht, als hätte sie nur auf diese Gelegenheit gewartet. Wie ihr Dienstherr den Inbegriff eines Gastwirts darstellte, war sie der verkörperte Traum aller Tavernengäste. Groß gewachsen und mit einer dichten Mähne blonder Haare versehen. Mit einem wunderbar kurvenreichen Körper ausgestattet, der in einem fließenden, weißen Kleid steckte und von einem eng geschnürten Mieder aus braunem Leder sehr vorteilhaft betont wurde.

»Guten Abend, mein Herr«, sagte sie gespielt zurückhaltend. Ihre Stimme klang rauchig und tief, vibrierte geradezu. »Sheyrhen Karkober, zu Diensten. Seid Ihr hungrig?«

Pryce zog die Augenbrauen hoch. Er versuchte seine dunklen Augen auf ihre blauen zu richten ... und die Schätze zu übersehen, die ihr offenherziges Mieder enthüllte.

»Gibt es etwas, was ich Euch bringen kann?« fuhr sie diensteifrig fort. »Irgend etwas?«

Sie hatte ihm natürlich bereits etwas geschenkt: das Wissen darum, daß es viel besser war, Darlington Blade zu sein als Pryce Covington. Eine Sekunde lang dachte er daran, ihr dementsprechend zu antworten, aber leider würde er diese Rolle nicht länger als ein paar Minuten durchhalten können. Mädchen wie sie hatten ihn in Merrickarta keines zweiten Blickes gewürdigt, und ohne den Namen, den man ihm hier aufgedrängt hatte, wäre es nicht einmal zu einem ersten gekommen.

Pryce kämpfte gegen den Drang an, die Taverne fluchtartig

zu verlassen, denn ihm war klar, daß er besser etwas im Magen hatte, bevor er versuchte, sich aus der ganzen Situation herauszuwinden. Rasch überschlug er, wieviel Geld er noch in den verborgenen Taschen seiner Jacke hatte, und entschied dann, sich den Titanenteller Spezial zu genehmigen – eine reichhaltige Zusammenstellung mundgerecht geschnittener köstlicher Happen von Fleisch, Käse, Brote, Gemüse und Obst. Er wußte ja nicht, wann er das nächste Mal wieder zu essen bekam! Eine Flucht in die Berge war ein hartes, gefährliches Unterfangen.

Als Sheyrhen sich enttäuscht abwandte, um seine Bestellung weiterzugeben, begann Pryce die guten und schlechten Seiten seiner Situation gegeneinander abzuwägen. Offenbar wußte niemand, wie Darlington Blade aussah. Gut. Blade war berühmt für seine Zauberkunst. Schlecht. Geerling Ambersong wurde vermißt. Das war gut und schlecht. Jener konnte jede Sekunde zurückkommen. Ganz schlecht. Er selbst konnte in Verdacht geraten, Gamor und den echten Darlington Blade getötet zu haben. Das war sehr, *sehr* schlecht.

Auf lange Sicht standen die Dinge nicht gerade gut für ihn, aber vorläufig lief alles blendend. Er hatte ein schönes Haus, und man begegnete ihm mit dem größten Respekt. Nach all den Jahren, in denen Pryce trotz offener, hartnäckiger Verachtung seitens der anderen sich seinen Humor und sein Selbstbewußtsein mühsam bewahrt hatte, war es ein unglaubliches Vergnügen, so behandelt zu werden, wie man es sich schon immer gewünscht hatte. Er beschloß, die Erwartungen der Leute zu erfüllen und eben einfach Darlington Blade zu sein ... Bis zu dem Zeitpunkt, da er eines Nachts verschwinden würde, um nie wieder in Lallor gesehen zu werden.

Der Met war ihm unbestreitbar zu Kopf gestiegen. Er versuchte Karkober mit seinem Essen auszumachen, aber er sah nur, daß die Schar der Gäste größer geworden war. Die Leute kamen offenbar von der Arbeit und versammelten sich, um jetzt, am frühen Abend, etwas in Gesellschaft zu trinken. Covington beobachtete sie sorgfältig, und was er sah, gefiel ihm.

Da gab es gutaussehende Männer in kräftig gemusterten Gewändern, doch ihre Gesichter hatten nichts von der arroganten Ignoranz der Gecken. Das hier waren ernsthafte Menschen, die ehrlich daran glaubten, daß das vertiefte Studium der Magie jedes Hindernis überwinden und jedes Problem lösen könnte. Covington spürte plötzlich, wie etwas in ihm zerbarst. Ein Zittern wanderte von seinem leeren Magen zu seinem schweren Herzen. Wie konnte er auch nur mit dem Gedanken gespielt haben, ausgerechnet Darlington Blade verkörpern zu wollen?

Er warf einen Blick auf seine einfachen Kleider. Ein Mantel macht noch keinen Helden. Wer war er denn schon? Ein besserer Laufbursche aus der Armbeuge des Nath, mehr nicht. Wenigstens war sein Mund eng an sein Gehirn angeschlossen, und sicherlich konnte er jeden in diesem Raum mundtot machen, aber Mystra mochte ihm helfen, mehr gab es da nicht.

Außerdem, wenn sie ihren Verstand beisammen hatten, konnten sie einfach tun, was er mit Lymwich gemacht hatte – das Mitspielen verweigern. Sie müßten dazu noch nicht einmal aufstehen und ihn herausfordern. Es würde genügen, sich nicht in die Enge treiben zu lassen, und er wäre abgemeldet und vergessen, bevor er auch nur sein erstes »Ach, ja?« ausstoßen konnte. Hier war nicht Merrickarta, sondern Lallor, der Ort, an dem nur die Besten und Begabtesten lebten. Kein Platz für jemanden wie Pryce Covington ... nur für den großen Darlington Blade.

Covington schlug mit der Faust auf den Tisch. »Zum Donnerwetter!« rief er, um sich gleich erschreckt umzusehen. Doch niemand nahm Notiz von ihm. Nun, wenn er schon nicht in der Lage sein sollte, lange die Rolle Darlington Blades zu spielen, dann wollte er wenigstens die ihm verbleibende Zeit nutzen. Er wendete seine Augen von den Herren ab, um sich dem anderen Geschlecht zu widmen.

Sehnsüchtig lächelnd erriet er zielsicher die Berufe der angepeilten Damen, allein aus der Art, wie sie sich kleideten und bewegten. Da waren Reiterinnen in figurbetonten Kostümen. Da gab es Schmuckhändlerinnen, die ihre geschmackvollen Waren am ganzen Körper zur Schau trugen – an den Ohrläppchen, Armen, Fingern, an Hals, Bauch und Nase. Es gab Weberinnen in den schönsten selbst entworfenen Gewändern. Und noch viele andere, doch ihm fiel nur eine Person auf, der er keinen Beruf zuordnen konnte.

Sie war nicht nur die eindrucksvollste Frau im Raum, sie strahlte auch eine Kraft aus, mit der sich die anderen nicht messen konnten. Ihr Hals war lang und schön. Die Haare fielen weit herab und glänzten wie die dunkelroten und schwarzen Kohlen eines heruntergebrannten Feuers durch die Taverne. Sie waren mit den gleichen braunen Lederbändern zusammengebunden wie das hellbraune Mieder.

Aus irgendeinem Grund freute es ihn, daß ihre Bluse dieselbe Farbe besaß wie sein eigenes Hemd. Der Halsausschnitt jedoch war in Form eines tiefen, schmalen V gearbeitet. Ihr weiter, leicht geraffter Rock war sattbraun und wirkte weder sommerlich leicht noch winterlich schwer. Auch ihre Stiefel zeigten ein Braun und blitzten an Absatz und Spitze kupfern und silbern.

Aus Gründen, die Covington nicht einmal erahnen konnte, saß sie allein, obwohl ihr Gesicht in seiner klassischen Schönheit einem altmeisterlichen Gemälde entnommen schien: Große Augen von unergründlicher Tiefe und Farbe, eine lange, gerade Nase und volle Lippen zeichneten sie aus. Die Unterlippe war so voll und weich, wie Covington es noch nie bei einem Mädchen gesehen hatte. Ein Mund zum Singen … oder zum Küssen.

Na, das ist doch eine Frau, die eines Darlington Blade würdig wäre, dachte er. Und warum sollte der bescheidene Pryce Covington Blade von ihr zurückhalten? Da sein Essen noch nicht in Sicht war, stand er so umsichtig wie möglich auf und begann mit seinem langen Gang durch die Taverne. Wie eine Welle ging nun das Erkennen durch den Raum. Pryce rauschte an den anderen Gästen vorbei, und die schlossen aus seinem Mantel, daß der berühmte, wenn auch nie gesehene Darlington Blade unter ihnen weilte.

Bald stand er vor dem Tisch der Schönheit und genoß ihr außergewöhnliches Profil, als sie gerade feinen Wein aus einem eindrucksvollen Kelch elegant zu sich nahm. Keiner der beiden schien zu merken, daß jedes zweite Augenpaar in der Gaststube auf ihnen ruhte.

Pryce wollte nach seinem Hut greifen, erinnerte sich jedoch gerade noch daran, daß er ja gar keinen trug. Mitten im Schwung versuchte er die Bewegung in einen vornehmen, gezierten Gruß zu verwandeln und machte dann eine elegante Verbeugung. Doch anstelle der üblichen Begrüßungsfloskeln, die eine Person ihres Standes und Aussehens zweifellos gewohnt war, brachte er nur hervor: »Wir können unser eigenes Gesicht nicht sehen.«

Das überraschte sie völlig, aber sie antwortete nicht, sondern richtete das Licht ihrer hinreißenden Augen auf ihn. Er fuhr, nur leicht eingeschüchtert, mit seiner kleinen Rede fort.

»Das erklärt, warum wir existieren«, sprach er kühn zu diesen Augen, die schöner waren als alles, was er bisher in Lallor gesehen hatte. »Wir existieren füreinander – damit wir unsere Gesichter betrachten können. Deshalb sollte kein Mensch allein bleiben, solange ein anderer da ist.«

Ihr Mund öffnete sich, aber es kam nichts heraus. Einen Augenblick lang fürchtete er, den Gedanken weiterspinnen zu müssen, doch dies würde nur zu größter Peinlichkeit führen.

»Bitte«, sagte er und trat näher. »Vergebt mit meine Kühnheit. Ich bin gerade erst in Eurer«– er erinnerte sich daran, wie der Begrüßer am Tor es ausgedrückt hatte, –» in Eurer bescheidenen Gemeinde angekommen. Bitte gestattet mir, mich vorzustellen. Mein Name ist Blade … Darlington Blade.« Er beendete seine Aussage mit einer erneuten ausladenden Verbeugung, im stillen auf Applaus von den Gästen hoffend.

Er kam dann gerade rechtzeitig hoch, um den gesamten Inhalt ihres Weinkelches genau ins Gesicht zu bekommen.

***

Pryce Covington blinzelte, der Kelch schlug laut klirrend auf dem Tisch auf, und er öffnete die Augen ganz. Die wütende junge Frau sah sich gerade auf dem Tisch um, als suchte sie nach etwas, mit dem sie ihn schlagen konnte. Als sie nichts Passendes entdeckte, sprang sie auf die Beine. Fast wäre dabei ihr Stuhl umgefallen. Dann starrte sich ihn zornig und mit geballten Fäusten an.

»Ihr seid Darlington Blade?« schäumte es endlich aus ihr heraus. »*Ihr* seid Darlington Blade?« Darauf drehte sie sich um und stürmte aus der Taverne.

Pryce rührte sich nicht, bis er aus den Augenwinkeln heraus Bewegungen bemerkte. Einige Gäste waren aufgesprungen, die Mienen schockiert bis pikiert, ja, zum Teil rachedurstig. Wie konnte sie es wagen, dem großen Darlington Blade Wein ins Gesicht zu kippen! Zwei, drei Leute liefen zur Tür.

Obwohl sein Gesicht noch tropfte, schlüpfte Pryce rasch vor die ärgerlichen Gäste und breitete beide Arme aus, um sie von der Verfolgung der Frau abzuhalten. Als sie endlich wieder mehr auf ihn als auf die Tür blickten, leckte er sich Kinn und Lippen ab.

»Anständiger kleiner Tropfen«, lautete sein Kommentar. »Azzo! Ist das Halagarder Spätlese?«

»Goldener von Halarahh«, stellte der Wirt schnell richtig,

erkannte er doch, daß Blade versuchte, die explosive Situation zu entschärfen. »Aber gut geraten.«

»Ah«, sagte Pryce und schleckte den restlichen Wein von den Lippen. »Auf jeden Fall umsonst.« Er und Schreders lachten, und – Zalathorm segne sie – die meisten anderen Gäste stimmten ein.

Das Gelächter ebbte ab, als Pryce Karkober erblickt hatte und sich der Bar näherte. Er wies die Kellnerin an, sein Essen beim Wirt auf die Theke zu stellen. Mit verschränkten Armen auf dem Rand der Bar aufgestützt, lehnte er sich über den Teller und blickte in das wissende Gesicht von Azzo Schreders.

»Dearlyn Ambersong« war alles, was der Wirt sagte.

»Ah«, meinte Pryce, und wischte sich fürsorglich mit dem von Azzo angebotenen feuchten Lappen das Gesicht ab. »Geerlings ...?«

»Tochter.«

»Ah«, sagte Covington wieder und setzte sich.

»Ihre Mutter trug den Namen Lynn«, erklärte Azzo ernst. »Starb im Kindbett, ein Jammer. Der Vater hat ihr den Namen gegeben.« Azzo sah etwas abwesend zur Tür hin. »Ihrer Mutter wie aus dem Gesicht geschnitten. Aber auch dasselbe Temperament.« Er nahm Geschirr und Besteck, das die Kellnerin von Dearlyns Tisch geholt hatte, und arrangierte das Gedeck vor Pryce.

»Alles in Ordnung, Darling?« fragte Karkober fürsorglich. Sie beugte sich provozierend vor, bis Azzo sie mit einer Kopfbewegung wegwinkte. Sie warf ihm noch einen trotzigen Blick zu, verschwand aber.

Grüblerisch sagte Pryce zum Wirt: »Scheint mich nicht zu mögen ... Dearlyn, meine ich.«

Schreders verzog die Lippen und sah den Weinkelch an, um sich zu vergewissern, daß er auch wirklich ganz leer war, bevor er ihn abwusch. »Nein«, meinte er dann mit dunkler Stimme, »ganz gewiß nicht.«

Pryce begann zu essen. »Hatte sie was gegen meinen Annäherungsversuch?«

»Sie hat was gegen Eure *Existenz*«, stellte Azzo richtig.

Pryce nahm wieder etwas von seinem Essen, bevor er seine nächsten Worte sorgfältig wählte. »Kann ich ihr wohl kaum verdenken ...«

»Oh, nehmt es nicht persönlich«, meinte Schreders abwesend, während er sich mit seinen Kelchen und Krügen beschäftigte. »Die ganze Stadt spricht davon. Die ist voller Trotz. Jedem, der ihr nur zuhören wollte, hat sie erzählt, daß ihr Vater nicht Euch, sondern sie hätte in die Lehre nehmen sollen.« Er blickte tief in einen Kelch. Kein Fleck sollte seinem Lappen entgehen. »Jetzt will ihr keiner mehr zuhören.«

Pryce aß kommentarlos auf, war aber erleichtert. Noch einmal einer Katastrophe knapp entronnen. Das hatte er nun davon, daß er versucht hatte, seine falsche Identität auszukosten. Am besten beendete er einfach diese Mahlzeit und verließ die Stadt, um irgendwelche wichtigen »plötzlichen Geschäfte« zu erledigen. Dann mochte die Legende von Darlington Blade ohne sein Zutun wachsen oder schwinden.

Als Covington seine Mahlzeit beendet hatte, war er mehr denn je davon überzeugt, daß ihm dies als einzige Möglichkeit blieb. Alles, was er tun konnte, war, die Taverne zu verlassen, ohne noch mit einer Menschenseele zu reden. So konnte niemand auf die Idee kommen, er sei nicht Darlington Blade – sondern nur und unbestreitbar niemand anderer als der armselige, unbedeutende –

»Pryce Covington!« erklang es da plötzlich hinter ihm.

Pryce fuhr senkrecht auf dem Barhocker hoch und wandte sich um. Hinter Pryce stand Azzo Schreders, neben ihm Sheyrhen Karkober. Und direkt auf ihn zu kam mit ausgebreiteten Armen der kleine, untersetzte, extravagant gekleidete Teddington Fullmer.

Teddington Fullmer ... Pryce brauchte sich nicht zu fragen,

was *der* in Lallor machte, ausgerechnet in Schreders Lokal. Fullmer war ein erfolgreicher Kaufmann in Sachen Luirener Dunkelbier und Kaffee aus Ulgarth. Covington hatte für den Geschäftsmann gearbeitet, als dieser Nachforschungen über den möglichen Export von Erzvorkommen aus Nath anstellte. Letztlich hatte Fullmer beschlossen, bei den flüssigen Gütern zu bleiben, sicher gut für sein Geschäft. Aber Pryce würden gleich sämtliche Felle davonschwimmen, wenn er seinen Verstand nicht schnell auf Hochtouren brachte.

»Der Pryce! Der Pryce!« dröhnte Fullmer.

»Bitte, mein Herr«, unterbrach Azzo von der Bar aus. »Ihr bekommt Eure Rechnung sofort. Kein Grund zum Schreien.«

Covington erhob sich von seinem Platz und hielt Fullmers Arme mit eisernem Griff fest. »Teddington Fullmer«, sagte er ihm direkt ins Gesicht. »Sag Darling zu mir.«

»Was?«

»Darling. Hast du mich nicht immer so genannt? Deinen lieben Darling zu jedem Preis?« Sein Lachen hatte einen hysterischen Einschlag bekommen. Er wußte, selbst Fullmer konnte stutzig werden, wenn er bemerkte, daß Covington in die Rolle eines so großen Mannes wie Darlington Blade geschlüpft war. »Bitte Teddington, um der alten Zeiten willen – für mich –, sag Darling zu mir. Kannst du mir den Gefallen tun, mein Lieber?«

»Darling? Du willst, daß ich dich Darling nenne?«

»Einverstanden? Das wäre wunderbar.« Schnell lehnte sich Pryce vor und zischte Fullmer ins Ohr: »Es ist eine Wette. Mach einfach mit. Ich beteilige dich am Gewinn.« Darauf lehnte er sich zurück und schaute dem Händler erwartungsvoll ins Gesicht.

»Was? Oho! Oh, ho, ho, ho!« machte Teddington wissend, dann nickte er.

Pryce nickte zurück und führte den Mann an die Bar.

»Azzo Schreders«, sagte er, »ich möchte Euch Teddington Fullmer vorstellen, den besten Händler für Erfrischungsgetränke diesseits des Shaar.«

Der Wirt stand einem kleinen, runden Mann gegenüber – stark wie sein Bier –, mit prachtvollem Schnurrbart, Ziegenbärtchen und einem ausgeprägten Scheitel. Er trug einen dunklen Mantel über einer gemusterten Jacke, ein gerafftes Hemd und kupferfarbene Hosen, die in halbhohen Stiefeln aus kostspieligem Leder steckten.

»Ich freue mich, Euch kennenzulernen, Schreders«, meinte der Kaufmann großspurig. »Jeder Freund von ... Darling ist auch mein Freund.«

Covington wäre vor Erleichterung am liebsten in Ohnmacht gefallen, entschied sich dann aber doch anders.

»Schön«, sagte Schreders und zog eine Augenbraue hoch. »Ich freue mich auch, Teddy. Ich kann mir vorstellen, daß Ihr unseren Kellermeister Gheevy Wotfirr kennenlernen wollt. Ich rufe ihn mal hoch, was?«

Der Wirt verschwand, um den Kellermeister zu holen, und Fullmer drehte sich zu Pryce um.

»Und was habe ich jetzt davon, Pryce?« fragte der Kaufmann hartnäckig. »Was soll das Ganze?«

»Nein, nein!« jammerte Pryce leise. »Darling. Sag Darling zu mir. Du bekommst gar nichts – ich bekomme gar nichts –, wenn du mich nicht Darling nennst. Verstehst du? Von jetzt an bin ich nicht mehr ... dieser andere. Für dich bin ich Darling!«

»Ja, ja, schon gut!« erwiderte Fullmer indigniert. »Von jetzt an bist du Darling.«

»Cost!«

Covington zuckte zusammen, als er diese neue Stimme hörte. Nein, dachte er. Das kann nicht sein ...

Aber doch! Asche Hartov, ein langer, dünner, fast leichendürrer Minenbesitzer aus dem Nath, mit dem er wie Fullmer ziemlich krumme Geschäfte gemacht hatten, kam auf sie zu. Und das war nicht das einzige Problem für Pryce. Um das Geheimnis von Fullmers Interesse an Hartovs Erzlagern zu wahren, hatte Pryce damals dem Minenbesitzer erzählt, sein Name laute Cost Privington.

»Cost!« rief Hartov wieder laut.

»Kommt gleich«, erwiderte Sheyrhen Karkober und eilte davon.

»Nicht Cost«, sagte Fullmer. »Darling.«

»Was?«

»Er heißt Darling«, meinte Fullmer mit einem Wink zu Pryce.

»Hm, vermutlich ist er das«, antwortete Hartov, »aber das würde ich nicht so herumposaunen.«

»Nein, nein«, sagte Covington, während er Hartov den Arm umlegte, seine andere Hand dem Minenbesitzer auf die Brust setzte und ihm ins Ohr flüsterte: »Das ist ein Wette. Ich beteilige dich. Aber nichts mehr von Pryce …«

»Was?« unterbrach ihn der Minenbesitzer. »Willst du mich jetzt an dieser Wette beteiligen oder nicht?«

Jetzt war es an Covington, zu fragen: »Was?«

»Also, erst sagst du, du beteiligst mich, und dann, wir dürfen nicht über den Preis reden!«

Covington biß die Zähne zusammen und zog eine Grimasse. »Tut mir leid … mein Fehler.« Er ließ seinen Arm um Hartovs Schultern liegen, während er auf Fullmer zeigte. »*Du* nennst mich nicht Pryce.« Dann zeigte er auf Hartov. »Und du nennst mich nicht Cost.« Er stellte sich zwischen die zwei. »Sagt einfach beide Darling zu mir. Mein Name lautet Darling. Klar?«

»Was ist los mit dir, Mann?« erregte sich Hartov. Er war schon immer humorlos gewesen.

»Sag mal, Asche«, meinte Pryce mißbilligend, »hast du jemals dieses Erzlager in Merrickarta ausgebeutet?«

Fullmers Gesicht verdüsterte sich. »Darling, wag es ja nicht …«, warnte der Händler.

»Um ehrlich zu sein, nein«, erwiderte der Minenbesitzer steif. »Das geheime Gebot wurde im letzten Moment zurückgenommen.«

»Wie konnte denn das passieren?« rief Pryce aus. »Das solltest du mit meinem Freund hier besprechen. Er ist einer der erfahrensten Händler im ganzen Strahlenden Süden.«

»Wirklich?« fragte Hartov interessiert, denn er war immer dabei, wenn es galt, einen Profit herauszuschlagen. »Was wißt Ihr darüber, mein Herr?«

Fullmer warf Pryce einen grimmigen Blick zu, was Covington jedoch nicht besonders berührte. Der Händler hatte bei diesem Geschäft einiges verdient, und das wußte er. Außerdem hatte Covington Teddington nicht wirklich enttarnt, sondern nur von sich abgelenkt. Jetzt mußte er lediglich noch hinausschlüpfen und davonrennen, so schnell ihn seine Beine trugen …

Während der Minenbesitzer den Kaufmann wegen konkreter Informationen in die Ecke trieb, wurde Pryce von dem Krug neben seinem Titanenteller abgelenkt. Nur noch ein Schluck war übrig. Er wollte wirklich verschwinden, aber dieses Abenteuer hatte noch einen letzten Toast verdient, ehe Pryce Covington hoffentlich erfolgreich entkam.

Pryce hob schnell das Gefäß und leerte es. Aber dann hatte er noch keine zwei Schritte gemacht, als er erstarrte. Hinter der Bar war etwas laut hervorgestoßen worden. Eine hohe, sich überschlagende Stimme hatte die fünf schrecklichsten Worte ausgesprochen, die Pryce in seinem ganzen Leben je vernommen hatte: »Ihr seid nicht Darlington Blade!«

4 *Nenn deinen Pryce*

Pryce Covington verharrte im Schritt, sein Kopf fuhr zu der Stimme herum. Da standen der bullige Azzo Schreders und neben ihm ein überraschter Halbling, der dem Wirt nur bis zum Bauch reichte. Der Halbling hatte lockiges, von grauen Fäden durchzogenes Haar und einen Kinnbart, in dem fast jede bekannte Farbe vorkam. Er besaß ein freundliches, offenes Gesicht, das nur durch den offenbar zu groß geratenen Mund beeinträchtigt wurde. Mit schnellen Blicken überprüfte Covington die Wirkung der Worte, die der Kleine ausgesprochen hatte.

Wenn der Tavernenbesitzer den Ausruf des Halblings gehört hatte, zeigte er das nicht. Fullmer, der Getränkehändler, und Hartov, der Minenbesitzer, waren zu sehr mit ihren eigenen Geschäften beschäftigt, und die wohlgeformte Karkober mit der Rechnung für die beiden. Die anderen Gäste an den Tischen und an der hufeisenförmigen Bar ließen durch nichts erkennen, daß sie etwas Ungewöhnliches vernommen hatten.

Um nicht einfach nur stocksteif dazustehen, ging Pryce nun mit ausgebreiteten Armen los, bis er genau vor dem Halbling stand. »Mein lieber Freund«, sagte er dann freundlich, »natürlich bin ich nicht Darlington Blade.«

»Ich ... Ihr ...« Der knapp vier Fuß große Halbling stockte.

»Würde Darlington Blade zulassen, daß eine Frau ihm Wein ins Gesicht kippt?« fragte Pryce listig.

»Aber –«

»Würde Darlington Blade in einer so gastlichen Stätte wie dieser allein sitzen?« unterbrach Pryce den verunsicherten kleinen Kerl.

»Aber Ihr seid nicht ...«

»Nein, ich bin nicht der Darlington Blade, den du kanntest«, meinte Pryce ernsthaft. »Ich habe mich verändert. Ich bin anders geworden.«

»Ihr habt Euch nicht ... Ähm, ich meine, Ihr habt ...« Der Halbling suchte immer noch nach den passenden Worten. »Ich meine, Ihr seid ... Ihr seid nicht ...«

»Nicht derselbe wie damals, als wir uns das letzte Mal sahen?« Pryce schüttelte traurig den Kopf, sprach aber schnell weiter. »Nein, das bin ich nicht. Ich habe viel erlebt ... viel gelernt.« Wieder breitete er die Arme weit aus. »Ich bin ein völlig neuer Darlington Blade!«

Der Halbling konnte nur noch auf ihn zeigen. Sein Kopf wandte sich von Pryce zu Azzo. »Aber du bist nicht ... er ist nicht ...«

»Gewillt, ein Wörtchen unter vier Augen mit dir zu sprechen, alter Freund?« warf Pryce ein. »Nein, so sehr werde ich mich nie verändern. Wie kannst du das nur glauben? Komm, gehen wir einfach und reden, nur wir beide, jetzt gleich!«

Pryce trat zwischen den Wirt und seinen Weinkenner, schob dem Halbling seine Hände unter die Arme und bugsierte ihn halb ziehend, halb tragend bis zu einer kleinen offenen Falltür am anderen Ende der Bar.

Als der Halbling sich gerade von seiner Überraschung zu erholen begann, schob Covington die haarigen, unbeschuhten Füße des Kellermeisters einfach über die Öffnung und ließ ihn fallen. Dann schnappte er sich die Falltürklappe und sprang, ohne die nach unten führende Leiter zu beachten. Im Fallen zog er die dicke Holzklappe über sich zu.

Zwölf Fuß tiefer fand Pryce sich direkt dem sprachlosen Halbling gegenüber. Der kleine Kerl saß auf einem Fäßchen unter der Falltür.

»Bitte, bitte, bitte!« fing Pryce leise zu betteln an, die Hände beschwörend erhoben. »Enttarn mich nicht. Es ist alles ein Mißverständnis – ein Zufall, ein Unfall. Ich tue dir nichts. Nur verrate nichts ... noch nicht!«

Die Holzklappe hob sich ein Stück, und das Gesicht des Wirts tauchte auf. »Gheevy? Alles klar?« fragte Schreders zögerlich.

Pryce fuhr herum, als er die Stimme des Wirts hörte, blickte dann sofort wieder flehentlich den Halbling an. Dieser sah Pryce einen Augenblick in das verzweifelte Gesicht und sagte: »Alles in Ordnung, Azzo. Wir reden nur über … alte Zeiten. Du hast doch mitbekommen, was für ein unterhaltsamer Erzähler Blade sein kann.«

Covingtons Lippen murmelten unhörbare, überschwenglich Dankesworte.

»Oh, hehe, natürlich«, grinste der Wirt. »Wollt' nur mal nachsehen. Laßt euch ruhig Zeit, Freunde!« Schreders ließ die Klappe in dem Moment zufallen, als Pryce auf die Knie fiel und dem Halbling die haarigen Füße küßte.

»Laß das!« rief dieser und zog die Beine weg.

»Entschuldigung!« Pryce kroch auf den Knien zurück und lehnte sich an ein anderes Faß. »Es war nur alles so … so stressig.« Schnell nahm er die Umgebung in sich auf.

Eine Wand des Kellers, einer Felsenhöhle, war von alten Fässern gesäumt. Einige waren direkt in die Wand gemauert, andere standen aufrecht, wieder andere lagen auf der Seite. Genau gegenüber von Pryce befand sich eine lange Zeile geschmiedeter Weinregale, bestückt mit schräg gelagerten Flaschen. Auf einem breiten Bord befand sich ein Sammelsurium verkorkter vielfarbiger Flaschen, die alle eine andere seltene, überirdische Flüssigkeit enthielten.

Die Decke des Weinkellers bestand zum Teil aus Naturstein, zum Teil aus Holz. Sie war ziemlich hoch – stellenweise fast achtzehn Fuß – und erstreckte sich in verschiedenen Richtungen in die Dunkelheit. Dort, wo sie sich jetzt befanden, betrug die Höhe bis zur Falltür nur etwa zwölf Fuß. Ein dauerhafter Lichtspruch oder etwas Ähnliches, wie Pryce vermutete, spendete dem Mittelpunkt des Kellers dramatisches Licht.

»Was soll das alles?« fragte der Halbling. Seine Augenbrauen zogen sich vor Sorge zusammen. »Wer bist du denn? Jedenfalls nicht Darlington Blade.«

»Du hast es erfaßt«, antwortete Pryce trocken. Weil der Halbling nun beleidigt wirkte, sprach Covington rasch weiter.

»Entschuldigung. Hab' nur etwas abgelassen. Mein wahrer Name ist allerdings nicht so wichtig, eher schon die Frage, wie du hinter meinen kleinen Schwindel gekommen bist.«

»Was bedeutet das alles?« fragte der Halbling wieder verwirrt.

Pryce nahm sich einen Augenblick Zeit, um den Kleinen eingehend zu mustern. Er trug ein dunkles, bequemes Hemd, das an Hals und Handgelenken locker anlag, dazu passende Hosen aus ähnlichem Stoff. Über das Hemd hatte er eine lange Weste mit drei Taschen auf jeder Seite gezogen. Auf der linken oberen Tasche war *»Gheevy Wotfirr«* eingestickt, und darunter der Schriftzug *»Immer zu Diensten«*.

»Nun, Gheevy«, sagte Pryce freundlich, »niemand in dieser Stadt – einschließlich des offiziellen Torhüters, einer hochrangigen Inquisitrix, des Besitzers des beliebtesten Treffpunkts und sogar der Tochter seines Meisters – hat diesen Blade je zu Gesicht bekommen, du hingegen offenbar schon.«

»Nun, jeder kennt mich«, antwortete der Halbling.

»Hat Darlington Blade hier unten im Keller mit dir getrunken? Denn oben scheint ihn niemand gesehen zu haben.«

»Nein«, begann der Halbling hastig. »Du mußt wissen, ich beliefere die ganze Gegend mit Wein. Deshalb kennt mich auch jeder. Und ich … ich habe immer Lieferungen an einen bestimmten Platz vor die Stadtmauer gebracht, für Geerling Ambersong und –«

»Sag es nicht«, beschwor ihn Pryce, »laß mich raten … Für die Person, die ich nicht bin.«

Wotfirr nickte.

»Und dann«, fuhr Pryce müde fort, »habt ihr alle zusammen am Lagerfeuer gesungen.«

»He – he«, meinte Gheevy Wotfirr. »Kein Grund zum Sarkasmus, mein Guter. Geerling Ambersong wollte, daß Blades Identität streng geheim blieb, bis er ihn der Bürgerschaft von Lallor persönlich beim Herbstfest vorstellte. Daß ich ihn sah, war reiner Zufall. Ich habe nur durch ein paar Bäume hindurch einen Blick auf ihn erhascht.« Der Halbling schüttelte betrübt den Kopf. »Und seit jenem Moment wünsche ich, es wäre nicht geschehen.«

»Ich auch«, sagte Pryce trocken. »Warum erst auf dem Herbstfest? Wozu die ganze Heimlichtuerei?«

»Oh«, sagte Wotfirr mit neuer Frische. »Zauberer Ambersong hatte den ehrlichen Wunsch, das Los der Bewohner von Halruaa zu verbessern. Aber er wurde älter, und er wollte, daß sein Nachfolger seine Ausbildung abschloß … ohne von den Intrigen der Lallorer abgelenkt zu werden. Denn viele würden sich beim neuen Ersten Magier einzuschmeicheln versuchen.«

»Hmmm, und solange seine Identität geheim war, konnte er reisen, ohne unerwünschte Aufmerksamkeit zu erregen … Dazu mußte er nur diesen verdammten Mantel ablegen, natürlich!«

»Zauberer Ambersong hat den Leuten beim letzten Herbstfest den Mantel gezeigt«, erklärte Wotfirr. »›An diesem Mantel werdet ihr ihn erkennen‹, sagte er damals.«

»Pech für mich«, meinte Pryce geknickt. »Ich versichere dir, Gheevy, ich bin rein zufällig in den Besitz dieses Mantels gekommen und an jeglichem vorhergehenden Übel völlig unschuldig. Wenn ich gewußt hätte, welche Bedeutung ihm innewohnt, so hätte ich ihn nie angerührt, aber es war windig und naß und kalt, und, tja …« Covington ließ seine Worte in der Stille verebben.

»Falls dir das weiterhilft«, sagte der Kellermeister ruhig, »ich glaube dir. Aber wer nun *bist* du?«

Pryce schaute den ernsthaften Halbling an. »Vertrau mir, der Name würde dir nichts sagen ... Das sind nur ein paar Silben. Es ist besser für dich, wenn du ihn nicht kennst. Oder, um der Wahrheit näher zu kommen, es ist besser für *mich*, wenn du ihn nicht kennst. Für die kurze Zeit, die ich brauchen werde, um hier herauszukommen, nennst du mich bitte egal wie, nur nicht Darlington Blade.«

»Na schön, Freund ... Ich verstehe. Aber was hast du jetzt vor?«

»Tja«, sagte Pryce knapp, stand auf und klopfte sich die Hosen. »So wie ich das sehe, kann ich nur versuchen, jeden weiteren Schaden zu vermeiden, indem ich dahin zurückgehe, wo ich herkomme, und mich nie wieder in dieser Gegend blicken lassen.«

»Aber ... aber das geht nicht!« platzte Gheevy plötzlich heraus.

Pryce sah den Halbling verständnislos an. »Warum denn nicht? Zugegeben, das Auge am Tor könnte ein Problem sein, aber –«

»Nein, du kannst nicht so einfach verschwinden!«

»Natürlich kann ich das, mein lieber Gheevy», antwortete Covington geduldig. »Jedenfalls, wenn du so freundlich bist, nichts zu verraten.«

»Nein«, meinte der Halbling aufgeregt. »Es geht nicht um mich. Es geht um dich, um Darlington Blade!«

»Ich habe dir doch gesagt, du sollst mich nicht so nennen!«

»Nein, du verstehst nicht! Sie werden dich bis an das Ende von Toril hetzen!«

»Wer?«

»Die Zauberer. Die Magier. Die Inquisitrixen. Berridge Lymwich!«

»Warum denn?« fragte Pryce entsetzt. »Ich habe mir doch bloß einen Mantel geliehen! Den lege ich zurück!«

»Es ist zu spät! All die Leute, die du genannt hast, sie haben dich gesehen. Sie haben dich ... dir diesen Namen gegeben. Du hast nichts dagegen unternommen. Verstehst du nicht? *Sich für einen Magier auszugeben, darauf steht die Todesstrafe*!«

***

Im Weinkeller herrschte schier endlose Sekunden lang Stille.

Eine Vielzahl von Gedanken ging Pryce Covington durch den Kopf, aber keiner zeichnete sich auf seinem ausdruckslosen Gesicht ab. Gheevy Wotfirr sah ihn betroffen an, sagte jedoch nichts mehr.

Schließlich wurde das Schweigen von Covingtons ruhigen, vorsichtigen Worten durchbrochen.

»O nein!«

»Alles klar?«

»O ihr Götter.«

»Was hast du nun vor?«

»O Mann.«

Gheevy fühlte sich gezwungen, die lähmende Stimmung zu vertreiben, welche die Höhle erfüllte. Er nahm allen Mut zusammen und sprach den erschütterten Mann mit dem einzig möglichen Namen an: »Blade?«

»Ja?« sagte Pryce sofort. Schlagartig fiel die Erstarrung von ihm ab.

»Was willst du tun?«

»Weitermachen«, fauchte Covington. »Mit Stil.« Er gab sich, als wäre alles so, wie es sein sollte. »Also gut, mein lieber Wotfirr, hast du eine Ahnung, was Geerling Ambersong mit Darlington Bl..., ich meine, mit mir, vorhatte?«

Wotfirr versuchte zu sprechen, stellte aber fest, daß ihm die Worte ausgegangen waren. Er schüttelte nur heftig den Kopf.

»Hast du eine Ahnung, wo sich dieser Geerling Ambersong aufhält?«

Gheevy schüttelte erneut den Kopf, dann hielt er plötzlich inne und blickte hoffnungsvoll auf. »Aber ich kann dir zeigen, wo ich das Bier und den Grog abgeliefert habe. Vielleicht ist er ganz in der Nähe.«

Covington war nicht beeindruckt. »Laß mich raten«, meinte er trocken. »Am Punkt der Fragen?«

Gheevys Mund klappte auf. »Das ist unglaublich!« brachte er hervor. »Wie kannst du das nur wissen?«

»Einfach so, mein lieber Gheevy«, sagte Covington hochtrabend, während er die Frage mit gespieltem Gleichmut abtat. Dann beugte er sich abrupt zu dem Halbling herunter. »Was glaubst du wohl, wo ich diesen Mantel gefunden habe?« fragte er und fügte murmelnd hinzu: »Unter anderem …«

»Wie bitte?«

Anstatt zu antworten, fiel Pryce erschüttert auf die Knie. Da er nicht mehr länger unbeteiligt tun konnte, ließ er sich von der Verzweiflung überwältigen und verbarg sein Gesicht in den Händen. Eine Zeitlang war Covingtons Stöhnen das einzige, was im Weinkeller zu hören war. Schließlich legte er seinen Kopf auf die Seite und sah zu dem Halbling hinüber.

»Ich frage mich, kann ich dir trauen?«

Der Halbling richtete sich zu seiner vollen Größe auf und hob das Kinn an. »Beurteile niemanden nach seinen Worten«, erklärte er, »nur nach den Taten. Du weißt, ich habe dich nicht bloßgestellt und werde es auch nicht tun. Ich will mein Gewissen nicht mit deinem Tod belasten, obwohl ich völlig unschuldig in das Ganze hineingeraten bin.« Er nickte bestimmt. »Ich glaube, daß deine Reue und Verwirrung echt sind.« Dann lächelte er freundlich und zwinkerte leicht mit den Augen. »So wie mein Mitleid für dich, armer Mann.«

Pryce erhob sich wieder. »Danke. Ich versuche es. Könntest du mir denn einen kleinen Gefallen erweisen?«

☆☆☆

»Wie kannst du mich da nur hineinziehen?« klagte Gheevy Wotfirr in die Nacht hinaus, als er die beiden Leichen sah.

»Unsinn!« entgegnete Pryce und machte dem Halbling ein Zeichen, damit der seine Stimme senkte. »Ich brauche nur deinen Rat.«

»Nun denn, mein Rat lautet, du hättest mich gar nicht erst in das alles verwickeln dürfen! O nein, o nein. Das ist einfach schrecklich!«

Sie hatten Lallor im Schutz des Mondlichts und im Schatten von Bierfässern verlassen. Die »guten Freunde« Gheevy Wotfirr und Darlington Blade waren unter dem Auge am Tor hindurchgegangen und hatten dabei Getränke für ihren Freund Geerling Ambersong, Blades Lehrer, mit sich geführt.

»Aber wenn Inquisitrix Lymwich uns zu folgen versucht?« hatte Gheevy vorher besorgt gemeint. »Oder wenn sie unsere Schritte magisch verfolgen läßt?«

»Ich vertraue auf Blade, ich meine, *meinen* Ruf, der sie von jedem derartigen Versuch abschrecken wird. Wenn Lallor wirklich Halruaas exklusivster Erholungsort ist, werden die meisten Zauberer in ihren Ferienschlössern weilen. Ich nehme an, sie wollen nicht unbedingt belästigt werden. Außerdem würden sie es wohl kaum wagen, den Ersten Magier der Stadt zu verärgern.«

Seine Überlegungen hatten vernünftig geklungen, und alles ging gut, bis sie den Baum erreichten. Dann wurde der Halbling etwas unvorsichtig.

»Weißt du, wer das ist?« japste Wotfirr, und zeigte aufgeregt auf den Fremden.

»Sag es nicht«, erwiderte Pryce sarkastisch. »Ich würde gern raten.«

»Das ist Darlington Blade!«

»Schsch!« machte Covington. Dann versuchte er, den erregten Halbling abzulenken, indem er auf den anderen Mann wies. »Und weißt du, wer *das* ist?«

Zu Covingtons Überraschung sagte Wotfirr ungerührt: »Ja, nur Gamor Turkal. Aber was machen wir mit ...«

»*Nur* Gamor Turkal?« unterbrach ihn Pryce. »Warum ist er offenbar so unwichtig für dich?«

»Nun, wenn du es unbedingt wissen willst«, begann Wotfirr zögernd. »Turkal war hier in der Gegend nicht gerade beliebt. Niemand, auch ich nicht, konnte verstehen, warum Zauberer Ambersong darauf bestand, daß man ihn mit solcher Ehrerbietung und soviel Respekt behandeln sollte. Turkal jedenfalls ist mit niemandem höflich umgegangen.«

Covington nickte verständnisvoll. Angesichts der Situation konnte er sich leicht vorstellen, daß Gamor ziemlich arrogant aufgetreten sein mußte. »Aber er war mein Partner«, sagte Pryce trübsinnig. »Und wenn mein Partner umgebracht wird, sollte ich irgend etwas unternehmen.«

Wotfirr ließ das einen Moment auf sich wirken, dann entgegnete er hilflos: »Na gut. Was?« Jetzt war es der Halbling, der in die Hocke ging und seinen Kopf in die Hände nahm. »Ich habe versprochen, dich nicht auszuliefern«, sagte er kläglich, »und ich kann nicht, will nicht, deinen Tod auf dem Gewissen haben ... Aber, oh, wenn der Ältestenrat nur nicht so unglaublich gesetzestreu wäre!«

Pryce hatte Mitleid mit dem kleinen Mann, deshalb wollte er für sie beide einen Ausweg finden.

»Gheevy, ich habe dich hergebracht, weil ich wissen muß, was geht und was nicht. Gamor hing an diesem Ast.« Er zeigte auf den Baum. »Und Darlington Blade saß da drüben, an den Stamm gelehnt.«

»Wo?« fragte Gheevy.

»Genau hier. Hältst du es für möglich, daß Gamor Darlington irgendwie versehentlich getötet und sich dann vor lauter Reue aufgehängt hat?«

»Wie bitte?«

»Nun, das paßt einigermaßen zusammen«, verteidigte sich Pryce. »Gamor macht irgend etwas unglaublich Dummes, Blade verliert deshalb sein Leben, und anstatt sich dem Zorn von Geerling Ambersong zu stellen, henkt er sich lieber selbst.«

»Aber wie erklärt dies das Verschwinden des Magiers?«

Pryce sah ihn ein paar Sekunden lang etwas verwirrt an, dann fuhr er fort: »Also gut, wie wär's hiermit? Geerling wirft einen Blick auf die Szene und begreift, daß Gamor hinter Darlingtons Tod steckt und sich selbst umgebracht hat. Der Magier läuft vor lauter Kummer über das Dahinscheiden seines Schülers davon. Und denk dran, es war Ambersong selbst, der darauf bestanden hat, daß Gamor respektvoll zu behandeln sei. Deshalb mußte sich der Magier für den Tod seines Lieblingsschülers mitverantwortlich fühlen. Das sollte reichen, um jeden an den Rand des Wahnsinns zu treiben.«

Einen Augenblick starrte Wotfirr ungläubig in Covingtons hoffnungsvolles Gesicht, dann verzog er seinen Mund. »Der Ältestenrat und die Inquisitrixen würden niemals glauben, daß Gamor Turkal so etwas tun könnte.« Traurig schüttelte der Halbling den Kopf. »Ansehnlich? Ja. Wortgewandt? Ja. Aber intelligent genug, Blade absichtlich umzubringen, oder dumm genug, Blade versehentlich zu töten …?« Der Halbling sah hilflos an Pryce hoch. »Außerdem, wo ist dein Beweis? Gibt es einen Abschiedsbrief? Die werden doch nicht einfach auf dein Wort vertrauen!«

Pryce mußte sich eingestehen, daß der Halbling recht hatte. »Ich könnte versuchen, Geerling Ambersong zu finden«, überlegte er laut. »Er kann noch nicht weit sein.«

»Aber wenn du dich irrst?« meinte Gheevy. »Wenn du ihn nun findest, und es verhält sich anders, als du gesagt hast? Was wird dann aus dir?«

Covington dachte darüber nach und war nicht glücklich mit den Schlußfolgerungen, zu denen er kam. Wie zuvor schon sprach einfach alles gegen ihn.

»Gute Frage«, sagte er, während er sich verzweifelt neben den Halbling setzte. »Es gibt nur vier Dinge, die ich tun kann«, befand er. »Erstens, davonrennen und meinem Glück vertrauen.«

»Keine Chance«, meinte Wotfirr bedauernd.

»Richtig«, sagte Pryce. »Es gibt nur drei Dinge, die ich tun kann. Das nächste wäre, Geerling Ambersong zu finden und um Gnade anzuflehen.«

»Da gibt es wenig Grund zur Hoffnung«, sagte Wotfirr. »So oder so, fürchte ich.«

»Auch richtig. Also bleiben nur zwei Dinge. Ich könnte hierbleiben, weiter den Magier spielen und hoffen, daß es niemand merkt.«

»Und daß Geerling Ambersong nie mehr wiederkommt«, erinnerte ihn Wotfirr.

»Auch das.«

»Unwahrscheinlich«, konterte der Halbling. »Außerdem hast du mir doch erzählt, daß du in der Taverne beinahe schon zweimal erwischt worden wärst.«

»Auch wieder wahr.« Covington seufzte. »Also bleibt mir eigentlich nur eines übrig.«

»Und das wäre?« fragte Wotfirr neugierig.

»Beweise zu finden«, antwortete Pryce schlicht, während er sich gegen die Wurzelwülste des Baumes drückte. Plötzlich erstarrte er, er hatte am Stamm etwas entdeckt. »Was ist denn das?«

»Was ist was?« fragte Gheevy und lehnte sich zurück.

»Sieh mal hier, Gheevy, im Spalt zwischen diesen Wurzeln.« Pryce ging auf Hände und Knie und zog an einer Wurzelschlinge, die aus der lockeren Erde herausragte.

»Was ist es denn, Blade?« fragte Wotfirr neugierig.

Pryce blickte zum Nachthimmel auf, dann wieder nach unten. »Dieser Sturm am Nachmittag hat wahrscheinlich alle anderen Beweise weggespült, die wir sonst hätten finden können, aber diese Wurzeln hier bilden so etwas wie eine kleine geschützte Höhle. Und sieh mal, da im Schlamm.«

Wotfirr setzte all die Sehkraft ein, die ihm als Halbling gegeben war, um zwischen die Wurzeln zu spähen. »Das ist ein Fußabdruck.« Covingtons Stimmung hob sich. »Nein«, verbesserte sich Gheevy, »ein *Pfoten*abdruck.« Covingtons Laune verschlechterte sich wieder.

»Wart eine Minute«, sagte Pryce mit neuem Mut. »Was für eine Art von Pfotenabdruck?«

»Ich – ich kann es nicht richtig sehen. Ich erkenne es nicht.«

»Laß mich mal«, meinte Pryce und setzte sich anders hin, um einen besseren Blickwinkel zu bekommen. Er hielt sich an den nach oben ragenden Wurzeln wie an Griffen fest und streckte seinen Kopf hinab.

»Ein Fuß- *und* ein Pfotenabdruck«, raunte der Halbling neben Covingtons Ohr.

»Bei allen Elektrum im Maeru. Das ist die Spur eines Schakalwers!«

***

»Was macht ein Schakalwer so weit im Süden?« fragte sich Pryce laut. Sie befanden sich nordöstlich der Stadt.

»Woher soll ich das wissen?« beklagte sich Wotfirr. »Ich habe nur gesagt, ich hätte noch nie so eine Spur gesehen. Ich habe nicht behauptet, irgend etwas über die Wanderbewegungen dieser verdammten Biester zu wissen!«

Der Halbling machte sich Sorgen, und das nicht nur, weil er Gamor Turkals Körper über den Schultern trug. Das Gewicht war kein Problem – Wotfirr war es gewohnt, schwere Bierfässer zu schleppen –, aber sie entfernten sich weiter und weiter von der Sicherheit der Mauern von Lallor.

»Wenn wir schon das Schlupfloch dieses Schakalwers suchen, müssen wir dann auch diese« – er hielt inne, die folgenden Worte wollten ihm nicht recht über die Lippen kommen, – »diese Toten mitschleppen?«

»Ich habe es dir doch erklärt«, meinte Covington, der die andere Leiche auf dem Rücken trug. »Wir können nicht das Risiko eingehen, daß jemand auf diesen lebenden Beweis meiner wahren Identität stößt!« Er zog eine Grimasse wegen seiner extrem unpassenden Wortwahl. »Na ja«, korrigierte er sich, »wohl nicht gerade *lebender* Beweis. Jedenfalls, wenn wir wirklich die Wahrheit herausfinden wollen, können wir mit der Suche nach dem Schakalwer nicht bis morgen warten. Ich habe ein bißchen Erfahrung mit diesen Biestern. Sie sind ständig in Bewegung und auf der Jagd nach arglosen Reisenden.«

»Oh, prima«, stöhnte Wotfirr. »Das beruhigt mich ja ungemein!«

»Wir sind nicht in Gefahr, wir sind schließlich *argwöhnische* Reisende. Wie alle Liebhaber von Hinterhalten ziehen Schakalwere unvorbereitete Opfer gewappneten Gegnern vor.«

»Und doch«, jammerte Wotfirr, »wir müssen verrückt sein, uns auf das hier einzulassen!«

»Tut mir leid, Gheevy, aber wir müssen einen Ort finden, an dem wir die Leichen verstecken können, und herausfinden, ob dieser Schakalwer etwas über ihren Tod weiß. Schlimme Zeiten verlangen schlimme Methoden.«

»Aber warum ...«

»Schsch«, zischte Pryce plötzlich. Er wurde langsamer, als die Straße sich einem Wald aus abgestorbenen Bäumen näherte. Die Landschaft um sie herum bestand aus einer Reihe von kleinen Tälern, die zwischen niedrigen Hügeln eingebettet waren. Es gab viele Bäume, deren kahle, leere Zweige wie die Finger von Verhungernden wirkten, verzweifelt in die Luft gekrallt. Eine Räuberbande hätte sich nicht dahinter oder in dem struppigen, von Dornenbüschen gesäumten Unterholz verstecken können. Doch für kleinere Wesen reichte die Deckung.

Die zwei hörten ein leises Stöhnen hinter der Straßenbiegung direkt vor ihnen.

Pryce flüsterte Gheevy zu: »Klingt wie ein Wanderer in Not.«

Wotfirr spähte in die Dunkelheit. »Ich sehe niemanden.« Er machte einen Schritt vor.

Pryce hielt ihn hastig mit ausgestreckter Handfläche zurück. Dann legte er den Zeigefinger an die Lippen. Es herrschte nicht lange Schweigen.

»Hilfe«, erklang es deutlich aus der Düsternis vor ihnen. »Ist da jemand? Ich bin gefallen und habe mir, glaube ich, den Knöchel verrenkt. Könnt ihr mir beistehn?«

Besorgt sprang Gheevy neben Pryce. »Laß mich sehen, ob ich diesem Mann helfen kann«, sagte er. »Er hört sich harmlos an, und er scheint große Schmerzen zu haben.«

»Du machst nichts dergleichen«, erwiderte Covington leise.

»Aber meine Familie versteht sich auf bestimmte Heilverfahren. Laß mich meine Last ablegen und Hilfe leisten –«

»Und schon wärst du das heutige Nachtmahl«, fauchte Pryce. »Und diese Last, wie du sie nennst, ist wahrscheinlich das einzige, was bisher verhindert hat, daß du bereits auf dem Eßtisch liegst.«

Gheevy machte den Mund auf, um zu antworten, klappte ihn aber schnell wieder zu.

»Hallo«, meldete sich die Stimme wieder. »Ich habe mir den Knöchel verrenkt oder gebrochen oder so. Verdammtes Pech. Kann mir denn niemand die Hand reichen?«

»Zu schade«, rief Pryce nach vorn. »Leider haben wir momentan keine Hand frei.«

»Wirklich?« kam sofort die Antwort aus der Dunkelheit. »Wie schrecklich unangenehm! Hm, mal sehen, ob ich«, es folgte ein schmerzhaftes Grunzen und ziemlich echt klingendes Stöhnen, »ob ich es schaffe, auf die Beine zu kommen … Ah, ha also.«

Die vorsichtigen Leichenschlepper vernahmen ein charakteristisches Schlurfen.

»Ich hoffe, Ihr habt nichts dagegen, wenn ich Euch ein Stückchen begleite. Vielleicht könnte ich so kühn sein, um Führung zu bitten? Vielleicht würdet Ihr mir gütigerweise sogar gestatten, mich ein wenig auf einen von Euch wahren Vorbildern an Humanität zu stützen?«

Der Mensch, der aus der Nacht vor ihnen auftauchte, schien der gutmütigste Ehrenmann zu sein, den man sich nur vorstellen kann. Er hatte ein langes, sympathisches, ernstes Gesicht Marke verständnisvoller Onkel. Immer bereit, einem die Schulter zum Ausweinen anzubieten. Seine Garderobe war wohl einmal elegant gewesen, aber jetzt wirkte sie etwas fadenscheinig, wie bei einem Reisenden, der eine Pechsträhne hinter sich hat.

»Seid gegrüßt«, sagte er tapfer und zog etwas sein rechtes Bein nach. »Bitte erlaubt mir, mich Euch vorzustellen. Ich heiße Cunningham und bin nur ein harmloser Landstreicher, der nichts anderes wünscht, als weiterzuziehen und Herren wie Euch nicht zu belästigen.«

»Seid gegrüßt«, erwiderte Pryce. »Ihr könnt mich Darling nennen, und es heißt, ich munde köstlich in Halarahhischer Weinsoße.«

Der alte Mann erstarrte. Seine Augen wurden plötzlich stechend, als er seinen Blick Gheevy zuwandte. »Was redet Euer Freund da?« fragte er eindringlich.

»Verflucht noch mal, ich ...«, setzte der Halbling an und wollte aufschauen.

»Sieh ihm nicht in die Augen!« schrie Pryce, aber es war schon zu spät, um ihn noch vor dem magischen Blick des Tieres zu warnen. Wotfirrs Augen umwölkten sich, die Augenlider fielen herab, und seine kleine gedrungene Gestalt sackte unter Gamor Turkals Leiche zusammen.

Bei der Veränderung, die nun über den angeblichen Cunningham kam, sträubten sich Pryce zunächst die Nackenhaare. Bald aber standen ihm die Haare am ganzen Körper zu Berge.

Das Bein des Verwundeten wurde stärker und gerader. Er lächelte ... Und als seine Lippen den Punkt erreichten, an dem menschliche Lippen aufhören sollten, zogen sie sich immer weiter und weiter auseinander. Sie schienen gar nicht das Ende der Zähne dieser Kreatur zu erreichen.

Bald war das Lächeln satanisch breit, und die Zähne vermehrten sich. Es sah aus, als würde eine ausgedünnte Gefechtslinie durch nachrückende Mannschaften der Reserve aufgefüllt. Die untere Gesichtshälfte des Wesens verzog sich unter einem schmatzenden Knirschen. Die Nase schnüffelte, die Nüstern weiteten sich, aber anstatt sich wieder zusammenzuziehen, blieb sie offen und wurden sogar noch weiter und dunkler.

Cunningham hatte unrasiert gewirkt – um seiner Rolle als verirrter Wanderer gerecht zu werden –, aber jetzt war aus dem Stoppelbart ein dichter Pelz aus rauhem orangerotem Fell geworden. Seine dunklen Augen waren inzwischen gelb, aber nicht weniger stechend. Aus dem nun dichten Haar erhoben sich zwei zitternde Kegel aus pelzbedecktem, knorpeligem Fleisch. Auch seine Hände schienen viel größer geworden zu sein, und die Fingernägel sahen jetzt aus wie Stahlklingen von Schnappmessern.

Das Wesen warf den Kopf vor und zurück, glich damit nun endgültig einem fuchsartigen Ungeheuer. Erschreckenderweise wohnte in seinem Gesicht noch immer die offensichtliche Intelligenz eines gebildeten Menschen. Die Bestie schien bösartig, gefährlich und gewalttätig zu sein, aber nichtsdestotrotz vernunftbegabt. Sie stieß einen Laut aus, der halb wie ein Pfeifen, halb wie Todesrasseln klang.

Covington wußte aus Erfahrung, was jetzt kommen würde, und er hörte sie, bevor er sie sah. Cunningham hatte seine Kinder gerufen … Vollschakale ohne jegliches menschliche Bewußtsein, obwohl sie von einer Schakalmutter und einem Schakalwervater stammten.

Die kleinen Tiere tauchten überall um Pryce herum auf, zwängten ihre ausgemergelten, hungrigen Körper durch die Dornenbüsche, die an ihrem Fell zerrten. Wenn sie nicht so gefährlich gewesen wären, hätte man Mitleid haben können.

Es war insgesamt ein halbes Dutzend, das da nun knurrend und sprungbereit auf ihn lauerte. Covingtons Augen schossen hin und her. Er merkte sich ihre verschiedenen Positionen sehr genau und achtete darauf, daß kein Tier anfing Gheevy anzuknabbern. Pryce konnte ihren Hunger und ihre Gier regelrecht riechen.

Von dem Augenblick an, als er und Wotfirr mit den Toten vom Fragenbaum abgezogen waren, hatte Pryce sich auf diesen Fall vorbereitet, aber jetzt mußte er sich fragen, ob er auch den Mut hatte, die beiden Leichen loszuwerden und gleichzeitig einem gefährlichen Schakalwer Informationen abzuringen. Im Moment hatte er kaum ein Wahl.

Er wartete in der Mitte des Schakalkreises und kämpfte gegen die lähmende Furcht an. Um nicht von seiner Angst ganz überwältigt zu werden, wiederholte er in Gedanken unablässig: »Ich bin Darlington Blade, Zaubermeister und Held, und ich weiß, daß ich hier ohne Frage das Kommando habe!«

»Was tragt Ihr da mit Euch?« fauchte Cunningham plötzlich. Die in dieser Frage verborgene Drohung war unmißverständlich, und Pryce erstarrte.

»Du weißt es wirklich nicht, was?« fuhr Covington den Schakalwer nervös an. Dieser wich etwas bei der scharfen Erwiderung zurück, aber damit ließ Pryce es nicht bewenden. »Das heißt also, diese Körper sind erst nach deinem Besuch am Fragenbaum dort aufgetaucht.« Es mußte so sein. Wenn die Schakale auf diese Leichname schon früher gestoßen wären, hätten sie sie ganz sicher gefressen.

»Am Fragenbaum …? Woher wißt Ihr, daß ich dort war?« Aber dann kochte die Kreatur plötzlich über vor Wut. »Wißt Ihr eigentlich, mit wem Ihr es zu tun habt?«

»Weißt du es denn?« gab Covington zurück und warf dem Schakalwer die Leiche Darlingtons vor die behaarten Klauenfüße. Sie landete mit einem schweren gräßlichen Plumps mit dem Gesicht nach oben auf dem Boden. Ihre toten Augen schienen Cunningham anzustarren.

»Erkennst du ihn?« Pryce hielt den Atem an. Von der Antwort des Schakalwers hing jetzt fast alles ab.

Die Fratze schwenkte von dem toten Mann zu Pryce. »Ich brauche ihn nicht zu kennen«, knurrte das Ungeheuer, »um ihn zu fressen!« Er machte einen bedrohlichen Schritt nach vorn.

Covington trat ebenfalls vor, den Daumen unter der Mantelspange, die zuvor durch die Arme des Toten verdeckt gewesen war. »Erkennst du dann *das* hier?«

Die Reaktion war überraschend. Der Schakalwer richtete sich gerade auf. Jedes sichtbare Haar seines Körpers stand weit ab. Sofort gefroren alle anderen Schakale um Pryce an Ort und Stelle fest, wölbten den Rücken und sträubten den Pelz. Sie fauchten wie erschrockene Katzen.

»Darlington Blade!« Cunningham kreischte beinahe. »Von allen –«, fing er an, aber dann gingen seine Worte in einem schrecklichen nächtlichen Geheul unter. Die anderen Tiere hoben die Köpfe und schlossen sich ihm an, erfüllten die Nacht mit ihrem unheimlichen Chor.

»Ruhe!« bellte Pryce. »Ruhe, allesamt!«

Das Geheul verstummte so plötzlich, wie es begonnen hatte. Pryce musterte die Schakale eingehend. Die Kleinen zitterten und schienen erschreckend dünn. Der Pelz war naß von eigenem Blut, denn sie hatten durch die Dornen an den Hecken viele Verletzungen davongetragen. Er fuhr herum und sah ihrem schockierten Vater ins Gesicht.

»Willst du fressen?« fragte er. »Willst du in diesem Land überleben, wo die anderen feindselig, mächtig und *argwöhnisch* sind?«

»Sei verflucht, Abenteurer ...«

»Für Flüche ist später noch Zeit«, sagte Covington gelassen. »Jetzt ist die Zeit für Antworten, und dann könnt ihr fressen. Es gibt reichlich frisches Fleisch für dich und deine Welpen.«

Er sah Cunninghams Konflikt im Spiel der Gesichtsmuskeln des Schakalwers. Das Monster hätte nichts lieber getan, als sich auf das verhaßte Fleisch zu stürzen, das da vor ihm stand, denn die Haut eines Zauberers sollte sehr saftig sein. Aber das Ungeheuer wußte auch, daß der legendäre Darlington Blade jeden Angriff mit einem Wort abwehren konnte, und dann würde sein Nachwuchs langsam und qualvoll verhungern.

»Du willst uns dieses Fleisch geben?« knurrte er mit einem Nicken zu den Körpern hin, während Geifer von seinen Zähnen triefte.

»Eigentlich nicht«, erwiderte Pryce ehrlich mit einem Zittern in der Stimme. Dann merkte er, daß Gheevy immer noch bewußtlos auf dem Boden lag. »Auf jeden Fall nicht den, der noch lebt!« Beschämt ließ er den Kopf hängen. »Aber das vor kurzem getötete ... Fleisch ... Ja.« Er verspürte tiefes, ehrliches Bedauern, aber er mußte sich nicht nur vor diesen Ungeheuern, sondern auch vor der Rache des Ältestenrats schützen. Ein schmerzlicher Handel war erforderlich. »*Wenn* du meine Fragen beantwortest!«

»Ich brauche keine Fragen zu beantworten!« fauchte der Schakalwer zurück.

»Antworte, und du kannst fressen«, sagte Pryce nachdrücklich und beugte sich waagemutig zu Cunningham hin. »Sag nichts, und du wirst dich zu Tode hungern.«

Der Schakalwer stand einen Augenblick still, dann warf er

sich auf den Boden. Pryce zuckte überrascht zusammen, konnte jedoch eine Reaktion wie einen Schrei oder einen Schritt zurück gerade noch unterdrücken. Blade oder nicht Blade, jedes Zeichen der Schwäche bedeutete den sicheren Tod.

Als der Schakalwer sich aufgerichtet hatte, war er wieder der freundliche, zivilisierte Wanderer namens Cunningham. Offenbar war die Demütigung – mit einem Menschen verhandeln zu müssen! – auf diese Weise leichter zu ertragen.

»Meine Güte, mein Herr«, zirpte er. »Was für eine mißliche Lage!«

Pryce ignorierte Cunninghams Eröffnungszug … und den Schweiß, der ihm in der kühlen Nachtluft in Strömen über die Stirn rann. »Was machst du hier?« wollte er wissen. »Was erhofft sich ein Schakalwer von einem Ort, an dem die Magie herrscht, die große Mehrheit der Menschen ein Ungeheuer wie dich leicht besiegen kann?«

»Ein … Wesen hat mich eingeladen«, sagte der Schakalwer beschämt.

»Was für ein Wesen?« fragte Pryce, der immer noch darauf achtete, ihm nicht zu nahe zu kommen.

»Eine mißgebildete Kreatur, wie ich sie noch nie zuvor gesehen habe. Sie machte mir Versprechungen, zu schön, um wahr zu sein … Regelmäßiger Fleischnachschub … hervorragende Jagdgründe … das Fleisch überirdischer Weisheit. Ich hätte es besser wissen sollen.«

»Diese Kreatur hat dir das Fleisch von Zauberkundigen angeboten?« fragte Pryce ungläubig.

»Nicht mit so vielen Worten …«

Covington konnte es sich nicht leisten, das Thema weiterzuverfolgen. Je länger er mit diesem Wesen sprach, desto größer wurde das Risiko, daß dessen vernunftlose Kinder angriffen, und dann würden die Tiere eine angenehme Überraschung erleben. Sie würden feststellen, daß der Mensch, den sie für den großen Darlington Blade gehalten hatten, in Wirklichkeit nur ein Laufbursche aus Merrickarta ohne alle magischen Kräfte war.

»Wann warst du am Punkt der Fragen?«

Cunningham schien sich über den Themawechsel zu freuen, denn so mußte er nicht länger über seine Leichtgläubigkeit und Demütigung reden. Seine traurigen Augen bebten, als er sich erinnerte

»Heute früh, glaube ich.«

»Was hast du dort gemacht?«

»Ich sollte jemanden treffen ... Er sollte Futter haben.«

»Wer hat dir das gesagt?«

»Der Wind ... Staub im Wind!« Cunningham hob den Kopf und stieß ein mitleiderregendes, alles durchdringendes Geheul aus.

»Hör auf damit!« Pryce störte das Benehmen des Schakalwers ebenso wie die Möglichkeit, daß Gamor dabei geholfen haben könnte, ihn in die Gegend von Lallor zu locken. »Hast du diesen Jemand getroffen?«

»Nein«, antwortete Cunningham traurig. »Er kam nicht.« Seine Augen waren blutunterlaufen. »Das Futter auch nicht ...« Covington hörte, wie die jungen Schakale hinter ihm tief und kehlig zu knurren begannen. Die Zeit wurde knapp ... und die Fragen.

»Hast du jemanden gesehen ... irgend jemanden?« fragte er scharf in der Hoffnung, wenigstens einen anderen Anhaltspunkt zu bekommen.

»O ja«, sagte Cunningham niedergeschlagen. »O ja, da waren andere am Fragenbaum, aber die waren nicht für mich und meine Kinder ... Der Wind hat mir gesagt, ihr Fleisch wäre nicht für solche wie unssss!«

Pryce verlor ihn. Er konnte es an Cunninghams Gesichtsveränderung sehen, am kränklichen Geruch des Hungers, der ihn umgab, konnte es riechen und in den eigenen Knochen spüren. »Wer war das?« fragte er schnell. »Wen hast du gesehen?«

»Die kleine große Dame«, sagte Cunningham mit gefährlichem Singsang in der Stimme. Sein Kopf schaukelte bereits wieder hin und her. »Die große Verteidigerin der Mystra mit ihrem arroganten Gehabe und den festen Muskeln. Nicht viel Fleisch dran, aber ich bin sicher, daß bißchen ist *sssssüßßßß* ...«

Lymwich, dachte Pryce. Er muß von Berridge Lymwich sprechen. Aber was hatte sie dort zu suchen gehabt? »Noch jemand?« drängte er eilig. »Wer noch?«

»Der große Kapitän der Industrie!« bellte Cunningham in den Himmel. »Der Segler auf der Piratensee! Sein kleines Kinn wackelt und wackelt, seine langen Bartlocken zucken und zucken vor lauter Aufgeblasenheit. Oh, dieses Fleisch an ihm ... dieses kösssssstliche Fleisch!« Die Schakale um Pryce herum begannen aufgeregt zu fiepen und zu bellen.

Fullmer, der Weinhändler. Pryce staunte. Die Angelegenheit wurde immer komplizierter. »Noch etwas?« frage Covington und zog sich vorsichtig seitlich zurück.

»Das ist alles, o mächtiger Blade!« rief Cunningham. »Unser Bote und unser Essssssen kamen nicht, auch keine nichtsahnende Sssseele. Meine Kinder und mein Hunger riefen, darum mußßßßßte ich fort. Ich mußßßßßte rennen und schrie vor Enttäuschung!« Er warf den Kopf zurück und jaulte in die Nacht. »O ihr Dämonen unten und ihr Götter oben, ich habe Hunger! Verdient nicht auch ein so armseliges Wesen wie ich ein gewisssssesssss Mitleid?«

»Mitleid, nein!« schrie Pryce. »Futter, ja! Jedenfalls diesmal.« Er schnappte sich die Arme des immer noch bewußtlosen Halblings und warf sich Gheevy Wotfirr über den Rücken. »Denk immer an mein Erbarmen mit dir, Schakalwer!«

Dann rannte Pryce Covington wie verrückt in die Nacht

hinaus und ließ die Leichen zurück. Das Geräusch der fressenden Tiere verklang langsam hinter ihm. Er würde es nie mehr vergessen.

5 *Auf Messers Schneide*

»Was hast du getan? Was hast du nur getan?« lamentierte Gheevy Wotfirr zum dritten, vierten Mal los, als sie zum Tor von Lallor zurücktrotteten.

»Vergiß es einfach, Gheevy«, rief Pryce aus, »es mußte sein! So schrecklich es klingt, sie sind tot, und wir leben noch. Ich wünschte, ich könnte an ihrem Tod etwas ändern, aber ich ziehe es vor, uns am Leben zu erhalten. Es war die einzige Möglichkeit.«

»Aber … aber …«

»Sag du's mir. Was hätte ich sonst tun sollen?«

Mit leeren Händen liefen sie durch die dunkle Nacht. Die Fässer mit Bier und Met, die sie aus der Stadt geschleppt hatten, waren anstelle der Leichen am Punkt der Fragen zurückgeblieben.

»Wir hätten sie begraben können«, wandte Wotfirr müde ein.

»Wo?« hielt Pryce dagegen. »Und wie lange wären sie dort geblieben?« Er sprach fieberhaft auf den Halbling ein, als sie über die Edelsteinstraße auf das Tor von Lallor zuhielten. »Du weißt genausogut wie ich, daß ein frisch ausgehobenes Grab für jeden Zauberer oder jede Inquisitrix kinderleicht zu finden ist. Ich konnte das Risiko einfach nicht eingehen. Es hätte mich das Leben gekostet.« Pryce sah, daß Wotfirr sich immer noch am Rande der Verzweiflung befand, deshalb versuchte er es auf eine andere Weise. »Es war zu spät, wir konnten ihnen nicht mehr helfen, Gheevy. Ich gebe es ungern zu, aber so ist es nun einmal. Um ihren Tod rächen zu können, muß ich lange genug am Leben bleiben. Es gab keine andere Möglichkeit!«

Der Halbling sah Covington mit widerwilligem Einverständnis an. »Wahrscheinlich hast du sogar recht. Aber, meiner Treu, du kannst ganz schön egoistisch sein.«

Pryce warf ihm absichtlich einen ausdruckslosen Blick zu. »Was soll das heißen?«

Wotfirr mußte unwillkürlich losprusten, doch sein Lachen erstickte in einem Pfeifen. »Du bist erstaunlich.«

»Muß ich anscheinend auch sein«, erwiderte Pryce resigniert. Sie trotteten weiter die Straße entlang. Schließlich grunzte Gheevy: »Tja, du hast mir wohl wirklich das Leben gerettet ...«

»Vergiß nicht«, erwiderte Covington mit schlechtem Gewissen, »daß ich dich überhaupt erst in Gefahr gebracht habe.«

»Aber ich sagte, ich wüßte, wo der Schakal seinen Schlupfwinkel haben könnte.«

»Und ich habe dich hierhergeschleppt.«

Wotfirr blieb urplötzlich stehen. »Sag mal, irre ich mich, oder *willst* du, daß ich dir die Schuld gebe?«

Covington hielt einige Fuß weiter an und wandte sich zu dem Halbling um.

»Ich geb's zu, Gheevy. Ich fühle mich schuldig. Furchtbar schuldig. Ich habe dich in das Ganze schon viel zu tief hineingezogen. Von nun an wird es wahrscheinlich noch gefährlicher, deshalb ist es nicht in Ordnung, deine Gesellschaft und deinen wertvollen Beistand für selbstverständlich zu erachten.« Er beobachtete das Gesicht des Kellermeisters, konnte aber keine Reaktion feststellen. »Weißt du was? Du hast mir ein Versprechen gegeben, deshalb gebe ich dir auch eins. Sollte ich aus irgendeinem Grund erwischt oder entlarvt werden, werde ich auf keinen Fall preisgeben, daß du dabei warst.« Pryce seufzte und ließ Kopf und Schultern hängen, denn er fühlte sich hilflos, verfolgt und allein. »Jetzt laß uns wieder hinter der Mauer verschwinden. Sobald wir in der Stadt sind, gehe ich in die eine Richtung, und du kannst in die andere ziehen. Ich kann es dir nicht verdenken, wenn du mich nie wieder sehen willst.«

Schweigend liefen sie zum Tor, von dem das große Auge herabblinzelte und sie gründlich inspizierte. Covington kämpfte mit der verrückten Idee, ein Tänzchen für Berridge Lymwich hinzulegen. Dann aber ging er doch ruhig an dem Auge vorbei und wandte sich zielstrebig nach rechts.

Gheevy blieb kurz am Tor stehen. Es zog ihn nach links, aber dann bekam sein rechtes Bein doch den Vortritt, und er folgte Pryce in den Ostteil der Stadt.

Covington sah sich nach seinem neuen Freund um und lächelte erleichtert.

Der Halbling zuckte mit den Schultern. »Ich konnte wohl kaum nach Westen gehen«, sagte er. »Ich wohne auf dieser Seite der Stadt.« Aber dann lächelte er ebenfalls und meinte: »Offen gesagt, auch für alles Edelmetall von Durpar möchte ich nicht verpassen, was als nächstes passiert.«

Pryce schüttelte vor Staunen den Kopf und grinste den Halbling an. »Als nächstes, mein lieber Gheevy, werden wir beide anständig ausschlafen, damit wir morgen früh den Hinweisen des Schakalwers nachgehen können.«

»Soll ich dich vor deinem neuen Haus abholen?« fragte Wotfirr eifrig.

Pryce schüttelte den Kopf. »Du mußt an deine Arbeit denken. Ich komme zu Schreders' Schenke und erzähle dir meinen Plan. In Ordnung?«

Der Halbling nickte, daraufhin trennten sich die beiden. Schon nach zehn Schritten vermißte Covington die Gesellschaft des kleinen Kerls. Erstaunlich, überlegte er, wie wichtig es doch war, einen anderen um sich zu haben, mit dem man Ideen austauschen konnte, der einem andere Gesichtspunkte aufzeigte und einfach generell ein Gegengewicht darstellte. Außer Gheevy hatte er niemanden in der Stadt, mit dem er offen reden konnte. Er hatte sich immer für unabhängig und selbständig gehalten, nun merkte er überrascht, was für eine Bürde das sein konnte.

Auch die Müdigkeit machte sich jetzt mit einem Schlag bemerkbar. Bis er die Sackgasse erreicht hatte, fühlten sich seine Beine an, als wären sie mit Sand gefüllt. Er wankte in die Eingangsnische am Baum, während seine Augen vor Erschöpfung schon beinahe zufielen.

Erneut begann die Mantelspange zu leuchten, und als er die Augenlider hob, schwang die Innentür auf. Pryce trat in das behagliche »Baumhaus«, in den sanften Schein des gedämpften Nachtlichts. Er seufzte angesichts der Schönheit und absoluten Wohnlichkeit, die dieser Ort ausstrahlte. Selbst wenn bei Sonnenaufgang die Inquisitrix auftauchte und Beweise für sein Doppelleben brachte, allein eine einzige Nacht in einem Haus wie diesem, von dem er schon immer geträumt hatte, schien das Risiko wert zu sein.

Der Komfort des Hauses begeisterte seinen Verstand, doch der Körper war einfach zu erschöpft. Seine Beine schleppten sich durch den großen runden Raum im Stamminneren zu einer geräumigen Nische in etwa vierzig Fuß Entfernung. Darin konnte er gerade noch die Eckpfosten eines breiten Bettes an der Wand ausmachen. Er hielt genau darauf zu.

Diese Schlafkammer war auf ihre Weise ebenso eindrucksvoll wie die Bibliothek und das Wohnzimmer. Sie wirkte mehr als nur einladend. Die Holzwände waren auf Hochglanz poliert und verziert mit einer Myriade verschlungener und sehr ansprechender Muster. Das Braun der Wand zog sich bis zum Schwarz der kegelförmigen Decke hinauf, an der winzige Flecken aus Weiß, Silber und Gold wie am Nachthimmel blinzelten. Pryce meinte, einen kühlenden Hauch zu spüren, aber es konnte gut sein, daß die Einbildung ihm einen Streich spielte.

Das Bett selbst wirkte trotz der verknitterten Leintücher warm und einladend. Es fügte sich perfekt in seine Umgebung ein. Die zerwühlten purpurfarbenen Decken waren so weich wie die wolkenartigen Kissen, die unter ihnen warteten. Ein schläfriges Lächeln breitete sich über Covingtons Gesicht aus, und seine Augenlider fielen wieder halb herab, als er auf das Bett zuhielt.

Er legte sich neben ein großes, überraschend festes Kissen. Covington schlang die Arme darum und zog es an sich. Daß es sich weich anfühlte, überraschte ihn nicht. Eher schon, daß es auch wunderbar roch – nach Moschus, nach Haut und süß wie die schönste Frau, die er je gesehen hatte. Wenn Geerling Ambersong jede Nacht in diesem hinreißenden Bett geschlafen hatte, erschien es bemerkenswert, daß er überhaupt jemals aufgestanden war.

Um genau zu sein, dachte Pryce, während er seinen Kopf an die weichen Rundungen des Kissens schmiegte, erinnerte ihn diese unglaubliche Erfahrung an etwas. An was nur? Aber das Bewußtsein entglitt ihm. Er wollte bereits in den Schlaf sinken, als sein Unterbewußtsein ihn wieder wachrüttelte.

Covingtons Augen gingen auf. Sein Griff um das Kissen verkrampfte sich. Dann explodierte das Bett.

☆☆☆

Nun, das Bett explodierte nicht wirklich, aber die Wirkung war entsprechend. Die Bettücher schossen von der Matratze hoch, und etwas gab ein schreckliches Geräusch von sich. Es begann als Quieken, wurde dann zu einem wütenden Kreischen, das in einem gellenden Schrei endete.

Weniger hinausgeworfen als aus eigenem Antrieb hinausgestürzt, versuchte Pryce verzweifelt, dem zu entkommen, was in diesem Bett lag. Was immer es auch sein mochte. Wild um sich tretend, sprang er mindestens dreieinhalb Fuß in die Höhe. Dann tauchte er vier Fuß zur Seite und rutschte am Boden entlang.

Er landete an der Wand, von der aus er mit weit aufgerissenen Augen zusah, wie auf dem Bett etwas Gestalt annahm. Zuerst wirkte es wie ein haariger Ball, der nur aus Bewegung zu bestehen schien. Dann begannen aus ihm Gliedmaßen herauszuwachsen, und Haarsträhnen peitschten wie zuschnappende Schlangen in der Luft herum. Gerade als es so aussah, als ob die mißgestaltete Kreatur auf dem Bett in sich zurücksinken würde, tauchten starke Arme und wohlgeformte Beine auf, die zu einem erfreulich gerundeten Körper gehörten. Nicht weniger erstaunlich jedoch war das Gesicht, das aus den wild peitschenden Haaren erstand ... Ein Gesicht, das er von irgendwoher kannte ...

Sie kreischten gleichzeitig den Namen des jeweils anderen, dann warfen sie sich in entgegengesetzte Richtungen.

Pryce Covington versuchte mit einem Sprung aus der Schlafkammer zu entkommen, während Dearlyn Ambersong nach einem sieben Fuß langen Stab griff, von dessen Spitze rotes Pferdehaar wallte. Sie riß ihn von seinem Platz an der Wand neben dem Bett und stieß Pryce das stumpfe Ende direkt in den Solarplexus.

Covington gab nur noch ein »Uff!« von sich, seine Arme flogen nach vorn, und seine Beine gaben nach. Er kippte nach hinten und landete mit den Schultern an der rechten hinteren Ecke des Bettes. Dort rollte er rückwärts ab, kam auf die Knie, ließ sich aber vom Schwung weitertragen. Dearlyn indessen sprang bereits über die Matratze und schwang dabei den Stab, daß der Pferdeschweif hochflog und alle möglichen Gartenwerkzeuge enthüllte, die mit dünnen Lederschnüren an die Stangenspitze geknotet waren.

»Gartenwerkzeug?« Pryce staunte, doch jetzt war nicht die Zeit, über diesen ungewöhnlichen Aufbewahrungsort nachzudenken, denn Dearlyn stieß den Stab gekonnt nach vorn. Ein Unkrautstecher fuhr knapp an seiner Nase vorbei. Pryce riß den Kopf zurück. Sein Schädel schlug mit einem häßlichen dumpfen Geräusch gegen die gerundete Wand. Und Dearlyn schwang weiter wild ihren Stab. Eine kleine Schere fuhr ihm fast in den Hals.

Pryce zwang seine Beine, sich zu strecken. Auf dem Boden sitzend, rutschte er zurück, während sein Kopf immer weiter nach hinten auswich. Plötzlich befand er sich in liegender Position neben dem Bett und sah das rote Pferdehaar herumwirbeln und sich eine kleine Harke auf seine Augen richten.

Pryce griff mit der rechten Hand nach den Bettlaken und riß mit aller Macht daran. Durch dieses Manöver zog er sich selbst nicht nur zum Bett, sondern auch Dearlyn die Decke unter den Füßen weg. Harke und Pferdehaar flogen hoch, und sie fiel mit lautem Schrei auf die Ruhestätte.

Pryce kam mit einem Salto rückwärts auf die Beine, gerade noch rechtzeitig, um zu sehen, wie Dearlyn in einem Wirbel aus Armen, Beinen und Gartenwerkzeugen auf dem Bett landete. Covington zitterte und lachte, in einer seltsamen Mischung aus Aufregung und Erleichterung. Dearlyn Ambersong war im Umgang mit ihrem Stab äußerst geschickt. Das ungewöhnliche Gerät mochte sie zu einer großartigen Gärtnerin machen, aber als Waffe war es auch nicht schlecht. Sie konnte es jedenfalls gezielt einsetzen, um jedes Unkraut auszumerzen, ob nun Pflanze oder Mensch.

Hier stellte sich ein Rätsel, das er besser sofort löste. Was machte Dearlyn Ambersong in dem Bett, das er für seines hielt, und wieso wollte sie ihn aufspießen? Pryce klatschte in die Hände, um ihre Aufmerksamkeit zu erregen.

»Jetzt wartet mal eine Minute, Fräulein Ambersong, ich –«

Er hatte keine Gelegenheit weiterzusprechen, denn urplötzlich kam das Bett auf ihn zu. In einem Augenblick lag es noch platt auf dem Bettgestell, im nächsten flog es schon wie eine riesige Fliegenklatsche auf ihn zu, um ihn wie einen Käfer an der Wand zu zerquetschen. Das Bett war eindeutig durch Magie gelenkt!

Pryce warf sich zur Seite und vollführte eine Reihe schneller Räder zur Schlafraumtür hin. Gerade in dem Moment stob er aus der Nische, als das schwere Bett mit einem fürchterlichen Krachen gegen die Wand prallte.

Er landete auf den Füßen in der Bibliothek, doch ihm blieb keine Zeit zur Freude wegen seines Entkommens, denn jetzt warf sie den Pferdehaarstab wie einen Speer nach seinem Gesicht.

Pryce drehte sich einmal um sich selbst, wendete den Kopf ab und knickte in den Knien ein. Der Stab flog ihm dicht über den Kopf hinweg, während er seinen Limbo tanzte. Ein herabhängendes Gartenwerkzeug kratzte ihn im Vorbeischießen etwas an der Nase.

»Jetzt sieh dir das an!« schrie er und richtete sich auf. Der Stab war inzwischen auf die gegenüberliegende Wand getroffen. Doch dann fand ein Bannspruch sein Ziel, und er brachte kein Wort mehr heraus.

Pryce Covington hatte das Gefühl, eine Riesenschlange habe sich seines Körpers bemächtigt. Er flog auf den Wohnzimmerboden und stürzte mit dem Hinterteil voran auf einen der schweren Stühle des Magiers. Die Macht des Spruches war mehr als ausreichend, um auch noch den Stuhl umzuwerfen. Pryce landete kopfüber im Kamin.

Covington dankte den Göttern, daß das Feuer nicht brannte. Er war nahezu erledigt. Durch einen Nebel aus Verwirrung, Schmerz und Ruß konnte er Dearlyn Ambersong erkennen, die wütend auf der Schwelle zum Schlaftrakt stand, die Hände in die Hüften gestemmt. Pryce blinzelte, denn er konnte nicht recht erkennen, was das für ein Pelz war, der ihren Körper vom Hals bis zu den Knöcheln und von den Armen bis zu den Handgelenken bedeckte. War sie ebenfalls ein Schakalwer?

Nein, stellte er fest, das war nur ihr Schlafanzug. Sie trug ein hautenges Gewand aus irgendeinem weichen grauen Stoff.

»He«, sagte Pryce matt. »Genau meine Farbe.«

»Was?« herrschte sie ihn an. »Was habt Ihr gesagt?«

»Diese Farbe«, fuhr er schwach fort. »Genau wie mein Hemd.« Es gelang ihm, mit Daumen und Zeigefinger an seinem Halsausschnitt zu zupfen.

»Wie könnt Ihr es wagen?« schäumte sie. »Mir ist egal, ob Ihr der große Darlington Blade seid. Ihr habt kein Recht, in mein, ich meine, meines Vaters ... Haus zu kommen!«

»Er sagte, ich dürfte«, flüsterte Pryce müde.

»Was?«

Covington stöhnte, während er sich abmühte, aus der Asche hochzukommen. »Euer Vater ... sagte zu Gamor ... und Lymwich, ich könne hier wohnen.«

»Das ist absurd!« empörte sie sich. »Das glaube ich nicht!«

Pryce lag endlich richtig herum. Hilflos wies er auf die Tür. »Die Tür hat sich für mich aufgetan«, erinnerte er sie. »Das hätte nicht funktioniert, wenn Geerling mir nicht den passenden Schlüssel dazu gegeben hätte ...« Ungeschickt fingerte er an seiner Mantelspange herum.

Dearlyn öffnete den Mund, schloß ihn, machte ihn zum zweiten Mal auf, dann stampfte sie auf und stieß einen abfälligen Laut aus, bevor sie abzog, um das Bett wieder herzurichten.

Pryce kroch aus dem Kamin und kam langsam auf Hände und Knie. Er klopfte sich ab, so gut es ging, und robbte auf allen vieren zur Schlafkammer zurück.

Die Beleuchtung war jetzt heller, so daß er deutlich erkennen konnte, wie Dearlyn grimmig alle Decken, Kissen und Laken zurückpackte.

Dann legte sie eine beige-braun gemusterte Robe an, die wie ein elegantes Kleid wirkte.

»Ich bitte um Entschuldigung, Fräulein Ambersong«, sagte Pryce leise.

»Wofür?« fauchte sie.

»Dafür, daß ich existiere.«

Das ließ sie innehalten, aber nur eine Sekunde lang. Sie ging wieder daran, das Bett zu machen. Und zwar in einer Weise, als müsse sie das für einen besonders lästigen Patienten tun.

»Ihr könnt nichts dafür, daß Ihr seid, wer Ihr seid«, sagte sie.

Du würdest staunen, dachte er, doch was er sagte, war: »Vielleicht könnt Ihr mir helfen, der zu sein, für den Ihr mich haltet.«

Diesmal stockte sie länger als eine Sekunde, und ihr Gesicht spiegelte ihre Verwirrung wider. »Was auf Toril redet Ihr da?«

Pryce zog sich voller Schmerzen auf die Füße, lächelte matt und lockte sie mit einem Finger, ihm zu folgen. Dann humpelte er in den Wohnraum zurück, mühte sich ab, den umgekippten Stuhl aufzurichten, und ließ sich darauf fallen. Als er erleichtert aufseufzte, hatte sie ihm gegenüber an der Wand Stellung bezogen.

»Ich bin hier, Fräulein Ambersong«, sagte er, »aber Euer Vater nicht. Habt Ihr eine Ahnung, wo er ist?«

»Ihr etwa nicht?« gab sie scharf zurück. Doch dann zeichnete sich auf ihrer Miene offensichtliche Sorge ab.

Pryce tat ihre Frage ab. »Unwichtig. Macht es Euch nichts aus?«

»Macht es …?« Sie starrte ihn verwundert an, bis ihre Reserviertheit schwand. »Ausgerechnet Ihr fragt mich so etwas! Dazu habt Ihr kein Recht«, fuhr sie erschüttert fort und schlang die Arme um sich. »Ob es mir etwas ausmacht? Und ob es mir etwas ausmacht!« Plötzlich warf sie beide Arme nach oben. »Seht Euch das an! Seht Euch alles an! Das Haus von Lallors Erstem Magier. Seht Ihr einen einzigen magischen Gegenstand? Seht Ihr ein einziges Zauberbuch? Es gibt keines hier! Und wißt Ihr, weshalb?«

Pryce senkte stirnrunzelnd den Kopf. Er kannte die Antwort – Azzo Schreders hatte sie ihm gegeben –, aber er wollte, daß sie es sagte. Sie enttäuschte ihn nicht.

»Weil er alles Euch gegeben hat!« schrie sie. »Seine kostbare Tochter durfte nicht mit der Verantwortung der Magie belastet werden. O nein, aber *Ihr* ... Ihr bekommt alles!« Sie stapfte zu einem Schrank hinüber, aus dem sie einen Mantel zerrte, der dem seinen wie ein Spiegelbild glich.

»Sogar dieser ... dieser Mantel, den er mit seinen eigenen Händen geschaffen hat ... Das einzige Ding, von dem ich glaubte, daß es nur mir gehört! Selbst das, stelle ich fest, hat er Euch gegeben!« Zornig warf sie ihn auf den Boden, so daß die verzierte Spange hart aufschlug. Pryce kniff kurz die Augen zusammen, blickte jedoch dann gleich wieder zu der Frau hin.

Sie sprach zur Decke, die Arme erhoben. »Das Erbe von Ambersong, einem dummen Schwätzer von irgendwoher in den Schoß gefallen! Euch! Einem Mann, der sich nicht einmal gegen den einfachsten Spruch verteidigen kann!«

Sie merkte, sie war zu weit gegangen. Pryce grinste traurig. Er überließ es ihr, den Versuch zu unternehmen, ihr jetzt offenkundiges Geheimnis zu kaschieren. Doch anstatt dann etwas über bloße Anfängerkünste zu sagen, meinte er: »Im Gegensatz zu anderen gehe ich nicht verschwenderisch mit der Magie um. Und«, fügte er ernst hinzu, »ich benutze sie nicht als Ventil zum Ablassen meiner miesen Gefühle.«

Dearlyn blickte beschämt zu Boden.

Er ließ ihr einen Ausweg. »Habt Ihr jemals darüber nachgedacht, was Euer Vater wirklich für Euch wünschte?«

»Bitte sprecht nicht so von oben herab mit mir«, sagte sie

ruhig. »Ich kenne meinen Vater besser, als es Euch je möglich sein wird. Er ist ein ehrenhafter, durch und durch moralischer Mann. Er haßte es, gegen die restriktiven Gesetze des Ältestenrates zu kämpfen, aber er gab nicht nach.«

»Genauso dickköpfig wie seine Tochter.« Pryce verzog das Gesicht, denn seine Schulter schmerzte. Diese Feststellung entlockte ihr ein stolzes Lächeln. »Aber er wollte kein solches Leben für Euch«, erinnerte er sie.

»Mehr als alles andere«, sagte sie mit einem traurigen Lächeln, »wünschte er, daß sein einziges Kind in Frieden leben sollte.« Sie schüttelte den Kopf, dann sah sie Pryce beschwörend an. »Ihr habt mich gefragt, ob ich jemals darüber nachgedacht hätte, was er wollte? Natürlich nicht! Ich bin seine Tochter! Das habe ich von ihm gelernt. Hat *er* jemals darüber nachgedacht, was *ich* wollte? Nein! Er hat mir einfach nur verboten, die Magie zu erlernen. Es verboten! Er hat sogar dem Rat gesagt, daß ich niemals zaubern lernen dürfte!«

Pryce rieb vorsichtig seine Brust. »Ich sehe, daß Euch das nicht davon abgehalten hat«, sagte er leise.

In dem nun einsetzenden Schweigen hätte man den Fall einer Feder hören können. Sie starrten einander lange an.

»Was werdet Ihr dem Rat sagen?« fragte sie schließlich ruhig. »Ich habe ein bißchen zaubern gelernt, ja, aber immerhin *bin* ich die Tochter von Geerling Ambersong.«

Pryce rieb weiter seine geschundene und immer noch schmerzende Brust. »Allerdings, das seid Ihr«, seufzte er. Sie sprach von ihrem Vater in der Gegenwart, stellte Pryce fest. »Ich weiß« und »Er ist« anstatt »Ich wußte« und »Er war«. Allem Anschein nach zählte sie ihren Vater noch zu den Lebenden. Das sollte ihn eigentlich nicht überraschen. Schließlich, dachte er, mußte Geerling tageweise oder gar wochenlang fortgewesen sein, um Darlington Blade – ich meine, mich – auszubilden.

Er spielte mit dem Gedanken, emotional die Oberhand zu gewinnen, indem er ihr eine Lektion erteilte, aber etwas an ihrem Gesichtsausdruck hielt ihn davon ab. Sie sah ihn offen an. Ihr Blick sagte, daß sie bereit war, die Verantwortung für ihr Tun zu übernehmen. Sie war von Grund auf ehrlich.

Er schaute genauso offen zurück, denn er fühlte Dinge, die er noch nie zuvor gefühlt hatte. Plötzlich wollte er sie beschützen, mit ihr arbeiten. Ja, er wollte alles über sie erfahren, was es zu erfahren gab.

»Was sollte ich dem Rat denn sagen?« meinte er schließlich. »Daß der große Darlington Blade von einer verrückt gewordenen Matratze durchs Zimmer gejagt wurde?«

Sie lachte erleichtert, aber auch etwas spöttisch. »Ihr *habt* aber auch überrascht ausgesehen«, brachte sie schließlich heraus.

»Wirklich?« Pryce zog eine Braue hoch. Er nahm den am Boden liegenden Pferdehaarstab näher in Augenschein. »Um die Wahrheit zu sagen, ich weiß nicht, warum Ihr Euch überhaupt mit Magie abgebt. Ihr seid ausgesprochen geschickt mit dieser Stange.«

Mit einem Unschuldsblick auf die Waffe antwortete sie: »Wenn der eigene Vater sich weigert, die Familienkunst an einen weiterzugeben«, sie trat zu dem Stab, »richtet man seine Energie eben auf das Erlernen anderer Fertigkeiten.«

Ihre Haare streiften Covington, als sie sich bückte und nach dem Stab griff. Ihre Frische und Vitalität berauschten ihn.

»Also«, sagte er, »seid Ihr nun Kampfkunstexpertin oder Gärtnerin oder beides?«

Sie sah ihn wieder an, nur waren sie einander diesmal viel näher.

»Keines von beidem. Ich muß auf beiden Gebieten noch viel lernen ... Obwohl die Ranken, die die Sackgasse draußen einrahmen, die Gegend längst überwuchert hätten, wenn das hier nicht wäre ... und meine Arbeit.« Sie klopfte mit dem Gärtnerstab in ihre Handfläche. Dann blickte sie ihm wieder in die Augen.

Hier war ein Mann, von dem sie sich so viele Male gesagt hatte, daß er nur Haß verdiente, doch aus seinen Augen las sie einige interessante Dinge heraus: eine gewisse Liebenswürdigkeit, Freundlichkeit, einen unübersehbaren Sinn für Humor, eine anziehende Selbstverachtung, ja, eine bezaubernde Hilflosigkeit.

»Also«, meinte sie, als es ihr schließlich gelungen war, ihren Blick abzuwenden, »Ihr werdet es niemandem verraten?«

Bei dieser Frage erkannte Pryce, daß es Berridge Lymwich große Genugtuung bereiten würde, Dearlyn zu bestrafen, sollte er deren Eigenmächtigkeit melden. Er ahnte, daß die engstirnige, von Regeln geknebelte Inquisitrix jede junge, starke und schöne Frau als Bedrohung für ihr Ego empfand.

»Wir haben alle unsere Geheimnisse«, antwortete er ruhig, als sie den Stab an seinen Platz an der Schlafzimmerwand zurückstellte. Er wartete, bis sie zu ihm zurückgekehrt war, bevor er ihren Zorn noch einmal riskierte. »Nein, ich verrate es niemandem ... Unter einer Bedingung.«

Überrascht, dann enttäuscht sah sie ihn an. »Aber – aber ich dachte ...« stammelte sie, bekam sich jedoch wieder unter Kontrolle. »Oh, ich wußte, Ihr seid zu gut, um wahr zu sein! Es mußte ja einen Haken geben!«

»Ihr wißt noch nicht einmal die Hälfte von allem!« Pryce wurde schamrot. »Ob Ihr es glaubt oder nicht, ich brauche Eure Hilfe.«

☆☆☆

Der vermeintliche Blade sah zu Dearlyn hinüber, während sie zur Küste liefen. Sie war ein wirklich wunderbares Mädchen – ihre Kurven, die Kraft, die Augen, die Haare und die vollen Lippen. Jetzt trug sie wieder die Sachen vom gestrigen Nachmittag, nur waren sie diesmal unter dem Mantel verborgen, den ihr Vater für sie gemacht hatte und der dem seinen wie ein Zwilling glich. Covington war ganz und gar nicht erstaunt, daß er an ihr erheblich beeindruckender wirkte.

Das Cape fegte nur um Haaresbreite über die perfekt gepflegten Straßen, so daß der Frühnebel elegant aus dem Umhang aufzustiegen schien, als verursache er diesen Dunst. Ihre Spange war von derselben Größe wie die seine, jedoch anders verziert. Anstelle einen verworrenen Dornendickichts zeigte ihr Schmuckstück ein Meer aus zarten Blütenblättern, die auf die feinste nur vorstellbare Weise ein *D* und ein *A* formten.

»Warum warten wir mit dem Besuch im Schloß der Inquisitrixen nicht bis Sonnenaufgang?« flüsterte sie, wie sie so Seite an Seite dahinschritten.

»Ich habe vielleicht keine Zeit zu warten«, sagte Pryce grimmig. »Macht keinen Fehler, Fräulein Ambersong. Ich hätte meine Anwesenheit nicht ohne zwingenden Grund vor dem Herbstfest bekanntgegeben. In Lallor ist ein Rätsel zu lösen ... Und das betrifft auch Euren Vater.«

Sie blieb wie angewurzelt stehen und griff nach seinem Arm. Er hielt inne und sah sie an.

»Meinen Vater?« fragte sie mit großen Augen. »Was wißt Ihr?«

»Das ist das Problem«, antwortete er eindringlich. »Ich weiß nicht genug. Aber Berridge Lymwich könnte darüber informiert sein, und die Zeit ist kostbar.«

Was er ihr nicht verriet, war die Gefahr, eines Morgens tot aufzuwachen. Eine Gefahr, die für ihn immer größer wurde, je länger er in Lallor blieb. Wer die zwei Männer auch immer getötet hatte, er befand sich noch auf freiem Fuß und konnte nicht gerade überglücklich sein, daß jemand, den alle Welt für Darlington Blade hielt, am Leben war.

Um zu überleben, mußte er wissen, was Lymwich letzte

Nacht am Fragenbaum gemacht hatte … Und er mußte es jetzt wissen. Teddington Fullmer würde er später stellen. Im Augenblick war Lymwich sein einziger Anhaltspunkt, das Überraschungselement sein einziger Vorteil und Geschwindigkeit seine einzige Rettung.

»Aber warum braucht Ihr ausgerechnet mich, um die magischen Verteidigungseinrichtungen zu testen?« erwiderte sie. »Was die Inquisitrixen auch zur Abwehr unerwünschter Besucher vorbereitet haben mögen, kann Euch doch gewiß nicht stören!«

Er schnaubte ungeduldig, weil ihn sein Pseudonym in eine solche Zwangslage brachte. »Bitte, Fräulein Ambersong. Wenn ich so großartig bin, dann hinterfragt doch nicht immer meine angeblich unübertreffliche Weisheit und tut einfach, was ich vorschlage. Ich verspreche, sobald ich etwas weiß, werdet Ihr es erfahren.«

Sie biß sich auf ihre volle Unterlippe und sah ihm tief in die Augen, ohne dabei seinen Arm loszulassen. Einen Augenblick lang dachte er daran, ihr die Wahrheit zu sagen … die ganze Wahrheit, aber dann wurde ihm plötzlich klar, daß Darlington Blade von jemandem getötet worden sein mußte, den der Abenteurer kannte und dem er vertraute. Und diese Person mußte wirklich talentiert gewesen sein, um Blade umbringen zu können, selbst wenn dieser nicht auf der Hut war. Deshalb zwang er sich zum Schweigen.

»Darlington, ich …«, begann sie flehentlich, besann sich dann jedoch eines Besseren. Ihre Finger ließen seinen Ärmel los, und sie trat zurück. »Na gut, Blade«, sagte sie kühl. »Ich werde auf Eure Worte vertrauen, aber nur so lange, wie nicht das Gegenteil erwiesen ist.«

Er schluckte und nickte. »Das ist nur gerecht«, erwiderte er mit zugeschnürtem Hals. »Gehen wir jetzt … Schnell!«

Sie liefen schweigend weiter, und Pryce konnte wieder über seine Lage nachdenken und die Großartigkeit von Lallor bewundern. Schönheit war überall, absichtsvoll geschaffen, um eine heilsame, beruhigende Wirkung auszuüben. Dauerhafte Lichtzauber warfen einen rosigen Glanz über alles. Nichts Überraschendes konnte passieren. Die Sicherheit in der Stadt erschien vollkommen.

Kein Wunder, daß die Leichen vor der Mauer aufgetaucht waren, dachte Pryce. Wären die beiden Männer drinnen ums Leben gekommen, so hätte der Mörder keine Chance gehabt.

Dennoch, der Erste Magier wurde vermißt, und zwei Menschen waren tot. Und sosehr auch Pryce den Gedanken haßte, wenn Gamor nicht Selbstmord begangen oder seinen Kopf durch einen dummen Zufall in eine Schlinge gesteckt und sich sechs Fuß über dem Boden aufgehängt hatte, war etwas faul. Doch Turkals Tod schien eigentlich nicht das Problem zu sein. Verdammt, dachte Covington, selbst ich hätte Gamor umbringen können. Er runzelte nachdenklich die Stirn, dann zuckte er mit den Achseln. Und zwar ziemlich leicht.

Nein, der echte Darlington Blade war das Problem. Ihn umzubringen, konnte nicht einfach gewesen sein. Diese Entdeckung ließ Covington schwach werden. Die Kenntnis des menschlichen Verhaltens war eine der Grundlagen für die Ausübung seines Jobs oben in Merrickarta gewesen. Aber allein die Vorstellung, welcher Gefühlskälte es bedurfte, um ein solch gemeines, heimtückisches und hinterhältiges Verbrechen wie Mord aushecken, durchführen und dann davonkommen zu können, bestürzte ihn. Gamor Turkal zu töten war eine Sache, aber Darlington Blade zu ermorden? Das schaffte nur ein wirklich gefährlicher Gegner.

Er zuckte zusammen, als Dearlyn ihm wieder die Hand auf den Arm legte. »Da«, sagte sie, »das Inquisitrixenschloß.«

Er mußte wirklich zweimal hinschauen, als er dem Schloß nun gegenüberstand. Dann ging er die Straße hinunter, die auf eine steinerne Anlegestelle führte, um besser sehen zu können. Nachdem er ein paar winddurchbrauste Bäume umgangen hatte, konnte er endlich das ganze Gebäude eingehend studieren. Es befand sich draußen in der Lallorer Bucht, auf den ersten Blick eines der vielen Schlösser, wie es sie hier gab. Prächtig, gewiß, aber nicht übergroß oder genial entworfen, wenn man die wirklich atemberaubenden fliegenden Schlösser in anderen Teilen von Halruaa damit verglich.

Von seiner Position am Ufer aus konnte Covington drei Türme erkennen. Die Fenster wirkten wie riesige, verschiedenfarbige Edelsteine. Sie wölbten sich nach außen, als hätte jemand rote, grüne und blaue felsbrockengroße Juwelen auf die Mauern abgeschossen, die dann auf halbem Wege durch den Stein steckengeblieben waren. Drinnen schimmerte Licht, und er konnte Bewegungen erkennen.

Eigentlich gab es gar kein richtiges Tor. Das »Tor« dieses Schlosses bestand aus einer einfachen, schmucklosen Holztür mit einem schlichten Türknauf aus Kupfer. Pryce lehnte sich vor, denn er wollte seinen Augen nicht trauen. Das ganze Schloß der Inquisitrixen der Mystra ruhte auf einer einzigen, simplen Tür, die ihrerseits eine Handbreit über dem Wasser zu schweben schien.

Mit verwundertem Blick drehte er sich zu Dearlyn um, die nur mit den Schultern zuckte. »Es war schon immer so«, erklärte sie ihm. »Ein riesiges Steingebilde, das auf einer einfachen Holztür steht. Verlangt bloß keine Erklärung dafür von mir.«

Pryce näherte sich dem Wasser so weit wie möglich. Er lief den Kai hinunter, bis die Wellen an seine Stiefel schlugen. Er ging nach links und nach rechts, verrenkte sich den Hals, aber er konnte nicht erkennen, ob irgend etwas neben oder hinter der Tür war. Ganz gleich, aus welchem Winkel er auch hinsah, das riesige Schloß schien immer auf einer einzigen Tür zu balancieren.

Covington zwinkerte, schüttelte den Kopf und blickte nach unten. Die Wunder rissen nicht ab. Das Schloß, das ungefähr fünfzig Längen weit weg war, stand auf der Tür, die ihrerseits über einer Felsbank schwebte, nur fingerhoch überspült vom ruhigen kristallklaren Wasser der Bucht.

»Die Straße von Lallorriff.« Beim Klang von Dearlyns Stimme direkt neben ihm drehte er sich um. Sie lächelte verständnisvoll, dann nickte sie zu der unter der dünnen Wasserschicht verborgenen Felsbank hin. »Ich habe noch nie jemand anderen als eine Inquisitrix oder einen ihrer Gäste darübergehen sehen. Das hat noch niemand gewagt. Selbst die Kinder betrachten es als tabu.«

Pryce steckte bis zum Hals in der Tinte, da würde die fingerdicke Wasserschicht unter dem Inquisitrixenschloß auch nicht mehr viel ausmachen. Aber wie bei allem anderen, was ihm bei diesem Fall Probleme bereitete, Covington war einfach nicht in der Lage, sich die drohenden Gefahren auszumalen. Hätte er das getan, wäre er wohl schreiend in den anbrechenden Morgen gelaufen, anstatt zu bleiben und für das zu kämpfen, woran er immer stärker zu glauben begann – kleine, unwichtige Dinge wie Liebe und Gerechtigkeit.

»Na gut«, meinte er, als er seine Stimme wiedergefunden hatte. »Nutzt alle Fähigkeiten, die Ihr Euch heimlich habt aneignen können, um möglichst viele Sicherheitsvorkehrungen herauszufinden.«

Dearlyn warf einen besorgten Blick auf das Schloß, dann auf ihn. Sie schien verunsichert.

Nun war er es, der ihr eine Hand auf den Arm legte.

»Bitte«, sagte er. »Lieber würde ich sterben, als zuzulassen, daß Euch etwas geschieht.«

Verwirrt blickte sie ihn an, doch dann breitete sich ein seltsamer Anflug von Hoffnung auf ihrem Gesicht aus. »Eins noch«, wandte sie einigermaßen ungläubig ein. »Wollt Ihr damit sagen ... Würdet Ihr ...? Soll das heißen, daß Ihr mich lehren wollt? Mein Vater kann mich nicht direkt unterrichten, sondern nur durch Euch ...?«

Pryce sank das Herz. Er mußte also, um sich ihre Mitarbeit und Hilfe zu sichern, zu einem weiteren, ungemein praktischen, aber fiesen Trick greifen.

»Bitte macht Euch darüber keine Gedanken. Versucht einfach, meiner Bitte nachzukommen ... Ja? Noch heute nacht?«

»Natürlich«, erwiderte sie mit neuem Eifer, denn entweder hatte sie den ironischen Unterton nicht mitbekommen, oder sie ignorierte ihn einfach. »Ich werde mein Bestes tun, Blade.«

Sie senkte den Kopf und begann etwas vor sich hin zu murmeln. Zuerst dachte er, es wäre ein Zauberspruch, doch dann schnappte er einzelne Worte auf und erkannte, daß sie versuchte sich an bestimmte magische Formeln zu erinnern, wie ein Kind, das seine Rechenaufgabe mühsam unter der Zuhilfenahme der Finger löst.

O prima, dachte er. Der Magieverächter führt den Dilettanten.

Schließlich schien sie zufrieden. Pryce trat unwillkürlich einen Schritt zurück, als ihre Haare scheinbar von selbst zu schweben begannen. Ihr Mantel bauschte sich auf, wirbelte schließlich durch das Mondlicht. Sie hob eine starke schöne Hand ... Und nichts geschah.

Haare, Umhang und Hand sanken herab, und sie drehte sich zu ihm um.

»Ich kann nichts erkennen«, sagte sie einfach.

»Ist da nichts?« fragte er hoffnungsvoll.

Sie sah die Frage als Test für ihr logisches Denkvermögen an. »Das habe ich nicht gesagt. Vielleicht gibt es da etwas, aber feststellen kann ich nichts.«

Pryce schaute die Schloßtür etwas befremdet an. Mutig sagte er dann: »Ich habe schon immer auf die Fähigkeiten der Ambersongs vertraut«, und ging mit dem selbstmörderischen Vertrauen eines Kindes, das in einen einladenden Teich springt, durch das flache Wasser der Straße von Lallorriff direkt auf das Schloß zu.

***

Ein Beobachter aus der Stadt hätte ein eindrucksvolles Bild gesehen. Zum Glück für die Frau am Unfer und den übers Wasser spazierenden Mann lag selbst der neugierigste Zauberer im Bett, im festen Glauben, nichts Interessantes zu verpassen. Schließlich war das hier die exklusive Stadt Lallor, in der die reichen, Erholung suchenden Magier sich sicher genug fühlten, um nicht zu jeder Tageszeit jede Gasse überprüfen zu müssen.

Deshalb verpaßten die Zauberer einen erhebenden Anblick: Covington lief nämlich mit flatterndem Mantel zielstrebig auf die Tür zu, als ob die Überzeugung und das inbrünstige Vertrauen in sein Glück ausreichten, jede Katastrophe abzuwenden. Pryce war noch vierzig Schritt entfernt … dann fünfdunddreißig … dreißig … fünfundzwanzig. Er behielt sein Tempo bei, überzeugt, wenn etwas hätte passieren können, wäre es längst geschehen.

Noch zwanzig Schritte. Covington hatte schon mehr als die Hälfte geschafft. Von hier aus ging es – im übertragenen Sinne – nur noch bergab.

Pryce war sich später nicht sicher, ob Dearlyns Schrei es gewesen war oder das Gefühl einer Bewegung unter seinen Stiefeln, was ihn alarmierte. Jedenfalls rüttelte der Schrei ihn mehr auf.

»Blade! Seht nur! Eine Drachenschildkröte!«

Jetzt hieß es entweder rennen oder denken. Für den Bruchteil einer Sekunde dachte Pryce ans Davonlaufen, doch dann sah er sich schon in zwei Teile gebissen, also entschied er sich für das »Denken«.

Pryce blickte nach links. Es war einfach unglaublich. Durch das flache Wasser kam eines des schrecklichsten Wesen, das einem Seefahrer nur begegnen kann, direkt auf ihn zu. Pryce hatte einen der wenigen Überlebenden einer Begegnung mit einer Drachenschildkröte sie »schön« und »entsetzlich« zugleich nennen hören. Sie war tatsächlich beides.

Die vierzig Fuß lange Drachenschildkröte war nur etwa fünfzig Fuß von ihm entfernt. Pryce starrte direkt in ein dunkles kupferfarbenes Auge der Kreatur, als ihr langgezogener stachliger Hals auf ihn herunterschoß, während die Beine noch wie bei einem Teichläufer über das Wasser huschten. Doch einen Teichläufer konnte man mit einer Hand zerquetschen. Das einzige, was hier etwas zerquetschen konnte, war der schwere Schuppenschwanz des Tieres, sofern es Pryce nicht vorher im Ganzen verschlingen würde.

»Lauf!« hörte er Dearlyn gegen das Brüllen des sich nahenden Tieres schreien. »Ich versuche zu helfen!«

Pryce Covington fuhr zum Ufer herum, pflanzte beide Beine fest auf und riß einen Arm in Kommandohaltung hoch. »Nein!« donnerte er. »Ich, Darlington Blade, verbiete es!«

Dearlyn war durch seinen Befehl so verblüfft, daß sie schwieg, und dann war es zu spät. Sie sah zu, wie das Ungeheuer die verbliebene Distanz überwand. Dann öffnete sich seine Schnauze, und zwischen den haifischähnlichen Zähnen schoß eine zischende Wolke heißen Dampfes heraus, welche die Straße von Lallorriff völlig einhüllte.

Mit einem Schnappen der tödlichen Kiefer und einem Hieb der mörderischen Klauen versank das Tier auf der anderen Seite des Inquisitrixenschlosses wieder im Wasser.

Dearlyn Ambersong starrte wie gelähmt in die Bucht hinaus. Das Wasser war glatt. Es gab kein Zeichen mehr von dem Monster oder den leisesten Hinweis darauf, daß es je hier gewesen wäre.

Und der Mann, den sie als Darlington Blade kannte, war nirgends zu entdecken.

Pryce Covington war verschwunden.

6 *Ehre zu welchem Pryce?*

Pryce schlug langsam die Augen auf. Wie er inständig gehofft hatte, war er nicht im Bauch des Untiers gelandet. Statt dessen befand er sich bei Berridge Lymwich, was vielleicht genauso übel ausgehen konnte.

»Drachenschildkröte«, sagte er anerkennend. »Nicht schlecht. Sehr überzeugend. Das Schloß ist der Illusion gewidmet, nehme ich an?«

Berridge Lymwich drehte sich vor dem Hintergrund einer länglichen Höhle, bestückt mit Wahrsagekugeln, zu ihrem Gast um. »Na sagt schon«, forderte sie ihn heraus. »Was war es, was Ihr zwei Euch zugerufen habt, bevor Ihr verschluckt wurdet?«

Pryce erfand sofort etwas, um Dearlyn Ambersong zu schützen. »›Wunderbare Nacht zum Schwimmen‹, rief sie, worauf ich erwiderte: ›Komm doch rein. Das Wasser ist herrlich.‹«

Er saß auf einem nicht allzu bequemen Polsterstuhl, der mitten auf einem großen schwarzen, ansonsten leeren Fußboden stand. Farben huschten über ihn hin aus Szenen, die sich irgendwo gerade in der Stadt abspielten und die von den vielen Kristallkugeln oben in den Mauern des halbrunden Raumes widergespiegelt wurden. Es war, als säße Pryce in einer riesigen Halbkugel, in die viele Hälften anderer, kleinerer Kugeln hineinragten, und jede von ihnen zeigte einen anderen Teil der Stadt.

»Welche mag wohl das Auge der Inquisitrix sein?« fragte sich Pryce laut.

»Das geht Euch nichts an«, erwiderte Lymwich und kam langsam auf ihn zu. Sie steckte nicht mehr in ihrer Inquisitrixenuniform. Statt dessen trug sie ein eindrucksvolles goldenes Gewand mit spitzenbesetzten Ärmeln, eng anliegenden

Bündchen, einer langen bauschigen Schleppe und einem straffen Mieder, das mit silbernen Fäden geschnürt war. Als sie näher trat, konnte er erkennen, daß sie auch goldfarbene Stiefel, ebenfalls mit silbernen Riemen, anhatte.

Lustlos zeigte sie auf eine bestimmte Kugel. »Dieser Anblick sollte Euch bekannt vorkommen.«

Als er hinsah, erkannte er die Straße von Lallorriff aus der Sicht des Schlosses. Eine einsame Gestalt stand am Kai, beide Hände vor dem Mund.

»Der armen Dearlyn scheint es die Sprache verschlagen zu haben, das Handeln sowieso«, murmelte Lymwich. »Ich frage mich, weshalb.«

Pryce kannte den Grund. Gerade bevor er »verschluckt« worden war, hatte er herausgefunden, wie er die Angst besiegen konnte, welche die Drachenschildkröte in ihm wachrief. Nachdem er logisch geschlossen hatte, daß das Ungeheuer nur eine Illusion sein konnte, hatte er gleichfalls logisch geschlossen, daß Dearlyn unter Lymwichs Augen auf keinen Fall verbotene Magie demonstrieren durfte.

Halruaa besaß neun Schulen der Magie, und die Anhänger der Mystra hatten für jede einzelne ein Schloß zum Lernen und Beten errichtet. Das zehnte Schloß stand hoch oben auf dem Talath und huldigte allen Disziplinen. Pryce kannte bereits eine ganze Reihe dieser Schlösser – gewidmet der Verzauberung, Veränderung, Beschwörung und Nekromantie –, aber noch nicht das der Illusion. Selbst als das Monster sehr wirklichkeitsgetreu genau auf ihn zugekommen war, hatte ihm die Logik gesagt, es würde doch einen schlechten Eindruck machen, sollte jeder unangemeldete Besucher der Inquisitrixen verschlungen werden.

Außerdem mußte das Zähmen und Abrichten einer Drachenschildkröte zum »Wachreptil« überaus mühsam sein.

Da er instinktiv begriffen hatte, daß alles nur ein Spiel war und wahrscheinlich Berridge oder jemand anderer die Szene verfolgte, hatte Pryce versucht, Geerlings Tochter um jeden Preis zu beschützen. Ihr vorhergehender Zauberspruch war so unwirksam gewesen und so simpel ausgefallen, daß Covington sicher war, ihn notfalls erklären zu können – vielleicht als gemeinsam mit ihm geübten Taschenspielertrick.

Aber einen ähnlichen magischen Angriffsschlag wie den, den sie am Vorabend gegen ihn gerichtet hatte, hätte er nicht wegerklären können, gerade wenn sie damit auf die Drachenschildkröte losgegangen wäre. Glücklicherweise war die Illusion der Inquisitrixen zu gut gewesen: Das Brüllen hatte Dearlyns Schrei wie Covingtons Warnung übertönt.

Beiläufig sagte Pryce zu Inquisitrix Lymwich: »Ich frage mich, warum ich bei all den vielen Inquisitrixen in Lallor ausgerechnet immer bei Euch lande.«

Berridge nahm es ihm nicht übel, sondern lächelte vielsagend. »Ich frage mich meinerseits, warum das banale Trugbild einer Drachenschildkröte den großen Darlington Blade zu lähmen schien und ihn dann dazu brachte, eine allem Anschein nach letzte, heldenhafte Pose einzunehmen.«

Pryce war für diesen Versuch, ihn aus der Reserve zu locken, dankbar. Erlaubte er ihm doch, wieder einmal vollkommen ehrlich zu antworten. »Meine einzige Sorge galt der Tochter von Geerling Ambersong. Sie ist nicht so erfahren in Taschenspielertricks wie Ihr oder ich.«

»Tasch...« Lymwichs Miene blieb unbewegt, aber ihre Stimme nahm einen scharfen Ton an. »Ihr mögt sie, hm? Sie ist ... attraktiv, nicht?« Lymwich trat etwas zurück.

»Sie ist jung und schön«, gab Covington zu. »Aber sie ist auch wütend und voller Zweifel ... Wie viele Leute.«

Lymwich drehte sich wieder zu ihm um. Ihr Gesicht lag nun teilweise im Schatten. »Habt Ihr eine Ahnung, wie schwer es ist, diese Stadt zu bewachen? Die Würdenträger, die hier ihre Häuser haben, sollen nicht damit belästigt werden und werden es auch nicht, aber wir sind ständig von Gefahren umzingelt.« Sie drehte sich der Wand zu, und plötzlich waren die Halbkugeln mit Bildern aus dem bergigen Umland erfüllt.

»Im Osten von uns die Azhalberge, in denen es vor Dieben nur so wimmelt. Weiter östlich Kethio, der Große Sumpf, mit Untieren aller Art, natürlichen wie übernatürlichen. Dahinter Dambras. Wenn die hinterhältigen Dambraser je wieder auf die Idee kommen, eine Invasion zu unternehmen, könnte Lallor leicht die erste Stadt für einen Angriff sein …« Lymwich ließ das Gesagte wirken, bevor sie mit ihrer Litanei der Bedrohung fortfuhr. »Im Norden die Räubersteppe. Ich glaube kaum, daß ich jemandem wie Euch erzählen muß, wer diese einsame Gegend bevölkert.«

Sie drehte sich um, und plötzlich blickten die Halbkugeln auf die Azuthbucht, die gleich jenseits von Lallor lag. »Wendet Euch nach Süden, und Ihr werdet bald in Reichweite der Schiffbruchinseln und der Sturmschwanzinseln kommen, bei denen so manches Schiff den Räubern aus Dambras, den Monsterstrudeln oder Piraten des südlichen Leuchtenden Meeres zum Opfer fällt …«

»Und den Drachenschildkröten«, ergänzte er.

»Ja … Und den Drachenschildkröten«, stimmte sie mit etwas ehrlicherem Lächeln zu, aber das hielt nicht lange an. »Wir sind von allen Seiten bedroht, und sollte unsere kleine Stadt je zur Zielscheibe werden, wäre die Flotte von Zalasuu kaum eine Hilfe.« Breitbeinig, die Füße fest in den Boden und die Hände in die Hüften gestemmt, stand sie vor ihm. »Ist es also ein Wunder, daß verdächtigen Neuankömmlingen zur Beobachtung eine persönliche Inquisitrix zugeteilt wird?«

»Verdächtigen?« wiederholte Pryce.

Lymwich zuckte böse lächelnd mit den Schultern. »Geerling Ambersong wird immer noch vermißt, und Ihr habt nicht länger die Ausrede, daß er irgendwo da draußen steckt und Euch unterrichtet.«

»Geht Euch das etwas an?« Covington stellte diese Frage aus drei Gründen. Zum einen, um Zeit zu gewinnen. Zweitens, um sie davon abzuhalten, ihm noch mehr Fragen zu stellen. Und drittens, weil es hauptsächlich ihn etwas anging.

»Alles ist wichtig für mich, mein Herr Blade.« Die Kugeln zeigten wieder näher liegende Orte. »Halruaa wird von einem Ältestenrat regiert«, fuhr Lymwich nüchtern fort, »und Geerling Ambersong ist nur einer seiner Mitglieder. Natürlich, es gibt vierhundert Älteste, aber bekanntlich sind lediglich neunundreißig nötig, um einen Beschluß zu fassen. Aber selbst wenn man dreitausendneunhundert bräuchte, würden wir Zauberer Ambersong immer noch respektieren, als wäre er König Zalathorms Erbe. So hoch steht er hier im Ansehen.«

Sie legte ihre Hände auf Lehne und Arm des Polsterstuhls und beugte sich vor, bis sich ihr Gesicht dicht vor Covington befand. »Wir wollen wissen – *müssen* wissen –, ob Lallor, wenn Ihr Geerlings Platz übernehmen wollt, so sicher und frei bleiben wird wie in den fünfundsiebzig Jahren, seit Geerling über uns wacht.«

Fünfundsiebzig Jahre, staunte Pryce. Fünfundzwanzig Jahre, um erwachsen zu werden und in die Lehre zu gehen … Das bedeutete, daß Dearlyn wahrscheinlich mit achtzig gezeugt worden war! Er verstaute diese Information in seinem Hinterkopf und konzentrierte sich auf den durchdringenden Blick, den die Inquisitrix nun auf ihn richtete.

»Ich kann nichts garantieren«, erklärte er ihr ehrlich. »Ich kann nur versprechen, daß ich versuchen werde«, er dachte eilends darüber nach, wie er den Satz zu Ende bringen sollte, »das Richtige zu tun.«

Sekundenlang starrte sie ihn dann an. Anscheinend wollte sie zunächst seine einfache Erklärung verächtlich abtun, doch es gelang ihr nicht. Ihre Miene verfinsterte sich, und sie wandte sich abrupt ab.

»Ihr wißt natürlich, daß Zalathorm die letzten fünfzig Jahre jeden Angriff auf Halruaa vorhergesagt hat«, hörte er sie sagen. Ihm gefiel überhaupt nicht, in welche Richtung sich das Gespräch entwickelte. »Würde es Euch überraschen zu erfahren, daß die besten Hellseher auf dem Talath für unser Land und unser Volk eine der größten Bedrohungen überhaupt prophezeien? Und das von innen her?«

Pryce merkte, worauf das Ganze hinauslief. »Nein, das würde mich nicht überraschen«, antwortete er. »Zalathorm regiert hundertvierzig Meilen entfernt vom Talath, in der Stadt Halarahh, wo sie einen guten Wein keltern, der besonders köstlich ist, wenn er einem ins Gesicht geschleudert wird.«

Lymwich drehte sich um und schaute ihn ungläubig an. »Ihr wollt eine Bedrohung Eures Landes und Eurer neuen Wahlheimat abstreiten?«

Pryce sprang auf die Füße. »Ich weise nur an den Haaren herbeigezogene Argumente und künstlich angezettelte Kontroversen zurück«, sagte er zu ihr. »Und ich lasse mich nicht gerne testen … Am wenigsten mit aufgesetzten patriotischen Bekenntnissen. Ihr verschwendet Eure Zeit mit mir, Inquisitrix.«

Lymwich zuckte zusammen, kam jedoch nicht auf ihn zu. Das war ein gutes Zeichen, fand Covington.

»Ich will wissen, wo Geerling Ambersong ist«, sagte sie warnend.

»Das will ich auch«, antwortete Pryce aus tiefstem Herzen.

»Ihr seid im Besitz seiner Magie. Findet ihn.«

»Er hat seine und ich habe meine Art der Magie«, stellte Pryce richtig.

Covington dachte, damit wäre die Auseinandersetzung beendet. Unglücklicherweise war das nur das Vorspiel zu einer noch viel gefährlicheren Konfrontation. Lymwich senkte den Kopf, bis ihr Gesicht völlig im Schatten lag und die Farben des einsetzenden Sonnenaufgangs aus den vielen blendenden Kugeln Covingtons Augen füllten.

»Habt Ihr das?« hörte er sie leise sagen. »Wirklich?« Beim Tonfall ihrer Stimme sträubten sich ihm die Nackenhaare. Er stählte sich für das, was nun noch kommen mochte, legte sich im Geiste alle möglichen Strategien zurecht.

»Ich finde es interessant«, fuhr sie mit ruhiger, eisiger Stimme fort, »daß Ihr Eure vielgerühmte Magie während Eures gesamten Besuches hier nicht einmal eingesetzt habt. Nicht, um der Drachenschildkröte auszuweichen, nicht, um einem Guß ins Gesicht zu entgehen, nichts ...«

Als Covington antwortete, sprach nicht er, sondern der Mann aus ihm, der er gezwungenermaßen geworden war. »Mit Magie gehe ich nicht verschwenderisch um«, sagte er. »Dazu respektiere ich meine Kunst zu sehr. Sie ist zu kostbar für solche Trivialitäten.«

»Ist sie das?« fragte Lymwich gedehnt. »Ist sie das wirklich? Sagt mal, Darlington Blade, wißt Ihr denn, wie man in ein Mystraschloß hineinkommt?«

»Nein«, gab er ohne Scheu zu. Er wußte, daß er es gleich erfahren würde.

»Nur wer reinen Herzens und in guter Absicht kommt, darf ohne Angst vor Strafe eintreten«, erklärte sie ihm. »Und beides besitzt Ihr anscheinend im Übermaß.«

Pryce hätte sich eigentlich freuen können. Das zweite Merkmal überraschte ihn allerdings etwas. Und doch hielt er den Atem an. Er hatte sich nicht mehr so sehr gefürchtet, seit sein Vater verschwunden war. Und da kam es auch schon.

»Wovon Ihr nicht ein Quentchen zu haben scheint«, fuhr Lymwich fort, »das sind magische Fähigkeiten.«

Sie ließ ihm nicht einmal eine Sekunde Zeit zum Antworten. Sobald die Worte ihren Mund verlassen hatten, vollführten ihre Arme eine Reihe von Bewegungen, die einen vernichtenden Zauber aufbauten.

Ein Energieball erschien zwischen ihren in der Luft webenden Händen. Sie formte und drückte ihn mit den Fingern und einem neuen Wortschwall zusammen, bis er eine dichte Kugel der Macht war. »Eure Magie muß wirklich gewaltig sein«, rief sie über das Brausen des Zaubers hinweg, »oder nicht vorhanden!«

Ohne hinzusehen oder richtig nachzudenken, sprang Covington vom Stuhl weg und stemmte die Füße in den Boden. Er warf die Arme zurück, und der Ambersongmantel bauschte sich auf. Er stand genau in der zu erwartenden Flugbahn des Unheils.

»Bei Zalathorm!« donnerte er. Wenn er schon so enden sollte, dann glorreich, mit erhobenem Kopf und offenen Augen!

Lymwich warf den Ball, und dieser schoß durch den Raum. Covington sah, wie er gegen die Mantelspange prallte … und verschwand.

***

Natürlich. Die Mantelspange war der Schlüssel. Sie vereinte in sich die Erinnerung an Geerling Ambersong und die Macht des Geschenks, das dieser seinem Schüler gemacht hatte. Sie würde nicht nur jede von Ambersong geschützte Tür öffnen, sondern ihren Träger auch vor jeder geringeren Magie als der des Zaubermeisters bewahren.

Pryce war überwältigt. Er trug jetzt etwas, was ein großer Magier extra für die Menschen geschaffen hatte, die er liebte … Deshalb hatte es ihn vor Lymwichs Zauber bewahrt, aber keine Wirkung bei Dearlyns Angriff gezeigt.

In diesem Augenblick gelobte Pryce Covington bei allen ihm bekannten Göttern, daß er nicht nur versuchen würde, am Leben zu bleiben, er würde die Wahrheit herausfinden, ganz gleich, was das bedeutete.

Lymwich war offensichtlich beeindruckt. Covington stand

unversehrt vor ihr. »Aber ... aber ...«, stammelte sie, »all unsere Magiedetektoren, unsere Zauberanalysen konnten nichts bei Euch feststellen!«

Pryce lächelte mitfühlend. »Es gibt Hellseher, Illusionisten, Beschwörer, Generalisten, Veränderer, Bezauberer, Nekromanten ... und Euch«, sagte er mit erzwungener Ruhe. »Es gibt die Magie von Geerling Ambersong ... und die Eure.«

Die völlig perplexe Inquisitrix versuchte nach ihrem fast unverzeihlichen Affront verzweifelt, ein letztes Quentchen Stolz zu retten. »Eure Magie ... ist erschütternd«, meinte sie, ohne den Neid in ihrer Stimme ganz unterdrücken zu können. »So mächtig zu sein, und es nicht zu zeigen!«

Covington starrte ihr ins Gesicht, versuchte ihre Gedanken zu lesen. Doch da war nur nagender Ehrgeiz ... Und dieser Ehrgeiz enthüllte ihm etwas Erstaunliches. »Natürlich!« rief er.

Sein Ausruf ließ Lymwich zurückweichen. Sie hob die Arme, um sich zu verteidigen. Doch anstatt es ihr heimzuzahlen, warf er ihr ein wissendes Lächeln zu.

»Fragt mich noch einmal«, bot er ihr an.

»Wa... was?«

»Überlegt einmal, weshalb Ihr mich hierhergebracht habt«, sagte er. »Überlegt, was Ihr von mir wollt. Ihr habt es mich schon gefragt – einige Male. Alles ist vergeben, wenn Ihr mich noch einmal fragt.«

Sie konnte es ihm nicht abschlagen, nicht nach dem, was sie getan hatte. Doch auch wenn sie ihm gerne das Verlangte gegeben hätte – die Inquisitrix fragte sich, welche Frage die richtige war. »Wo ... wo ist Geerling Ambersong?« sagte sie schließlich.

Pryce klatschte zufrieden in die Hände. Dann stellte er ihr die eine Frage, die er ihr – und sich – schon längst hätte stellen sollen. »Warum?« rief er aufgeregt.

»Wie?« setzte sie nach.

Er betonte nun jedes Wort einzeln, sein eigenes Begreifen genießend. »Warum ... wollt ... Ihr ... das ... wissen?«

Jetzt war sie wirklich durcheinander. »Habe ich Euch das nicht bereits erklärt? Die Inquisitrixen der Mystra müssen es wissen, damit die Sicherheit der Stadt gewährleistet ist ...«

Pryce wischte diese Antwort ungeduldig beiseite. Allmählich gefiel es ihm, die Verantwortung – und die Weisheit – von Darlington Blade zu tragen. »Nicht sie ... Ihr! Ihr habt bereits zugegeben, daß Ihr mir zugeteilt wurdet. Zugeteilt ... Oder habt Ihr darum *gebeten*, auf mich angesetzt zu werden?« An ihrer Reaktion sah er, daß er ins Schwarze getroffen hatte.

»Es hat mich beeindruckt, wie hingebungsvoll Ihr Eure Arbeit tut«, fuhr er ruhig fort, während er unbekümmert zu den Kugeln ging, die in der gegenüberliegenden Wand steckten. Er stellte sich vor die, die den Kai draußen zeigten. »Mich zu so später Stunde noch beobachten? Ich würde sagen, Ihr seid von Eurer Aufgabe wie besessen. Sogar bereit, jemanden, der ›reinen Herzens und in guter Absicht‹ kommt, der weder angeklagt noch überführt ist, mit Magie anzugreifen. Warum? Warum ist es so wichtig, daß Ihr ganz persönlich erfahrt, wo sich Geerling Ambersong befindet?«

Ihre frühere Verunsicherung fiel von ihr ab, zurück blieb nur bittere Rivalität. »Ihr seid doch der große Darlington Blade«, meinte sie finster. »Warum sagt Ihr es mir nicht?«

Er zeigte seine leeren offenen Hände. »Warum tut die große Inquisitrix Berridge Lymwich überhaupt etwas?« überlegte er laut. »Warum ist sie so eifersüchtig auf Dearlyn Ambersong? Wegen deren Jugend und Schönheit?« Er schnalzte mit den Lippen und machte eine wegwerfende Handbewegung. »Das ist zweitrangig. Euer Hauptmotiv? Ihr seid eifersüchtig, daß sie Geerling Ambersong so nahesteht. Warum mißtraut Ihr mir dermaßen? Aus Sicherheitsbedenken?« Er tat diesen Gedanken mit der anderen Hand ab.

»Nicht von Belang. Weshalb seid Ihr eigentlich neidisch? Wegen meiner Verbrüderung mit Geerling Ambersong. Was hat er, das Ihr Euch so sehr wünscht, daß Ihr jemanden, den Ihr für absolut hilflos halten müßt, mit einem magischen Angriff überzieht?«

»Schon gut! Schon gut!« kreischte sie zurückweichend, während sie sich die Ohren zuhielt. »Hört auf, mit mir zu spielen! Ihr wißt, was ich will! Ihr wißt, was jeder ehrgeizige, erstklassige Magier dieser Stadt will!« Kurz bevor sie dann durch eine dunkle Tür unter den Kugeln verschwand, drehte sie sich noch einmal um und zeigte anklagend auf ihn. »Ihr wißt, daß nicht einmal der große Geerling Ambersong ohne Zustimmung des Rates seinen Nachfolger wählen kann! Es ist noch nicht vorbei, Darlington Blade. Ihr mögt wissen, wo Ambersongs geheime Werkstatt liegt, und ich werde es herausbekommen!«

Dann eilte sie durch die Tür davon, während ihre Worte im Saal nachhallten.

☆☆☆

Berridge Lymwich war vor der Macht von Darlington Blade geflohen und überließ es Pryce Covington, selbst aus dem Schloß herauszufinden. Er fragte sich, ob die Inquisitrix nun ihr Vorgehen wohl einer Vorgesetzten erklären mußte, die vielleicht zugesehen hatte, oder ob sie gerade damit prahlte, daß sich der »große Darlington Blade«, wie ihn offenbar alle gerne nannten, hoffnungslos verirren würde.

Pryce warnte sich selbst vor jeder Unvorsichtigkeit. Er war in dem Mystraschloß, das der Illusion geweiht war, er glich einer Maus in einem Irrgarten. Am wichtigsten war es jetzt, sich einen Spaß zu machen, die Dinge wohlmeinend aufzunehmen, denen er begegnen würde, und nicht wie ein verängstigtes Kind loszuschreien, sobald nur ein gefährliches Trugbild ihn auszulöschen drohte.

Es war nicht leicht, nicht einmal nach dieser inneren Vorbereitung. Die Illusionen würden sich nicht auf grimmige Seeräuber von den Schiffbruchinseln beschränken, die ihre Säbel in seinen Bauch stoßen wollten, oder Barbaren aus der Räubersteppe, die ihm nach dem Kopf trachteten. Manchmal würden die Illusionen so einfach ausfallen wie ein Türknauf oder ein lose Fliese auf dem Boden. Jenseits seiner Nasenspitze gab es nichts, was Pryce als echt hinnehmen durfte … Vielleicht noch nicht einmal die.

Er beschloß, sich so zu verhalten, wie Darlington Blade es getan hätte. Darlington Blade würde über die illusionären Sackgassen zweifellos erhaben sein und einfach an ihnen vorbeilaufen, bis er die eine Tür nach draußen erreichte. Es stellte sich nur ein Problem: Er war nicht Darlington Blade. Er konnte nur eines tun. Er wollte nicht wie ein unfähiger Idiot erscheinen, sofern es nicht seinen Zielen diente, als solcher betrachtet zu werden.

Lymwich und ihre Vorgesetzten beobachteten ihn zweifellos, also wollte er ihnen ein kleine Show bieten, die Berridge noch mehr bloßstellen würde. Der große Darlington Blade beschloß, übervorsichtig zu Werke zu gehen und sich über jede Illusion lustig zu machen, die sich ihm nur in den Weg stellte.

Er griff nach einem Riegel, der sich in eine Schlange verwandelte und ihn biß. Das war schlimm genug, doch dann nahm seine Haut die unterschiedlichsten Farben an und sein Arm schwoll. Schließlich merkte er, daß ihm nicht flau zumute war, weil er vergiftet worden war, sondern weil er den Atem anhielt. Er blinzelte, schüttelte den Kopf, und sein Arm war wieder wie zuvor.

So erging es ihm nun fast auf Schritt und Tritt. Pryce nahm sich zusammen, um unbeeindruckt zu erscheinen, und unterhielt sich einfach in aller Ruhe mit bösartigen Betrachtern, verderbten Tiefenspornen und sogar degenerierten, axtschwingenden Derrozwergen.

»Hei, wie geht's? Wie steht's zu Hause? Irgendwelche interessanten Morde in letzter Zeit? Was gibt es Neues aus der neunten Hölle?«

Es war eine anständige Vorführung, doch das Finale fiel überraschend heiter aus. Irgendwann kam Pryce in einen langen Gang, der bis zur Decke von Bücherregalen gesäumt war. Der Gang führte in einen großen Raum, an dessen Wänden Tische standen, an ihnen wiederum saßen viele Verehrer der Mystra und Inquisitrixen, alle lesend.

»Wundervoll«, murmelte Pryce und nahm die Titel der Bücher neben ihm näher in Augenschein. Zu seiner großen Enttäuschung konnte er sie nicht entziffern, ganz gleich, wie sehr er sich auch bemühte. Er wandte sich an die nächste Lesende, ein engelgleiches Geschöpf in einer Robe mit Kapuze.

»Ach, bitte, könntet Ihr mir wohl –«

Das rothaarige Mädchen legte einen perfekt geformten Zeigefinger an ihre vollen Lippen. »Schsch!«

»Oh«, flüsterte er. »Entschuldigung.« Er kniete sich neben ihre junge hübsche Gestalt. »Könntet Ihr mir wohl verraten, was Ihr da lest?«

Sie wandte ihm ihr süßes, leicht sommersprossiges Gesicht zu und lächelte. Plötzlich fühlte er sich besser als je in der ganzen Nacht zuvor. Ihre Stimme klang wie ein himmlisches Lied.

»Das ist ein Geheimnis, Außenseiter«, sagte sie nicht unfreundlich.

»Oh!« meinte er enttäuscht.

»Es tut mir leid«, entschuldigte sie sich ernsthaft. »Es war nicht meine Absicht, Euch zu erniedrigen, indem ich Euch einen Außenseiter nannte. Das war nur eine sachliche Feststellung. Ich bin dazu geschaffen, mit jedem ehrlich zu sein, der hier vorbeikommt.«

»Ah, dann seid Ihr also keine richtige Inquisitrix und keine Jüngerin der Mystra.«

»Oh, ich bin schon eine echte Anhängerin der Mystra. Illusionen können Mystra nämlich genauso verehren wie Berührbare.«

»Berührbare?«

»Menschen. Wie Ihr. Ich verehre Mystra von Grund auf, genau wie mein älteres Selbst.« Sie wies auf eine Frau neben ihr. Als jene den Kopf hob, starrte Pryce einer älteren Ausgabe des Mädchens ins Gesicht.

»Hallo«, sagte die mittelalte Ausgabe der jungen Illusion. Pryce nickte und grüßte lächelnd.

»... und mein altes Selbst.« Eine alte Dame neben der zweiten Frau sah zu ihm hin. Sie sabberte etwas. »Sie ist schon zu alt, um auf sich selbst zu achten«, flüsterte die junge Illusion ihm vertraulich zu. »Doch dadurch keine geringere Jüngerin der Mystra.« Sie lehnte sich hinüber und wischte der Alten mit einem Taschentuch, das sie aus dem Ärmel gezogen hatte, die Spucke ab. Beruhigend tätschelte sie dann die Alte, ehe sie ihre Aufmerksamkeit wieder Pryce zuwandte.

Pryce nickte stirnrunzelnd. »Natürlich.«

»Wir sind sogar perfekte Anhänger«, fuhr die junge Frau stolz fort. »Immer gleichbleibend, nie veränderlich und mit der reinstmöglichen Liebe für unsere Göttin ausgestattet«, sie wandte Pryce ihre klaren hellblauen Augen zu, »und für Euch.«

»Mich?« Eigentlich hätte ihn irritieren müssen, wie diese Begegnung verlief, aber ihre Reinheit war von fast greifbarer Ausstrahlung.

»Oh, ja«, versicherte sie ihm. »Ihr seid in der Lage, mit mir zu sprechen, also müßt Ihr alle anderen Hindernisse überwunden haben, die Euch zurückhalten sollten. Das beweist, daß Ihr ein Mann reinen Herzens und mit guter Absicht seid.«

Covington nickte befriedigt. »So sagte man es mir«, bestätigte er. »Und zwar schon so oft, daß ich es allmählich selbst glaube.«

»Oh, gut!« meinte sie überschwenglich. »Ihr müßt wissen, dieses Schloß sieht für jeden Besucher anders aus. Wenn Ihr wiederkommt, werdet Ihr nicht dasselbe vorfinden.«

»Wirklich?«

»Im Ernst. Das Äußere bleibt einigermaßen konstant, aber das Innere verändert sich ständig. Sein Bild wird durch die Augen derer beeinflußt, die es wahrnehmen, und dementsprechend verändert es sich – abhängig von der Stärke, dem Willen, den Fähigkeiten und den Stimmungen des einzelnen in jedem einzelnen Moment.«

»Faszinierend«, sagte Pryce aufrichtig. »Dann sind auch diese Bücher Illusion?«

»Oh, nein. Die Bücher sind echt. Deshalb könnt Ihr sie auch nicht lesen. Das ist nur ein Teil unserer Bücher zum Thema Illusion.«

Pryce blickte die Wand hinunter. Allein in diesem Raum mußten mindestens zehntausend Bände stehen. Kein Wunder, daß die Inquisitrixen die Macht besaßen, jeden Zentimeter des Schlosses beständig zu verändern. Nachdem er diese erschütternde Tatsache fürs erste verdrängt hatte, wandte Covington seine Aufmerksamkeit wieder der Illusion vor ihm zu.

»In diesem Fall wird es mir um so mehr leid tun zu gehen.«

»Weil Ihr dem Quell Eures Wissens nichts hinzufügen könnt?«

»Nein«, sagte er, »weil ich Euch nicht wiedersehen werde.«

Ihr Lächeln war hell genug, das Nath zu erleuchten. »Solltet Ihr jemals in unsere bescheidene Zitadelle zurückkommen«, versprach sie ihm, »würde ich gern wieder mit Euch sprechen.«

»Danke ...« Er stockte, weil er ihren Namen nicht wußte.

»Nennt mich Chimera.«

Sein Lächeln wurde so breit wie das ihre. »Danke, Chimera.« Dann beugte er sich herunter und flüsterte ihr ins Ohr. »Ich will Euch die Wahrheit sagen. Ich bin all dieser

Wunder etwas überdrüssig, und alles, was ich nach der Begegnung mit Euch erleben werde, kann nur schlechter sein, deshalb frage ich mich …«

Sie drehte den Kopf und flüsterte: »Möchtet Ihr, daß ich Euch den Ausgang zeige?«

»Würdet Ihr das wirklich tun?«

Ihre Antwort klang für ihn wie das selige Annehmen eines Heiratsantrags.

»Natürlich!« rief sie. Dann schlang sie ihm zu seiner Überraschung die Arme um den Hals und küßte ihn.

Es war ein Kuß, wie Pryce Covington noch keinen erlebt hatte. Fest und doch nachgiebig. Sanft und doch leidenschaftlich. Körperlich und doch gefühlvoll. Zuerst riß er noch die Augen auf, doch dann schlossen sie sich langsam wieder, während die Bibliothek um ihn herum wie ein Stoß trockener Blätter im Wind zu zerstieben schien.

Als er in der Dunkelheit seines Gehirns allein war, stellte er fest, daß er den perfekten Kuß erlebte … Perfekt, weil er aus seinem eigenen Kopf kam. In dem Moment, als ihm dies klar wurde, hörte der Kuß auf, und Wasser schwappte an die Sohlen seiner Stiefel.

Er schlug die Augen auf und fand sich buchstäblich im Nebel wieder. Fast augenblicklich jedoch begann der Dunst zu zerfließen, und er konnte das Schwanzende der Drachenschildkröte in tieferes Wasser gleiten sehen. Er war wieder dort, wo er angegriffen worden war: zwanzig Schritt vor der schlichten, einzigen Tür zum Inquisitrixenschloß der Mystra.

Pryce sah zum Kai hin, doch der war noch in Nebel gehüllt. Er machte einen Schritt zum Ufer und merkte, daß eines noch ungetan war. Schnell rannte er die letzten zwanzig Schritte zur Tür hin, ergriff den Türknauf und zog.

Nichts passierte. Es war abgeschlossen.

»Einbildung«, sagte Covington. Dann machte er sich auf den Rückweg zum Ufer.

7 *Die Feder ist mächtiger als das Schwert*

Es war ein wunderschöner Herbstmorgen. Gheevy Wotfirr hatte so lange gewartet, wie er nur konnte, doch nachdem Covington am späten Morgen noch immer nicht zum Frühstück aufgetaucht war, war Wotfirr nicht länger imstande, seine Neugier zu bezähmen.

Auf Gheevys Klopfen öffnete Dearlyn die Tür der Ambersongresidenz.

»F-Fräulein Ambersong!« stotterte er vor Überraschung, sie zu sehen, noch dazu so glücklich. »Gamor Turkal sagte doch, Euer Vater wolle Euch für die Dauer des Herbstfestes in Eurem eigenen Haus einschließen?« Besorgt sah er sich um, als erwartete er, Pryce Covingtons Körper zerstückelt auf dem Boden zu finden.

»Ach, das«, meinte sie freundlich und drehte sich wieder zum Wohnzimmer um. »Diesen Vorschlag hatte ich nie ernst genommen.«

»A-Aber – aber Darlington Blade!« plapperte der Halbling. »Sollte er nicht eigentlich hier wohnen?«

»Das tut er ja«, sagte sie über die Schulter, während sie von der Tür wegtrat. »Er hat sein eigenes Zimmer ... genau wie ich.«

Einigermaßen verwundert folgte ihr Gheevy in den Wohnraum. Durch die vielen kleinen Fenster in der Stammwand fiel helles Licht herein. Dort fand der Halbling Pryce so vor, wie sich der das Paradies vorstellte: im Schneidersitz auf dem Boden von Zauberer Ambersongs Bibliothek, umgeben und fast bedeckt von aufgeschlagenen Büchern.

Dearlyn ging an Pryce vorbei, während Gheevy mit hervortretenden Augen und offenem Mund konstatierte, wie sie einander anlächelten.

»Wir sehen uns dann später, Herr Blade?« fragte sie.

»Selbstverständlich, Fräulein Ambersong«, erwiderte dieser.

Dann ging Dearlyn in ihr Schlafzimmer und schloß leise die Tür.

Pryce drehte sich herum. Der Halbling starrte ihn an, immer noch mit weit offenstehendem Mund. »Was ist denn?« erkundigte sich Covington. »Dearlyn? Oh, die hat noch eine Menge zu tun ... im Kopf und im Herzen.«

Erst jetzt fand Wotfirr die Kraft zu sprechen, obwohl ihn sein Erstaunen kaum Worte finden ließ. »Wa... was ist denn hier passiert?« Der Halbling stotterte. »Ich dachte, sie würde dich hassen!«

»Sie haßte den Darlington Blade ihrer Vorstellung«, verbesserte Pryce den Halbling ruhig. Dann zeigte er auf sein harmloses Äußeres. »Nicht die Wirklichkeit.«

»Aber Ihr seid nicht – «, setzte Gheevy an, bevor Covington eilig die Hand hob, um ihn zum Schweigen zu bringen.

»Doch, ich ... bin ... es!« sagte er eindringlich. »Ich bin es jetzt und muß es bleiben, wenn wir alle lebend aus der Sache rauskommen wollen.« Nach dieser Erklärung lehnte sich Pryce zurück und warf einen glücklichen Blick auf den Stapel Bücher um ihn herum. »Außerdem war Fräulein Ambersong mir eine große Hilfe auf der Suche nach der richtigen Literatur zum Studium der Detektivkunst.«

Gheevy blinzelte und schüttelte den Kopf. »De-tek-was?«

»Detektivkunst, eben wie man ein Detektiv wird«, erläuterte Pryce. »Ein altes Wort, das vor Jahrhunderten gebräuchlicher war, ehe sich die Zauberer auf der Flucht vor den Phaerimm hier ansiedelten. Die Schäfer dieses Landes hatten damals durchaus Verwendung für diese Kunst, wenn es einmal darum ging, einen vermißten Widder oder einen gestohlenen Auerochsen zu suchen.«

»Sie waren ... Detektive?«

»Allerdings«, versicherte ihm Pryce mit beunruhigender

Heiterkeit. »Sie konnten das gestohlene Tier nicht einfach mit einem praktischen Zauberspruch ausfindig machen. Sie fanden es durch Detektivarbeit.«

»Hast du überhaupt geschlafen?« fragte der Halbling skeptisch.

»Pfui«, meinte Covington wegwerfend. »Zuviel zu tun. Zuviel zu denken. Zuviel zu *lernen*.«

»Wie man Detektiv wird?« fragte Gheevy vorsichtig. Die Augen des Mannes vor ihm waren eine Kleinigkeit zu hell für den Geschmack des Halblings.

»Genau. Detektiv. Jemand, der Beweise sammelt.« Er zwinkerte dem Halbling zu, der eingedenk der unangenehmen Erlebnisse der letzten Nacht schluckte. »Jemand, der Informationen sammelt und Verbrechen aufdeckt. Und was ist die wichtigste Frage für einen Detektiv?«

»Ich versichere dir, ich habe absolut keine Ahnung«, antwortete Wotfirr völlig verwirrt.

»Warum«, antwortete Pryce glücklich. »Das ›Warum‹. Dem großen Nesseriler Philosophen Santé zufolge, der diese Bücher hier geschrieben hat, ist das die Frage, die jeder Entscheidung zugrunde liegen, vor allem aber jedem auf den Lippen sein sollte, der diese Entscheidung danach in die Tat umsetzen will. Denn die Dinge können sich verändern, aber die Frage sollte dieselbe bleiben.«

»Meine Güte«, sagte Gheevy erschüttert. »Das hast du alles seit gestern gelernt?«

»Das will ich meinen. Ich habe es nicht nur gelernt, sondern ich konnte es auch gleich in die Praxis umsetzen und bestätigt sehen, und das alles innerhalb weniger Stunden.«

Er erzählte Wotfirr von seinem erstaunlichen Abenteuer an diesem Morgen im Schloß der Inquisitrixen. Während seines Berichts wurden die Augen des Halblings immer größer.

»Bemerkenswert«, gurgelte Wotfirr schließlich. »Was für ein Abenteuer!«

»Nichts im Vergleich zu dem, was wir noch vor uns haben, mein lieber Gheevy«, versicherte ihm Pryce. »Ich habe im Schloß etwas gelobt, nämlich, die Wahrheit herauszufinden, und das werde ich tun, ganz gleich, ob es mich die Freiheit oder das Leben kostet.«

»Aber –«

»Nicht, daß ich eine echte Wahl hätte«, gab Pryce zu. »Ich kann wohl kaum hier herumsitzen und warten, bis mich die Wahrheit einholt. Wenn es soweit ist, wird sie höchstwahrscheinlich in Form eines tödlichen Spruchs oder eines Assassinenmessers auftauchen. Ich will nicht wie Gamor enden oder wie«, Pryce warf einen Blick zur Schlafkammer, »nun, du weißt schon, dieser andere Kerl.«

Gheevy nahm Covingtons Wunsch, den Namen nicht zu erwähnen, zur Kenntnis, dann nickte er zur Schlafzimmertür hin. »Weiß – weiß Fräulein Ambersong von deiner Entscheidung?«

Pryce schüttelte betrübt den Kopf. »Nein. Ich habe versucht es ihr zu sagen, als ich ans Ufer zurückkam, aber sie mußte mich ja unbedingt umarmen.«

Er sagte das ganz unbekümmert, aber Wotfirrs Reaktion war alles andere als gelassen. Der Halbling mußte sich noch einmal vergewissern. »Dearlyn Ambersong? Sie hat dich umarmt?«

»Sie hatte sich Sorgen um mich gemacht«, sagte Pryce. »Wie sie übrigens um jeden besorgt gewesen wäre, der von einer Drachenschildkröte angegriffen würde.«

Gheevy sah sich ungläubig im Raum um. »Ich weiß nicht, was erstaunlicher ist«, befand er schließlich. »Wie du das Schloß erforscht hast oder Dearlyn Ambersongs Reaktion auf deine sichere Rückkehr!«

Pryce hob triumphierend den Zeigefinger. »Siehst du? Ich frage dich, könnte jemand anderer als Darlington Blade so etwas vollbringen?«

Der Halbling kam nicht umhin zu nicken. »Na schön. Soweit magst du recht haben. Du bist jetzt und bleibst für immer der große Darlington Blade.« Er kam näher und sah Pryce in die Augen. »Also, Blade, was jetzt?«

»Jetzt?« wiederholte Pryce und erhob sich langsam aus seinem Stoß Bücher. »Jetzt essen wir erst einmal zu Mittag!«

☆☆☆

»Aber die Werkstatt könnte überall sein!« stellte Wotfirr fest, während sie zu Schreders' Schenke zurückliefen und sich an dem malerischen Herbsttag erfreuten. Die Bucht von Lallor glitzerte, als bestünden die Wellenkämme aus Diamanten, die grünen Blätter der Bäume wiegten sich zu einem unhörbaren Lied, und Kinder lachten und sprangen hüpfenden leuchtenden Bällen aus buntem Licht die Straße hinterher.

Die prächtig gekleideten, außerordentlich höflichen Erwachsenen begrüßten Blade, nein, Pryce, mit dem weithin berühmten »Lallorer Hallo«. Das heißt, sie sahen überall hinab, nur nicht direkt auf ihn. Sie umrissen seine Gestalt praktisch mit ihrem Blick, wenn sie zufällig den Kopf in seine Richtung drehten. Das war eine allgemein akzeptierte Höflichkeitsregel für die unglaublich Berühmten.

»Könntest du nicht Dearlyn fragen, ob sie weiß, wo die Werkstatt liegt?« forschte Gheevy. »Ihr geht doch jetzt anscheinend sehr freundlich miteinander um.«

»Da gibt es ein kleines Problem«, erklärte Pryce. »Schließlich bin ich Darlington Blade. Ich sollte es wissen.« Dann sagte er etwas, auf das Wotfirr überhaupt nicht gefaßt war. »Außerdem ist es nicht gerade höflich, die Tochter deines Hauptverdächtigen zu befragen, um etwas über dessen Aufenthaltsort herauszubekommen.«

Gheevys »Was?« fiel laut genug aus, um die Aufmerksamkeit einiger Erwachsener und einer ganzen Schar Kinder auf sie zu lenken.

Pryce lächelte die Zuschauer großspurig an und sagte: »Weißt du, wenn du deine Zwischenrufe nicht unterdrücken kannst, klappt die Sache nie.«

»Entschuldigung«, meinte der Halbling mit deutlich gesenkter Stimme. »Aber, was hast du gesagt?«

»Du weißt doch, welche Sprache ich spreche«, neckte ihn Pryce etwas. »Ich gebe zu, es ist schwer, sich vorzustellen, aber ein Mord in Halruaa ist eben nicht leicht zu begreifen. Wie schon Santé schrieb: ›Wenn man erst das Konzept des Undenkbaren akzeptiert hat, ist der Rest einfach ...‹«

Der Halbling sah ihn zweifelnd an.

»Oder so ähnlich.«

»Aber *Geerling*?« fragte Gheevy nach. »Er ist der einzige Mensch, dem ganz Lallor seit vielen Jahren nahezu unbedingt vertraut.«

»Ich weiß, ich weiß.« Covington verstand ihn gut. »Und ich gebe zu, es ist leichter für mich, weil ich ihn nicht kennengelernt habe, aber betrachte die Situation einmal objektiv. Du hast es selbst gesagt: Niemand würde Gamor Turkal für fähig halten, Darlington Blade umzubringen. Also, wer war es dann? Wer stand ihm am nächsten, und – was wichtiger ist – wer hatte die Macht, einen so mächtigen Zauberer zu töten?«

»Nun, wenn du es so darstellst ... Aber, nein, das kann ich nicht glauben.«

»Ich bin sicher, mir ginge es genauso, wenn ich an deiner Stelle wäre, aber ich muß es herausbekommen. Und dazu muß ich Geerling Ambersongs geheime Werkstatt finden. Sie befindet sich nicht in seinem Haus. Wegen seiner Zukunftspläne mit seiner Tochter hatte er alle Zauberbücher und magischen Gegenstände von dort entfert. Wo könnte also der geheime Ort sonst noch sein?«

»Das war gleich zu Anfang meine Frage«, erinnerte ihn Gheevy. »Ich weiß nicht einmal, wo wir anfangen sollen zu suchen.«

»Ich schon«, meinte Pryce und legte dem Halbling eine Hand auf die Schulter. Jetzt standen sie vor Schreders' Lokal. In der Straße war eine ganze Menge los. »Du erinnerst dich doch an diesen Weinhändler, Teddington Fullmer. Dein Chef wollte ihn dir gerade vorstellen, als du mich fast bloßgestellt hättest.«

»Sicher«, antwortete Gheevy zweifelnd. »Ich habe heute morgen mit ihm gesprochen, als er zum Frühstück da war. Er hat irgendwo hier in der Gegend ein Ferienhaus.«

»Wirklich?« fragte Pryce interessiert. »Weißt du zufällig, ob er zum Mittagessen wiederkommen wollte?«

»Ja, das hatte er vor. Er sagte, er würde mal reinschauen. Er will meinen Weinkeller sehen, aber ich finde nicht, daß ich –«

»Perfekt!« unterbrach ihn Pryce. »Ich finde, du solltest ihm deine Höhle zeigen, Gheevy. Das solltest du unbedingt.«

»Wirklich? Warum? Er wird bloß behaupten, ich hätte zuwenig da, und versuchen, mir etwas zu verkaufen. Und da er ein Haus in der Gegend hat, wird er mich belästigen, bis –«

»Verstehst du denn nicht?« redete Pryce ihm dazwischen. »Überleg doch mal ... Erinnere dich daran, was der Schakalwer gesagt hat.« Er bemerkte den verwirrten Gesichtsausdruck des Halblings. »Warte mal«, fuhr er fort. »Während meines Gesprächs mit dem Schakalwer warst du ja bewußtlos, nicht wahr?« Gheevy sah ihn immer noch geduldig und ungläubig an. »Hast ihm in die Augen geschaut, nicht, du Dummi? Na ja, erinnerst du dich, daß er mir zwei Leute beschrieben hat, die ebenfalls um den Punkt der Fragen herumgeschlichen sind?«

»Ich war gerade erst aufgewacht, so müde, und du hast die ganze Zeit geredet und –«

»Schon gut, schon gut. Vertrau mir. Er hat Berridge Lymwich beschrieben und jemanden, der ... Wie hat er ihn noch genannt? Ach ja: ›den großen Kapitän der Industrie‹, einen

›Segler auf der Piratensee‹. ›Sein kleines Kinn wackelt und wackelt, seine langen Bartlocken zucken und zucken vor lauter Aufgeblasenheit.‹ Hört sich das nicht nach jemand an, dem du in letzter Zeit begegnet bist?«

»Fullmer! Aber warum sollte der etwas mit der ganzen Sache zu tun haben? Glaubst du, er will Erster Magier von Lallor werden?«

»Ganz und gar nicht, mein lieber Wotfirr«, antwortete Pryce. »Aber was glaubst du wohl, weshalb er ausgerechnet zu diesem Zeitpunkt in Lallor auftaucht? Könnte er erfahren haben, daß dem besten Schatzsucher ein Hort magischer Gegenstände winkt? Ich kenne diesen Mann, Gheevy. Er wartet immer auf den einen Glücksfall, mit dem er dann ausgesorgt hat.«

»Dafür würden die Sachen aus Geerlings Werkstatt bestimmt ausreichen«, gab Wotfirr zu. »Aber dennoch ... Was für ein Zufall, daß er am Baum gewesen sein soll und dann genau bei deinem Eintreffen hier in der Taverne.«

»Ein Zufall? Wohl kaum«, hielt Pryce dagegen. »Jedenfalls nicht, wenn er nach der Werkstatt suchte. Ich glaube, sobald er den Namen Darlington Blade hörte, kam er angerannt. Erst da sah er, daß es eigentlich ...« Covington brach den Gedanken ab.

»Sah, daß es eigentlich was war?«

Covington blickte auf seinen Freund herunter, ohne ihm frei heraus sagen zu können, daß jener nicht der einzige in Lallor war, der von Blades wahrer Identität wußte. »Gheevy, könntest du mir wohl einen kleinen Gefallen tun?«

***

»Das ist prachtvoll«, meinte begeistert Teddington Fullmer von seinem Weinfaß herab, das erst vor kurzem das Hinterteil des »großen« Darlington Blade gestützt hatte. »Das ist wirklich eine Sammlung, auf die man stolz sein kann.«

»Danke«, murmelte der Halbling, während er die faszinierend gefärbte und erstaunlich gewundene Flasche Mhairlikör erhob, den er liebevoll unter großem persönlichem Risiko aus dem Saft der seltenen weinenden Fredrodbäume am Rand des Mhairdschungels gewonnen hatte, wo es vor Monstern nur so wimmelte. Er füllte Fullmers Krug nach und setzte sich etwas schwerfällig auf sein eigenes Faß.

»Und so schnell zusammengebracht!« stellte Fullmer fest, bevor er einen weiteren vorsichtigen, anerkennenden Schluck nahm.

Gheevy überlegte, ob er aufstehen sollte, um den Weinhändler zu berichtigen, besann sich dann aber anders. Unter ihm befand sich erlesenster Schnaps aus Cormyr, der besser alterte, wenn man ihn freigiebig auf einer Seite – und nur auf einer Seite – so lange wie möglich während seines lebenslangen Reifungsprozesses mit Körperwärme versorgte.

»Was soll denn das heißen?« meinte er schließlich etwas herausfordernd.

»Aber … aber … aber Azzoparde hat mir erzählt«, erwiderte der Händler und mußte dabei etwas großspurig Schreders' vollen Vornamen verwenden, »daß er erst vor kurzem beschlossen hat, diesen Weinkeller zur besten und vollständigsten Sammlung der ganzen Stadt auszubauen.«

Hätte Gheevy den Kaufmann nicht Becher um Becher bei der Verkostung begleitet, so hätte er diesen Satz als das gesehen, was er war: eine offensichtliche Überleitung zum Verkaufsgespräch.

»Ich bin sicher, da irrt Ihr Euch«, schnaubte der Halbling. »Bestimmt hat unser Wirt Schreders gemeint, er selbst habe erst vor kurzem erkannt, daß meine Sammlung die beste und vollständigste der ganzen Stadt ist … Was sage ich, im ganzen Land.«

»Natürlich, natürlich«, stimmte Fullmer rasch zu. »Ich bin sicher, das war es, was er meinte.«

In seinem Versteck tief im Schatten eines wandhohen Fasses griff Pryce sich an die Stirn und verzog das Gesicht. Komm schon, Gheevy, dachte er. Ich habe dich gebeten, den Mann auszufragen, nicht, mit ihm zu trinken. Denk dran, was ihr beide gemeinsam habt, abgesehen von der Liebe zu einer kleinen Erfrischung!

»Aber genug vom Wein!« sagte Wotfirr, als hätte er Covingtons Gedanken gelesen und gespürt, daß er bald nicht mehr klar sehen, geschweige denn sprechen könnte, wenn er so weitertrank. »Wir wollen ihn doch genießen, nicht darüber reden. Außerdem macht Ihr hier Ferien, nicht wahr? Da wollen wir doch nicht von Geschäften sprechen, was?«

Fullmer blickte in seinen Becher. Ein leises Lächeln umspielte seine Lippen. »Oh, ich liebe es, jederzeit über meine Arbeit zu reden.«

»Aber bestimmt seid Ihr nicht kurz vor dem Herbstfest nach Lallor gekommen, um Eure Waren zu verkaufen, oder? Jetzt ist keine Zeit für Geschäfte, es ist Zeit zum Feiern. Hab' ich recht?«

»Sicher, sicher«, spreizte sich Fullmer mit zitterndem Bärtchen auf.

»Also, habt Ihr schon die Sehenswürdigkeiten unserer schönen Stadt besucht? Habt Ihr unsere eindrucksvollen Bauwerke und die Naturschönheiten bewundert ... innerhalb und außerhalb der Mauern?«

Pryce legte mit unterdrücktem Stöhnen seine Hände an den Kopf. Klasse, dachte er, was für eine überwältigende Überleitung!

»Aber natürlich«, erwiderte Fullmer ungerührt. »Ich liebe diesen Ort. Warum hätte ich mir sonst ein Haus in der Nähe gekauft?«

»In der Nähe?« wiederholte Wotfirr. »Nicht in der Stadt selbst?«

»Ich versichere Euch, Herr Wotfirr, daß ich erfolgreich bin, aber *so* erfolgreich nun auch wieder nicht! Schließlich«, meinte er listig, »bin ich nicht Darlington Blade.«

Pryce erstarrte, dann drückte er sich noch mehr an die Wand.

Unterdessen fuhr der Halbling tapfer fort. »Nein, gewiß ... Ha, ha, wir können schließlich nicht alle Barlington Dade, ich meine Darlington B-Blade sein. Hehe, bestimmt nicht!« Mit einer Unverfrorenheit, die Pryce nur bewundern konnte, versuchte der Halbling vergeblich, das Gespräch wieder in die von ihm gewünschte Richtung zu lenken. »Aber, ähm, was Euer Häuschen angeht, also ich würde nur zu gern Eure persönliche Hausbar sehen. Befindet es sich an irgendeinem bekannten Punkt? Ich meine, Euer Haus?«

Pryce warf einen ungläubigen Blick zur Decke.

»Ja, allerdings«, antwortete Fullmer ruhig. »Ich habe es ziemlich in der Nähe des Punktes der Fragen gebaut. Ihr kennt die Örtlichkeit doch, oder?« Ohne eine Antwort abzuwarten, sprach der Händler weiter. »Ja, ich hörte, Ihr kennt die Stelle sogar recht gut. Das war einer der Gründe, weshalb ich in dieser Gegend nach einem passenden Bauplatz für mein ... wie Ihr ganz richtig sagtet ... Häuschen Ausschau hielt.«

»W-Wirklich?« stotterte Gheevy. »Nein, was für ein Zufall! Man stelle sich nur vor ... Gut, gut. Mehr Wein?«

»Nein, danke«, sagte Fullmer abwehrend. »Ich habe schon genug.«

»Ja? Nun dann ... Ich stelle nur die Sachen weg.«

Während der Halbling sich mit der Flasche und den Bechern beschäftigte, fuhr Fullmer in leichtem Plauderton fort. »Aber, jetzt wo Ihr es erwähnt, Ihr solltet wirklich mal bei mir vorbeikommen und meine bescheidene Sammlung begutachten. Ich glaube, Ihr würdet sie aufschlußreich finden. Und«, fügte er mit verhaltener Stimme hinzu, »dann könnten wir über etwas außerordentlich Interessantes sprechen, das Ihr gestern abend erwähntet.«

»Ich?« Wotfirrs kicksende Antwort verursachte Pryce Ohrenschmerzen. »Was kann ich schon gesagt haben, um das Interesse von jemandem mit Eurer Erfahrung und Eurem breiten Wissen zu wecken?«

Pryce hätte am liebsten seinen Kopf gegen das Faß geschlagen, widerstand jedoch der Versuchung.

»Ach, Ihr wißt schon«, begann Fullmer unschuldig, doch seine Schnurrbartspitzen zuckten vor Vergnügen, »etwas über jemanden, der eigentlich nicht derjenige ist, der er vorgibt zu sein ...«

Gheevy blieb mit dem Rücken zum Kaufmann am Weinregal stehen. »Das ist aber komisch. Ich kann mich überhaupt nicht mehr an etwas Derartiges erinnern.«

»Oh, das müßt Ihr aber!« rief Fullmer. Er stand von seinem Faß auf und breitete die Arme aus. »Versucht Euch zu erinnern. Gestern abend. Ziemlich früh. Ich redete mit einem langen, dünnen, leichenhaft blassen Mann. Ihr wart hinter der Bar bei Azzoparde. Jemand stand zwischen uns ... Wer war das noch? Ihr erinnert Euch, nicht wahr?«

»Jemand ... zwischen? Nein ... mal sehen. Ich überlege ...«

»Aber sicher müßt Ihr Euch erinnern! Etwa sechs Fuß groß, schlank, attraktiv, mit einem sehr schönen Mantel. Ein wirklich sehr schöner Mantel ...«

»Mantel?« schluckte Gheevy.

»Also, was sagtet Ihr noch zu ihm?« überlegte Fullmer spöttisch. »Zwei Wörter ... zwei Namen? Fing an mit ›Ihr‹, hörte auf mit –«

»Schon gut, Teddington«, sagte Pryce, der hinter dem Faß hervor ins dämmrige Licht trat. »Das reicht.«

»Na, wen haben wir denn da?« meinte der behäbige Händler mit gespieltem Erstaunen. »Ich werde langsam alt, das ist doch ...« Er schnippte mehrmals mit den Fingern. »Gheevy, wer sagtet Ihr noch, ist das?« Er sah Pryce ins Gesicht. »Oder sollte ich fragen, wer er Eurer Meinung nach *nicht* ist?«

»Ich sagte, das reicht«, wiederholte Pryce, bevor er sich zu seinem beschämten Halblingskollegen umdrehte. »Gheevy, würde es dir etwas ausmachen, mich und meinen ... ›Freund‹ mal kurz allein zu lassen?«

»Blade, es tut mir so leid.«

»Nein, Gheevy, du hast dein Möglichstes getan. Dafür brauchst du dich nicht zu entschuldigen. Wir haben es nur mit einem Menschen zu tun«, der Rest des Satzes triefte vor Verachtung, »der mich ›attraktiv‹ nennt.«

Der Blick des Halblings ging von einem Mann zum anderen, dann nach hinten zur Leiter, die zur Falltür hinaufführte. »Ich – ich bin dann oben«, sagte er hastig, bevor er die Sprossen geradezu hochrannte. Trotzdem öffnete er die Klappe sehr vorsichtig, fast ohne ein Geräusch zu verursachen.

Fullmer sah ihm höhnisch grinsend nach und drehte sich dann mit überlegenem Blick zu Pryce um. »Nun, er ist nicht Gamor Turkal, aber –«

»Ha, ha«, machte Covington bitter. Er setzte sich auf ein Fäßchen dem Händler gegenüber. »Also, was führt dich nach Lallor, Teddington? Du bist doch nicht gekommen, um meine Vorstellung zu bekritteln.«

»Eigentlich nicht«, erwiderte der kleine Mann schnell, während er wieder Platz nahm, »aber wenn ich schon einmal hier bin. Darlington Blade! Mal ehrlich, Pryce, findest du nicht, daß das selbst bei deinen vielen Talenten ein Stück zu hoch gegriffen ist?«

»Es war keine Absicht.«

»Wirklich nicht? Du vergißt, Covington, ich kenne dich. Ich habe mit dir zusammengearbeitet. Und selbst wenn dem nicht so wäre, würde ich doch deinen innigsten Wunsch kennen. Jeder vom Alue bis Achelar wußte davon. Wir nannten es das Prycegedicht. ›Er will nicht deine Freundschaft, kein Weib ist sein Bestreben ... Der Mann für alle Fälle will 'nen ruhigen Job fürs Leben.‹«

Der Händler lachte, während Covington die Augenbrauen hochzog. »Ihr hattet ein Gedicht darüber?« fragte Pryce.

»Die Kinder haben Hüpfspiele dazu gemacht. Ich würde dir auch gern die anderen Strophen verraten, doch die fallen ein bißchen beleidigend, sogar schlüpfrig aus.«

Aber Covington war nicht beleidigt. »Ein Gedicht, ja?« wiederholte er mit gewissem Stolz.

»Weißt du was, Pryce?« fuhr Fullmer fort und lehnte sich vor. »Ich sag' dir die Wahrheit. Als ich den Namen hörte und dann sah, daß du es warst, dachte ich einen Moment lang, das könnte vielleicht sogar wahr sein und du wärst *wirklich* der große Darlington Blade.«

»Komm schon, Teddington ...«

»Nein, wirklich! Eingedenk all deiner Fähigkeiten – von frivol bis abstrus – dachte ich, es könnte durchaus hinkommen. Immerhin warst du Bote von Zauberern. Da liegt der Gedanke gar nicht so fern, daß du von ihnen vielleicht auch etwas gelernt haben könntest.«

»Teddington, wenn du mich wirklich kenntest, würdest du wissen, daß ich Magie nicht mag. Gamor jedenfalls wußte das.«

»Aber verstehst du denn nicht, Pryce? Auch das paßt. Du hast zuviel protestiert – die perfekte Tarnung.«

Covington schüttelte erstaunt den Kopf. »Teddington, wenn du dich als Getränkehändler nur halb so sehr anstrengen würdest wie als Intrigenerfinder, wärst du nicht dauernd auf der Suche nach dem großen Geschäft.«

»Pff«, machte Fullmer und blies Luft in seinen Bart. »Und du hättest in Merrickarta bleiben und die Reste deines schwindenden Verstands verhökern sollen, anstatt die unglaubliche Frechheit zu besitzen, den berühmtesten Abenteurer des Stahlenden Südens zu mimen.«

»Weißt du was, Teddington?« Pryce seufzte. »Ich glaube, du hast recht.«

»Immerhin«, sagte der Händler ungerührt, während er sich zurücklehnte und seine gepflegten Fingernägel betrachtete, »könnte deine armselige kleine Vorstellung ihren Sinn haben ...«

Pryce sah ihn an wie ein Tier, das gerade in eine Falle getreten war und sich nur noch den Bruchteil einer Sekunde in Freiheit befand, bevor die eisernen Zähne zuschnappten.

»Oh?«

»Nun, du weißt, und ich weiß ... Und unser Freund, der Halbling, scheint es auch zu wissen, daß du nicht der bist, der zu sein du behauptest ...«

»Von dem alle anderen behaupten, daß ich es sei«, stellte Pryce richtig.

Diese pedantische Anmerkung wischte Fullmer vom Tisch. »Aber gerade diese ›alle anderen‹ wissen es nicht. Sie glauben, du bist Darlington Blade.«

»Also?«

»Also nutzen wir den Vorteil, Pryce. Ich weiß, was du willst, und du weißt, was ich will, wir sollten zusammenarbeiten, um unsere Träume zu verwirklichen.«

»Wie?« frage Pryce ehrlich.

Fullmer setzte seine Ellbogen auf die Knie und sprach eindringlich: »Mein Leben lang habe ich auf eine solche Gelegenheit gewartet. Die Werkstatt eines Ersten Magiers, einfach zum Mitnehmen! Er ist vermißt, du bist sein Schüler. Sie gehört rechtmäßig dir!«

»Aber, Zalathorm sei mein Zeuge, Teddington, ich weiß wirklich nicht, wo sie sich befindet.«

»Klar, Covington! Wenn du es wüßtest, würdest du nicht abwarten, bis die Inquisitrixen dich desintegrieren.«

»Was also soll ich tun?« rief Pryce hilflos. »Zur nächsten Ratsversammlung gehen und sagen: ›He, das ist meine Werkstatt, wenn mir also einfach mal jemand verrät, wo sie nun ist, pack' ich alles ein und verschwinde‹?«

Der Händler lächelte nur. »Sozusagen, ja.«

»Ja?« wiederholte Pryce ungläubig.

»Genau. Ich weiß, und du weißt es wahrscheinlich auch, daß ein Haufen Leute nur darauf wartet, sich um den Posten des Ersten Magiers zu bewerben, sollte Geerling Ambersong zum Herbstfest nicht zurückkehren. Er hatte sowieso schon angekündigt, daß er sich zur Ruhe setzen will. Da jeder weiß, daß Darlington Blade sein Schüler ist, brauchst du nur dein Besitzrecht anzumelden.«

»Besitzrecht!« rief Pryce aus. »Ach, das ist also alles?«

Fullmer verhielt sich so, als würde er Pryce gerade mal nach der Tageszeit fragen. »Gewiß. Du hast deinen Meister geliebt, aber du kannst nicht guten Gewissens seinen Platz einnehmen. Du bist dessen nicht würdig. Deshalb überläßt du den Posten großmütig den vielen anderen guten Kandidaten. Du bittest nur darum, daß der Rat dich zum rechtmäßigen Besitzer seiner Werkstatt erklärt. Und wenn das geschieht, muß der Standort natürlich bekanntgemacht werden.«

Pryce sah seinen früheren Auftraggeber an, als hätte der sein Gesicht grün angemalt. »Und wenn sie dann nicht das Inventar der Werkstatt überprüfen, sondern mich?« Er hatte dieses spezielle Problem schon einmal gehabt und wußte nicht, ob die Ambersongspange stark genug sein würde, der Magie seines Ratsmitglieds zu widerstehen.

»Darlington Blade?« erinnerte ihn Fullmer. »Das würden sie nicht wagen!«

Pryce rümpfte die Nase, ließ dieses Thema jedoch vorläufig auf sich beruhen. »Also gut, was ist, wenn Geerling Ambersong zurückkommt? Was ist, wenn ich mitten in meiner Erklärung bin, und er taucht auf und macht dasselbe wie Gheevy Wotfirr – erklärt einfach jedem in Hörweite, daß ich *nicht* Darlington Blade bin? Was dann?«

Teddington Fullmer lehnte sich einfach zurück. Sein Lächeln wurde breiter und seine Augen schmaler, bis sie nur noch schmale Schlitze waren. »Nun mach dir darüber mal keine Gedanken, mein Freund. Ich weiß aus sicherer Quelle, daß es extrem unwahrscheinlich ist, daß Geerling Ambersong überhaupt jemals zurückkommt.«

Die Worte hingen in der Höhle wie Gamor Turkal am Baum der Fragen.

Covington bedachte einige Reaktionsmöglichkeiten. Zunächst hätte er gern um eine nähere Erklärung gebeten. Sätze wie »Wie bitte?« und »Könntest du mir diese Aussage vielleicht etwas näher erläutern?« kamen ihm in den Sinn. Aber er war sicher, daß Fullmer ganz unschuldig antworten würde. Er war ein Fuchs. Ein scheinheiliger Fuchs wäre für Pryce unerträglich.

Statt dessen entschied sich Covington fürs Mitspielen. Er legte beide Hände auf die Knie, hob den Kopf und sah Teddington direkt in die Augen. »Und«, meinte er, »nun erwartest du, daß ich dir das glaube.«

»Was? Ja, aber natürlich!«

»Du sagst das nicht einfach nur so, damit ich meinen Hals riskiere – nein, alle meine Knochen! –, um dir ohne das geringste Risiko die Werkstatt eines Zauberers zu verschaffen?«

»Komm schon, komm schon, mein Junge …«

»Nein, nun ist es an dir, mein Lieber«, brauste Pryce auf. »Was ist mein Vorteil bei der Sache?«

»Wie wär's mit der Hälfte des Gewinns aus dem Verkauf der Werkstatt eines Ersten Magiers?«

»Und das ganze Risiko liegt bei mir!«

Fullmers Miene verriet, daß er der gleichen Meinung war, aber dann lehnte sich der Händler zurück und verschränkte die Arme. »Na, na«, sagte er überheblich. »Dir bleibt leider keine große Wahl.«

Pryce ließ sich von dieser zutreffenden Feststellung nicht einschüchtern. Er lächelte sogar. »Ich wollte bloß mal sehen, wann diese spezielle Bemerkung fallen würde.«

»Du bist ein schlauer Junge«, gab Fullmer zu, »aber laß mich bitte meinen Gedanken zu Ende bringen, damit wir beide ganz klar sehen.« Er lehnte sich vor. Diesmal zeigte er genau zwischen Covingtons Augen. »Wenn du mir *nicht* hilfst, Geerling Ambersongs Werkstatt zu finden, erzähle ich den Inquisitrixen, der Stadtwache, der Miliz und dem Ältestenrat, daß du, mein Freund, nicht Darlington Blade bist.«

Pryce tat, als würde ihn diese Drohung überhaupt nicht beeindrucken. Er zeigte nun seinerseits mit dem Finger auf den Händler. »Und dann werde ich genau denselben Institutionen verraten, daß du ein verräterisches Schandmaul bist, das meine Zwangslage benutzen wollte, um magische Gegenstände und Zauberbücher zu verscherbeln, die für die Verteidigung der Stadt und der Nation lebenswichtig sind.« Covington ließ seinen Finger sinken und lehnte sich zurück, die Hände hinter dem Kopf. »Dann würden sie zweifellos unsere Absichten gründlich durchleuchten. Und was glaubst du, wer würde unversehrt weiterziehen?«

Fullmer behielt seinen Finger oben, erbleichte aber. Selbst sein Schnurrbart schien nun zu erschlaffen. »Das würdest du nicht tun!«

»Ich könnte es«, sagte Pryce und setzte sich auf, »aber ich versuche nur, klarzustellen, daß solche Drohungen überflüssig sind. Alles, was ich will, ist deine Versicherung, daß Geerling Ambersong meinen Auftritt nicht unterbrechen wird.«

Fullmer strahlte und klatschte sich erleichtert auf den Oberschenkel. »Na, *das* ist der Pryce Covington, den ich kenne und liebe!«

»Natürlich«, meinte Pryce ungerührt. »Ruhiger Job fürs Leben, weißt du nicht mehr? Nur das ist mein Bestreben.«

»Ja, ja, sehr gut. Also, mein Freund, mein *Partner*, was kann ich tun, um dich zu überzeugen?«

»Du hast gesagt, du hättest ›aus sicherer Quelle, daß es äußerst unwahrscheinlich ist‹, und so weiter und so fort.«

Fullmer lachte. »Dein Gedächtnis ist unglaublich«, staunte er. »Noch besser als das von Gamor Turkal.«

»Ja, ja, Schmeicheleien helfen dir gar nichts. Also«, sagte Pryce gewichtig, »ich will wissen: von wem.«

Fullmer reagierte, als hätte Covington ihn gebeten, die Hosen herunterzulassen und einen Steptanz aufzuführen. »Aber das kann ich nicht!«

»Das heißt, du lügst und versuchst nur, mich zu überreden.«

»Nein, es stimmt. Ich lüge nicht.« Plötzlich war der Weinhändler ganz aufgeregt. »Bitte, Pryce, sei vernünftig. Versteh doch, ich habe diese Sache monatelang vorbereitet. Seit ich damals das Gerücht hörte, daß die Werkstatt womöglich zu haben sei, bin ich Hinweisen nachgegangen, habe ein Netzwerk aus Informanten aufgebaut, jede Spur verfolgt ...«

»Aber jetzt sieht es so aus, als hättest du einen direkten Draht. Komm schon, Teddington, heraus damit. Ich muß genauso darauf vertrauen können wie du – mehr sogar! –, daß Blades feierliche Erklärung nicht angefochten wird.«

Fullmer war leichenblaß geworden, und der Schweiß lief an ihm herab. »Pryce, wenn du es wüßtest, würdest du mir diese Frage nicht stellen!«

Covington widerstand der Versuchung, den Mann anzuspringen und seinen Magen als Trampolin zu benutzen. Er blieb auf seiner Linie, doch je näher er zu kommen glaubte, desto mehr glich seine Jagd dem Versuch, einen Pollandrysamen aus der Luft zu fangen. Er schoß ihm einfach immer wieder aus der geschlossenen Hand. »Aber ich weiß es *nicht*, Teddington, und ich *muß* es wissen, wenn ich überzeugend auftreten soll.«

Der Händler war erschüttert, nickte aber so aufgewühlt, daß seine Barthaare hüpften. »Na gut. Du hast natürlich recht. Wenn wir den Gewinn teilen, müssen wir auch die Gefahr teilen.«

Damals dachte Pryce, Fullmer wollte damit ausdrücken,

daß die für Covington anstehende Gefahr geteilt werden sollte. Erst später erkannte er, daß der Händler in Wirklichkeit meinte, er sei bereit, Pryce an seinem Risiko zu beteiligen.

»Ich muß mich um ein paar Dinge kümmern«, sagte Fullmer abgelenkt. »Wir treffen uns heute abend hinter der Schenke, am Lieferanteneingang, auf der kleinen Lichtung zwischen den Felsen. Dann habe ich alle Informationen, die du brauchst.«

»Sag es mir jetzt«, beharrte Pryce.

»Ich kann nicht!«

»Und du glaubst, ich weiß nicht, was heute abend passieren wird?« explodierte Covington. »Entweder du tauchst gar nicht erst auf, oder du kommst … mit ein paar sehr großen Freunden!«

»Pryce, bei meiner Ehre –«

»Was ist die schon wert!«

Zu Covingtons Überraschung ging der Händler auf wie ein Hefekuchen. »Sag mir ehrlich, Pryce – bei allen Geschäften zwischen uns und allen Geschäften, in die ich deines Wissens nach verwickelt war, habe ich je ein Versprechen gebrochen? Denk genau nach und antworte mir dann, Covington. Habe ich je bei einer Wette betrogen oder ein Versprechen gebrochen?«

Pryce dachte wirklich nach und fühlte sich etwas beschämt. »Du gibst sehr selten ein Versprechen, Teddington, aber wenn, dann hältst du es auch«, gab er widerwillig zu. »Tut mir leid, daß ich deinen Ruf befleckt habe.«

Der Händler stand auf und klopfte sorgfältig seine Kleider ab. »Angesichts der vielen anderen Flecken an mir«, sagte er mit bemerkenswerter Freimütigkeit, »fällt dein bißchen Schmutz kaum auf.« Er nannte einen genauen Zeitpunkt. »Ich verspreche, heute abend wirst du alles erfahren, was ich weiß.«

Dann stapfte Fullmer so elegant, wie er konnte, die Leiter hinauf und verschwand durch die Falltür.

8 Neuer Tiefpryce

Die nächsten paar Stunden schickten sich an, die längsten in Covingtons Leben zu werden. Er war versucht, den Weinkeller auf den Kopf zu stellen oder zu einem Nickerchen in das Ambersonghaus zurückzukehren, aber er wußte, daß ihn dieser schwere Fall kaum würde schlafen beziehungsweise weiterforschen lassen.

Also wartete er nach Fullmers Verschwinden noch ein paar Minuten, bevor er selber langsam die Leiter hochstieg. Er versuchte alle neuen Informationen zu analysieren, aber die vielen »Warum?«, die er sich fragte, erbrachten keine anderen Antworten als »Häh?« oder »Was soll das heißen?« beziehungsweise »Da komm' ich nicht recht mit«.

Als Pryce aus dem Keller in das Lokal hochkam, fand er sich neben einem dicken Bein wieder, das zu Azzoparde Schreders' umfangreichem Körper gehörte.

Der Wirt lächelte auf ihn herab und reichte ihm die Hand. »Habt Ihr, was Ihr wolltet, mein Herr Blade? Was?« Der freundliche Mann strahlte, als er Pryce mühelos aus der Öffnung zog.

»Noch nicht«, erklärte Pryce und klopfte sich ab, »aber ich arbeite daran.«

Es war später Nachmittag und das Publikum spärlich. Pryce sah über die Bar. Berridge Lymwich saß hinten bei der Tür an einem Tisch und starrte ihn über ihr Glas hinweg an. Aber anstatt ihm einen argwöhnischen Blick zuzuwerfen, hatte sie ihre dünnen Lippen zu einem wissenden Lächeln verzogen. Schweigend hob sie ihr Glas in seine Richtung.

Mit einer Hand griff Pryce nach unten, nahm einen leeren Krug von einem Haken unter der Bar und hob ihn sardonisch lächelnd Lymwich entgegen. Als er ihn zurückhängte, stupste er mit dem anderen Arm Azzo an. Der Wirt drehte seinen kräftigen Leib Covington zu und brummte dabei leise: »Was?«

»Ist Inquisitrix Lymwich nicht im Dienst?« fragte Pryce leichthin und nickte zu ihr hin. Schreders warf einen Blick auf die dünne Frau, die nun nicht mehr herschaute. Statt dessen sah sie durch die vorderen Fenster in den herrlichen Lallorer Nachmittag hinaus.

Azzo zuckte mit den Schultern. »Sie kommt häufig nach dem Mittagstrubel.« Er lächelte Pryce zu. »Selbst Inquisitrixen müssen mal essen. Was?«

Covington wurde durch die gerade vorbeikommende Sheyrhen Karkober abgelenkt. Sie schlenderte durch das Lokal, drehte sich um und zwinkerte ihm zu. Dann legte sie eine Rechnung auf einen Tisch, an dem die hagere Gestalt von Asche Hartov saß.

Gut, gut, gut, dachte Pryce. Alle Verdächtigen schön beieinander, vielleicht um mitzubekommen, was Fullmer und ich uns zu sagen hatten. Das hübsche Schankmädchen und der magere Minenbesitzer unterhielten sich einige Augenblicke, schließlich kam die blonde Kellnerin zur Bar zurück.

Pryce dachte, sie würde Azzo das Geld des Minenbesitzers bringen, doch sie stützte beide Ellenbogen auf die Bar, lehnte sich vor, wodurch sie ihm einen großzügigen Einblick in ihr Mieder gewährte, und sagte: »Herr Hartov läßt durch mich einen Gruß ausrichten, Darling.«

Pryce legte den Kopf auf eine Seite und wollte gerade fragen, ob Asche ihn auch »Darling« genannt hatte, aber die Bedienung ging bereits wieder ihrer Arbeit nach. Inzwischen jedoch hob Azzo den Kopf und warf seinem Schankmädchen einen seltsamen Blick zu … Einen Blick, den Pryce ihm kurz darauf nachfühlen konnte, als er Dearlyn Ambersong hereinkommen sah, ein dickes Buch aus Geerlings Bibliothek unter dem Arm.

Pryce merkte, daß es später war, als er gedacht hatte. Sie

hatten sich schon verabredet, bevor Wotfirr am Morgen in der Residenz der Ambersongs aufgetaucht war. Schnell und gekonnt setzte Covington über die Bar, indem er wie ein Turner beide Beine hinüberschwang und auf dem Boden landete, bevor Dearlyn ihn erreichte. Sie war sichtlich mehr beeindruckt als von seinen Überschlägen beim Versuch, ihrem magiegeladenen Bett zu entkommen.

»Habt Ihr etwas herausgefunden?« fragte sie leise. Ihre schönen Augen schossen von einer Seite zur anderen. Er legte ihr eine Hand auf den Arm und geleitete sie wie selbstverständlich zu einem Tisch an der gegenüberliegenden Wand.

»Noch nicht«, erwiderte er wortkarg. Es wurmte ihn, daß er ihr nicht alles erzählen konnte, ohne seine wahre Identität zu enthüllen. »Fullmer und ich haben nachher noch eine Verabredung, bei der ich etwas zu erfahren hoffe.« Er zog ihr einen Stuhl heran und setzte sich dann sofort ihr gegenüber. »Habt Ihr Gheevy gesehen?«

»Ja«, erwiderte sie. »Er kam direkt von hier in unsere Residenz und war furchtbar aufgewühlt. Er dachte, er hätte versagt.«

Pryce schüttelte den Kopf und beschloß, sich auf das vordergründige Problem zu konzentrieren. »Er hat sein Bestes getan, der arme Kerl«, versicherte ihr Covington schnell. Dann lehnte er sich vor und sprudelte in gedämpftem Ton seine Anweisungen hervor. »Geht zurück und leistet ihm Gesellschaft. Ich kann es nicht riskieren, Fullmer zu folgen, und ich glaube, ich sollte bis zu unserem Treffen an einem öffentlichen Ort bleiben.«

Sie legte ihre Hände auf seine. Erst starrte er die Hände an, dann Dearlyn. Ihr Blick war ernst.

»Ihr seid jetzt die einzige mir verbliebene Verbindung zu meinem Vater«, sagte sie. »Bitte seid vorsichtig.«

Das war zuviel. Väterliche Gefühle kamen in Pryce hoch, aber um sich unter Kontrolle zu halten, bekämpfte er sie. Seinen Empfindungen für sie stand das Wissen um das entgegen, was er bereits getan hatte, dazu kam noch sein Verdacht, ihr Vater könne in die Morde verwickelt sein. Und überhaupt, vielleicht hatte es genau in diesem Moment jemand auf ihn abgesehen.

»Natürlich werde ich nicht vorsichtig sein!« fauchte er. Dearlyn klapperte bei dieser Antwort erschrocken mit den Wimpern, dann scheuchte er sie mit seiner freien Hand weg. Die andere lag noch unter ihren warmen Händen ... »Weg mit Euch, Weib!«

Ihr Gesicht und ihr Blick verhärteten sich. Sie stand auf, sah ihn noch einen Moment an, ballte dabei wiederholt die Fäuste, dann drehte sie sich brüsk weg und verließ das Lokal.

Pryce blickte in den hereinbrechenden Abend. Ein naher Pfeiler warf einen Schatten über sein Gesicht. Er ließ seine rechte Hand – die, die sie angefaßt hatte – liegen, wo sie sich befand, und verfolgte, wie Dearlyns stolz aufgerichtete Gestalt am Vorderfenster vorbei auf die verborgene eiserne Wendeltreppe zuhielt. Erst dann beendete er flüsternd seinen Gedankengang.

»Es ist nicht notwendig, daß wir beide in Gefahr geraten.«

***

Eine kurze Weile las Pryce die Weisheiten des Priesterphilosophen Santé. Dann nahm er in Ruhe das Abendessen zu sich, das die aufmerksame Karkober ihm liebevoll serviert hatte. Er prüfte die Arbeitszeiten der Bediensteten im Restaurant, merkte sich genau, wann der Zwergenkoch und der Tellerwäscher ihre Pausen nahmen. Schließlich saß er da und sah zu, wie die Bürger von Lallor kamen und gingen. Alle achteten sein Privatsphäre, erwarteten aber auch von ihm dasselbe für sich. Doch *Schreders* war ein beliebter Treffpunkt, so daß es nicht lange dauerte, bis die Tische und die Bar sich mit den interessantesten Einwohnern füllten, welche die Stadt zu bieten hatte. Lärm und Rauch wurden immer stärker.

Erst da stand Pryce auf, trug das Buch zur Bar und lehnte sich zwischen einem üppig gewandeten alten Halb-Elfen-Gelehrten und einer eleganten Schneiderin mittleren Alters hindurch.

»Azzo!« rief Covington über den Lärm hinweg, um die Aufmerksamkeit des Wirts auf sich zu ziehen. Schreders kam auf der Stelle herüber. Schließlich war es Darlington Blade, der ihn rief. »Hebt das für mich auf, ja?« sagte Pryce und reichte ihm das Buch. »Ich muß zu einer Verabredung. Ich hole es mir später wieder.«

Azzo versuchte gar nicht erst eine Antwort. Statt dessen nahm er das Buch und nickte verständnisvoll. Pryce wartete, bis der Wirt es an einem trockenen Flecken auf der anderen Seite der Bar verstaut hatte und sich wieder seinen Gästen widmete, dann ging er ruhig und zielstrebig in den hinteren Teil des Gebäudes.

Die Küche fand er leicht. Zu ihr führte die einzige Tür an der Rückwand. Er wartete, bis der Koch und der Tellerwäscher eine Pause einlegten und hinausgingen, bevor er durch die Schwingtür schlüpfte. Er stand in einer gut beleuchteten und gut ausgestatteten Küche, an der vor allem die schönen gußeisernen Herde und die Marmorausgüsse auffielen. Ein riesiger Holztisch trennte den Koch- vom Spülbereich. Auf der einen Seite stapelten sich die frischesten Früchte, bestes Gemüse und Fleisch, auf der anderen die saubersten Pfannen, Töpfe und Teller. Covingtons Nase war vom Duft der Speisen erfüllt, die noch auf den Feuern kochten und brutzelten.

Auch die Hintertür fand Pryce schnell. Dorthin wurden die Lebensmittel geliefert, und dort wollte sich Fullmer mit ihm treffen. Covington blieb noch etwas Zeit, deshalb konnte er die Umgebung sorgfältig studieren.

Er öffnete die Hintertür einen Spaltbreit, sah sich eilig um und trat hinaus. Die Nacht war so angenehm, wie es der Tag gewesen war. Der Mond warf ein heiteres silberblaues Licht über alles, und das elegante Blattwerk schien bis zu den glitzernden Sternen hinaufzureichen. Die Luft war kühl und klar und vom Duft der Pollandryblüten erfüllt.

Pryce musterte den Ort ihres Treffens. Er hatte eine Fläche von ungefähr zwanzig mal dreißig Fuß und war auf drei Seiten von einer weinüberrankten Steinwand umgeben, die fünfzig Fuß hoch bis zu den Wurzeln der Ambersongresidenz anstieg. Auf der rechten Seite aber führte eine lange, enge, gewundene Gasse zwischen der Schenkenmauer und der Steinwand entlang. Auf diesem Weg konnten die Lieferanten frische Lebensmittel und Getränke von ihren Wagen zur Hintertür bringen.

Covington glaubte, hinter sich ein Rascheln zu hören. Er fuhr herum, sah aber niemanden. Die Blätter der blühenden Ranken bewegten sich im Nachtwind, aber ansonsten störten weder Mensch noch Tier die Stille. Pryce warf einen raschen Blick in die Gasse zurück. Nur über diesen Weg konnte Fullmer hergelangen. Covington beschloß, an der Hintertür Stellung zu beziehen. Falls Teddington »Freunde« mitbrachte, konnte Pryce leicht nach innen entkommen.

Schnell warf er noch einen letzten Blick auf die Örtlichkeiten und fuhr mit den Händen die Steinwand ab, um sich zu vergewissern, daß es keine weitere verborgene Wendeltreppe gab. Zu seiner Freude entedeckte er auch nichts, sondern nur große flache, überwucherte Steine. Mit der Wand im Rücken schaute er auf die Hintertür des Gasthauses und fühlte sich sicherer als den ganzen Abend über.

Nach einem entschlossenen Schlag mit der flachen Hand auf die Steine der Wand in seinem Rücken machte er einen Schritt vor.

Und blieb wie angewurzelt stehen.

Der Stein hinter ihm hatte sich bewegt.

Eine Gänsehaut überlief Pryce, und die Haare an seinem Hinterkopf sträubten sich, als er dasselbe Rascheln wie zuvor hörte, nur diesmal von oben.

Er versuchte mit einem Salto zu entkommen, doch als er sich gerade nach vorne warf, traf ihn etwas hart, schwer und schmerzhaft am Hinterkopf. Er fühlte einen plötzlichen, unglaublichen Druck, dann schien sein Gehirn gegen die Innenseite seiner Stirn zu prallen.

Es kam ihm vor, als habe Berridge Lymwich ihn mit ihrem Inquisitrixenfluch getroffen, denn er sah nur noch blendendes Weiß. Dann wirbelte plötzlich Grau durch das Weiß. Schließlich tauchten aus dem Dunst schwarze Punkte auf, die größer und größer wurden, bis das Weiß verschwunden und das Grau verschluckt war.

Am Ende wurde alles schwarz und immer schwärzer, und er fiel in die schwärzeste Grube von allen.

***

Pryce Covington wußte, daß er nicht tot war, da sein Verstand arbeitete. Anscheinend war das seine Art und Weise, mit dem Schock fertig zu werden, nachdem er festgestellt hatte, daß der Angriff ihn nicht umgebracht hatte. Nach allem, was Pryce wie aus weiter Ferne mitbekam, war er durch den Schlag auf den Hinterkopf sowohl körperlich wie auch geistig gelähmt.

In einem Land, in dem Magie überreichlich geübt wurde, wirkte die Tatsache, durch jemanden von hinten, von der Seite, von oben oder von vorne einen Schlag auf den Kopf zu bekommen, so überflüssig, ja, barbarisch, daß Pryce sich nicht entscheiden konnte, was schlimmer war, die Verwunderung darüber oder die Schmerzen davon.

Später würde Pryce diesen Zustand einen Vorteil nennen. Eigentlich wäre er viel lieber nur verwundert als verletzt gewesen, doch jeglicher Schlag auf den Schädel hat unvermeidliche, körperliche Folgen. Er bringt nun einmal Schmerzen mit sich.

Wie üblich, wenn Selbstmitleid mit Zweckdenken ringt, hätte ersteres beinahe gewonnen. Sobald er wieder einigermaßen bei Bewußtsein war, begann Pryce durch einen wie Nadeln piksenden Dunst nachzugrübeln, womit er wohl so etwas verdient hatte. Er war so dankbar, daß das Licht wieder zu sehen war, daß seine Erleichterung fast den Schmerz weggeschoben hätte … Aber nur für eine Sekunde. Dann sandte sein Kopf eine Reihe neuer Schmerzblitze aus.

Einmal hatte er eine magische Kristallkugel mit einem Sturm darin gesehen. Aus einer kleinen Wolke waren unzählige Blitze gekommen und über die Innenrundung der Kugel geschossen. Jetzt konnte er sich gut vorstellen, wie diese Kugel sich gefühlt hätte, wenn sie von Nervenbahnen durchzogen gewesen wäre.

Er versuchte ein Auge zu öffnen. Das Bild war nicht gerade vielversprechend. Er sah Dunkelheit, Felsen und Haare. Außerdem tat es noch weh. Er kniff das Auge wieder zu.

Warte mal, dachte er. Haare? Irgendwie waren da auch beunruhigend wilde Geräusche.

Covingtons Augen gingen wieder auf. Etwas hüpfte vor sein Blickfeld. Es war schwarz und rot und orange und pelzig. Auf beiden Seiten einer haarigen Halbkugel, die sich geifernd auf und ab bewegte, saßen pelzige Halbkegel. Covington entsann sich vage, daß er das schon einmal irgendwo gesehen hatte …

»Cunningham!« bellte er. »Weg von mir, du Biest!«

Der Schakalwer hüpfte zurück, als Pryce aufzuspringen versuchte, doch die Kreatur kannte ihre Umgebung besser als der Mensch. Pryce schlug mit dem Kopf gegen einen niedrigen Felsvorsprung und fiel unsanft zurück.

Einen Schlag auf den Kopf zu bekommen war schlimm genug, aber sich selbst den Schädel anzuschlagen bedeutend unangenehmer. Pryce meinte in die Bucht jenseits des Lallorriffs zu sinken, doch unter der Wasseroberfläche lauerte eine Schakalschildkröte, die ihr Maul geifernd und gierig öffnete und schloß. Covington ruderte an die Oberfläche zurück und ignorierte dabei die Millionen Blitze, die durch seinen Kopf zuckten.

»Cunningham!« schrie er. »Wag es ja nicht, mich zu verschlingen!« Die scharfen gelben Zähne des Schakalwers erfüllten seinen Horizont wie Grabsteine. Pryce schrie vor Schreck auf, worauf die Kreatur erneut in die Dunkelheit des Hintergrundes zurücksprang. Covingtons Schrei wurde zu einem leidenden Stöhnen, als der Schmerz alles andere verdrängte.

»Ich – ich fühle mich nicht gut«, brachte er schließlich heraus. Eine leichte Untertreibung.

»Ich habe Euch schon in besserem Zustand gesehen«, erklärte Cunningham, »wenn Ihr mir diese Feststellung nicht übelnehmen wollt.«

Pryce hoffte, durch Konzentration aus dem Dickicht der Schmerzen auftauchen zu können. »Du wolltest gerade von mir abbeißen, was?«

»O nein, mein guter Herr!« Der Schakalwer klang tödlich beleidigt.

»Ja, das wolltest du, und danach hattest du vor, mein Blut zu trinken. Richtig?«

»Ganz und gar nicht.«

»Du bist hungrig, und du mußt deine Brut füttern.«

»Ich muß Euch sagen, mein Herr, dank Eurer Freundlichkeit leben wir sehr gut.«

Das erinnerte Pryce daran, wie er seine eigene Situation durch das Beiseiteschaffen der Toten verkompliziert hatte. Dieser Gedanke bereitete ihm neue Kopfschmerzen. Er stöhnte wieder und faßte sich mit beiden Händen an den

Kopf, damit der nicht wie ein Ei zerplatzte. Sehr vorsichtig versuchte er dann aufzustehen.

»Seid umsichtig, mein guter Mann«, warnte Cunningham und trat hilfsbereit näher heran.

»Du bleibst, wo du bist«, erwiderte Covington scharf.

Der Schakalwer, jetzt wieder ganz Mensch, legte vornehm seine Hand an die Brust. »Ihr verletzt mich, mein Herr.«

»Lieber verletze ich dich durch Worte, als daß du meinen Körper angehst«, hielt Pryce dagegen. »Wo bin ich überhaupt?«

Cunningham nutzte die Chance, sich ihm verschwörerisch zuzuneigen. »Wir sind unter der Stadt, mein Herr, in einem der Tunnel, die ich ganz nützlich finde.«

Pryce blickte sich um, achtete jedoch darauf, sich nicht zu schnell zu bewegen. Es war so dunkel, daß er nicht viel erkennen konnte. Cunningham, auch immer zum Teil Schakal, konnte wahrscheinlich ebensogut sehen wie bei Tageslicht. »Du hast diesen Bau aber nicht benutzt, um neue, ähem, Mahlzeiten zu bekommen, oder?«

»Entschuldigt meine Vertraulichkeit, mein Herr«, erwiderte der Schakalwer hochfahrend, »aber habt Ihr den Verstand verloren? Gerade Ihr solltet wissen, daß ein Wesen meiner Art auf den Straßen von Lallor ungefähr so lange überleben würde wie eine Eisscholle in Zzuntal. Ich gehe bereits ein gewisses Risiko ein, wenn ich nur *unter* den Straßen unterwegs bin.«

»Warum tust du es dann?« fragte Pryce in der Hoffnung, die Kreatur so lange am Reden zu halten, bis sein Verstand wieder einigermaßen funktionierte.

»Ihr seid wirklich verwirrt, guter Herr«. befand der Schakalwer. »Erinnert Ihr Euch nicht, mit welchen Worten Ihr mich am Abend unserer ersten Begegnung verlassen habt? Nein, ich habe Eure Gnade nicht vergessen, mein Herr. Man stelle sich nur vor, der große Darlington Blade verschwendet sein Mitleid an so gestrafte Wesen wie mich und meinen Nachwuchs!« Er schien ehrlich überrascht. Das also war der Ruf des großen Darlington Blade.

»Wenn du wirklich dankbar bist«, stöhnte Pryce und massierte seine Schläfen, »dann nenn mich nicht immer ›groß‹, ja? Warum kann ich nicht der *anständige* Darlington Blade sein oder der *nette* Darlington Blade oder der *recht überzeugende* Darlington Blade? Warum muß ich immer ›groß‹ sein?«

Cunningham schüttelte traurig den Kopf. Er gab auf Covingtons bittere Klage eine ehrliche Antwort: »Das habt Ihr Euch selbst zu verdanken, mein Herr. Selbst während der kurzen Zeit, in der ich Eure Taten mitverfolgen durfte, seid Ihr Eurem Ruf mehr als nur gerecht geworden.« Er hielt inne, um ernsthaft über Covingtons Erklärung nachzudenken. »Vielleicht könntet Ihr einmal versuchen, nicht unablässig so großartig zu sein«, schlug er vor. »Ich bin sicher, daß dann das Volk als solches Euch irgendwann ein passenderes Etikett verpassen würde.«

Pryce hörte lange genug mit seiner Kopfmassage auf, um dem Schakalwer einen schrägen Blick zuwerfen zu können. »Das war Sarkasmus, oder?«

Der Schakalwer in seiner leicht schäbigen Aufmachung blieb einfach stehen, wo er war. Er wirkte von Kopf bis Fuß wie ein Butler, der schon einmal bessere Zeiten erlebt hatte.

»Ihr habt wirklich großes Verständnis, mein Herr, aber, nein. Meine Wertschätzung ist absolut aufrichtig.«

»Danke«, meinte Pryce. Endlich konnte er sich aufsetzen. Dann schaute er den Schakalwer mißtrauisch an. Dabei stellte er fest, daß offenbar ein voller Bauch dem Monster eine größere Kontrolle über seine tierische Seite verschaffte. Schließlich versuchte Pryce wieder, in die Dunkelheit zu spähen. »Wie lange war ich bewußtlos?«

»Ich weiß es wirklich nicht, mein Herr. Alles, was ich sagen kann, ist, wann ich Euch gefunden habe.«

Pryce sah ihn geduldig an. »Und wann war das?«

»Ist eine ganze Weile her, mein Herr. Mindestens die Zeit, die der Mond braucht, um ein Achtel des Nachthimmels hinter sich zu bringen.«

Pryce berührte zaghaft seinen Kopf und versuchte die Wunde zu finden. »Man sollte meinen, daß ich nach so langer Zeit wenigstens Nachtsicht hätte«, klagte er. Dann sog er den Atem ein, als sein Finger die Beule fand. »Oder vielleicht einen Hirnschaden.«

»Geht es Euch jetzt besser, mein Herr?«

Pryce tastete vorsichtig um die Beule herum. »Zum Glück war der Philosoph Santé auch in den Heilkünsten bewandert«, sagte er. »Er schreibt, ein Schlag auf die Stirn macht einen benommen. Ein Schlag auf den Hinterkopf macht uns bewußtlos. Ein Schlag auf die Seite bedeutet den Tod.« Pryce stellte fest, daß die Wunde sich vom Hinterkopf bis an die Seite seines Schädels zog. »Anscheinend konnte mein Angreifer sich nicht entscheiden.«

Cunningham seufzte. »So faszinierend das alles ist, mein Herr, dürfte ich wohl ein Ende der Untersuchung und einen Übergang zur Tat vorschlagen? Je länger ich hierbleibe, desto größer wird die Gefahr, daß oben jemand meine Gegenwart entdeckt.«

»Natürlich, natürlich.« Pryce blickte sich vorsichtig um, aber er konnte immer noch nicht viel weiter sehen als bis zu seinen Händen. »Wo sind die Kleinen?«

»Mit etwas Glück«, sagte der Schakalwer, »immer noch sicher in ihrem Dickicht.«

»Dieser Tunnel führt bis ganz vor die Stadtmauer?« fragte Pryce ungläubig.

»Er kommt sogar in der Nähe des Fragenbaums heraus. Von dort aus muß man schnell und achtsam sein, bis man sich in Deckung befindet, aber es ist viel sicherer, als in Sichtweite des Torauges herumzuspazieren.«

»Das will ich meinen.«

»Kommt«, drängte Cunningham und reichte ihm die Hand. »Ich bringe Euch zu dem Ort zurück, an dem ich Euch gefunden habe.«

Diese spezielle Neuigkeit war für Pryce noch überraschender, als von einem Schakalwer die Hand geboten zu bekommen. »Du meinst, du hast mich nicht hier gefunden?«

»Nein, natürlich nicht. Ihr wart viel näher an der Gefahr, hat man mir gesagt.«

»Hat man dir gesagt? Wer denn?«

»Nicht er«, sagte der Schakalwer feierlich. »Was!«

Dann schritt er zur Seite, und vor Covingtons Augen traten die zwei entsetzlichsten Gesichter, die er je gesehen hatte.

***

Der Gebrochene hieß Towühlke.

»Sein Name leitet sich von den Wesen her, aus denen er zusammengesetzt wurde«, sagte Cunningham traurig.

Da Pryce noch nie besonders zimperlich gewesen war, was die Geschöpfe seiner Welt anging, musterte er den unbekleideten Tiermenschen eingehend. Im Tunnel war es immer noch dunkel, und der große Darlington Blade hätte beim bloßen Anblick einiger Monster nicht nach Luft geschnappt, das Gesicht verzogen oder sich in Sicherheit zu bringen versucht. Sie waren zwar Monster, aber in ihrer Art mitleiderregend.

Wo der »Wühl«-Teil des Namens des einen Wesens herstammte, war deutlich genug. Eine Seite seiner Schnauze zitterte unablässig und hatte Barthaare wie Piniennadeln. Das Auge auf dieser Seite war klein, rund und dunkel, offenbar mit Nachtsicht ausgestattet. Zumindest ein Teil dieses Geschöpfs stammte also von einer Wühlmaus oder war von ihr gestohlen. Den »ke«-Aspekt des Namens konnte man auf der linken Seite sehen. Die Schnauze war in Wirklichkeit ein

Schnabel, und das linke Auge groß, von bläulich-weißer Farbe und mit Federn umgeben. Auf dieser Seite war das Wesen ein Falke.

»Towühlke«, überlegte Pryce laut. »Woher kommt das ›To‹?«

Der Schakalwer wollte zunächst antworten, machte dann aber wieder den Mund zu und trat zurück. Der Gebrochene beugte sich vor und öffnete seine Schnabelschnauze. Darin erkannte Pryce Zähne ... Kaputte, verfaulte, angeschlagene Menschenzähne.

»To-o-oter Mensch«, erklang die vorsichtige, gequälte Stimme, die in einer Mischung aus Mäusefiepen und Vogelruf endete.

»Toter Mensch«, hauchte Covington, der seinen Abscheu nicht völlig verbergen konnte. Dennoch lehnte er sich vor, um den Körper des armen Geschöpfs näher zu betrachten. Er schien nicht annähernd so gelungen wie der Kopf, der einigermaßen gleichmäßig aus den drei verschiedenen Teilen zusammengesetzt war. Der Körper dagegen bestand aus einer wilden Mischung von Mensch, Maus und Vogel. Fleisch ging in Haut und Federn über, manchmal auf einen einzigen Finger.

Towühlke ging vor Schmerzen gebückt. Die Spitze seiner menschlichen Wirbelsäule war offenbar aus den Wirbelknochen einer Maus zusammengesetzt. Ein Bein stammte größtenteils vom Falken, das andere von der Wühlmaus und endete qualvoll kurz in einen annähernd menschlichen Fuß.

Pryce drehte sich nach rechts und sah den Schakalwer an. »Er wurde aus einer Wühlmaus, einem Falken und einem Toten gemacht?«

Bevor Cunningham antworten konnte, fühlte Pryce Klauen und Federn auf seinem Arm. Der Gebrochene beugte sich herunter. In dem Vogelauge glänzte eine menschliche Pupille. »Eine wiiiee-der-be-leeeb-te Leiche«, pfiff Towühlke. »Ich haaa-be manch-mal soo-gaaar Er-inn-eeer-uuung-geeeen«, sagte er mit unmißverständlicher Trauer und unter Schmerzen, »aber ich weiß nicht, von weeeem!«

Pryce legte eine Hand auf den mutierten Arm. Sprechen war für das Wesen offensichtlich eine Qual, und seine Worte zu begreifen war auch keine wahre Freude. Aber trotz des seltsamen Ortes, an dem Pryce sich befand, und der seltsamen Gesellschaft hier konnte er vielleicht aus diesen ungewöhnlichen Quellen weitere Anhaltspunkte und Hinweise ziehen. Covington blickte tief in die traurigen, gequälten, zusammengeschusterten Augen und fragt sich, wie der Tiermensch ihn wohl wahrnahm.

Tiermenschen ... Ihre Existenz kündete von den Untaten irrsinniger Magier. In Merrickarta waren für Pryce die Berichte über solche Opfer nur ein weiterer Grund gewesen, der Magie und den Zauberern zu mißtrauen. Gebrochene hatten einmal als Menschen gelebt, waren dann aber als Versuchskaninchen für schwarzmagische Experimente verwendet worden, die bestenfalls verpönt, schlimmstenfalls verboten waren. Towühlkes eigentümliche Herkunft schien das Gerücht zu bestätigen, viele dieser Wesen seien das Resultat von Reinkarnationssprüchen.

Der Abenteurer und der Schakalwer wandten ihre Aufmerksamkeit nun dem anderen armen Monster zu. Wenn der fünf Fuß große Towühlke eine Tragödie der Magie darstellte, so schien der sieben Fuß große Bastard eine Tragödie der Natur zu sein. Kein Zauberer hatte dieses mißgestaltete Wesen geschaffen. Nur übermenschliche Kräfte konnten eine solche Mißgeburt geformt haben. Es war eine Kombination aus über einem Dutzend Arten, von Grottenschraten und Bullywugs bis zu Ogern und Orks ... Dazu gerade die richtige Portion menschlicher Gene, um es einigermaßen vernünftig denken zu lassen.

Der riesige Kopf des zweiten Wesens war teils behaart, teils nackt, teils schuppig, teils pelzig. Seine beiden Augen paßten überhaupt nicht zusammen und wurden von einer kurzen tierischen Nase und einem großen Maul ergänzt, das Zähne in den unterschiedlichsten Größen und Formen sein eigen nannte.

»Giiii«, pfiff das Tier. »Offfff«, grunzte es. »Friiii!« kreischte es, daß die Lumpen, die sein Fleisch teilweise bedeckten, wackelten. Das jedenfalls glaubte Pryce zu verstehen. Seine tierhaften Laute ließen viel Spielraum zur Interpretation und sowohl Pryce wie Cunningham zuckten vor Unbehagen zusammen.

»Das wiederholt es immerzu«, erklärte Cunningham. »Ich glaube, es will so genannt werden.«

»Gii-off-frii?« fragte Pryce. Der Bastard nickte so heftig, daß er damit Covington an ein Pferd erinnerte. »Giioffrii«, sagte Pryce wieder. »Geoffrey! Natürlich!«

Cunningham lächelte. »Ihr habt sicher recht, mein Herr. Er muß den Namen gehört und gedacht haben, er würde ›Gii-off-frii‹ ausgesprochen.«

Pryce sah zu dem in Lumpen gehüllten Monster hin, das in der relativ engen Höhle aufragte. »Nun, wenn du Geoffrey heißen willst, dann heißt du eben Geoffrey.« Der Bastard ließ die Kopf hängen, erbebte, und dann drangen zu Covingtons großer Überraschung Tränen aus seinen Augen. »Na, na, alter Junge«, beruhigte ihn Pryce und legte dem Wesen eine Hand auf die Schulter. »Das ist doch nicht nötig.«

Der Bastard zuckte zusammen, aber als Pryce seine Hand nicht wieder wegnahm, wurde er schließlich still.

Cunningham schüttelte den Kopf. »Bastarde sind bei Menschen selten willkommen. Oft werden sie von Schurken versklavt. Geoffrey muß überwältigt sein, daß Ihr seine Gesellschaft so bereitwillig akzeptiert.« Der Schakalwer hatte seinen Blick in die Dunkelheit gerichtet. Zweifellos dachte er an all den Haß der Menschen, dem er in seinem armseligen Leben begegnet war.

»Cunningham«, rief Pryce, um die Aufmerksamkeit des Schakalwers wieder auf sich zu ziehen, »ich bin sicher, daß auch du mehr Freunde hättest, wenn du nicht immer wieder dem unmenschlichen Drang nachgeben würdest, Leute zu töten, ihr Blut zu trinken und ihr Fleisch zu essen.«

Der Tiermensch zwinkerte, dann nickte er kurz. »Ich weiß nicht, was da los ist, mein Herr. Eure Gegenwart, Eure Macht und Eure Weisheit müssen – soll ich es aussprechen? – eine zivilisierende Wirkung auf mich haben.«

Pryce schüttelte erstaunt den Kopf. Er war sich sicher, wenn diese drei wüßten, daß er nicht der war, für den sie ihn hielten, würde bald in jedem der Monster ein Drittel von ihm ruhen.

»Sei es, wie es sei, oder auch nicht«, sagte er dann zu dem Schakalwer. »Ich muß wissen, wo sie mich gefunden und was sie gesehen haben. Vielleicht können wir ihren Brüdern eine Art Übersetzung entlocken.«

»Sie haben keine Brüder.«

»Keine Verwandten?« sagte Pryce ungläubig zu Cunningham hin. »Wie ist das möglich? Ich habe gehört, daß Gebrochene in Gruppen bis zu fünf Dutzend Kreaturen leben. Bastarde, denen es gelingt, der Sklaverei zu entkommen, gründen sogar eigene Dörfer und Gemeinden.«

»Aber, mein Herr«, gab der Schakalwer zurück, »er *ist* versklavt.«

»Wirklich?« Pryce staunte. »Von wem?«

»Von derselben Macht, die auch mich versklavt hält«, erklärte Cunningham bitter. »Sie hat mich mit dem Versprechen hergelockt, mir hier meinen Herzenswunsch zu erfüllen, und dann gnadenlos meine niedrigsten, asozialsten Instinkte ausgenutzt.«

Wenigstens ein Teil dieser Feststellung kam Covington beunruhigend vor. Er erinnerte sich daran, daß man auch ihn nach Lallor gelockt hatte.

»Cunningham«, bellte er, »als wir uns das letzte Mal trafen, konnte ich dir diese Frage wegen deiner Mordlust nicht stellen. Du sagtest, ein Mißgebildeter hätte dich anfangs hierhergebracht. War das Towühlke?«

Der Schakalwer nickte beschämt. Covingtons Augen hatten sich endlich so gut an die Dunkelheit angepaßt, daß er diese Bestätigung auch erkennen konnte.

»Towühlke«, fragte er darauf den Gebrochenen, »wer hat dich veranlaßt, den Schakalwer herzulocken?«

Der Gebrochene antwortete langsam und unter Schmerzen durch seine faulenden Menschenzähne, aber für Pryce war es trotz des Mäusegepiepses und der Falkenschreie deutlich genug. »Weißßß nicht. Aus dem Tod ... erwacht ... Befehl schoooon ... in mein-nem Kopf!«

Pryce zog die Lippen zusammen. Das arme Ding war als Sklave geschaffen worden, dem man alle Anweisungen gleich in das polymorphe Gehirn eingepflanzt hatte. Aber was hatte der Bastard mit der ganzen Sache zu tun?

»Cunningham«, fuhr er fort, »ich glaube, ich weiß jetzt, wer dich wirklich hierhergeführt hat. Aber ich muß wissen, warum. Was mußtest du tun, um diesen angeblich endlosen Vorrat an bestem, frischem Menschenfleisch zu bekommen?«

Der Schakalwer ließ den Kopf hängen. »Der gesichtslose Wind ... sagte mir, ich müßte einen Bastard finden, der sich auf die Kunst der Tarnung versteht.«

»Aha«, meinte Pryce. Bastarde waren bekannt für ihre Begabung auf den Gebieten des Taschendiebstahls, der Verkleidung, Tarnung und für andere entsprechend praktische Fertigkeiten.

»Mir ist jetzt klar«, gestand Cunningham, »daß Geoffrey hierhergebracht wurde, um diesen Tunnel zu bewachen.«

»Warum?« fragte Pryce den Bastard. »Was ist hier unten versteckt, Geoffrey?«

Der Bastard schüttelte heftig den Kopf und machte eine Abwehrbewegung mit seiner Hufklauenhand.

»Geoffrey«, drängte Pryce, »bist du es, der mich gerettet hat? Bist du es, der mich bewußtlos auffand?« Der Bastard starrte ihn nur an. Kopf und Hand bewegten sich langsamer, bis sie schließlich verharrten. »Du kannst mir vertrauen, Geoffrey«, betonte Pryce. »Ich schwöre bei meinem ... Namen, ich werde nicht zulassen, daß dein Herr dir weh tut.« Er errötete, doch er hoffte, daß seine Verlegenheit in der Dunkelheit nicht so auffallen würde. Nachtsicht hin, Nachtsicht her.

Schließlich nickte der Bastard.

»Hast du mich also hierhergeschleppt, du mich in Sicherheit gebracht?«

Der Bastard schaute mit neu aufkeimender Hoffnung auf, dann nickte er, diesmal energisch.

Pryce blickte die anderen an. »Er hat mich auch versteckt. Aber warum? Was weiß er, was wir nicht wissen?«

Plötzlich begann Towühlke zu sprechen. »Eeeer kennt dich. Darliiiiington Blade! Nur duuuu ... kannst uns heeelfen!«

Der Bastard nickte noch heftiger.

Pryce war mit einem Mal von Hoffnungslosigkeit erfüllt. Jetzt blickte ihn ein Monstertrio um Hilfe heischend an, eine Verantwortung, die Pryce Covington als in jeder Hinsicht absurd und unmöglich zurückgewiesen hätte.

»Biiitte!« krächzte Towühlke mitleiderregend. »Ich will fliiiiegen! Ich will schlaaaafen. Ich will freiiiii seiiiin!«

Pryce kam schnell auf die Beine und legte die Hände auf das, was dem Gebrochenen als Schulter diente. »Langsam, Towühlke. Beruhige dich.« Er fand sich in der Mitte eines Monsterdreiecks wieder.

»Towühlke«, erklärte Cunningham, »muß elend in irgendwelchen dunklen Tunnelwinkeln nächtigen. Geoffrey wacht. Worüber, weiß ich nicht.«

Covingtons Verstand lief auf Hochtouren. Es muß wirklich

mächtige Magie gewesen sein, die diesen armen Gebrochenen geschaffen hat ... Und was war in Lallor momentan das allerwichtigste Problem in Sachen Magie? »Fullmer!« rief Pryce plötzlich. Sein Verstand hatte sich endlich so weit geklärt, daß er sich erinnern konnte, mit wem er sich treffen wollte, bevor er niedergeschlagen wurde.

»Wie bitte, mein Herr?« setzte Cunningham nach. »Ist das eine Art magischer Anrufung?«

»Sozusagen«, erwiderte Pryce. »Er ist ein Kapitän der Industrie auf dem Piratenmeer, weißt du noch?«

»Der mit dem Ziegenbart? Aber was hat er mit –«

»Anscheinend nicht zu wenig. Er sucht das, was jeder hier zu suchen scheint.«

Cunningham zuckte mit den Schultern. »Und was sollte das sein, mein Herr?«

Pryce zeigte auf den Bastard. »Wenn ich mich nicht irre, ist es genau das, was jener bewacht.«

Die anderen beiden Monster blickten den Meister der Täuschung an.

»Giiiii-off-friiii!« pfiff Towühlke. »Zeig unsssss!«

»Zeig uns, wohinter die Menschen her sind«, wiederholte Cunningham drängend. »Jetzt!«

***

Der Teil der Wand, zu dem der Bastard sie führte, war an sich nicht sehr beeindruckend. Eigentlich sah er aus wie jeder andere Teil der Höhle, bis Pryce eine Ausbuchtung in Bodennähe und eine weitere dicht unter der Steindecke bemerkte. Der Bastard deutete nun wiederholt auf eine Stelle hoch oben an der Wand. Cunningham und Towühlke blickten einander verwirrt an und schauten dann erwartungsvoll auf Pryce. Der Mensch hatte nicht die Absicht, sie zu enttäuschen.

Er trat auf den unteren Vorsprung, in Wirklichkeit eine geschickt gemachte Stufe, die wie ein Stück Fels aussehen sollte. Pryce griff nach dem oberen Vorsprung, der wie eine natürliche kleine Einkerbung im Stein wirkte, aber in Wirklichkeit eine Sprosse darstellte, an der man sich leicht festhalten konnte.

Langsam und vorsichtig zog sich Pryce an der Wand hoch, bis er in ein gut getarntes Loch blicken konnte, das in den Fels getrieben war. Vom Boden der Höhle aus war es durch seine nach oben gebogene Unterkante nicht zu entdecken. Bevor man sich nicht unmittelbar davor befand, gab es keinen Hinweis darauf, daß die Öffnung auch nur existierte. Pryce starrte in das Loch, konnte aber nichts erkennen.

Er blickte auf den Bastard hinunter. »Hast du das gemacht?« Das Wesen schüttelte seinen silbergrauen Kopf hin und her. Pryce wandte sich zurück, um wieder in das röhrenförmige Loch zu schauen. Vom Umfang her war es kaum faustgroß, dafür aber mindestens drei Fuß tief. Pryce legte sein Auge genau vor die Öffnung.

Er konnte jetzt das andere Ende der Röhre gerade eben noch ausmachen. Sie endete in einem größeren Loch ohne Boden, aber Pryce konnte nicht genau feststellen, was sich dort befand. Er war nicht imstande, Einzelheiten zu erkennen, weil etwas in dem Loch sein Blickfeld einengte. Es handelte sich dabei um eine Art Gitter.

»Cunningham?« fragte Pryce, nachdem er sich vorsichtig wieder heruntergelassen hatte. »Vielleicht kannst du mir einen kleinen Gefallen erweisen.«

»Ja, mein Herr, natürlich. Womit kann ich dienen?«

Pryce lächelte angespannt. »Du mußt deine volle Nachtsichtfähigkeit als Schakal einsetzen, jedoch solltest du dabei nicht den überwältigenden Drang entwickeln, mir an die Kehle zu springen. Glaubst du, du könntest das tun?«

Cunningham merkte, daß er Covingtons Hals wie einen köstlichen Braten anstarrte. Er wurde sichtlich blaß. Dann schluckte er und warf einen hilfeheischenden Blick auf die anderen Monster. »Ich werde tun, was in meiner Macht steht!«

Pryce war von der Veränderung fasziniert, die den Tiermenschen erfaßte, nachdem dieser sich zu dem Loch in der Wand hochgezogen hatte. Plötzlich sprießten Haare in Rot, Orange und Schwarz aus seiner Haut und bildeten einen Pelz von der Unterlippe bis zur Stirn. Sein linkes Auge veränderte sich mit, wurde von einem menschlichen Auge zu einem schwarzen Tierauge, dessen Pupille gelb zu leuchten schien. Er knurrte nun bedrohlich.

Pryce trat nervös zurück, doch als der Schakalwer geschickt heruntersprang und sich zu ihm umdrehte, hatte sein Gesicht bereits wieder die unschuldigen Züge des verarmten, aber kultivierten Reisenden angenommen. »Höchst ungewöhnlich«, lautete sein Kommentar.

»Ja?«

»Es befindet sich wirklich eine Art Kammer auf der anderen Seite der Felsröhre.«

»Und?«

»Aber es ist auch eine Art Gitter dazwischen.«

»Soweit sind wir uns absolut einig«, sagte Pryce ungeduldig, »aber ich dachte, es lohnte das Risiko, zur Bestätigung deine tierische Seite einzusetzen.« Cunningham sah ihn mit hochgezogener Augenbraue an, bis Pryce ausrief: »Einzelheiten, Mann, Einzelheiten! Wie sieht das Gitter aus?«

»Nun, es ist wie Buchstaben geformt.«

Pryce drehte sich zu den anderen um. »Jetzt kommen wir langsam weiter. Was für Buchstaben?«

»Sie haben eine seltsame Gestalt, mein Herr, eine wahre Künstlerschrift. Ich konnte ein *U* mit einer Linie darüber ausmachen ... ein unterstrichenes *V* ... die obere Hälfte eines *O* und ein *W* mit runden Bögen.«

»U-V-O-W«, wiederholte Pryce die Buchstaben laut. »Uvow? Was soll das heißen?«

»Was es auch bedeuten mag, mein Herr«, unterbrach ihn Cunningham, »es soll bestimmt ein Code sein.«

»Oder ein Schloß ...«, überlegte Pryce, der an seiner Mantelspange herumfingerte. »Natürlich! Ein Schlüssel!« Er sah seine Spange an, las die Buchstaben *D* und *B* kopfüber und rückwärts. »Wie würdest du einen Eingang konstruieren, damit deine wertvollsten Besitztümer geschützt sind – in einer Stadt voller Zauberer?«

»So, daß kein Zauberer hindurchkann«, antwortete Cunningham. »Ein magisches Schloß würde ich anbringen.«

»Kein magisches«, widersprach Pryce und stellte fest, daß die Spange nicht glühte, als er sie der Öffnung nahe brachte. »Wie groß du auch als Magier bist, es wird immer einen Größeren geben. Nein, um deine Wertsachen wirklich vor Zauberern zu schützen, brauchst du ein mechanisches Schloß!«

»Mechanisch?« wiederholte Cunningham, als wäre das Wort schon an sich widerwärtig. »Könnt *Ihr* es denn öffnen, mein Herr?«

Pryce hielt die Mantelspange zwischen Daumen und Zeigefinger. Er drehte sie hin und her. »Noch nicht. Ich habe noch nicht alle Buchstaben. Aber ich glaube, das werde ich sehr bald.« Er drehte sich zu den anderen Monstern um. »Ich verspreche euch«, sagte er, »alles zu tun, was in meiner Macht steht, um euch von euren Banden zu befreien. Ihr habt das Wort von Darlington Blade.« Er staunte, wie leicht es ihm fiel, sich für Blade auszugeben.

Der Bastard versuchte zu lächeln, wobei seine grotesken Lippen sich verkrampften. Der Gebrochene jedoch fiel auf die Gelenke, die ihm als Knie dienten, verlor dabei das Gleichgewicht und mußte sich schwerfällig gegen die Höhlenwand stützen. »Der Hiiiimmmmelll«, krächzte er. »Die Eeeerde ... Erlööööésst ...«

»Aber ich brauche eure Hilfe«, meinte Pryce, das Stöhnen

des Wesens unterbrechend. »Haltet unsere Begegnung vor jedem geheim, egal wen ihr trefft. Bewacht diese Vorkammer weiter, nur nicht vor mir. Könnt ihr das?« Die beiden Kreaturen nickten. »Gut. So, Geoffrey, jetzt zeig mir, wo du mich gefunden hast.«

Der Bastard schlurfte durch die Höhle, und die anderen folgten ihm.

9 Leg dein Schwert weg

Pryce Covington war nicht besonders überrascht, als sie an denselben Felsen in der Mauer zurückkehrten, der sich bewegt hatte, bevor er hinter Schreders' Lokal niedergeschlagen worden war. Es stellte sich heraus, daß der geglättete Stein der geschickt getarnte Zugang zu einem Gang war, der von Schreders' Schenke bis zu einer Stelle zwischen der Mauer von Lallor und dem Punkt der Fragen führte.

Mit einem Stoß öffnete der Bastard von innen den Eingang, um Pryce zu zeigen, daß die flache Steintür durch zwei gut eingepaßte Angeln, die wie längliche Kiesel wirkten, mit dem Rest der Wand verbunden war. Es tat sich gerade ein genügend großer Spalt auf, daß Pryce sich hinausquetschen konnte.

Schnell überblickte Pryce den kleinen Platz hinter dem Gasthaus und vergewisserte sich, daß er leer war und niemand vom Küchenpersonal zusah, bevor er hastig an die Pforte zum kleinen Tunnel zurückkehrte.

»Ich komme zurück«, versicherte er Towühlke und dem Bastard leise. »Gebt die Hoffnung nicht auf. Jetzt schnell, versteckt euch und laßt mich mit dem Schakal sprechen.«

Die Mißgeburten zogen sich zurück, und schließlich erschien Cunningham widerstrebend an der Steintür und blickte in den Mondschein von Lallor. Cunningham reagierte wie ein Tier, das zum allerersten Mal den Himmel erblickt.

»Seid – seid Ihr verrückt?« japste er. »Das kann ich nicht ertragen! Diese Sehnsucht!« Aus seinem Gesicht und aus seinem Tonfall sprach Verwunderung, aber auch Qual, da er nun endlich die friedliche Behaglichkeit sah, die er während all der Jahre seines mordlustigen Herumstreifens vermißt hatte.

Pryce streckte seinen Kopf halb in die Öffnung, um den quälenden Anblick zu verdecken. »Sei stark, mein gefährlicher Gehilfe«, mahnte er. »Und vor allem, halte deinen magischen Blick zurück.«

»Das ... geschähe ... Euch ... recht«, knurrte der Schakalwer ärgerlich. Er konnte gerade eben noch verhindern, daß ihm ein »mein Herr« herausrutschte.

»Hör zu, Cunningham, was ich sagen will, ist für uns beide wichtig«, drängte Pryce. Er wartete, bis der Schakalwer sich einigermaßen beruhigt hatte. Der Tiermensch blinzelte noch ein wenig und sah Covington dann schmachtend an. »Du bist vielleicht ein Monster«, fuhr Pryce ungerührt fort, »aber was du für diese anderen beiden tust, entspricht nicht dem Verhalten eines Ungeheuers.«

Der Schakalwer reagierte überrascht und wich zurück. Aber er lief nicht davon. Statt dessen verharrte er eine ganze Weile im Schatten auf halbem Wege zwischen den Eingeweiden der Erde und dem klaren Himmel von Lallor, ehe Covington seine ruhigen Worte vernahm.

»Es ist mein Fluch, ein menschliches Bewußtsein zu besitzen, mein Herr, und es ist ein Segen für meine Kinder, diesem Fluch nicht zu unterliegen. Mein animalisches Wesen verlangt nach Nahrung, und durch es kenne ich nur den Hunger meines Körpers. Aber meine menschliche Natur kann Mitleid empfinden und sich sogar in andere einfühlen. Durch sie weiß ich von dem Hunger meines Geistes ... und vielleicht meiner Seele.«

»Man hat mir erzählt, Schakalwere hätten keine Seele«, erwiderte Pryce leise.

»Wer hat Euch das berichtet?«

»Zauberer«, antwortete Pryce zaghaft.

Cunninghams Sarkasmus war von der Leichtigkeit des Morgentaus. »Also gut«, meinte er. »Wenn die Zauberer das sagen, muß es wahr sein.« Er schwieg wieder einige Atemzüge lang. Dann sagte er: »In den Mißgestalteten sehe ich mich selbst. Aber im Gegensatz zu mir wurde der eine nicht so geboren. Er wurde von menschlichen Monstern geschaffen, die diesen Planeten in die Perversion führen können … Und das macht mich rasend wütend.«

Plötzlich war sein Gesicht wieder im Mondlicht, nur einen Fingerbreit vor Covingtons Nase. Aber es handelte sich nicht um Cunninghams Antlitz. Es war die Fratze des orangeschwarzen Schakals, dessen Augen brannten wie die Sonne. Pryce mußte allen Mut zusammennehmen, um diesen flammenden, aber mit Vorbedacht nicht hypnotischen Augen standzuhalten.

»Ich kann nichts für diese Kreaturen tun«, knurrte das Tier, »die so armselig sind, daß selbst ein Monster wie ich Mitleid mit ihnen haben muß. Aber vielleicht könnt Ihr etwas tun. Und deshalb – nur deshalb – werde ich Euch nicht töten. Ich werde mich nicht an Eurem Blut laben. Ich werde Euch nicht Glied um Glied zerreißen und an meine geliebten Kinder verfüttern.« Er drehte sich weg. »Jetzt muß auch ich gehen. Mir dringt der Geruch der Zauberer von Lallor in die Nase. Und wenn ich sie riechen kann …«

Die Worte kamen bereits aus einiger Entfernung, und als Abschluß konnte Pryce noch deutlich vernehmen: »Denkt an Euer Versprechen!«

Pryce schloß langsam die Felspforte. Er stand nun zwischen der Wand und der Hintertür des Lokals. Die Schmerzen in seinem Kopf erinnerten ihn daran, daß sein Angreifer es darauf abgesehen haben mußte, ihn umzubringen. Warum hätte er sonst so brutal zugeschlagen. Covington befühlte vorsichtig die bereits besser werdende Schwellung an seinem Kopf, und ihm kam die einzig vernünftige Erklärung.

»Beim Donner«, flüsterte er in die Lallorer Nacht. »Ich hab's!«

Pryce Covington war fassungslos. Später konnte er sich nicht mehr daran erinnern, wie lange er noch dort gestanden und nachgedacht hatte. Vielleicht hatte er sogar gemurmelt: »Aber das kann nicht sein. Nicht das. Nein.« Doch jedes Stück, das er im Geiste in das Puzzle einfügte, paßte. Das einzige Problem war, daß ihm immer noch einige Teile fehlten.

Pryce hielt eilig auf die enge Gasse zu, die zu der Straße dahinter führte. Jetzt wußte er, daß er sehr schnell handeln mußte, sonst mochte alles verloren sein. Mit einem Rascheln von Darlington Blades Mantel war er in die Nacht verschwunden.

***

Gheevy Wotfirr lehnte sich zufrieden in seinen weichen, bequemen Sessel zurück. Seine Hände wurden von einer dampfenden Tasse aromatischen Toussainter Tees gewärmt. Ein paar Tropfen Insektensekret aus Mariss süßten den Trank, und nachdem er den ganzen Tag im Weinkeller Likör verkostet und verstaut hatte, war der Tee wunderbar beruhigend.

Zuvor hatte Matthaunin Witterstaet am Bau des Halblings im Hügel zwischen Azzos Gasthaus und der Ambersong-Residenz haltgemacht. Sie trafen sich oft zu einer guten Tasse Toussaint-Tee und einem Spiel Eckherz. Der vom Alter gebeugte Mann schaute fast jeden Abend, bevor er sich in sein Häuschen im nordöstlichen Schatten der Lallorer Mauer zurückzog, bei Wotfirr vorbei.

Ja, dachte Gheevy, alles in allem ein wunderbarer Abend mit erfreulicher Gesellschaft und erfundenen Geschichten.

Zufrieden ließ Gheevy seine Augen durch den Bau schweifen, während er sein Gebräu schlürfte. Die Einrichtung war nicht der neuesten Mode entsprechend, sondern diente nur der Bequemlichkeit. Obwohl Wotfirrs haarige, nackte Füße jetzt gemütlich auf einer Plüschliege ruhten, wackelten seine Zehen bei dem bloßen Gedanken, daß sie irgendwann auf die weichen bunten Teppiche gesetzt würden, die den Boden bedeckten.

Seine Augen weideten sich an den Regenbogenfarben und den unzähligen Formen seiner kostbaren Sammlung von Getränken aus ganz Toril. Sie beanspruchte den größten Teil der Wände des Baus und verwandelte ihn in ein schimmerndes Glasmuseum. Die Beleuchtung war sorgfältig auf den Raum abgestimmt, so daß sich das weiche Licht beruhigend in den Flaschen brach und die vielen Farben gut zur Geltung kamen.

Ja, dachte der Halbling, als er seine weiche Haushose, die Brokatweste, den feschen Pullover mit dem Schildkrötkragen und die Plüschpantoffeln ansah, es war ein wunderbares Leben hier in Lallor. Ein Leben in höchstem Komfort, nichts konnte schiefgehen …

Da klopfte es an der Tür. Gheevy blickte überrascht auf, denn er fragte sich, wer ihn zu dieser Zeit noch besuchen wollte. Nun es gab zwei Möglichkeiten, das herauszufinden. »Wer ist da?« rief er, Möglichkeit Nummer eins.

Es kam keine Antwort.

Gerade als er dachte, er hätte sich das Klopfen nur eingebildet, ertönte es erneut. Der Halbling war eben dabeigewesen, sich umzudrehen. Gheevy wirbelte wieder zur Tür zurück und verschüttete fast seinen Tee. »Ja?« rief er bebend. Es kam immer noch keine Antwort.

Wotfirr überlegte, ob er überhaupt reagieren sollte, doch seine Neugier gewann schließlich die Oberhand. Außerdem, vielleicht war draußen Matthaunin gefallen, hatte sich verletzt und war noch zu sehr außer Atem, um etwas sagen zu können. Der Halbling nahm allen Mut zusammen und schlich an die Tür. Er legte die Hand fest an den Riegel und sein Ohr ans Holz. »Hallo?« fragte er.

Das dritte ungeduldige Klopfen ließ ihn zurückfahren, seine Hand vorzucken und den Riegel öffnen. Mit angehaltenem Atem zog er dann die Tür einen Spaltbreit auf und steckte vorsichtig den Kopf durch die Öffnung.

Eine Klinge schoß zwischen Tür und Rahmen herein, fast hätte er sein Auge verloren.

Noch ehe er aufschreien konnte, wurde die Tür aufgestoßen, eine kräftige Hand legte sich über Gheevys Lippen, und er wurde in seinen Lehnstuhl zurückgeworfen.

Um sich schlagend und kreischend landete er mit einem Rumms. Aber ein schweres Gewicht auf den Beinen hielt ihn von der Flucht ab, und eine Hand blieb fest auf seinem Mund liegen und dämpfte die Schreie. Zu seinem Schrecken hörte Gheevy die Vordertür seines Baus zufallen, der einzige Fluchtweg war nun abgeschnitten.

Die hervorquellenden Augen des Halblings spähten über die Hand hinweg in das Gesicht des Angreifers – nur um Pryce Covington zu erkennen, der auf seinen Beinen saß und den Zeigefinger der anderen Hand an seine Lippen gelegt hielt.

»Schschsch«, zischte jener.

»Du –«, versuchte Gheevy zu schreien, worauf Covington das Gesicht verzog, seine Hand fester auf Gheevys Lippen drückte und mit dem Kopf zur Tür wies.

Die Augen des Halblings rollten in die angezeigte Richtung. Dearlyn Ambersong drehte sich gerade zu ihnen um – in einem engen, dunklen Pullover, hautengen Hosen und Stiefeln unter ihrem Ambersong-Mantel. Sie hielt ihr gefährliches Gartenwerkzeug in den Händen.

»Tür gesichert«, flüsterte sie. »Alles klar.«

Der Halbling stellte fest, daß es ihr Stab gewesen sein mußte, der ihm vors Gesicht geschossen war. So hatte er die

Tür nicht zuschlagen können. Auf alles andere vermochte er sich noch immer keinen Reim zu machen. Er richtete seine Augen wieder auf Pryce, der sich nun herunterbeugte, bis sein Gesicht dicht vor dem des Halblings war.

»Ganz ruhig, mein Freund«, flüsterte Covington. »Ich konnte das Risiko nicht eingehen, Matthaunin Witterstaet auf uns aufmerksam zu machen. Er wäre imstande, Fragen zu stellen, auf die ich im Augenblick nicht einmal ansatzweise antworten möchte. Außerdem«, sagte er achselzuckend, »können wir zur Zeit wirklich niemandem trauen, daher …« Er lehnte sich zurück, legte den Kopf schief und wartete, bis der Halbling nickte. Erst dann nahm Pryce endlich die Hand von Gheevys Mund.

»Hast du überhaupt an mein armes Herz gedacht?« stieß Wotfirr als erstes hervor.

Pryce stand rasch auf und gab die Beine des Halblings frei. »Ich bedaure zutiefst, mein lieber Gheevy, es tut mir sehr leid. Aber uns läuft die Zeit davon.«

Wotfirr sah erstaunt zu, wie Pryce nun neben die Tochter des Magiers trat. Das Drängen in Covingtons Stimme und die Tatsache, daß die beiden zusammenarbeiteten, ließen jeden Ärger verpuffen, den der Halbling noch fühlte. Was allerdings blieb, war ein Rest Angst. Ja, es regte sich sogar eine neue Sorge in ihm, eine Sorge, die ihn sich die Frage stellen ließ, ob in dieser Nacht weitere Morde aufgedeckt würden. »Was macht ihr hier?«

Dearlyn trat vor. »Er bringt mich zu meinem Vater!« erklärte sie knapp.

Gheevy sah Pryce verwundert an. Der Mann stand an einem kleinen halbmondförmigen Fenster bei der Vordertür des Baues und kontrollierte die Straße draußen. Covington wollte sichergehen, daß sich weder Matthaunin noch irgendwelche anderen Leute in der Nähe befanden. Als er Dearlyns zufriedene Stimme hörte, zog er den Kopf ein.

»Ich hoffe nur, es ist noch nicht zu spät.« Er drehte sich zu den beiden um. »Ich wurde heute abend angegriffen«, informierte er den Halbling.

»Was?« brauste Wotfirr empört auf.

»Er wollte gleich hierherkommen«, berichtete Dearlyn, die Pryce mit Sorge betrachtete. »Aber ich habe darauf bestanden, erst seine Wunde zu behandeln.«

Pryce berührte behutsam seinen Kopf. »Wofür ich Euch noch einmal danke, aber die Verletzung ist nicht so wichtig wie der Grund der Attacke.«

»Und der wäre?« erkundigte sich Gheevy.

»Wer mich auch immer angegriffen hat, er wollte, daß ich ihn, sie oder es zu Geerlings Werkstatt führe.«

Der Halbling richtete sich auf. Diese Information überstieg sein derzeitiges Begriffsvermögen. Denn für den Halbling war der Mann, der vor ihm stand, ein zauberunkundiger Vagabund, der zwei Leichen entdeckt und keine Ahnung hatte, wo sich Geerling Ambersongs Werkstatt befand. Aber für Dearlyn, die Tochter des Zauberers, war er ein großer Zauberer und Held, der an ihrer Stelle das Erbe der Ambersongs angetreten hatte, und ein Mann, der alles wußte, was es über die Werkstatt zu wissen gab.

Diese beiden Identitäten auseinanderzuhalten erforderte echte Konzentration. Eine Konzentration, die der verwirrte Halbling im Moment nicht recht aufbringen konnte.

»Geerling ... du weißt ... Aber wer ... warum ...?«

Pryce wedelte mit den Händen, als wollte er Gheevys Gestammel wegwischen. »Dafür haben wir jetzt keine Zeit«, sagte er. »Ich glaube, Teddington Fullmer hat mich reingelegt. Ich vermute, er hat mich niedergeschlagen und versucht wahrscheinlich gerade in diesem Augenblick, sich mit Geerling Ambersongs Reichtümern davonzumachen!«

»Versucht ... Geerling Ambersongs ...« echote Gheevy. »Ja, und was macht ihr dann hier?«

»Wir brauchen deine Hilfe, mein Freund.«

»Meine Hilfe?« staunte der Halbling. »Aber –«

»Bitte!« flehte Pryce zur niedrigen Decke hinauf. »Keine Fragen mehr! Zieh einfach deine besten Höhlenkriechklamotten an und folg mir!«

☆☆☆

»Du glaubst also, daß die geheime Werkstatt irgendwo hier unten ist?« flüsterte der Halbling.

Die drei liefen vorsichtig den Tunnel hinter Schreders' Lokal hinunter. Der Halbling hielt seine kleine Leuchtkugel hoch, die gerade soviel Licht gab, daß sie nicht stolperten oder gegen etwas stießen. Eine einfache Fackel hätte die enge, niedrige Höhle in kürzester Zeit mit erstickendem Rauch erfüllt. Die eigentlich Navigation übernahm Pryce.

Dearlyn hielt sich einige Fuß hinter den beiden am Saum von Darlingtons Mantel fest und benutzte ihren Stab mit der Pferdehaarspitze als Spazierstock. Sie war so darauf versessen vorwärtszukommen und dabei so tief in Gedanken versunken, daß Gheevy und Pryce endlich in Ruhe reden konnten ... über sehr unangenehme Dinge.

»Ich bin mir ganz sicher«, flüsterte Pryce zurück. »Wo sollte es sonst sein?«

»Gibt es einen zweiten Eingang auf der anderen Seite der Werkstatt, irgendwo außerhalb der Höhle?«

Pryce schüttelte den Kopf. »Das bezweifle ich. Bei all den eifrigen Inquisitrixen und hoffnungsvollen Magiern, die überall nach der Werkstatt suchten, war dieses Versteck hier, buchstäblich unter deren eigener Nase, wohl am geeignetsten.«

»Unglaublich«, flüsterte Gheevy verwundert. Dann wurde seine Stimme sehr leise. »Aber, bei allem gebotenen Respekt, warum hast du *sie* mitgenommen?« Er wies mit einem Nicken auf Dearlyn.

»Ging nicht anders, ansonsten hätte ich ihren Mantel stehlen müssen.«

»Den Mantel?«

»Geerling Ambersong war ein kluger Mann. Er wollte, daß Darlington Blade und seine Tochter zusammenarbeiteten.«

Der Halbling sah Pryce skeptisch an. »Wirklich?«

Dieser betastete Darlington Blades Mantelspange, als suchte er Linderung von dem Druck, der durch Dearlyns Ziehen entstand. »Ich bin mir ganz sicher.«

»Wieso?« fragte Gheevy laut.

Pryce rückte näher, um ihm seine Erklärung zuzuflüstern. »Um jeden anderen Zauberer davon abzuhalten, seine Werkstatt zu betreten, hat er sie meiner Meinung nach mit einem mechanischen Schloß versehen.« Er hielt zwei Finger hoch. »Mit zwei Schlüsseln.«

»Zwei? Aber ...« Der Halbling kam nicht weiter, denn Pryce hielt die Mantelspange nun so, daß sie das Licht aus der Kugel direkt in Gheevys Augen warf.

»Alles in Ordnung, Blade?« fragte Dearlyn leise. »Ich ziehe doch nicht zu sehr, oder?«

Pryce lächelte weise und nickte der Tochter des Magiers zu. Alles, was dem Halbling einfiel, als er nachdachte, war Dearlyns Mantelspange. Blitzartig kam Wotfirr die Erkenntnis.

»Kein Problem, Fräulein Ambersong«, flüsterte Covington zurück. »Achtet auf Eure Füße.« Er drehte sich um und starrte in Gheevys überraschtes Gesicht.

»Also schön, aber warum ich?« japste Gheevy. »Warum bin *ich* hier?«

Pryce sah gequält aus, und seine Antwort klang angestrengt. »Komm schon, komm schon, Gheevy. Denk nach! Hinter dieser Sache steckt nicht der Verstand eines Novizen oder eines Lehrlings. Hier geht ein hochrangiger Zauberer zu Werke.«

Die Wahrheit dieser Bemerkung dämmerte dem Halbling,

und plötzlich zeichnete sich Angst auf seinem Gesicht ab. Was Pryce dann sagte, machte es nur noch schlimmer.

»Jeder, der mit Geerling zusammenarbeitete, ist tot. Vielleicht hat er es deshalb abgelehnt, seine Tochter zu unterrichten ... Weil er wußte, daß jeder seiner Schüler in Lebensgefahr schweben würde.«

»Aber warum?« stöhnte Gheevy leise.

»Darüber bin ich mir noch nicht ganz klar. Vielleicht hat er die Lehren von Santé zu ernst genommen und sich mit verbotenen Künsten abgegeben. Um dann mit der Zeit zu entdecken, daß er Kräfte entfesselt hatte, die er nicht mehr kontrollieren konnte. Er steckte zu tief drin. Dann konnte er nur noch sich selbst oder die anderen vernichten, um seine Spuren zu verwischen. Wer weiß? Alles, was ich weiß, ist, daß ich mir Zugang zu dieser Werkstatt verschaffen muß.«

»Blade, du mußt Dearlyn alles erzählen.«

Pryce schüttelte den Kopf. Er war froh, daß sie sein gequältes Gesicht in der Finsternis nicht sehen konnte. »Ich habe keine Ahnung, wie sie reagieren würde. Es spricht zuviel dagegen.«

»Dann sag es Inquisitrix Lymwich.«

»Damit sie womöglich herausfindet, wer ich bin? Nein danke. Sie würde mich aus reiner Gehässigkeit schwachsinnig machen oder gleich desintegrieren.«

»Dann sag es *irgendeiner* Inquisitrix!« flehte Gheevy inbrünstig. »Wir können nicht allein dem gegenübertreten, was uns in dieser Werkstatt erwartet!«

Auch wenn sie die Worte nicht verstand, bemerkte Dearlyn den besorgten Tonfall der Stimmen. »Was ist los?« fragte sie. »Worüber redet ihr zwei?«

Pryce blieb so abrupt stehen, daß sie beinahe gegen ihn geprallt wäre. Er konnte ihre Gegenwart jedoch nicht genießen. »Wir kommen näher, Fräulein Ambersong«, sagte er zu ihr, ohne sich eingestehen zu wollen, daß sie sich auch gefühlsmäßig näherkamen. »Und ich erbitte Euer Versprechen, daß Ihr mir vertrauen werdet, ganz gleich, was geschieht.«

Ihre Augen erschienen im Licht der Kugel wie zwei bodenlose Teiche. »Was ... was ist es, was Ihr mir verschweigt?« flüsterte sie.

Ihre Verwundbarkeit ließ Pryce das Herz schwellen, doch eingedenk seines Täuschungsmanövers sank es schnell wieder in sich zusammen. »Es ... es geht um mehr als nur um das Verschwinden Eures Vaters. Ich beschwöre Euch, seid für alles gewappnet. Es ...«

Doch bevor er fortfahren konnte, tauchte der riesige unförmige Kopf des Bastards im Lichtkegel auf.

Der Halbling stieß einen Schrei hervor, warf die Kugel in die Luft und sprang dann hinter die Frau und kauerte sich in ihren bodenlangen Mantel. Dearlyn ließ ihren Stab fallen und setzte zu einem Bannspruch an. Pryce fing geschickt Leuchtkugel und Stab auf und benutzte dann die Waffe, um Dearlyns gestikulierenden Händen einen scharfen Hieb zu versetzen.

Überrascht blickte sie zu ihm auf und nahm schließlich benommen den Stab von ihm zurück. Wie vom Donner gerührt blickte sie von Pryce auf den Bastard, packte dann ihr Werkzeug mit festem Griff und nahm eine Verteidigungsstellung ein. Die Spitze des Stabs zeigte direkt auf das Monster.

Pryce schüttelte nur den Kopf, faßte den Stab unbekümmert mit zwei Fingern und drückte ihn nach unten, damit er zwischen Dearlyn und den Bastard treten konnte.

»Schon gut«, versicherte er der verblüfften Frau. »Er gehört zu mir.«

Dearlyn starrte Pryce voller Erstaunen an, ihr Gesichtsausdruck wurde ehrfürchtig. Dann stellten beide fest, daß Gheevy immer noch stammelnd hinter der Magiertochter kauerte.

Pryce kniete sich schnell nieder und faßte den Halbling mit seiner freien Hand am Ellbogen.

»Ein Bastard unter unserer Stadt!« japste Gheevy. »Er wird andere seiner Art herbringen. Sie werden mich fressen! Danach kommen bestimmt Räuber! Wir müssen –«

Pryce schüttelte ihn kräftig. »Wir müssen aufhören, über Dinge zu reden, von denen wir nichts verstehen«, sagte er betont.

Der Halbling blinzelte. Dann blickte er Covington direkt an, aber die Panik wich nicht aus seinem Gesicht. »Aber sie – sie sprechen eine verdorbene Sprache. Sie können mit anderen Untieren kommunizieren!«

»Ich weiß«, sagte Pryce eindringlich. »Bist du mit dieser sogenannten verdorbenen Sprache vertraut?«

Das ließ Gheevy zusammenzucken. »Also, nein ...«

»Dann hör mal kurz auf, selbst Unsinn zu reden, ja? Hör mir zu, Gheevy. Sie haben mich gerettet. Sie werden dir nichts tun!«

Der Halbling sah hoffnungsvoll zu Pryce auf, bis ein Wort, das Covington verwendet hatte, in Wotfirrs Kopf nachklang. »›Sie‹?«

Er spähte an Dearlyn vorbei. Da entdeckte er mit seiner Halblingssicht in der Dunkelheit hinter dem riesigen Bastard ein anderes Wesen, teils Vogel, teils Wühlmaus und teils menschlicher Leichnam. An dritter Stelle stand der abgerissene Reisende, der ihn auf der Straße bewußtlos gemacht hatte.

Gheevy zuckte zu Pryce zurück. Er zitterte heftig. »Alles, was ich will, ist der Trost eines Heims!« schrie er. »Ist das zuviel verlangt?«

»Wotfirr!« fauchte Pryce und schlug ihn auf den Arm. »Und alles, was ich will, ist ein ruhiger Job fürs Leben!«

Der Halbling griff nach dem schmerzenden Arm und sah Covington an. Seine Augen wurden schmal. »Autsch«, sagte er trotzig und rieb sich den Oberarm.

Pryce seufzte. »Gheevy, ich habe festgestellt, daß man in

Lallor nicht immer sofort das bekommt, was man will. Manchmal muß man darum kämpfen.«

»Okay, okay«, erwiderte der Halbling, immer noch seinen Arm massierend. »Warum hast du mich so fest geschlagen?«

»Entschuldigung«, sagte Pryce und reichte ihm die Leuchtkugel. »Hier, das wirst du brauchen.« Er wollte sich wieder umdrehen, aber Gheevy griff eilig nach seinem Mantel. Betroffen wandte Pryce sich erneut um.

Wotfirr lächelte matt. »Wir Halblinge mögen unsere Bequemlichkeit und rühmen uns unserer Ehrlichkeit«, sagte er ruhig. Sein Tonfall war entschuldigend. »Aber noch mehr schätzt man uns wegen unserer Ehre.«

Pryce legte seinem Freund die Hand auf die Schulter und lächelte. »Und zwar verdientermaßen. Jetzt achte bitte auf diese Leuchtkugel, ja?«

Gheevy hielt die Kugel absichtlich weit vor sich. Sie beschien den Bastard, dessen riesiger lumpenbedeckter Körper die kauernde Gestalt des Gebrochenen hinter ihm abschirmte.

»Schon gut, Geoffrey«, sage Pryce beruhigend. »Ich hatte keine Zeit, ihnen von euch zu erzählen.«

Der Bastard plapperte und nickte. Speichel lief an seinem schuppigen Kiefer hinunter.

Pryce nickte zurück, dann trat er vor, um Dearlyns Arm zu nehmen. Er wäre beinahe zusammengezuckt, als er den bewundernden Ausdruck auf dem Gesicht der Frau bemerkte.

»Ihr ... habt Euch mit diesen Kreaturen angefreundet?« fragte sie.

Pryce freute sich über ihre Reaktion und lächelte seinem ungewöhnlichen Helfertrio zu. »Es ist ein besonderes Privileg für mich, Euch Geoffrey vorzustellen ...« Der Bastard senkte traurig den Kopf und schloß die Augen. »Towühlke...« Der Gebrochene richtete den Schnabel auf und winkte mit dem, was ihm als Arm diente. »Und natürlich Cunningham.« Der Schakalwer verbeugte sich geschmeidig in seiner menschlichen Gestalt. »Traut dem letzten der drei am wenigsten.« Cunningham fuhr wieder hoch. Auf seinem Gesicht lag ein übertrieben verletzter Ausdruck.

»Blade?«, sagte Gheevy angespannt. Er hielt noch immer die Kugel weit vor sich. »Haben wir Zeit für das hier?«

»Doch, ja«, erwiderte Pryce. »Weißt du, das sind meine Wachen. Ich glaube kaum, daß Fullmer oder irgend jemand anderer in die Nähe der Werkstatt gelangen konnte, solange sie Dienst hatten.«

»Sie haben meinen Vater beschützt?« fragte Dearlyn hoffnungsvoll.

Pryce spürte Schuldgefühle in sich hochschießen. »Ich weiß es wirklich nicht, Fräulein Ambersong. Wir müssen abwarten. Aber *was* ich Euch sagen kann«, erklärte er und fühlte sich erleichtert, daß er endlich etwas von der Wahrheit aussprechen durfte, »ist, daß Cunningham, der Schakalwer, von dem Gebrochenen hergelockt wurde, der ein hervorragendes Beispiel für fehlgeschlagene Magie darstellt. Nachdem jener dann sich hier eingefunden hatte, wurde der Schakalwer wiederum auf magische Weise damit beauftragt, einen Bastard herbeizurufen, der sich auf Tarnung versteht.«

Dearlyn sah die drei verwirrt an. »Aber warum? Um was zu verbergen?«

»Eures Vaters Werkstatt, fürchte ich.«

Sie sah Pryce anklagend in die Augen. »Wollt Ihr damit sagen, mein Vater hätte das getan?«

»Ich weiß es nicht«, sagte Pryce schnell.

»Ihr wißt es nicht!« brauste sie auf. »Wenn nicht Ihr, wer dann?«

»Dearlyn!« unterbrach er sie scharf. »Das hier ist für keinen von uns leicht und schon gar nicht für sie.« Er deutete nachdrücklich auf das verfluchte Trio. »Wir müssen in die Werkstatt gelangen«, betonte er, »und dann werden wir vielleicht die Wahrheit entdecken.«

Die stolze Frau versteifte sich. »Wollt Ihr mir sagen, Ihr allein könnt Euch keinen Zugang verschaffen?«

»Ja«, gab er ohne Scham zu. »Genau das will ich damit sagen. Jetzt aber: Ihr kennt Euren Vater; glaubt Ihr, er hat mir einfach die Schlüssel zu seiner Werkstatt gegeben? Oder ist es nicht vielmehr so, daß er jedem von uns einen gab, damit wir zusammenarbeiten müssen?«

Ihr aufkeimender Zorn legte sich plötzlich. Die Erinnerung an die wahre Natur ihres Vaters erstickte die Wut und trieb ihr Tränen in die Augen.

Pryce drehte sich von ihr weg und gab dem Bastard eine einfache Anweisung.

»Führ uns zur Werkstatt.«

***

Bald standen die sechs vor der Wand des Verstecks. Für Gheevy und Dearlyn sah sie aus wie jeder andere Teil der Höhle, aber Covington und sein Trio wußten von der getarnten Röhre durch das Gestein.

Pryce wandte sich den Mißgestalteten zu. »Wir werden das Versteck jetzt öffnen«, erklärte er ihnen. »Verbergt euch. Sollte etwas Schlimmes passieren, wünsche ich euch ein langes, friedliches Leben.«

Dearlyn und Gheevy blickten einander voll Sorge und leicht verwirrt an. Der Bastard plapperte etwas Unverständliches, und der Gebrochene stieß seinen Kopf über die Schulter des anderen. »Wiiiirrr beschützennn dich, Blade!« pfiff und gurgelte er. »Wiiiirrr wolllllen dich nicht verliiiierennn.«

»Ihr könnt mich nicht – dürft mich nicht – beschützen«, erklärte ihnen Pryce voller Stolz. Seine Covingtonseite bedauerte sofort die verpaßte Gelegenheit, aber seine Bladeseite wußte, daß es so sein mußte. Außerdem hätte jeder Hinweis auf seine wahre Identität die Glaubwürdigkeit seiner absolut lebenswichtigen Rolle beeinträchtigt. Vielleicht würde er ja kurzzeitig Schutz bekommen, aber wenn eines der Ungeheuer auch nur ahnte, daß er nicht der war, für den er sich ausgab, würde er praktisch auf der Stelle zerrissen werden. »Diesen Weg muß ich alleine gehen, nur mit Ambersongs Tochter und dem Freund des Ersten Magiers an meiner Seite. Unser gemeinsamer Weg – wohin er auch führt – muß eine andere Richtung nehmen.«

Der Bastard heulte auf und zitterte, schlurfte aber schließlich davon und nahm den am Boden zerstörten Gebrochenen mit sich. Nur Cunningham blieb zurück. Pryce starrte ihn tapfer an, bis er merkte, daß die Miene des Schakalwers nicht Respekt oder Bewunderung ausdrückte, sondern Hoffnung und Hunger.

»Cunningham ...«, sagte er warnend.

Der Schakalwer gab sich plötzlich verletzt. »Mein Herr, ich versichere Euch ... Wie könnt Ihr nur glauben ...?«

»Cunningham!« drohte Pryce. Dann lehnte er sich vor und sagte nachdrücklich: »Kein ... Nachtisch ... nach dem Angriff. Du verstehst mich?«

»Recht gut, mein Herr.« Cunningham richtete sich auf, und Pryce erkannte, daß jener vor allem seinen Stolz retten wollte. »Soll ich dafür sorgen, daß die anderen in Sicherheit und gut versteckt sind?«

»Genau das«, bestätigte Pryce schlicht.

»Sehr gut, mein Herr.« Er lehnte sich zur Seite und rief den anderen Menschen zu: »Viel Glück, winziger Herr. Euch auch, meine Dame. Viel Spaß beim Öffnen!«

»Verschwinde endlich!« Aber bis Pryce diese Worte ausgesprochen hatte, war der Schakalwer schon in der Dunkelheit verschwunden.

Erst zu diesem Zeitpunkt ließ Gheevy die Leuchtkugel vor seinem Gesicht sinken. »So«, meinte er erleichtert. »Wo ist der Eingang?«

»Da«, sagte Pryce und wies mit dem Kopf zur Wand. Er

warf seinen Mantel ab und untersuchte die Befestigung der Spange. »Ich benötige auch die Spange von Eurem Mantel, Dearlyn.«

Sie erschien verwirrt und betastete das runde Schmuckstück an ihrem Hals.

»Die Spangen dienen jede für sich als Schlüssel für das Ambersong-Haus. Ich glaube, sie sind auch die Schlüssel zur Werkstatt, aber nur, wenn sie zusammen eingesetzt werden.« Er sah sie an. Seine Miene zeigte weder Verdruß noch Bedauern. »Als Euer Vater Euch verlassen hat, hat er auch mich verlassen. Ich weiß nicht, wo er ist, aber ich glaube, er wollte, daß wir zusammenarbeiten.« In diesem Moment sprang ihm wie auf Bestellung die Spange in die Hand.

»Ja«, sagte Dearlyn ruhig und nickte. »Das hört sich vernünftig an. So würde Vater handeln.« Dann legte sie ihren Mantel ab. Bald hielt Pryce auch die zweite Spange in der Hand.

»Ich habe eine Art Gitter in der Eingangsröhre gesehen«, erklärte Pryce. »Es befinden sich bestimmte Zeichen darauf – Runen oder eine Art Code.« Er drehte die Spangen auf seiner Handfläche hin und her. »Man kann vier ungewöhnlich gestaltete Buchstaben erkennen, einer über dem anderen: *U*, *V*, *O* und *W*.«

»Unsere Verborgene Offene Wand?« antwortete Dearlyn sofort. Beide Männer starrten sie an. Dann sahen sie erwartungsvoll zur Wand hin. Nichts geschah.

»Dieses Spiel können wir den ganzen Tag lang spielen«, merkte Gheevy an. »Und Viele Opfer Weinen. Unkluge Verzeihen Ohne Weisheit. Unabhängig Von Offenen Widersprüchen –«

Pryce unterbrach ihn und machte damit deutlich, daß dieses Spiel vorbei war. »Ich glaube, es handelt sich um ein Spezialschloß, das einen genau dazu passenden Schlüssel benötigt.« Er nahm Dearlyns Spange, deren Initialen von

Blütenblättern umgeben waren, und drehte sie. Das *A* stand jetzt auf dem Kopf, und wenn man es leicht kippte, schien der Querstrich des *A* sich in ein Blütenblatt zu verwandeln. Das *D* sah nun aus wie ein *U* mit einer Linie darüber.

»U – V«, sprach Gheevy es aus. »Aber was ist mit dem ›*O* – *W*‹?«

»Gleich sagst du auf andere Weise ›Oh weh‹, wenn du nicht still bist«, warnte Pryce, den die Spannung allmählich kribbelig machte. Er hielt Darlington Blades Spange hoch, kippte sie etwas und drehte sie dann ganz auf den Kopf. Das *D* und *B* im Dornendickicht wurden zu einem halben Oval und einem abgerundeten W. »Und wenn man beide zusammenlegt«, das tat er, »heißt es –«

»UVOW«, meinte Gheevy voller Bewunderung.

Dearlyn nickte stolz. »Natürlich wollte mein Vater, daß wir zusammenarbeiten. Das sieht ihm ähnlich!«

Pryce sah sie besorgt an, ehe er fortfuhr. »Jetzt werde ich meine Theorie überprüfen.« Er trat auf die Wand zu, dann drehte er sich noch einmal um. »Es hätte wohl niemand mit einem dünneren Arm Interesse? Nein, ich sollte das lieber selbst machen.«

Er legte die beiden Spangen Seite an Seite in seine Hand. Er war überrascht, wie gut sie zueinander zu passen schienen. Die Blütenblätter und die Dornen fügten sich exakt ineinander und hielten des seltsame *U-V-O-W* zusammen. Mit der anderen Hand griff Pryce nach dem oberen Vorsprung in der Wand und begann sich hochzuziehen. »Gheevy«, grunzte er. »Ich brauche eine feste Unterlage zum Drauftreten, damit ich die Spangen richtig einsetzen kann.« Covington ließ sich wieder herab.

Der Halbling verdrehte die Augen. Es war bereits ein ereignisreicher Abend gewesen, und er war so müde … und vor allem reizbar. »Ich nehme an, mein Rücken soll dir dabei als Unterlage dienen?«

Dearlyn blickte vorwurfsvoll auf ihn herab. »Stell dich nicht so an«, ermahnte sie ihn. »Wenn du es nicht tust, mach ich es!« Sie war bereits auf einem Knie, als der Halbling nachgab.

»Schon gut, schon gut. Ich tu's ja. Aber warte noch einen Moment, ja?« Gheevy ließ sich auf alle viere herunter und lehnte sich seitlich gegen die Felswand. »Also gut, Blade. Mach weiter.«

Pryce ergriff wieder den oberen Felsvorsprung und trat dann auf Wotfirrs Rücken. »Gut so?« erkundigte er sich, worauf der Halbling zustimmend grunzte. Covington biß die Zähne zusammen. Wenn er sich irrte, mochte wer weiß was geschehen. Zumindest konnte er sich dann wohl von seinem Arm verabschieden. Was er insgeheim auch tat. Nun schob er vorsichtig genau diesen Arm in die Röhre. Die Spangen streckte er vor. Pryce verzog das Gesicht und blinzelte, Schweiß lief ihm in die Augen. Bald steckte sein ganzer Arm in der Wand. Seine Muskeln bebten vor Anstrengung.

»Und?« fragte Gheevy.

»Noch ... nicht!«, grunzte Pryce, doch dann berührte die Oberkante der beiden Spangen das Gitter, und sie wurden ihm mit einem hörbaren Klirren aus den Fingern gezogen.

Pryce sprang von der Wand weg, als habe die Röhre seinen Arm ausgespien. Als er an die gegenüberliegende Seite des Ganges schlug, hörten sie alle ein Summen, dann das Quietschen von Angeln.

Pryce kam auf die Beine, hielt sich aber weiter an der anderen Wand fest. Alle sahen erstaunt zu, wie ein Teil der Höhlenwand wie eine Tresortür aufschwang.

Die Seitenkante der Seitentür streifte gerade noch so an Covingtons Nasenspitze vorbei, doch der kniende Halbling wurde hinweggefegt, wie ein besonders lästiger Fussel durch einen Besen.

»Darling-ton!« schrie Gheevy entsetzt.

Pryce war dankbar dafür, daß der Halbling selbst in seinen

möglicherweise letzten Sekunden die wahre Identität seines Partners nicht preisgegeben hatte.

Gerade als es so aussah, als würde Wotfirr gegen die Steinwand geschmettert, kam der Wandteil zum Stehen.

Der Halbling rollte in die eine Richtung, und die Leuchtkugel, die er gehalten hatte, in eine andere. Dearlyn lief los, um Gheevy aufzuheben, während Pryce geschickt die Kugel auffing und in seine Tasche steckte. Dann wurden seine Augen groß, und er hielt den Atem an. Er blieb stocksteif vor dem Eingang stehen und nahm den Raum in sich auf, der dahinter lag.

Kurz darauf hatten alle drei aufgehört, sich zu bewegen, zu sprechen oder sogar zu atmen: Sie warfen einen ersten Blick in die geheime Werkstatt von Geerling Ambersong.

Der Raum jenseits des Ganges war direkt in den Felsen gegraben. Die gesamte Einrichtung bestand aus Stein, allerdings machten dicke, bequem aussehende und hübsch verzierte Kissen die Felssitzgelegenheiten gemütlich. Es gab Steintische und Steinregale, von denen einige an der Wand befestigt waren und von steinernen Beinen und Stützen getragen wurden, während andere einfach zu schweben schienen. Es gab einige Vorräte – feste und flüssige Nahrung, sogar ein paar Fässer von Schreders –, aber der größte Teil des Raumes war mit Zauberbüchern und magischen Gegenständen angefüllt. Davon hatte Dearlyn Ambersong ihr Leben lang geträumt. Sie sah aus, als würde sie gleich ohnmächtig werden.

Große grob eingebundene Bände trugen das eingravierte A der Ambersong-Familie auf dem Einband. Sie waren alle randvoll mit verschiedenfarbigem Pergament, auf dem die Details für unvorstellbare Sprüche und Verzauberungen standen. Es gab Modelle eines Ambersong-Himmelsschiffes, die wie Sterne kurz unter der Steindecke in der Luft schwebten. Es gab sogar einen Gürtel priestlicher Macht auf einem Felsregal, der durch eine unbekannte Energie leuchtete.

Bechergläser, Flaschen und Röhren von jeder Farbe, Form, Größe und Beschaffenheit befanden sich hier – einige waren aus Glas, andere aus Edelstein, manche aus Holz und manche aus Stahl. Sie enthielten Pulver, Flüssigkeiten, Perlen und Flocken für jeden nur vorstellbaren magischen Zweck. Alles war so erstaunlich und beeindruckend, daß es einige Sekunden dauerte, bevor die drei Entdecker etwas auf dem Boden bemerkten, was da nicht hingehörte.

In der Mitte des Raumes lag reglos eine menschliche Gestalt mit dem Gesicht nach unten.

10 Das Leben hat seinen Pryce

Sechs Augen richteten sich gleichzeitig auf den leblosen Körper. Zwei Münder unter vier Augen sprachen kein Wort, doch Dearlyn brach das steinerne Schweigen.

»Vater?«

Keine Antwort.

Als die Steintür sich geöffnet hatte, waren Lichtzauber aktiviert worden, und nun tauchte ein beruhigender Schein alles, einschließlich der regungslosen Gestalt, in sanftes Licht. Der auf dem Boden liegende Mensch trug dicke, satt scharlachrote und jadegrüne Kleider, dazu einen langen Umhang, hohe Stiefel und eine pelzbesetzte Kapuze. Die drei Augenzeugen zögerten aus unterschiedlichen Gründen, die Werkstatt zu betreten. Pryce jedenfalls fragte sich, welche Abwehrzauber hinter der offenen Tür auf sie warten mochten.

Dann sprangen wie auf Kommando die Mantelspangen aus dem Gitter in der Wand. Gheevy stieß einen leisen, überraschten Schrei aus, als er hörte, wie die Spangen sich lösten und den Rest des Weges die Röhre herunterkullerten. Ohne nachzudenken, trat Pryce vor und fing sie auf, als sie aus einem kleinen runden Loch auf der anderen Seite des geöffneten Wandteils rutschten.

Dearlyn schenkte Pryce einen ängstlichen Blick. Wie zur Antwort warf der ihr die eine Spange zu und befestigte die von Blade rasch wieder an seinem Mantel. Dearlyn fing ihre mit einer Hand auf. Gheevy stand nur völlig verdutzt da.

Pryce blickte Gheevy an, Gheevy Dearlyn. Sie alle sahen wieder zu dem Körper hin. Dann machten alle gemeinsam einen ersten, zögerlichen Schritt auf die liegende Gestalt zu.

Doch als sie dann dicht neben dem reglosen Körper standen, folgte wieder eine zaghafte Pause. Die Frau und der Halbling sahen Covington an – erstere voll Hoffnung, letzterer voller Furcht.

Pryce fühlte sich gezwungen, etwas zu sagen, aber sein Verstand mahnte ihn zum Schweigen. Er war einfach nicht imstande, etwas Positives herauszubringen. ... Nicht, bevor er wußte, wessen Körper dies war. Vorsichtig legte Pryce der Gestalt eine Hand unter die Schulter und zog.

Zu seiner Beschämung konnte Pryce den Körper kaum bewegen. Wenn das Dearlyns Vater war, hatte er viel zuviel gegessen und getrunken. Pryce setzte die andere Hand flach auf den Boden, dann nahm er alle Kraft zusammen, um den Mann umzudrehen.

Die drei starrten in das Gesicht von Teddington Fullmer.

Dearlyn atmete vor Erleichterung hörbar auf, dann wirkte sie beschämt. Gheevy stieß einen leisen, überraschten Grunzlaut aus, dann sah er weg. Nur Pryce starrte weiterhin verwirrt in das Gesicht. Nicht, daß er nicht erleichtert gewesen wäre. Im Gegenteil. Auf eine gewisse, unangenehme Weise war er froh, daß der erpresserische Lump ihm nicht mehr das Leben schwer machen konnte. Er hätte es trotzdem vorgezogen, wenn Fullmer einfach weit fortgegangen wäre.

»Teddington Fullmer«, sagte er laut. »Teddington Fullmer?«

Der Halbling blickte die Frau an, dann drehte er sich zu dem wie hypnotisierten Pryce um. »Was ist denn, Blade?« fragte er voll Sorge.

Pryce sah Wotfirr verwundert an. »Ich wurde heute abend angegriffen«, meinte er nachdenklich. »Ich dachte, er wäre es gewesen.« Covington zeigte auf Fullmer.

Dearlyn hatte sich herübergebeugt, um dem gedämpften Wortwechsel zu lauschen. »Er kann es trotzdem gewesen sein«, erinnerte sie ihn nun.

Gheevy warf Pryce einen besorgten Blick zu, doch der wußte schon, daß er vor Dearlyn nicht alles sagen konnte, was er dachte. Im stillen folgte er der noch vagen Leitlinie, die sich gerade in seinem Kopf abzeichnete. »Nun, ich nehme an, er könnte Komplizen gehabt haben.«

»Oder vielleicht ist er Euch gefolgt«, schlug Dearlyn vor, »und jemand ihm.«

Die Gestalt am Boden stöhnte.

Die drei sprangen zurück.

»Ich dachte, er wäre tot«, sagte Gheevy erschrocken. Er kauerte auf allen vieren.

Pryce befand sich nun ebenfalls auf Händen und Knien. »Das dachte ich auch«, erwiderte er wahrheitsgemäß. Vorsichtig sah er auf Fullmer herunter, doch der Körper hatte sich nicht bewegt. »Keine sichtbaren Spuren. Kein Zeichen von Gewaltanwendung …«

»Auf seinem Gesicht liegt kein furchtsamer oder wütender Ausdruck«, stellte Dearlyn fest.

Der Halbling und der angebliche Zauberer starrten einander an. Insgeheim dachten sich beide, daß Teddington Fullmers Gesicht so gefaßt aussah, wie der echte Darlington Blade im Tod gewirkt hatte.

Dearlyn unterbrach den Augenblick der Erkenntnis. »Alles, was ihr sehen könnt, sind sein Gesicht und seine Hände. Was ist mit dem Rest von ihm?«

Richtig! Pryce hatte einen Schlag auf den Kopf abbekommen. Vielleicht war es Fullmer genauso ergangen, und die dicke Kapuze hatte alles Blut aufgesogen. »Gute Idee«, gab Covington zu. »Wir sollten ihn lieber genau untersuchen.«

»Verwende doch deine magische Kraft dazu«, schlug sie vor. Gheevy blickte fast entsetzt auf.

»Was für ein Unsinn!« fuhr Pryce auf, um seinen eigenen Schrecken zu besänftigen. »Derjenige, der das hier getan hat«, er rang um den Schluß des Satzes, bis er erleichtert und triumphierend fortfuhr, »ist ein Meisterzauberer! Er … oder sie«, betonte er, denn er geriet in den Sog seines üblichen Wetterns gegen den gewohnheitsmäßigen Gebrauch der Magie, »wird ohnehin Tarnzauber benutzt haben, die mich alles glauben lassen, was er oder sie mich glauben lassen will.« Grollend rutschte er näher an Fullmers Kopf heran. »Bald wird man die Magie noch für die einfachsten Dinge einsetzen. Was für ein Unsinn!«

»Schon gut, schon gut«, murmelte Dearlyn zurück und stakste selbst nun aus der anderen Richtung auf den Knien zu Fullmers Kopf. »Es war nur ein Vorschlag.« Sie würde bestimmt nicht ihre Anfängerkünste benutzen … Wo doch Gheevy als möglicher Zeuge gegen sie sich hier befand.

Die drei drängten sich um Fullmers Kopf. Pryce streckte probeweise seine Finger. Dann ließ er sie wie Spinnenbeine über Fullmers Schädel laufen und machte sich bereit, die Kapuze zurückzuziehen. »Vielleicht findet ihr Quetschungen, und ich suche seinen Puls«, erklärte er ihnen.

Keiner hatte Einwände. Alle hielten den Atem an. Pryce griff vorsichtig nach der pelzbesetzten Kappe und begann den Stoff zurückzuziehen. Währenddessen beugten sich alle näher heran, bis sie nur noch gut eine Handbreit über Fullmers Gesicht hingen.

In diesem Moment gingen die Augen des Händlers auf, und er fuhr mit einem ohrenbetäubenden Schrei hoch.

☆☆☆

Die Reaktionen der drei hätten nicht entsetzter ausfallen können, wenn jemand einen Korb voll giftiger Schlangen in den Raum geworfen hätte. Pryce machte einen Salto rückwärts, kam mit den Händen auf dem Boden auf und schnellte – Füße voran, Bauch nach unten – über eine schwebende Tischplatte. Gheevy sprang auf allen vieren zur Seite und prallte gegen einen mit Kissen gepolsterten Steinstuhl. Und Dearlyn schrie auf, nutzte ihren Stab als Stange, um auf die Beine zu kommen, und fuhr dann bis an die Steinwand zurück.

Sie griffen nach allem, was nur in der Nähe war – einem Tisch, einem Stuhl, der Wand –, um sich festzuhalten, als Fullmer weiterhin kreischte, schrie und gurgelte, seine Füße auf den Boden schlug und die Arme wild um sich schwang Seine Kapuze fiel zurück, und sie alle konnten deutlich die tiefe klaffende Wunde an der Seite seines Kopfes sehen.

Santé sagt, die Seite bedeutet den Tod, fiel Pryce mit sinkendem Mut ein.

Alle drei stellten allmählich fest, daß etwas hier ganz und gar nicht stimmte. Fullmer, der sich jetzt auf den Beinen befand, schien nicht im Wachzustand zu sein. Er kämpfte auch nicht gegen einen eingebildeten Angreifer. Er bewegte sich wie eine Marionette, die von einem ungeübten Puppenspieler geführt wird. Er war wie ein neugeborener Pferdegreif, der um die Kontrolle seiner Glieder und Flügel rang.

»Was ist los mit ihm?« rief Gheevy von seinem Stuhl herab.

»Ich weiß es nicht«, antwortete Pryce und musterte Fullmer. »Teddington!« rief er. »Teddington! Ich bin's, Pr… äh, Darlington Blade.« Nervös schielte er zu Dearlyn, doch die hatte nur Augen für den torkelnden Händler. »Ich bin hier drüben, Teddington … Darlington Blade, erinnerst du dich?«

Der taumelnde Mann reagierte nicht auf Covingtons Stimme. Er zuckte und lallte weiter.

»Ein Spuk!« rief Dearlyn plötzlich.

»Ein was?« Pryce hatte sich die Frage nicht verkneifen können.

»Ein Spuk«, wiederholte sie drängender. Sie sah Pryce direkt ins Gesicht. »Spürt Ihr es denn nicht?«

Er wich ihrem Blick aus und starrte statt dessen mit berechnender Entschlossenheit Fullmer an ... »Natürlich«, fauchte er von oben herab, als wollte er sie rügen. »Was denn sonst?«

»Ein Spuk?« jammerte Gheevy. »Was ist das?«

»Der ruhelose Geist einer Person, die gestorben ist, aber eine lebenswichtige Aufgabe unvollendet hinterlassen hat!« sprudelte Dearlyn hervor.

»Also muß Fullmer noch am Leben sein«, stellte Pryce fest – aber wohl nicht mehr allzulange, so wie seine Wunde aussah.

»Ja«, gab Dearlyn atemlos zur Antwort. »Ein Spuk kann nicht den Körper eines Toten übernehmen.«

»Fullmer!« rief Pryce, denn er wußte, daß sie nicht viel Zeit hatten. »Was ist es? *Wer* ist es?«

»Die Übernahme ist anscheinend noch nicht abgeschlossen«, warnte Dearlyn. »Der Geist kämpft noch um die Herrschaft über diesen Körper!«

»Und dann? Was dann?« stöhnte Gheevy, der sich regelrecht in sein Kissen verkroch.

»Er wird den Körper benutzen, um seine Aufgabe zu beenden und endlich aus dieser Welt erlöst zu sein«, rief sie über den wachsenden Lärm hinweg, den Fullmer verursachte.

Der Kaufmann machte plötzlich einen unsicheren Schritt auf den Stuhl zu. Gheevy quiekte auf, und Pryce benutzte die schwebende Tischplatte wie einen Balken, über den er sich zu dem zusammengekauerten Halbling schwang. Mit schützend ausgebreiteten Armen stand Covington vor dem Stuhl, gerade als Fullmer sich bückte, herumfuhr und sich schließlich zu voller Größe aufrichtete – dem Mädchen zugewandt.

»D-D-D-Dearlyn«, »meine … meine … meine … T-t-tochter …«

Pryce lehnte sich zurück, Gheevy sich vor. Dem Mädchen klappte der Kiefer herunter.

»V-V-Vater?«

»Dearlyn, mein Kind!« heulte der Spuk. Dann stolperte er mit wedelnden Armen bis an die gegenüberliegende Wand der Werkstatt zurück. Gläser zerbarsten, Staub wirbelte in einer vielfarbigen Wolke auf, und Pergamentseiten flatterten umher wie Herbstblätter in kräftigem Wind.

»Vater!« schrie sie und sprang auf ihn zu. Pryce hielt sie auf, schlang ihr die Arme um die Taille und schwang sie gerade rechtzeitig zurück, bevor sich die Finger des Spuks auf ihre Haare legen konnten.

»Wartet!« rief Pryce, während er sich mit der wild zuckenden Dearlyn abmühte.

»Er ist mein Vater, verdammt!« schrie sie und trommelte auf seinen Oberkörper ein. Immerhin war sie noch so rücksichtsvoll, es mit den Handflächen zu tun.

»Aua! Er *sagt* nur, er sei Euer Vater, verflucht!« beharrte Pryce. »Wollt Ihr denn – autsch! – jedem in die Arme rennen, der Euch ›Tochter‹ nennt?«

Sie zielte genauer und schlug wieder zu. »Darlington, er ist ein Spuk! Kein stöhnender Geist, kein Gespenst – ein Spuk! Was für ein Magier seid Ihr denn eigentlich?«

Er ließ sie sofort los, denn seine Schuldgefühle regten sich. Sie drehte sich um, doch als ihr Blick wieder auf Fullmer fiel, schien sie weniger sicher zu sein.

»Vater?« rief sie mit zitternder Stimme und blieb jetzt doch auf Distanz. »Vater? Bist du es?«

Die Stimme, die antwortete, klang wie eine Klage aus weiter Ferne. »Dearlynnnn …«

»Bist du tot, Vater?« Die plötzliche Erkenntnis ließ sie zusammenzucken. Sie begann zu weinen. »Hat jemand dich getötet?«

Fullmers Gesicht kehrte sich ab. Die Arme zuckten, seine Finger bebten wie Weidenzweige im Wind. »Jaaaaa ...«, antwortete er.

»Wer, Vater, wer?« fragte Dearlyn drängend durch ihre Tränen hindurch. »Wer hat dich getötet?«

Jetzt stand Pryce neben ihr, beugte sich zu dem Spuk hin. Als dieser dann plötzlich mit steifem Arm herumfuhr, wies der anklagende Finger direkt auf Pryce.

»Darlington Blade ...«, rief er.

☆☆☆

Pryce war schnell, aber Dearlyns Stab fast noch schneller. Sein Kopf fuhr herum, doch er nahm nur ihr haßerfülltes, rachsüchtiges Gesicht wahr, das sofort durch wirbelndes Pferdehaar und geschärfte Gartenwerkzeuge ersetzt wurde.

Pryce sprang zurück, knapp an dem Steinstuhl vorbei, auf dem Gheevy saß. Er vollführte einen schnellen Überschlag nach hinten, doch Dearlyn war schon bei ihm und trat auf den Saum seines Mantels. Pryce drehte seinen Kopf zurück und löste die Spange. Der Mantel ging auf, und Pryce landete kniend mit ausgebreiteten Armen vor ihr.

»Ich bin nicht Darlington Blade!« gellte er, als der Stab bereits sein Brustbein berührte.

Die Waffe hielt inne. »Was habt Ihr da gesagt?«

»Ich bin nicht Darlington Blade!« wiederholte er mit ausgebreiteten Händen, auf dem verfluchten Mantel kniend. »Tötet mich, wenn es sein muß – ich kann es Euch nicht verdenken –, aber ich schwöre bei meinem eigenen Vater, ich bin nicht Darlington Blade!«

Das hielt sie einen Augenblick auf, aber auch nur einen einzigen. Dann nahm ihr Gesicht wieder den zutiefst haßerfüllten Ausdruck an, und die Finger schlossen sich fester um den Stab. »Aber Ihr –«

»Nein, Fräulein!« rief Gheevy, rutschte vor Pryce und rang flehend die Hände. »Er wollte es gar nicht. Ich schwöre es, daß es ein Versehen war!«

»Aus dem Weg, Halbling!«

»Fräulein Ambersong«, bettelte Wotfirr, »er ist ein Betrüger, gewiß, aber man muß ihm zugute halten, daß er zu niemandem gesagt hat, er sei Darlington Blade. Man hat es einfach angenommen!«

»Ich habe mir nur den Mantel geliehen. Ich wußte nicht, wem er gehörte –«

»Und als er es schließlich herausfand, war es zu spät!«

Die beiden redeten schneller und schneller auf die aufgebrachte Frau ein, aber sie sollten niemals erfahren, wie sie letztlich reagiert hätte, denn in diesem Augenblick tauchte der Mann, der Teddington Fullmer gewesen war, hinter ihr auf.

Gheevy schrie, als der Spuk auf sie herabstürzte. Unter seinem Gewicht sackte Dearlyn zu Boden. Beide landeten auf Pryce Covington, während Wotfirr entsetzt zur Seite sprang.

Dearlyn bemühte sich, unter dem um sich schlagenden Körper von Teddington Fullmer hervorzukommen, während Pryce sich unter den beiden herauszuarbeiten suchte. Aber dann sprachen die gummiartigen Lippen schließlich direkt in das Ohr der Frau.

»Ö… war es nicht!« Schaum triefte Fullmer aus dem Mund, denn der Spuk mußte jedes Wort gewaltsam herauszwingen. »Darlington Blade war es nicht!«

Gheevy kauerte in der Ecke, während der Spuk Dearlyn weiter direkt ins Ohr zischte: »Es war nicht Darlington Blade. Hinter ihm … hinter ihm!«

Dann hörten sie es alle – das Todesröcheln, das hoch in seiner Kehle begann und bis tief in den Hals hinunterlief. Teddington Fullmers Leben war vorbei. Geerling Ambersong blieb keine Zeit mehr.

Alles, was sie nun noch vernahmen, war Dearlyns wütendes Schluchzen. Sie arbeitete sich unter dem Leichnam des Mannes hervor, der Pryce verraten und das letzte Lebenszeichen ihres Vaters vermittelt hatte. Pryce lag nur erschöpft mit ausgebreiteten Armen da, ohne ihr auch nur im geringsten behilflich zu sein.

Schließlich hatte sie sich freigekämpft und saß schwitzend und keuchend neben der Leiche. Das tiefrote Gesicht war vor Schreck, Trauer, Zorn und Verwirrung angeschwollen. »Was«, würgte sie heraus, »war das?«

Pryce hob den Kopf, um den Toten mit Verwunderung und einem seltsamen, übelkeiterregenden Gefühl des Verstehens anzuschauen. »Ein letzter Hinweis«, flüsterte er nur.

Er reagierte erst, als Dearlyn sich plötzlich umdrehte und ihm ins Gesicht brüllte: »Du … du … Nichts! Du *bist* nichts! Du *weißt* nichts! Nichts!«

Pryce konnte sie nur anstarren. Sein Gesicht war vor Bedauern und Hilflosigkeit verzerrt. Nun lastete die volle Erkenntnis seiner Verantwortung mit dem ganzen Gewicht des Inquisitrixenschlosses auf seinen Schultern.

»Ich weiß, was ich zu tun habe«, sagte er schließlich, mehr zu sich selbst als zu jemand anderem.

Dearlyn blickte auf, würgte jedoch schluchzend eine Antwort hinunter. Statt dessen ließ sie den Kopf hängen und wimmerte vor Abscheu und Verlassenheit.

Gheevy Wotfirr lief vor, um Pryce unter der Leiche von Teddington Fullmer hervorzuhelfen. »Ruhig, mein Freund«, mahnte der Halbling. »Du hast einen Schock.«

Aber Pryce Covington war zu abgelenkt, um die Symptome auch nur zu bemerken. Wie in Trance ließ er sich von dem Halbling aufhelfen. »Ein Rätsel in einem verschlossenen Raum«, flüsterte er, zu Wotfirr gebeugt, damit Dearlyn ihn nicht verstehen konnte. »*Und* ein letzter Hinweis. Es ist ein dreifaches Rätsel mit allen klassischen Fallstricken. Gheevy!« japste er dann erstaunt. »Nachdem wir nun die ganze Zeit heimlich herumgeschlichen sind, gibt es hier einen Mord, den wir offen lösen können!«

11 Schwerter zu Pflugscharen

Mit einem Knall schloß Pryce Covington das letzte Philosophiebuch aus der Feder von Santé, dem berühmten Priester, Heiler und, nach alldem, was er beim Lesen herausgefunden hatte, auch Richter. Eine Staubwolke, die von den alten Seiten aufstob, legte sich über Buch und Covingtons gekreuzte Beine. Er war müde, aber fasziniert, betrübt, aber informiert, voll Reue, aber auch voller Zufriedenheit. Mit Hilfe der uralten Lehren aus diesen Bänden, die Geerling Ambersong höchstpersönlich und exzellent aus archaischen Sprachen übersetzt hatte, hatte Covington endlich den Tiger am Schwanz zu fassen bekommen. Jetzt mußte er nur noch auf dem Tier reiten, ohne ihm am Ende zum Opfer zu fallen.

Pryce saß allein in der geheimen Werkstatt und entwarf neue Strategien. Aus irgendeinem Grund kam ihm wiederholt sein altes Motto in den Sinn, diesmal allerdings in leicht abgewandelter Form: »Alles im Spiel, kein Heil in der Flucht – ich tue, was zu tun ist.«

Der Halblingskellermeister streckte den Kopf zwischen der Steintür und der Höhlenwand herein. »Blade?« fragte er leise.

»Ja, Gheevy?«

»Dearlyn ruht sich in der Ambersong-Residenz aus.«

Pryce seufzte. »Gut. Ich bin froh darüber. Ich hoffe, sie kann etwas Schlaf finden.«

»Ich habe ihr gesagt, daß du später mit ihr reden möchtest, falls sie bereit ist zuzuhören.«

»Danke. Hat sie dir geantwortet?«

Der Halbling spitzte die Lippen und sah zu Boden. »Nein.«

Pryce Covington schüttelte bedrückt den Kopf. »Schon gut, mein Freund. Ich kann es ihr wirklich nicht verdenken. Ist sonst alles soweit?«

Der Halbling blickte mit eifriger Miene auf. »Jawohl! Hier draußen ist alles bereit.«

»Ausgezeichnet. Danke.« Pryce stellte das letzte Buch des gelehrten Priesters vorsichtig auf das schwebende Steinregal neben sich zurück, griff dann nach der Tischkante und wollte sich hochziehen. Als seine Ellbogen und die Kniegelenke hörbar knackten, stöhnte er.

Der Halbling schüttelte befremdet den Kopf. Er hatte versucht Covington zuzureden, daß dieser sich ausruhen sollte, aber sein weiser Rat war auf taube Ohren gestoßen.

»Du solltest wirklich mal etwas schlafen«, sagte er zum sechsten Mal.

Pryce reckte seine Arme so hoch wie möglich über seinen Kopf und gähnte ausgiebig. Dann entspannte er sich wieder. »Teddington Fullmer schläft«, sagte er leichthin. »Geerling Ambersong schläft. Sogar Gamor Turkal schläft.« Er ging zur Tür und kam dabei an dem Halbling vorbei. »Später ist noch reichlich Zeit zum Schlafen«, schloß er leise im Vorübergehen.

Außerhalb der nun nicht länger geheimen Werkstatt tat sich eine völlig neue Welt auf. Die Höhlen und Gänge vom Eingang hinter Schreders' Schenke bis zur Tür der Werkstatt waren durch eine Reihe schwebender Lichtkugeln beleuchtet. Milizionäre aus Lallor in Uniform standen neben jeder Leuchtkugel. Ihre Hände ruhten auf Kurzschwertern, die speziell für den Kampf in geschlossenen Räumen angefertigt worden waren.

Inquisitrixen in ihren schwarz-goldenen Uniformen liefen herum und suchten sorgfältig jeden Fußbreit der Höhlen ab. Manchmal fanden sie Spuren von Magie, über die sie dann Kristalle oder Pulver warfen, um schließlich Zaubersprüche mit den entsprechenden Gesten darüber zu murmeln. Wenn in diesen Höhlen noch andere Geheimnisse verborgen lagen, würden diese gelehrigen Schüler der Illusion sie finden.

Genau vor Covington lag der nackte Teddington Fullmer, auf einer magisch angehobenen Bahre über dem Höhlenboden schwebend. Seine Füße untersuchte überraschenderweise Matthaunin Witterstaet in seiner gewohnten Torhüterrobe. Fullmers Kopf wurde von Berridge Lymwich inspiziert, die den vollen Prunk ihrer Inquisitrixentracht angelegt hatte. Pryce trat zuerst zu Lymwich.

»Ich nehme an, Dearlyn und Gheevy haben Euch alles erzählt, was sie wissen«, sagte er. »Kann ich noch etwas hinzufügen?«

»Das weiß ich nicht«, antwortete sie mit ihrer Reibeisenstimme, ohne die Augen von Fullmers Kopfwunde abzuwenden. »Gibt es denn etwas?« Sie schien sich darüber zu ärgern, daß er ihr mehr Arbeit verschafft hatte, als abzusehen gewesen war.

Pryce zuckte mit den Schultern, er ließ sich nicht ködern. »Wahrscheinlich nicht … Aber ich *kann* Euch sagen, was Ihr denkt.«

Nun sah sie ihn doch an – zuerst überrascht, dann ungläubig und schließlich trotzig. Sie sagte nichts, aber Pryce nahm ihr Verhalten als Zustimmung.

»Ihr denkt, es war jemand aus Schreders' Lokal.« Insgeheim gab er sich einen Punkt, nicht weil sie überrascht reagierte, sondern weil sie es nicht tat. Lymwich verschränkte nur die Arme und ließ ihre Augenlider auf halbmast sinken.

»Wie kommt Ihr darauf?«

Pryce zuckte stirnrunzelnd mit den Schultern. »Es ist nur

logisch. Der Eingang zum Höhlensystem liegt neben der Lieferantentür der Taverne; Azzo konnte also über nahezu alles Bescheid wissen, was in Lallor vor sich ging; und außerdem würde doch nur ein Nichtmagier jemanden so brutal umbringen wie in diesem Fall.«

Lymwich hielt die Arme weiter verschränkt und atmete durch die Nase wie ein angriffsbereiter Bulle. Pryce nahm das als Zeichen grimmiger Akzeptanz. Er sah sich unter ihren Inquisitrixenschwestern um. »Irgendein Erfolg bei der Suche nach Geerlings Spuk?«

Lymwich betrachtete das Vorrücken der anderen Inquisitrixen in der Höhle einigermaßen frustriert. »Überhaupt nichts«, gab sie widerstrebend zu. »Verflucht noch mal, ein Spuk kann sich höchstens sechzig Schritt vom jeweiligen Körper entfernen! Aber wo wir auch suchen – oben, unten, rechts, links – nichts! Wenn nur die Tochter des Ersten Magiers oder der Halbling mit dieser Geschichte zu mir gekommen wären, ohne Eure Bestätigung, ich hätte sie nie geglaubt.«

»Ach ja, das ist der Vorteil eines guten Rufes«, sagte Pryce. Er sah sie mit ruhiger Selbstsicherheit an. »Habt Ihr getan, worum ich Euch gebeten habe?«

Sie schien darauf noch etwas entgegnen zu wollen, riß sich aber rasch zusammen. »Worum Ihr durch Euren Halbling … Partner … gebeten habt«, stellte sie mißbilligend fest. »Doch«, fuhr sie fort, »Eure Idee war ausgezeichnet. Sie hat die Billigung meiner Vorgesetzten.«

Pryce widerstand der Versuchung, Salz in die Wunden ihres Ego zu streuen, deshalb beherrschte er seine Mimik und seine Zunge. Er nickte nur und trat auf die andere Seite der Bahre. Dort versuchte er, die Aufmerksamkeit des Torhüters auf sich zu ziehen, aber der alte Mann war zu sehr mit der Leiche beschäftigt. »Ihr seid ein vielseitiger Mann«, meinte Pryce schließlich einfach.

»Hmmmmmm?« entgegnete der Torhüter, ohne aufzublicken.

»Torhüter, Einwanderungsbeamter und jetzt magischer Ermittler.«

»Auch Kleriker«, ergänzte Lymwich. »Matthaunin ist eines der angesehensten Mitglieder unserer kleinen Gemeinde.«

»Abgesehen von Eurem eigenen Meister natürlich«, fügte Witterstaet hinzu.

»Wirklich?« gab Pryce zurück.

»Geerling Ambersong hat Witterstaet im Grunde die Wahl gelassen, welche Verantwortung er in unserem exklusiven Zufluchtsort übernehmen wollte«, fuhr Lymwich fort, während sie an der Totenbahre auf und ab ging, »und er wählte den Platz am Tor.«

»Frische Luft«, erklärte Witterstaet mit einem Blick an die Decke der Höhle. »Immer neue Leute, eine ständige geistige Herausforderung ...«

»Aber Ihr arbeitet zusätzlich noch als Ermittler?« staunte Pryce.

»Matthaunin ist auch einer der angesehensten Seher der ganzen Nation auf dem Gebiet magischer Präsenz«, sagte Lymwich säuerlich. Ihr unendlich scheinender Vorrat an Neidgefühlen war anscheinend nicht allein für Blade reserviert.

»Wirklich?« sagte Pryce wieder gedehnt und zog eine Augenbraue praktisch bis zum Haaransatz hoch.

»So heißt es, mein Herr«, antwortete Witterstaet bescheiden, »aber natürlich würde ich es nie wagen, meine armseligen Künste mit den Euren zu messen, mein Herr.«

»Soso«, meinte Pryce und blickte mißtrauisch Lymwich an, die seinem Blick geflissentlich auswich. Dennoch lenkte Pryce beide sofort ab, nur für den Fall, daß jemand die Frage weiter vertiefen wollte. »Und habt Ihr am Körper von Teddington Fullmer etwas entdeckt?«

Nachdem dieses Thema wieder angeschnitten war, schien Witterstaet Blades Ruhm völlig zu vergessen. »Nun, es gab einen sehr unbestimmten Schatten oder Nachklang – ein Echo, wenn man so will – des Spuks, etwas, was selbst ich kaum noch wahrnehmen konnte.« Er drehte sich kurz zu Pryce um. »Aber das ist nur ein Zeugnis für die Kunst und Macht Eures Meisters.« Er wandte sich wieder Fullmers Leichnam zu. »Ansonsten gibt es nicht ein Jota Magie in, um oder an dem Körper. Was dem Mann vor der Besitzergreifung durch den Spuk widerfuhr, ist ihm durch eine Person zugefügt worden, der jede Form der Magie fremd ist.«

Bevor Pryce die ganze Bedeutung dieser Feststellung erfassen konnte, trafen die Leute ein, die er hatte rufen lassen. Pryce trat zurück, als der behäbige, bärtige Azzoparde Schreders, die schöne blonde Kellnerin Sheyrhen Karkober und der hagere Minenbesitzer Asche Hartov – in Gesellschaft einiger Inquisitrixen und Milizangehöriger – durch die hellerleuchtete Höhle zu dem Teil der Wand herunterkamen, hinter der die Werkstatt lag.

»Cost, was hat das alles zu bedeuten?« wollte der Minenbesitzer wissen.

»Warum habt Ihr es immer mit den Kosten?« fragte die Kellnerin Hartov leicht unwillig.

Pryce verdrehte die Augen, dann stemmte er die Hände in die Seiten und wandte sich den drei Neuankömmlingen zu. »Ich habe dir bereits gesagt, Asche, Cost Privington ist ein Pseudonym, eine falsche Identität. Mein *wahrer* Name lautet ... Darlington Blade.« Pryce nickte sich selbst zu. Er hatte die Pause zwischen »lautet« und »Darlington« bereits auf wenige Sekundenbruchteile verkürzt. Wenn er es nur oft genug sagte, würde er vielleicht noch selbst daran glauben.

»Pfff«, machte Hartov und neigte seinen schmalen Körper. »Falsche Identität, ja, ja! Was hat Euch dazu veranlaßt, jemanden wie mich zum Narren zu halten?«

»Fragen der nationalen Sicherheit«, antwortete Pryce leutselig, »und das ist auch genau der Grund, weshalb ich Euch heute hierhergebeten habe.«

»Wirklich?« hauchte Karkober und riß die Augen auf.

»Wirklich.« Er zeigte auf die Bahre. »Zunächst einmal, ich nehme an, ihr alle kanntet Teddington Fullmer?«

Sie starrten den Mann an.

»Er sieht nicht gut aus«, brachte Karkober schließlich hervor.

»Kein bißchen«, stimmte Schreders nachdrücklich zu. »Das ist furchtbar!«

»Sehr klug beobachtet«, meinte Pryce. »Leider ist dies der Preis, den er dafür zahlen mußte, daß sein Herzenswunsch erfüllt wurde.«

»Ist er –«, Hartov würgte, »tot?«

Pryce seufzte und sah den besorgten Minenbesitzer gelassen an. »Gib acht auf deine Wünsche, Asche. Auch du könntest wegen ihnen getötet werden.«

»Getötet!« dröhnte Schreders. »Ihr meint, das war kein Unfall?«

Pryce starrte ihn nur an.

»Aber ... aber ...«, stammelte der Tavernenbesitzer, »aber das hier ist Lallor! So etwas passiert hier nicht. Das geht nicht!«

»Es ist passiert«, sagte Pryce kurz angebunden. Er trat zurück und zog an der Steintür. Das entriegelte Wandstück ließ sich jetzt leichter in den Angeln bewegen, und Pryce enthüllte den Raum, der hinter der Höhlenwand verborgen war. »Meine Dame, meine Herren, hiermit präsentiere ich Euch Geerling Ambersongs geheime Werkstatt.« Er ließ ihnen ein paar Sekunden Zeit, alles in sich aufzunehmen. »Nun, ich zeige sie Euch, und ich werde Euch auch das Mobiliar berühren lassen. Ihr dürft die Sachen nämlich tragen – Stück für Stück nach draußen.«

Schreders war der erste, der das Wort ergriff. »Hm? Hm? Wie bitte?«

Pryce schnipste mit den Fingern, bis ihm jeder zuhörte. »Ich habe Teddington Fullmers Leiche in der Mitte der geheimen Werkstatt meines Lehrers gefunden.« Das war fast keine Lüge. »Deshalb ist das hier nicht länger mein Unterrichtsraum, sondern der Schauplatz eines Verbrechens. Darüber hinaus haben die Behörden Hinweise auf weitere Verstöße gegen die Spielregeln entdeckt. Ich will niemanden mit Einzelheiten langweilen, aber es ist leider unumgänglich, daß die unschätzbare Hinterlassenschaft von Geerling Ambersong in Sicherheit gebracht wird.« Er lächelte und klatschte wie eine eifrige Hausmeisterin in die Hände. »Und wir brauchen die Hilfe von Euch dreien.«

Schreders nahm sofort Haltung an. »Es ist mir eine Ehre!« verkündete er. »Danke, Herr Blade, daß Ihr überhaupt an uns gedacht habt!«

»Aber nicht doch«, erwiderte Pryce bescheiden. »Es ist unsere Pflicht und Verantwortung, diese Dinge zu schützen, die für die Sicherheit unserer Nation so wichtig sind. Wir können sie nicht länger hier lassen – nicht einmal *ich* besitze genug Energie, um einen so mächtigen Zauber zu bewirken, wie er zum Schutz für das Lebenswerk meines Meisters nötig wäre. Deshalb mußten wir Euch um Hilfe bitten.« Dann drehte er sich hochmütig zu Lymwich um. »Und schafft diese Leiche hier heraus. Sie versperrt den Eingang.«

☆☆☆

Sheyrhen Karkober machte natürlich das Schlußlicht. Manche Dinge ändern sich nie, dachte Pryce, als er sich ihr vorsichtig und ruhig näherte. Ob in Merrickarta oder in Lallor, Kellnerinnen ließen es gewöhnlich in Gegenwart ihrer Arbeitgeber oder Gäste ruhig angehen – doch *nur* in deren Gegenwart. Auf sich selbst gestellt, konnte Sheyrhen vielleicht mit Weinfäßchen jonglieren, überlegte Pryce, aber in einer gemischten Gruppe wie dieser fühlte sie sich sicherer, wenn sie es den Männern überließ, die großen Pakete zu tragen und voranzugehen.

Pryce hielt sich in der Höhle bewußt neben ihr. Er beobachtete ihren Gang und studierte ihr enggeschnürtes Kellnerinnenkostüm. »Ah«, sagte er beiläufig, »ich sehe, Ihr habt den Gürtel der priesterlichen Macht.«

»Wie bitte?« meinte Sheyrhen leicht beleidigt. »Ich gebe mir große Mühe, meine Linie zu halten.«

Pryce schlug sich vor die Stirn, hielt aber Schritt mit ihr. »Nein, nein«, stellte er rasch richtig. »Nicht Euer Gürtel, seiner! Geerling Ambersongs.« Sie sah ihn verständnislos an. »Das da, was Ihr tragt«, sagte er und zeigte auf das prachtvolle, juwelen- und runengeschmückte Stück in ihren Armen.

Sie sah den Gürtel an, darauf Pryce. Dann brach sie in Gekicher aus. »Oh! Oh, natürlich!«

»Es ist natürlich kein echter Gürtel der priesterlichen Macht«, meinte Pryce gedankenverloren, während er neben ihr herging. »So etwas gab es nur nach der Zeit der Unruhen. Die Mystrapriester nahmen ihn als Zeichen dafür, daß ihre Göttin die Macht wiedererlangt hatte. Der hier ist die Version meines Meisters ... Es heißt, er verleiht größere Stärke und schützt, wenn er getragen wird.«

»Wirklich?« meinte sie höflich. »Wie ungeheuer interessant. Warum tragt Ihr ihn dann nicht?«

»Die Kraft ist nicht übertragbar«, erklärte er. Ihr Desinteresse machte ihn neugierig. Gab es da etwas, was sie zu verbergen suchte? »Es könnte sogar«, fuhr er fort, »eine verheerende Wirkung haben, wenn ich ihn anlegen würde.«

»Oh!« rief sie aus. Jetzt betrachtete sie den Gürtel mit einem gewissen Unbehagen und streckte ihn weit von sich. Pryce lächelte, denn die Augen eines jeden Milizionärs, an dem sie vorbeikamen, folgten ihnen – nur die Augen.

»Ich bin sicher, er stellt keine Gefahr für Euch dar«, erklärte Pryce und versuchte zu ignorieren, daß er einem Milizangehörigen die Augen nahezu ausgereckt hatte, während schon der nächste seinen Blick nicht ruhighalten konnte. »Ich bin ganz und gar Eurer Meinung. Kein Gürtel sollte Euren perfekten Körper entstellen.«

Er beobachtete nun sorgfältig, wie sie reagierte. Sie warf ihm einen kurzen argwöhnischen Blick zu, dann lächelte sie stolz und erfreut. Ihr war aufgegangen, daß er nicht vulgär werden wollte. »Danke, Herr Blade.« Doch immer noch schien sie darauf zu warten, ob er nicht das Gespräch mit einer schlecht gewählten, anzüglichen Bemerkung vergiften würde.

Also unterließ er ein »Sagt doch Darling zu mir«, und sagte statt dessen: »Das war ein ziemlich komisches Mißverständnis vorhin.«

»Wann?«

»Als ich kam.«

»Ja?«

»Und über den Gürtel redete.«

»Oh! Oh ja.«

»Ich hatte wirklich noch keine Gelegenheit zu einer näheren Bekanntschaft. Ich habe zuviel studiert. Bekanntschaften machen, das überlasse ich Gamor Turkal.«

Der nun folgenden Reaktion nach hätte er genausogut mit dem Satz »Sagt doch Darling zu mir« ankommen können. Sheyrhen zeigte ihre Enttäuschung nicht, rückte jedoch gewissermaßen von ihm ab, ohne sich einen Fingerbreit wegzubewegen. »Gamor«, wiederholte sie bloß.

»Ja«, meinte er. »Ihr kanntet ihn, nicht wahr?«

»Oh, ja ... Ich kannte ihn.«

Pryce lief weiter neben ihr her, wandte jedoch seinen Kopf zur Decke. »Ach ja, Gamor. Er hatte schon immer etwas für hübsche Mädchen übrig, ob nun Kellnerinnen oder nicht. Ich sehe in ihnen immer zuerst den Menschen und dann die Bedienung. Er hielt sie immer für … für –«

»Sklaven?« fragte Karkober kalt. Er sah sie überrascht an. Sie wendete jedoch weder ihren Blick ab, noch milderte sie den Vorwurf. »Tut mir leid, Herr Blade, aber ich mochte Euren … Freund … Gamor Turkal nicht. Er hat mich nie auch nur ansatzweise menschlich behandelt. Wenn ich nicht gerade als Fixpunkt für seine Phantasien diente, war ich kaum mehr als jemand, der ihm das Bier brachte.« Erst da senkte sie traurig den Kopf. »Ist das so schrecklich?«

»Nein«, versicherte ihr Pryce und schaute nach vorne. »Das ist nicht annähernd so schrecklich wie das, was wir machen, seit ich das Thema angeschnitten habe.«

Sie sah ihn überrascht und nur ganz leicht schuldbewußt an. »Wie bitte?«

»Wir reden in der Vergangenheitsform von ihm«, erklärte er mit freudlosem Lächeln. »Entschuldigt mich bitte.« Pryce beschleunigte seinen Schritt, bis er Azzo Schreders erreicht hatte.

Im Gegensatz zu seinem Schankmädchen schien Schreders sich ehrlich zu freuen, als Pryce ankam. »Blade! Laßt mich sagen, welche Ehre es für mich ist, so wertvolle magische Gegenstände zu berühren, geschweige denn sie zu tragen. Davon werde ich noch meinen Urenkeln erzählen! Was?«

»Und hoffentlich auch Euren Enkelchen, wenn sie noch nicht allzu früh ins Bett müssen«, gab Pryce etwas matt zurück. Ehe der Wirt ein gezwungenes Lächeln aufsetzen konnte, fuhr Covington fort: »Wie hätte ich auf einen Mann wie Euch verzichten können, der Lallor in Gang hält? Jeder weiß, das Azzoparde Schreders zu Diensten ist, ob er nun eine Erfrischung braucht oder eine Information.«

Der wortlosen Bestätigung des Mannes mangelte es ein wenig an der früheren Jovialität. Pryce fuhr unbeeindruckt fort: »Wie seid Ihr überhaupt zu einem so erstklassigen Anwesen gekommen? Die Preise müssen unerschwinglich sein, besonders für ein Haus mit einem so ausgedehnten Weinkeller. Was ist Euer Geheimnis, Azzo?«

Der Mann wirkte angesichts dieser Fragen verblüfft und nicht wenig besorgt. »Kommt schon, kommt schon, Azzo«, sagte Pryce vergnügt. »Ihr könnt es mir verraten. Schließlich bin ich der große Darlington Blade.«

»Herr«, begann der Wirt langsam und leckte sich verunsichert die Lippen, »Ich möchte Euch nicht mit den Einzelheiten meiner Ausbildung, Berufstätigkeit und Erfahrung als Betreiber von Speiselokalen langweilen.«

»Natürlich nicht«, stimmte Pryce zu. »Aber ich würde wirklich gern erfahren, wie ein Mann Eurer Ausbildung und ... Was war das dritte noch?«

»Erfahrung.«

»Ja, danke. Erfahrung ... Was sagte ich gerade?«

»Wirklich ...ein Mann meiner Erfahrung ...«

»Ach, ja! Sagt es mir, Azzo, wieso habt Ihr nicht von diesen Höhlen gewußt?«

Azzo blinzelte. »Ich habe davon gewußt.«

»Ja?«

»O ja, Herr Blade, gewiß!« Azzo überschlug sich regelrecht vor Offenbarungseifer. »Ich wußte die ganze Zeit davon. Dieser Teil des Höhlensystems ist durch eine kleine Öffnung oben in der rückwärtigen Wand mit meinem Weinkeller verbunden. Ich wußte von der Anlage, aber wie Ihr seht, hätte ich erst gründlich renovieren müssen, bevor man hier hätte Wein lagern können. Außerdem habe ich keine Ahnung, wo diese Gänge hinführen, und hatte nicht die Absicht, allen möglichen Kreaturen Zugang zu meinen Erfrischungen zu gewähren. Deshalb habe ich ein großes Weinfaß vor die Öffnung in meinem Weinkeller gestellt, um sie zu versperren.« Er lächelte zaghaft. »Ich habe das Faß sogar mit unserem einfachsten Wein gefüllt.«

»Wirklich?« fragte Pryce anerkennend. »Es ist also sehr unwahrscheinlich, daß gerade dieses Faß geleert wird, was?«

Schreders kicherte nervös, als Pryce dessen Sprechweise nachahmte. »Ihr wärt überrascht«, sagte er mit gezwungener Freundlichkeit, »nein, er war das Lieblingsgetränk vieler, sagen wir mal, weniger verwöhnter Gaumen.«

Pryce kicherte zurück. »Zum Beispiel von Gamor Turkal?«

Schreders hörte auf zu lachen. Er wurde sogar ein bißchen blaß. »Oh, ja ... Wenn ich es mir recht überlege, Gamor Turkal hat eigentlich nie etwas anderes getrunken.«

Pryce nickte. »Wie ungeheuer interessant«, zitierte er den Ausspruch der nervösen Kellnerin von vorhin. »Danke, Azzo. Ihr habt mir gesagt, was ich wissen mußte. Entschuldigt mich, ja?« Er eilte rasch nach vorn, zu Asche Hartov, der gerade auf den Ausgang zuhielt. »Ah, Asche, offensichtlich der Anführer.« Der Minenbesitzer antwortete nicht. Pryce versuchte es noch einmal. »Zauberbücher«, sagte er mit einem Blick auf die Bücher in den Armen des Mannes.

»Du hast einen sicheren Sinn für das Offensichtliche«, antwortete Hartov kalt.

»Immer noch wütend auf mich wegen des falschen Namens?«

»Wütend? Nein, wütend nicht, verletzt.«

»Komm schon, Asche! Du weißt sehr gut, daß die Art und Weise unserer geschäftlichen Absprachen sich verändert hätte, hättest du gewußt, daß ich Darlington Blade bin!«

»Ganz und gar nicht!«

»Na, wer führt jetzt wen an der Nase herum?« rief Pryce aus. »Willst du etwa behaupten, du hättest den Preis gesenkt – oder erhöht, je nach Stimmung –, wenn du gewußt hättest, daß du mit dem großen Darlington Blade verhandelst? Daß du nicht wenigstens deine Verbindungen hättest spielen lassen, um herauszubekommen, welchen Vorteil du noch herausschlagen kannst? Solltest du auch nur daran denken, mir so etwas aufzutischen, dann bist du nicht der Geschäftsmann, für den ich dich halte und den ich respektiere.«

Während er sprach, konnte Pryce mitverfolgen, wie Hartov versuchte, sein wachsendes Grinsen zu verbergen. Immerhin gelang es ihm, die Bestätigung für das Gesagte lange genug zurückzuhalten, um zu fragen: »Du respektierst mich?«

»Sicher!« meinte Pryce großspurig und breitete die Arme aus. »Von der Spitze des Alue bis zum äußersten Zipfel von Githim kennt jeder Asche Hartov, den Lieferanten von Erz allerbester Qualität.« Er legte dem Minenbesitzer einen Arm um die Schulter und flüsterte ihm ins Ohr. »Ehrlich gesagt, als ich dich gestern abend in Schreders' Taverne sah, wie am Abend zuvor auch schon, da dachte ich: Na, was macht denn Asche Hartov in Lallor? Der hat doch kein Ferienhaus hier. Und wer in einem so exklusiven Ort sollte daran interessiert sein, Erz zu kaufen, das nicht einmal Teddington Fullmer anlangen würde?«

Hartov blickte überrascht, dann mit einem Anflug von Besorgnis in Covingtons lächelndes Gesicht.

»Vielleicht bin ich ja wirklich Darlington Blade?« sprach Pryce dessen Gedanken laut aus. »Und womöglich kann ich direkt durch deine dünne Stirn sehen?« Er nahm den Arm von Asches Schulter und trat beiseite. Sein Gefolge blieb plötzlich stehen, alle Augen ruhten auf dem Minenbesitzer. Die Inquisitrixen und die Milizangehörigen merkten auf, als Pryce auf Hartov zeigte.

»Rede jetzt, Asche«, forderte Covington, »und sag die Wahrheit.«

»Ich – ich dachte, Geerling Ambersong wäre vielleicht interessiert«, stotterte der Minenbesitzer, während seine Augen zwischen Pryce und den Inquisitrixen hin und her schossen. »Ich hörte, er habe Pläne für ein Himmelsschiff. Und ich wußte, er würde dieses Jahr auf jeden Fall beim Herbstfest auftauchen und den Namen seines Nachfolgers als Erster Magier bekanntgeben.« Er starrte Pryce einen Augenblick lang an, dann schaute er nach vorne. »Ich – ich dachte, ich könnte mit ihm verhandeln.«

»Faszinierend«, meinte Pryce. »Und wo liegt die Quelle all dieser Informationen?«

»Was?«

»Woher weißt du das alles, Asche?«

»Ich – ich habe es dir doch gesagt, Cost … Ich meine, Darling … Blade! Du weißt, wie das ist. Ich habe ein Gerücht gehört …«

Pryce lächelte, ließ ihn aber noch zappeln. »Von wem?«

»Was?«

»Laß das Zeitschinden und beantworte meine Fragen. Von wem hast du die Gerüchte gehört?«

»Von wem? Ich – ich weiß nicht –«

»Und ob!« schimpfte Pryce. »Wer ist es?«

»Gamor!« rief Hartov aus. Er stolperte. Pryce erwischte ihn gerade noch am Arm. Als sich Hartov wieder aufgerichtet hatte, konnte er Pryce nicht in die Augen sehen. »Gamor Turkal«, sagte er kläglich.

»Ah, Gamor Turkal«, wiederholte Covington mit verkniffenem Lächeln und drehte sich zu den anderen um. »Einmal Gamor: ein Zufall. Zweimal Gamor: ein Hinweis. Dreimal Gamor: ein Zusammenhang. Viermal Gamor: eine Verschwörung!« Er drehte sich zu dem Wirt, dem Schankmädchen und dem Minenbesitzer um. »Folgt mir, ihr drei … Jetzt.«

Pryce lief zu der Stelle, an der Berridge Lymwich und Matthaunin Witterstaet auf beiden Seiten des Höhleneingangs gleich hinter Schreders' Taverne warteten. Die Öffnung in der Wand war erweitert worden, um Raum für die kleine Armee an Sicherheitspersonal zu schaffen, die den Ort bewachte.

Pryce stand neben dem Torhüter, als die drei Verdächtigen

blinzelnd in den kleinen Hof vor der Hintertür der Schenke traten. Jeder schenkte Covington im Vorbeigehen einen besonderen Blick. Sheyrhen: vorwurfsvoll und besorgt. Schreders: verwirrt und entschuldigend. Hartov: nervös und unbehaglich. Aber bevor einer von ihnen etwas sagen konnte, wurden sie von mehreren Milizionären und Inquisitrixen resolut ins Haus geleitet.

Covington blieb allein mit Matthaunin und Berridge auf dem Hof zurück. »Was bemerkt?« fragte Pryce Witterstaet aus dem Mundwinkel heraus.

Matthaunin schüttelte den Kopf. »Kein Jota Magie an den dreien.«

»Dafür genug Schuld und Angst für ein ganzes Weinfaß«, knurrte Lymwich. »Jeder von ihnen hätte Fullmer umbringen können.«

»Wer ohne Schuld ist, trinke den ersten Schluck«, meinte Pryce dazu nur. Dann wandte er sich wieder an Witterstaet. »Habt Ihr eine Idee, was das alles zu bedeuten hat?«

»Keineswegs, Herr Blade.«

»Das hatte ich befürchtet.« Er sah zu Lymwich, die ungläubig den Kopf schüttelte. »Sind wir bereit für unsere Reise?« fragte er sie.

Zu seiner großen Überraschung salutierte sie schneidig und zeigte dann auf die Hintertür. »Ja, mein Herr. Hier entlang, mein Herr.«

Er staunte, daß es hinter ihrer eisernen Maske auch einen Sinn für Humor oder zumindest Ironie geben sollte. Der Gedanke wurde jedoch von der wachsenden Aufregung verdrängt. Er sah Matthaunin an, der lächelte und meinte: »Oh, das gibt ein echtes Vergnügen, Herr Blade. Es ist eine ganze Weile her, daß ich eine so großartige Reise miterleben durfte, wie Ihr sie erbeten habt.«

»Und wie sie offenbar gewährt wurde«, sagte Pryce. »Sehen wir uns doch mal unser Gefährt an.« Er schritt rasch durch die Küche und hinter die Bar, den Torhüter immer im Schlepptau.

Wenn man Schreders' Schenke durch die Hintertür betrat und von der Bar her in den Gastraum ging, hatte man normalerweise die Pracht von Lallor vor Augen. Hinter den kristallklaren Fenstern an der Vorderseite des Lokals erstreckte sich die ganze Bucht von Lallor vor einem.

Pryce holte das Buch zurück, das er hinter der Bar deponiert hatte, und trat in die Gaststube. Diesmal jedoch konnte er von Lallor fast nichts erkennen. Obwohl die Sonne schon fast ein Viertel ihres Weges zurückgelegt hatte, waren die Tische bei Schreders dunkel und leer. Ein Schatten lag über dem Raum, der hellen Herbstsonne war der Weg versperrt. Statt dessen sah Pryce durch die Fenster das schöne satte Braun des besten Stevlymanholzes.

Lymwich und Witterstaet umrundeten die Tische auf der einen Seite, Pryce auf der anderen. An der Vordertür trafen sie sich wieder und gingen gemeinsam hinaus. Der Torhüter lief zum Bug des riesigen Gebildes, das vor dem Lokal schwebte, während Covington auf das Passagierfallreep am Heck zuhielt.

Vor ihnen befand sich die überwältigende *Verity*, das Große Himmelsschiff der Mystra.

12 Der Pryce ist zu hoch

Das Himmelsschiff war praktisch das Nationalsymbol von Halruaa. Den feurigen Wein aus Haerlu einmal ausgenommen, fiel den meisten Leuten bei Halruaa zuerst dieses Vehikel ein. Seine drei turmhohen Masten erhoben sich auf einem flugfähigen Schiffsrumpf, es war in der Luft, im Wasser und an Land gleichermaßen daheim.

Pryce schob sich durch die Menge, die sich versammelt hatte, um die einer Drachenschildkröte nachempfundenen, polierten Platten am Schiffsrumpf zu bewundern. Er warf Lymwich einen Blick zu, der soviel wie »Nette Idee« besagen sollte. Als er bemerkte, daß sie ihm nicht die geringste Aufmerksamkeit zollte, sah er zum Rumpf zurück. Lymwich prüfte währenddessen zusammen mit dem Kapitän, der in der offenen Luke des Frachtraums stand, eine Inventarliste.

Pryce legte sein Ohr direkt an das dicke glänzende Holz des Rumpfes, um das Summen des silbernen Hauptlevitationsstabes und der zwei goldenen Lenkzylinder zu hören, von denen je einer sich an jedem Ende des Schiffes befand. Der Energievorrat mußte einmal im Jahr durch Ratsmitglieder erneuert werden. Dem kräftigen Brummen nach mußte das Riesenschiff, das fünfzehn Fuß vor Schreders' Tür und fünf Fuß über der Erde schwebte, erst in jüngster Zeit neu aufgeladen worden sein.

Das Schiff war luxuriös, besaß jedoch einen altmodischen, rustikalen Charme. Pryce fühlte sich derart davon angezogen, daß er es kaum erwarten konnte, an Bord zu kommen. Er schob sich weiter durch die aufgeregte Menge, die aus staunenden Zuschauern, Würdenträgern von Lallor, Besatzungsmitgliedern und Sicherheitsoffizieren bestand.

Niemand grüßte Darlington Blade nach Lallorer Art. Statt dessen lächelten alle, nickten und warfen ihm anerkennende Blicke zu. Bis das Schiff abflugbereit war, würde ihm wahrscheinlich jeder in Lallor diese Art von Respekt entgegenbringen, da war Pryce sich ganz sicher. Noch nie hatte er sich so akzeptiert gefühlt. Diese Menschen ließen sich nicht von seinem Auftritt beeindrucken. Sie hörten wirklich zu. Jetzt mußte er ihnen nur noch etwas zu hören geben.

»Wer seid Ihr?«

Pryce sprang zurück, um nicht mit Dearlyn Ambersong zusammenzustoßen. Ihre Augen waren gehetzt und rotgerändert, mit dunklen Ringen darunter. Ihre Haut wirkte blaß. Er blieb stehen und starrte sie an. »Ihr solltet doch an Bord sein«, erklärte er ihr leise.

»Wer *seid* Ihr?« flüsterte sie wieder drängend.

Er flüsterte zurück: »Ich bin Darlington Blade.«

»Nein, der seid Ihr nicht.«

»Doch, der bin ich.«

Trotz all der Menschen um sie herum fühlten sich die beiden allein. Sie blinzelte, und ihre Augen schienen feucht zu werden. Dann wurden ihre Lippen schmal, hart und blutleer. Unter seinem Blick nahm sie irgendwie wieder Haltung an. »Ihr habt mir gesagt, Ihr wärt es nicht«, sagte sie dann mit tödlicher Kälte in der Stimme.

»Ihr wolltet mich schließlich umbringen.«

»Aber wenn Ihr *wirklich* Darlington Blade wärt, hätte ich Euch nicht umbringen *können*!«

Obwohl ihre Stimme drängender wurde, veränderte Pryce weder seine Haltung, seine Lautstärke noch seinen Tonfall. »Ja, aber wenn ich *nicht* Darlington Blade wäre, *hätte* ich Euch höchstwahrscheinlich verletzt.«

Sie blinzelte. Diese Schlußfolgerung ließ sie den Mund auf- und zuklappen. »Aber … Ihr sagtet … Mein Vater …«

Sehr vorsichtig legte er ihr eine Hand auf den Arm, in der Hoffnung, sie vor einem Zusammenbruch zu bewahren. »Fräulein Ambersong. Dearlyn. Hört mich an. Ich …« Er schluckte, denn er konnte den Satz nicht beenden – nach allem, was er ihr wissentlich und unwissentlich angetan hatte. »Es ist mir wichtig, wie Ihr von mir denkt«, brachte er schließlich heraus. »Geht an Bord. Ganz gleich, was Ihr vielleicht fühlt, ganz gleich, was Ihr erlitten habt, eines kann ich Euch versprechen: Es wird alles bald vorbei sein. Tut, was ich Euch sage. Bitte.«

Sie starrte ihn noch einige Sekunden lang an, dann machte sie auf dem Absatz kehrt und eilte das Fallreep hinauf. Pryce holte tief Luft, um seine Verlegenheit zu unterdrücken. Er straffte die Schultern und erinnerte sich selbst daran, daß er eine schwierige und äußerst gefährliche Aufgabe vor sich hatte. Er berührte die Spange und trat zu den anderen.

Mehrere Männer, die er als Angehörige des Ältestenrats erkannte, grüßten ihn mit dem höchsten Zeichen der Anerkennung in Lallor, dem »halruaanischen Salut« – einem Nicken, bei dem man zugleich mit dem Zeigefinger auf den Kopf deutete. Pryce erwiderte den Gruß erfreut, denn er hoffte, ihm sehr bald gerecht zu werden. Er gestattete sich ein Nicken ohne Zeigefinger gegenüber verschiedenen anderen interessierten Zuschauern. Darunter befanden sich einige junge Patrouillenführer, die obersten Milizionäre und sogar ein paar Elfen und Halbelfen, denen wegen ihrer Begeisterung für die Illusionskunst ein Studium in der Stadt erlaubt worden war.

Schließlich hatte Pryce sich durch die aufgeregte Menge zu einem Fallreep durchgekämpft, das an Deck führte. Oben stand ein junger Mann aus der Mannschaft, der die Passagierliste überprüfte. »Wo ist der Kapitän?« fragte Pryce.

Der Mann zeigte zum Oberdeck, auf dem eine ansehnliche ältere Frau in einer schönen himmelblauen Uniform mit goldenen Schulterstücken und silbernen Knöpfen neben zwei geschnitzten Zylindern stand. Pryce lief rasch an einigen anderen Besatzungsmitgliedern vorbei, die sich an Deck zu schaffen machten, und sprang die kleine Treppe zum Oberdeck hinauf. Er streckte die Hand aus und ging auf sie zu.

»Bitte um Erlaubnis, mit Euch segeln zu dürfen, Kapitän. Ich bin Darlington Blade.«

Ohne Zögern ergriff die Frau seinen Unterarm, und er wiederum den ihren. Wenn Menschen zusammen in einem Himmelsschiff fuhren, waren sie voneinander abhängig und mußten einander uneingeschränkt vertrauen können.

»Kapitän Renwick Scottpeter, Herr Blade. Es ist mir ein Vergnügen, Euch endlich kennenzulernen.«

»Das Vergnügen liegt ganz auf meiner Seite.« Er schaute auf den blauen Himmel und die grauen Wolken in der Ferne. »Alles bereit für unsere Reise zum Heiligtum?«

»Die Inquisitrixen und Priesterinnen vom Talath haben eine Leuchtturmkette für uns vorbereitet«, berichtete Kapitän Scottpeter. »Sobald wir eine bestimmte Höhe erreichen, werden wir automatisch zum Zentraltempel des Mystra gezogen, wo Greila Sontoin uns erwartet.«

Pryce fuhr herum. »Greila Sontoin persönlich?« fragte er ungläubig.

»Um das Lebenswerk von Geerling Ambersong in Empfang zu nehmen, persönlich überbracht von Darlington Blade? Sie sagte – ich zitiere –, sie ›würde es um alles Elektrum von Zoundar nicht verpassen wollen‹.«

Pryce lächelte aufgeregt und mit nur einem Anflug von Übelkeit zurück. Sontoin sollte überirdische Weisheit besitzen. »Ich wüßte nur zu gern, wie unsere Begegnung verlaufen wird«, sagte er ehrlich.

»So wie ich gern wüßte, was Ihr während unserer Expedition vorhabt«, meinte Scottpeter. Jetzt suchte die Frau selbst den Horizont ab. »Mir wurde gesagt, Ihr hättet ein einzigartiges ... Schauspiel ... vorbereitet.«

Pryce schnitt eine Grimasse. So würde Lymwich es wohl ausdrücken. »Ich würde es nicht gerade ein Schauspiel nennen, noch möchte ich behaupten, richtig vorbereitet zu sein. Ich hoffe allerdings, Ihr und Eure Mannschaft seid es ... Auf alles.«

Der Kapitän nickte. »Bitte macht Euch über diesen Punkt keine Gedanken, Herr Blade. Ihr könnt Euch darauf verlassen, daß wir dieses Schiff mit unendlichem Stolz und Entschlossenheit führen, ganz gleich, was geschieht.«

»Danke, Kapitän. Und nun, gibt es einen Ort, wo ich mich für meine Vorstellung fertig machen kann?«

Sie führte ihn in ihre Kajüte, die unter dem Oberdeck zum

Heck hin lag. Nachdem sie ihm alles gezeigt hatte, zog sich Scottpeter zurück. Die Decke war niedrig, aber ansonsten wirkte der Raum gemütlich und komfortabel. Ein Bett mit scharlachrotem Überwurf war bugwärts in die Wand eingefügt. Ein Tisch und Stühle standen unter Fenstern, die nach Steuerbord hinausgingen. Ein eindrucksvoller hölzerner Schreibtisch befand sich unter den Heckfenstern.

Zu seiner Erleichterung und wachsenden Freude lag die Garderobe, um die er gebeten hatte, schon auf dem Bett bereit. Bevor er sich damit befaßte, ließ sich Pryce jedoch einen Moment Zeit, Lallor und die Lallorer Bucht von oben zu betrachten. Eine wirklich schöne Stadt ... wahrlich das verborgene Juwel von Halruaa. Lallor war tatsächlich eine Stadt, für die man kämpfen, sterben ... und anscheinend auch töten konnte.

Es klopfte. Pryce blickte zur Tür und sagte: »Ja?«

Der Halbling streckte den Kopf herein. »Blade?«

»Gheevy, mein Freund!« rief Pryce erfreut. »Komm doch herein!« Der Halbling trat ein, doch er wirkte zutiefst besorgt. Pryce lachte. »Mein lieber Wotfirr, keine Bange. Ich versichere dir, auf dieser Reise werde ich mich ausruhen!«

»Darum – darum geht es gar nicht, Blade. Es ist nur ... Also, wie um Himmelswillen willst du das jemals herunterbekommen?«

Pryce runzelte die Stirn und kam um den Tisch herum. »Was meinst du, mein Freund? Was macht dir Kummer?«

Der Halbling sah sich eilig um und vergewisserte sich, daß niemand im Gang war, bevor er die Tür fest zumachte. »Wie du schon sagtest, als wir die Werkstatt verließen. Wir wissen jetzt, daß Geerling, Gamor und Teddington tot sind. Aber es gibt noch eine Person, die tot ist, und das wissen nur wir zwei!«

Pryce legte den Kopf schief, als hätte er in der Ferne etwas gehört. »Wer denn?« fragte er dann.

»Das weißt du doch!«

»Ich fürchte, nein«, antwortete Pryce ruhig.

»Darlington Blade!« zischte Gheevy.

»Ich bin Darlington Blade«, sagte Pryce ungerührt.

»Ja, aber –«

Plötzlich hob Pryce die Hand. »Sag nichts mehr, Gheevy. Ich weiß. Aber wenn das hier funktionieren soll, darf ich eines nicht vergessen: Ich *bin* Darlington Blade.«

»Aber der bist du eben nicht!« jammerte der Halbling verzweifelt. »Und das weißt du!«

»Tu ich nicht«, sagte Pryce schlicht mit ausdruckslosem Gesicht.

»Was?«

»Du irrst dich, Gheevy. Du hat dich geirrt, als du sagtest, daß ›nur wir beide‹ wissen, daß noch jemand tot sei, und du irrst dich auch jetzt.«

Wotfirr wirkte wie gebannt. »Was soll denn das alles heißen?«

Pryce hielt den Zeigefinger hoch. »Der Mörder weiß es auch«, erinnerte er den Halbling.

Jetzt dämmerte es Wotfirr, doch gleich zogen Sturmwolken der Besorgnis über sein Gesicht. »Richtig. Wie kannst du also dessen Identität entlarven, ohne dabei dich selbst bloßzustellen?«

Pryce starrte seinen Partner einfach ein paar Sekunden an, dann drehte er sich zum Steuerbordfenster um. Während er hinausblickte, betastete er geistesabwesend den schweren Holztisch. »Eine wirklich interessante Frage«, sagte er dann so leise, daß Gheevy ihn kaum verstehen konnte. »Erinnerst du dich noch, was die wichtigste Frage für einen Detektiv ist?«

»Gewiß.« Der Halbling nickte. »Die Frage nach dem Warum.«

»Genau. Warum. Wie in: ›Warum hat der Mörder mich am

Leben gelassen?‹ Oder: ›Warum hat der Mörder mich nicht schon längst enttarnt?‹« Er warf dem Halbling einen belustigten Blick zu. »Kannst du darauf antworten, Gheevy?«

Der Halbling sah sich hilflos in der Kabine um. »Nein, ganz und gar nicht.«

»Das ist aber zu schade«, meinte Pryce Covington trocken. »Denn ich glaube, ich kann es.« Er drehte sich wieder weg, um sein Spiegelbild in den Fenstern der Kajüte zu betrachten. »Wie stünde es, wenn auch unser Mörder nicht dazu imstande wäre?«

Der Halbling konnte nur völlig verständnislos den Mann anstarren, der sich als Darlington Blade ausgab.

»Was soll das nun wieder heißen?« fragte er.

Pryce sprach weiter, ohne ihn anzusehen. »Laß mich bitte einen Augenblick allein, mein Freund.«

Gheevy warf dem Mann, den er beinahe bloßgestellt und für den er später sein Leben riskiert hatte, einen letzten besorgten Blick zu. »Natürlich«, sagte er. Dann verließ er die Kabine und schloß vorsichtig und leise hinter sich die Tür.

***

»Es wird Zeit zum Abflug!« rief Berridge Lymwich vom Bug her. »Räumt das Deck und macht die Leinen los! Laßt die Leute vom Schiff zurücktreten!« Die Mannschaft vergewisserte sich rasch, daß die Zuschauer von den Leinen wegrückten. Die Inquisitrixen, die Männer der Miliz und die Patrouillen auf dem engen Platz unter der *Verity* taten das Ihre dazu.

Die Nachricht vom Start eines Himmelsschiffes des Mystratempels, beladen mit den magischen Schätzen von Geerling Ambersong, hatte sich anscheinend schnell herumgesprochen. Und es sah so aus, als wären alle Bewohner von Lallor herausgeströmt, um es zu verabschieden. Jede Straße und jeder Hof entlang des abfallenden Hanges von der Stadtmauer bis zur Lallorer Bucht war voller Menschen, Halblinge, Elfen und Halbelfen, die winkten, harmlose magische Feuerwerkskörper abbrannten, magische Lichtstrahlen hochschossen und dem Großen Himmelsschiff *Verity* einen überwältigenden Abschied bereiteten.

Berridge Lymwich drehte sich von der Reling weg. Sie wollte sich überzeugen, ob ein Passagier vielleicht so unhöflich war, luftkrank zu werden, oder so dumm, wieder aussteigen zu wollen. Nach einem Kontrollblick über Deck schien sie offenbar damit zufrieden zu sein, daß Blades Verdächtige vollzählig anwesend waren.

Gheevy Wotfirr schenkte Berridge Lymwich einen vielsagenden Blick, als er an ihr vorbeikam. Dann schlüpfte der Halbling zwischen dem behäbigen Azzo Schreders und der wohlgeformten Sheyrhen Karkober zum Bug vor. Die Inquisitrix sah auf das Deck hinunter, wo der gebeugte Matthaunin Witterstaet mit seinen Hängebacken neben Dearlyn Ambersong stand. Beide wurden von dem hageren Asche Hartov beobachtet, der seinem Namen alle Ehre machte, denn er erschien wirklich aschgrau.

Obwohl alle nur mit Vorbehalt an dieser Reise teilnehmen wollten, hätten sie den Abflug um, nun, alles Elektrum in Zoundar nicht verpassen mögen, dachte Lymwich.

In diesem Moment begann die *Verity* zum Himmel aufzusteigen.

Renwick Scottpeter behandelte die geschnitzten Zylinder wie ein Musikinstrument, dessen Saiten, die Levitationsfelder, genau aufeinander abgestimmt werden mußten, sollten sie ihren Zweck erfüllen. Bei jedem Start war sie genauso aufgeregt wie beim erstenmal, bis schließlich das große Schiff in das Meer des Himmels brauste. Sie hatte lange und hart gearbeitet, um Himmelsschiffskapitän zu werden, und sich dann die fähigste, schnellste und zuverlässigste Mannschaft des Reiches herangezogen.

Am Bug des großen Schiffes befand sich eine schöne Galionsfigur, die von Minsha Tyrpanning, Talathgards bester Bildhauerin, gefertigt war. Sie stellte die fliegende Mystra dar und bestand ganz aus Elektrum. Das gelassen lächelnde Gesicht der Göttin blickte zu den Wolken auf, und ihre von einem flatternden Gewand umwehte Gestalt schien das Schiff unaufhaltsam zum Himmel emporzuziehen. Die *Verity* erhob sich vierzig Schritt über den Boden, dann schwenkte sie langsam nach Nordwesten.

Lymwich hielt ihr Gesicht in den Wind und schloß die Augen. Sie versuchte die mächtigen magischen Strahlen zu fühlen, die das Schiff zielsicher zum Talath bringen würden, doch eine Stimme schreckte sie auf.

»Kümmere dich um deine Passagiere«, hörte sie eine melodische Stimme sagen. Lymwich schlug die Augen auf und sah den mißbilligenden Blick der Mystra-Oberin Wendchrix Turzihubbard, ihrer direkten Vorgesetzten und der obersten Autorität des Lallorer Inquisitrixenschlosses. »Beschäftige dich nicht mit dem Flug«, sagte die große Frau in königlicher Robe herrisch. »Dafür bin ich da und die anderen, die unten die Ladung bewachen.«

Ihre Worte erinnerten Lymwich erneut daran, daß sie sich nicht nur als Sicherheitsbeauftragte an Bord befand, sie gehörte auch zur Gruppe der Hauptverdächtigen.

»Faden zwei-fünf-null-null!« rief der Mann am Bug. Sein Schrei wurde weitergegeben, bis er den Kapitän erreicht hatte. »Faden zwei-fünf-null-null«, bestätigte Scottpeter und verstellte die geschnitzten Zylinder geringfügig, um den Aufstiegswinkel abzuschwächen. Das schwere Schiff schien sich wie eine Seifenblase entlang der ruhigen Luftströmungen zu bewegen, es glitt mit einem leichten, weichen Schaukeln dahin.

»Faden drei-null-null-null!« rief der Mann am Bug.

»Faden drei-null-null-null!« wiederholte die Frau achtern.

»Höhe drei-null-null-null!« bestätigte Scottpeter. Sie schob die Zylinder gekonnt hin und her, bis das Schiff diese

Höhe beibehielt. Dearlyn sah Scottpeter bei ihrer Arbeit zu und beneidete sie. Sie fand, ihre Hingabe gleiche der der besten Musiker. Renwick beherrschte die Levitationsfelder des Schiffes wie ein Dirigent eine Sinfonie.

Dearlyn sog den Anblick des Himmels über und unter der Erde in sich auf. Wenn sie den Kopf hob und das schöne glänzende Deck vergaß, kam es ihr fast vor, als würde sie selbst fliegen. Schließlich fühlte sie einen kühlen Hauch aus Nordwesten und zog rasch ihren Mantel um sich.

Dearlyn stieg die Treppe zum Hauptdeck hinunter. Azzo Schreders hatte den Arm um die zitternde Sheyrhen Karkober gelegt, während Matthaunin und Asche ihre Mäntel am Hals zusammenhielten. Bald wurden die drei Masten tiefrot, und es war nicht mehr nötig, sich gegen die Kälte zu wappnen. Die Hitze, die auf magische Weise von den Masten ausging, dehnte sich über den gesamten Raum des Decks aus.

»Steuermann!« rief Scottpeter von ihrem Posten.

»Aye, Kapitän«, antwortete die Elfin durch ein offenes Fenster hinter Renwick.

»Kurs bestätigt?«

»Kurs bestätigt, Madame. Zweihundertundfünfzig Meilen Nordwest auf exakt vierundfünfzig Grad.«

»Ausgezeichnet. Inquisitrix Lymwich?« fragte Scottpeter.

»Hier, Kapitän!« rief Berridge zurück, widerstand jedoch dem Drang, einen heimlichen Blick auf ihre Vorgesetzte zu werfen.

»Wir haben unsere Flughöhe erreicht. Die *Verity* steht Euch zur Verfügung. Bitte seid so freundlich, die Passagiere vorzubereiten.«

»Ja, Madame!« Berridge drehte sich zu den anderen um. »Also, alle am Hauptmast versammeln. Der große Darlington Blade bittet um eure Aufmerksamkeit.«

Die Passagiere machten sich – einige zurückhaltender als andere – auf den Weg zum Hauptmast, in den im unteren Bereich Bilder aus der Geschichte des Schiffs eingeschnitzt waren. Sheyrhen staunte besonders über die Darstellungen von fliegenden Drachen, großen Stürmen und Horden von Himmelspiraten. Sie drehte sich erst um, als sie die Kajütentür hinter sich aufgehen hörte. Dann sah sie das, was alle anderen bereits anstarrten.

Pryce Covington war an die Lenkstange des Schiffes getreten, in einen unglaublich prächtige rot-schwarze Robe gekleidet. Auf seiner Brust glänzte die Ambersongspange, die ihn als den großen Darlington Blade auswies. Das riesige ledergebundene Buch, das er in einem Arm hielt, vervollständigte das Bild. Er stand vor ihnen und sah ihrem Ziel entgegen, als über ihren Köpfen, genau im richtigen Augenblick, dunkle Wolken aufzogen.

Er machte den Mund auf und sprach: »Entschuldigt mich bitte einen Moment«, und lief fort, um die schwere Kabinentür zu schließen. »Ich war nicht auf den Wind hier oben gefaßt«, entschuldigte er sich bei Scottpeter.

Der Kapitän lachte leise. »Der Wind in diesen Höhen kann recht stark sein.«

Pryce schritt schnell zurück an das Geländer, von dem aus man das Hauptdeck überblicken konnte. Er legte das Buch mit dem Rücken auf die polierte Reling.

»Wenn man das Unmögliche ausschließt«, rief er ihnen zu, »muß alles, was übrig bleibt – ganz gleich wie unwahrscheinlich es auch sein mag – die Wahrheit sein.« Pryce blickte auf. »Das war das Motto, nach dem mein Meister gelebt hat.« Effekthalber ließ er das Buch mit einem Knall auf das Deck fallen.

»Aber mein Meister ist tot«, erklärte er ihnen. »Ihr wißt seit einem halben Tag, was ich schon wußte, bevor ich Lallor auch nur betreten hatte.« Sie standen da, starrten ihn an und warteten auf die nächste Enthüllung. »Ihr hattet mich noch nie zuvor gesehen«, fuhr Pryce fort, ließ das Buch beim Kapitän und begann die Stufen zum Hauptdeck hinunterzusteigen, »und Ihr hättet mich auch nie zu Gesicht bekommen, wäre mein Lehrer nicht ermordet worden. Der Grund – der einzige Grund – weshalb ich nach Lallor kam, war, um nach dem Mörder zu suchen.«

Er blickte die Versammelten der Reihe nach an und registrierte, ob sie wie vom Donner gerührt, bedauernd, besorgt oder vorwurfsvoll dreinschauten. Dann trat er zwischen sie. »Überrascht Euch diese Nachricht?« fragte er und breitete die Arme aus. »Ihr alle kennt meinen Ruf: Ich bin ein Abenteurer. Warum sollte ich wohl sonst so einen exklusiven Erholungsort aufsuchen?«

»Ihr – Ihr wußtet es die ganze Zeit?« stotterte Lymwich.

Er sah sie direkt an. »Ich habe seine Leiche an einem Baum gefunden, als ich von Norden kam«, sagte er offen, allerdings ohne einen Blick in Gheevys Richtung zu riskieren. »Neben dem Leichnam von Gamor Turkal, der aufgehängt am Baum der Fragen war.«

Das ließ den Kreis der Verdächtigen hörbar nach Luft schnappen. Pryce stellte ihnen die Szene so eindringlich dar, damit Geerlings Leiche in den Hintergrund rückte. Das war seine einzige Möglichkeit, sich durch diesen mörderischen Irrgarten zu tasten, ohne seine wahre Identität zu enthüllen.

»O ihr Götter!« hauchte Azzo, als Pryce geendet hatte. »Mord? Hier in Lallor?« Er machte fast einen Satz, als Covington plötzlich mit dem Finger auf ihn zeigte.

»Genau!« rief dieser. »Mord? In Halruaa? Unglaublich! Unvorstellbar! *Absurd*! Was für eine herzlose, verwerfliche, *hirnlose* Tat!« Er drehte sich langsam einmal um sich selbst, als sei auch für ihn die Tat noch unbegreiflich.

»Lallor ist ein Tummelplatz für die erfolgreichsten, mächtigsten Zauberer der Nation! Wer, der noch ganz bei Trost ist, würde hier jemanden ermorden? Und nicht gerade irgend jemanden«, fuhr Pryce fort und wackelte mit dem Zeigefinger.

»Niemand Geringeren als den Ersten Magier und seinen Assistenten. Der Assistent?« Pryce zuckte mit den Schultern. »Kein großes Problem. Aber warum hängt man ihn ausgerechnet an den Fragenbaum? Warum nicht einfach ... nun ... ihn niederschlagen und an die Schakale in den Bergen verfüttern?« Als er sich umdrehte, bemerkte er, wie Gheevy sich wand. Er ließ sich nicht davon beirren. Wenn er diese Sache überleben wollte, mußte er soviel Wahrheit wie möglich in die Geschichte einfließen lassen.

»Aber einen Ersten Magier? Was hätte jemanden überzeugen können, ein solches Risiko einzugehen? Und warum läßt man ihn an einem der bekanntesten Plätze der Gegend zurück?« Er suchte in jedem einzelnen Gesicht nach einer Antwort, fand aber keine. Dann drehte er sich zum Oberdeck um. »Kapitän Scottpeter! Kennt Ihr die wichtigste Regel für die Aufklärung eines Mordfalls?«

Scottpeter reagierte, als müsse sie Pryce auf eine uralte Anrufung antworten, sie hatte ihn aber nichtsdestotrotz verstanden. »Nein, Herr Blade«, rief sie zurück. »Ich bin froh, Euch sagen zu können, daß ich dieses Wissen nie gebraucht habe.« Sie blickte zu ihrem Steuermann. Die Elfin war herausgekommen, um dieses einzigartige Schauspiel mitzuverfolgen. »Und ich hoffe bei den Wolkendrachen, daß ich es nie benötigen werde«, flüsterte Scottpeter ihr zu.

Pryce wandte sich vom Kapitän ab und den anderen zu und ging langsam unter ihnen herum. »Bei der Untersuchung eines Mordfalls darf man weder seinen Freunden vertrauen ...«, er warf Asche Hartov einen vielsagenden Blick zu, »noch seinen Lehrern ...«, er sah zu Matthaunin hin, »noch den Behörden ...«, er blickte zu Lymwich, »noch der eigenen Schwester ... «, dieser Blick galt Dearlyn, »noch einer Geliebten.« Diesmal ruhten seine Augen auf Sheyrhen, bevor er an ihnen allen vorbeischritt und einfach in den Himmel sprach.

»Nur einem darf man vertrauen«, sagte er, »den drei M.«

»Den drei Em?« stammelte Lymwich ungläubig.

»Ja«, bestätigte Pryce, kam zu ihnen zurück und zählte an seinen Fingern ab: »Mittel. Möglichkeit. Motiv. M. M. M.« Bevor irgend jemand reagieren konnte, fuhr Pryce bereits wieder fort. »Mittel. Wer hatte die Mittel, Gamor Turkal zu töten?« Er schaute umher. »Jeder von Euch, möchte ich meinen. Gamor hing an seinem Hals vom Ast eines Baumes. Er war gewiß kein schwerer Mann. Sobald er bewußtlos war, hätte jeder von Euch die Tat begehen können.«

Sie sahen einander mißtrauisch an, bis Pryce sie schließlich vom Haken ließ. »Oh, aber wer hatte die *Mittel*, Geerling Ambersong zu töten?« Pryce schüttelte traurig den Kopf. »Nun, das ist ein Problem ... Gerade deshalb, weil nicht einmal ich *eine offensichtliche Todesursache* feststellen konnte.«

»Nun wartet aber mal«, unterbrach ihn Lymwich verärgert und trat aus den Umstehenden hervor. »Wartet mal einen Moment! Wo sind die Leichen? Warum habe ich – ich meine, wir – keine Gelegenheit erhalten, sie zu untersuchen?«

Pryce warf über Lymwichs Schulter hinweg einen kurzen Blick auf Gheevys blasses Gesicht, bevor er fortfuhr. »Die Situation erforderte es, daß für beide Leichen bestimmte Vorkehrungen getroffen wurden, Inquisitrix Lymwich. Ich mußte dafür sorgen, daß Dinge, die für die Sicherheit und das Wohlergehen unserer gesamten Nation lebenswichtig sind, nicht in die falschen Hände gerieten.« Er bemerkte, daß Gheevy aussah, als würde ihn gleich der Schlag treffen. Er schien sich sicher zu sein, daß diese Erklärung niemals durchkommen würde.

Der Halbling hatte beinahe recht. Berridge trat schäumend vor Pryce. »Wollt Ihr damit sagen, daß Ihr den Jüngern der Mystra nicht zutraut –«

»Das reicht, Inquisitrix Lymwich!« fauchte Mystra-Oberin Turzihubbard. Die herrische Anführerin hatte sich leise hinter die kleinere Frau geschoben. »Wenn der große Darlington Blade meint, daß Vorkehrungen getroffen werden müssen, die unsere Autorität umgehen, dann genügt mir das.« Doch sie warf Pryce noch einen letzten, bohrenden Blick zu und fügte betont hinzu: »Fürs erste.«

Pryce grinste dämlich. Immerhin war er dankbar für den Aufschub, so kurz er auch sein mochte. »Wir sprachen von den Mitteln, Inquisitrix Lymwich«, rügte er. »Und von dem Umstand, daß ich bei meinem Meister keine Todesursache feststellen konnte.«

»Nun gut«, schnaufte Berridge und zog ihre tadellos sitzende Uniform zurecht. »Fahrt fort.«

»Danke.« Pryce wandte seine Aufmerksamkeit wieder den anderen zu. »Jeder von uns hätte Gamor Turkal töten können, aber warum? Warum überhaupt jemanden umbringen? Um mehr Land zu gewinnen? Um mehr Macht zu erhalten? Das sind die üblichen Motive fürs Töten, aber es gibt einen Unterschied zwischen dem Töten in der Schlacht und einem Mord. In Halruaa wird Tag für Tag getötet. Orks töten Oger, Oger töten Riesen, Riesen töten Menschen, Menschen töten einander – es ist traurig, aber es geschieht ständig. Doch das ist das Wesen des Kampfes zwischen Gut und Böse«, betonte er. »Zum *Töten* kommt es, wenn die Guten sich zum Wohle aller gegen die Bösen verteidigen. Ein *Mord* geschieht, wenn ein Individuum das innere Ringen zwischen Gut und Böse verliert.«

Er hielt den Zeigefinger hoch und ließ ihn dann langsam in seine Faust zurücksinken.

»Der große Priesterphilosoph Santé hat geschrieben, wenn eine gute Person am Ende ist, schließt sie die Tür und bringt sich um. Wenn jedoch eine böse Person am Ende ist, öffnet sie die Tür und bringt *jemand anderen* um. Ich fürchte, das ist es, was hier geschehen ist. Jemand war mit seiner Moral am Ende. Aber warum? Was ist das offensichtlichste Motiv für diese

Morde?« Er wies mit beiden Händen auf das Deck. »Wir stehen buchstäblich darauf. Geerling Ambersongs Lebenswerk. Genug magische Gegenstände und Zauberbücher, um jeden an Bord dieses Schiffes über dessen kühnste Träume hinaus reich zu machen.«

Er zeigte auf Berridge Lymwich. »Für Euch bedeutete dies die Erfüllung Eurer ehrgeizigen Bestrebungen.« Er wies auf Dearlyn Ambersong. »Für Euch war es Euer Geburtsrecht.« Er zeigte auf Matthaunin Witterstaet, Lallors Hansdampf-in-allen-Gassen und obersten Torhüter. »Für Euch war es die Möglichkeit, zu werden, was Ihr nie werden konntet, solange Geerling lebte.« Er benutzte zwei Finger, um auf Azzo Schreders und Sheyrhen Karkober zugleich zu deuten. »Für Euch zwei bedeutete es, daß Ihr alles haben konntet, was Ihr wolltet.« Zum Schluß zeigte er auf Hartov, den Minenbesitzer. »Und für dich bedeutete es das größte Geschäft deines Lebens.«

Die Verdächtigen sahen von Pryce weg und einander an. Sie begannen zu murmeln, ja, sich zu verteidigen, als Pryce kühl fortfuhr. »Soviel zum Motiv«, sagte er wegwerfend. »Jetzt scheiden wir tatsächlich die Gefährlichen von den Unschuldigen. Die ›Möglichkeit‹ ist gefragt. Und wer von Euch hatte überhaupt die Möglichkeit, irgend jemanden zu ermorden, nicht nur meinen Meister und dessen Assistenten?« Er beobachtete die nervös gewordenen Versammelten.

»Matthaunin Witterstaet?« fragte er, dann schüttelte er den Kopf. »Es fällt schwer, zu glauben, daß jemand, der zwölf Stunden unter einem wachsamen Auge damit zubringt, Mittel, Motive und Möglichkeiten von Hunderten von Immigranten zu prüfen, noch die Zeit oder die Lust hätte, einen Magier zu stellen und zu töten. Sheyrhen Karkober? Kann jemand, der so unschuldig aussieht und sich so dumm stellt, einen kaltblütigen Mord an einem Magier mitten in einer Stadt voller Magier aushecken?«

Er nickte kurz. »Möglich.« Sie schnappte nach Luft. »Aber nicht wahrscheinlich.« Sie entspannte sich, jedoch nur für kurze Zeit.

»Außerdem«, fuhr Pryce fort, »war sie viel zu sehr damit beschäftigt, ihre Affäre mit Gamor Turkal vor dem Mann zu vertuschen, der heimlich seit Jahren ihr ergebener Galan war.«

»Sheyrhen!« Der Wirt schrie auf wie ein verwundeter Stier. »Wie konntest du –«

Pryce verhinderte jeden Wortwechsel zwischen den beiden. »Vergebt ihr, Azzo«, empfahl er, während er zwischen den beleibten Schankwirt und die beschämte Kellnerin trat. »Ich bin mir sicher, Gamor hat sie gnadenlos bedrängt und ihr viele verheißungsvolle Versprechungen von Ruhm und Reichtum gemacht, die er niemals beabsichtigte einzulösen. Auch zweifle ich nicht, daß es sich nur um eine Nacht handelte und sie ihren Fehltritt so sehr bedauerte und so darauf versessen war, Euch nicht zu verletzen, daß sie lieber unter Mordverdacht geriet, als die unglückselige Wahrheit einzugestehen.«

Pryce machte eine Kopfbewegung, um Azzo darauf hinzuweisen, daß Karkober eifrig nickte. Dann streckte er sich und sah dem Wirt fest in die Augen. »Aber Ihr selbst seid noch nicht aus der Sache raus, Azzoparde Schreders. Auch der erfahrene und so erfolgreiche Gastwirt hat ein Geheimnis, nicht wahr?« Er starrte den bärtigen, beleibten Mann an, bis Azzos Blick unsicher wurde. Erst da schüttelte Pryce den Kopf. »Ihr wußtet es, was? Genau wie Sheyrhen das Geheimnis ihrer einen Liebesnacht hütete, habt Ihr Euer Wissen darum vor ihr verborgen, was?« Der kräftige Wirt sagte nichts, er blickte nur betreten auf dem Deck herum.

Karkober floh in seine Arme.

Pryce trat zurück, und ein leichtes Lächeln glitt über sein Gesicht. »Nein, obwohl Ihr vielleicht den Drang verspürtet,

Gamor Turkal für das zu töten, was er getan hat«, erklärte er dem Wirt, der nun die schöne Kellnerin umarmte, »glaube ich nicht, daß Ihr die Zeit oder die Lust hattet, einen Magier umzubringen.«

»Wie – wie konntet Ihr das wissen?« fragte Azzo.

»Ihr vergeßt«, sagte Pryce grinsend, »daß auch ich Gamor Turkal kannte ... Wahrscheinlich besser als ihr alle zusammen! Und dann ... Ich habe bemerkt, wie Ihr Sheyrhen gestern abend an der Bar angesehen habt, als Ihr dachtet, sie hätte mich ›Darling‹ genannt. Der Rest war einfach.« Er schnüffelte bescheiden.

Von dem sichtlich erleichterten Wirt drehte er sich dann schnell zu der trotzigen Inquisitrix.

»Berridge Lymwich«, überlegte er laut. »Auf jeden Fall ist sie listig genug und von fast zügelloser Begierde erfüllt ...« Er starrte der Frau fest in ihre kalten Augen. Sie hielt ihm mit vorgeschobenem Kinn stand.

Er sprach weiter, sein Tonfall wurde weicher: »Aber sie hat auch ein ganzes Schloß voller Schwestern, die Tag und Nacht mit dem tapferen Versuch verbringen, sie zu lehren ..., daß Ehrgeiz ohne Weisheit bedeutungslos ist.«

Lymwich hielt ihre trotzige Pose noch einen Moment lang aufrecht. Dann überwanden seine Worte ihre geistigen Abwehrmechanismen, sie blinzelte. Sie gab nach und sah rasch zu ihrer Oberin hin.

Wendchrix Turzihubbard lächelte wohlwollend und nickte langsam. Während Berridge Lymwich auf das Deck hinunterblickte und wiederholt die Hände zu Fäusten ballte, trat Pryce vorsichtig um sie herum und sah den Minenbesitzer an.

»Und nun kommen wir zu Asche Hartov, der unseren schönen Strand besucht ...«

»Schon gut, schon gut!« explodierte der hagere Mann, wodurch er jeden, sogar Covington, erschreckte. »Du willst wissen, warum ich nach Lallor gekommen bin? Ich will es dir sagen. Hatte ich die Möglichkeit, mich mit Geerling Ambersong und Gamor Turkal zu treffen? Ja, die hatte ich, aber ich habe sie nicht getötet! Ich sage dir, ich habe es nicht getan!«

»Warte mal«, rief Pryce, der Mühe hatte, den Worten des Minenbesitzers zu folgen. »Wenn du sie nicht getötet hast, was hast du dann getan, Asche?«

Hartov starrte Pryce mit zitternden Lippen an. »Du weißt es, Blade«, flüsterte er fast gurgelnd. »Nicht wahr?«

»Ich habe eine Vermutung«, betonte Pryce, »aber du weißt es.«

»Ja«, schrie Hartov und verbarg sein Gesicht in seinen Händen. »Ich habe mit ihnen unter einer Decke gesteckt mit Fullmer und Turkal. Ich gestehe es!«

Pryce blickte schnell zu Lymwich und Turzihubbard hin und streckte den Arm aus, um sie zurückzuhalten.

»Was hattet ihr vor, Asche?« wollte er wissen. »Rede jetzt, oder sie desintegrieren dich. Aus welchem Grund habt ihr unter einer Decke gesteckt?«

Der Kopf des Minenbesitzers fuhr auf. Tränen blinkten in seinen Augen, denn er erinnerte sich daran, wo er war ... und was für mächtige Leute zuhörten. »Wir wollten niemanden töten! Nur magische Gegenstände stehlen! Wir hatten nur geplant, die geheime Werkstatt zu plündern, das schwöre ich!«

»*Nur* die Werkstatt zu plündern«, schrie Lymwich auf, doch ein schneller Blick von Pryce brachte sie zum Schweigen.

»Einzelheiten«, drängte Covington den Minenbesitzer. »In fünfundzwanzig Worten – oder weniger.«

»Gamor, es war Gamor! Er ist mit der Idee zu mir gekommen. Teddington und ich haben uns mehrmals mit ihm getroffen. Turkal sagte, er könne uns Zutritt verschaffen. Fullmer sollte die Sachen transportieren und ich sie in einer meiner leeren Minen verstecken.«

»Drei Leute hätten Tage gebraucht, um die Werkstatt zu räumen!« warf Dearlyn Ambersong erregt ein.

»Nicht alles auf einmal!« stammelte Hartov. »Stück für Stück.«

»Aber dann war Gamor verschwunden«, sagte Pryce ruhig. »Nicht wahr, Asche?«

»Ja«, antwortete Hartov, der diesen Einwurf wie einen Rettungsring ergriff. »Ich habe ihn in ganz Lallor gesucht. Fullmer ... Fullmer überredete mich zu bleiben, bis er wieder auftauchte. Verflucht!«

»Ach, ja«, sagte Pryce. »Teddington Fullmer.« Er drehte sich einen Moment von dem zitternden Minenbesitzer weg und wandte sich an die anderen. »Meine Damen und Herren, dieser Zeitpunkt nun ist ebenso geeignet wie jeder andere, um Euch ein überaus wichtiges Prinzip der Detektivkunst zu enthüllen. Die wichtigste Frage für einen Detektiv heißt: *Warum*? Und das wichtigste *Warum* im Augenblick lautet: *Warum hat der Mörder nicht mich ermordet*?«

***

Die Frage überrumpelte zunächst jeden.

»Denkt darüber nach«, schlug Pryce vor. »Der Mörder war mächtig genug, Geerling Ambersong zu töten, und ich bin nur dessen kleiner Schüler. Hier stehe ich und widme all meine Energie der Suche nach dem Mörder meines Meisters. Und was passiert mir?« Er sah Gheevy entschlossen an. »Nichts. Warum?«

Jetzt konnte man wirklich sagen, daß alle perplex waren. Pryce fuhr fort. »Wenn Ihr nachdenkt, kann es nur einen Grund dafür geben ...«

Die Mystra-Oberin Wendchrix Turzihubbard hatte kein Interesse an Ratespielen. »Und welchen denn, Herr Blade?« Ihr Tonfall verriet, daß sie eine augenblickliche Antwort erwartete.

Covington sah sie ruhig an und machte eine Pause, weil in der Ferne gerade ein Donner grollte. »Der Mörder kann es nicht.«

»Warum denn nicht?« gab Turzihubbard unbeeindruckt zurück.

Er blickte ihr in die Augen, sprach jedoch zu allen: »Weil derjenige, der meinen Lehrer und Meister, Geerling Ambersong, umgebracht hat, ebenfalls tot ist.«

13 *Blade – aufrecht und wahrhaftig*

Am Himmel rumpelte es wieder. Pryce sah hoch. Sturmwolken ballten sich direkt vor dem Schiff zusammen. »Kapitän!« rief er. »Können wir den Sturm umgehen?«

»Nein«, rief Scottpeter zurück. »Aber der Strahl vom Talath wird uns durchziehen. Es wird vielleicht etwas rauh, aber wir schaffen es!«

»Also gut.« Pryce wandte sich wieder den anderen zu. »Aber das läßt uns nicht mehr viel Zeit.«

»Herr Blade!« rief Turzihubbard aus. »Erklärt mir Eure Worte!«

Er sah sie hilflos an. »Es ist das einzige, was einen Sinn ergibt, Madame Turzihubbard. Besonders wenn man Santés Lehren folgt, was mein Meister jedenfalls tat. Ich bitte Euch alle, darüber nachzudenken, wer noch tot ist.«

Er sah von einem zum anderen und meinte dann eindringlich: »Gamor ist verschwunden. Geerling ist verschwunden. Wir werden nie erfahren, wer sie tötete, wenn wir nicht das Rätsel lösen, wer Teddington Fullmer ermordet hat.«

An Deck war es still. Nur das Stevlymanholz knarrte, und in weiter Ferne donnerte es unheilvoll.

Schließlich preßte Matthaunin Witterstaet ein Lachen heraus. »Hut ab, Herr Blade. Das klingt fast wie die Sorte Rätsel, die ich für meine Einwanderungsprüfung stelle.«

Pryce sah ihn lächelnd an. »Ja, Matthaunin, das stimmt. Zum Beispiel: Warum kann eine Person, die in Halarahh lebt, nicht westlich vom Fluß Ghalagar begraben werden?« Sie sahen einander fragend an, aber die Antwort kam nur von Pryce. »Weil sie noch lebt. Stimmt's?« Einige der Anwesenden begannen zu lachen, aber Pryce sprach weiter: »Im Gegensatz zu Teddington Fullmer.« Das ernüchterte sie schlagartig wieder.

»Gut«, konstatierte Pryce und bezog mitten auf dem Deck Position. »Überlegt. Denkt daran, daß die meisten von Euch an dem Nachmittag, als ich im Weinkeller mit Fullmer gesprochen habe, in der Taverne waren. Jeder von Euch hätte mitbekommen können, daß wir uns an diesem Abend treffen wollten. Aber wer ist der einzige, der ihn hätte töten und, was viel wichtiger ist, *in die verschlossene, geheime Werkstatt legen können*?«

Pryce betrachtete die Wolken, die sich immer mehr zusammenballten und schwarz wurden. Dann schaute er von Witterstaet zu Lymwich und wieder zurück. »Sagt Ihr es mir. Über wieviel Magie verfügen die Personen, die die Werkstatt leer räumen mußten?«

»Nun, keine«, sagte Matthaunin.

»Und warum sollten sie Fullmer überhaupt töten wollen? Um die Werkstatt für sich zu haben?« Pryce wischte diesen Gedanken angewidert beiseite. »Ein Motiv, das alle besitzen, ist kein wirklich gültiges Motiv mehr. Sucht nach einem ungewöhnlichen Motiv. Es könnte uns auf die Wahrheit bringen.«

Er zeigte auf den reuigen Minenbesitzer. »Würde er Fullmer töten, wenn er aus der ganzen Sache aussteigen wollte? Das glaube ich nicht.« Er zeigte auf Azzo und Karkober. »Zu dem Zeitpunkt, als Fullmer angegriffen wurde, haben die beiden Dutzende von Gästen bedient. Das Küchenpersonal wird bestätigen, daß die zwei den Schankraum nicht verlassen haben.«

»Keiner von ihnen besitzt magische Fähigkeiten«, meldete sich Lymwich zu Wort. »Und ich hatte Dienst an den Überwachungskugeln im Inquisitrixenschloß, gemeinsam mit mehreren Inquisitrixenschwestern.«

Sowohl Pryce wie auch die Mystra-Oberin sahen Lymwich überrascht an. Wie konnte sie es wagen, dieses Finale zu unterbrechen? Aber ihre Absicht wurde schnell klar, als sie sich zu Pryce umdrehte. »Es gab nur einen anderen Menschen mit der nötigen magischen Kraft«, sagte sie anklagend. Lymwich zeigte direkt auf Covington. »Euch.«

***

Pryce Covington geriet bei ihrer Anklage nicht in Panik. Er brachte sogar ein leises Lächeln zustande.

»Ich habe es nicht getan«, sagte er milde.

»Könnt Ihr das beweisen?« fuhr Lymwich ihn an. In ihr wallte Triumph auf. Aber dieses Gefühl, es geschafft zu haben, sollte nicht lange vorhalten.

»Das kann ich«, meinte er. »Ich habe einen Zeugen.«

»Wen?« fragte Lymwich ungläubig.

»Geerling Ambersong.«

Die Verdächtigen murmelten oder schrien auf. Lymwich lachte sogar verächtlich, aber die Mystra-Oberin brachte sie alle zum Schweigen.

»Der Spuk!« rief sie aus.

Pryce nickte. »Der Spuk«, stimmte er zu. »Geerling Ambersongs ruheloser Geist. Er hat uns gesagt – Dearlyn, Gheevy und mir –, wer ihn getötet hat.«

»Hat er nicht!« brauste Dearlyn auf und stapfte vor. »Das ist nicht wahr. Ich habe Euch erzählt, was passiert ist, Berridge, und der Halbling hat meine Geschichte bestätigt.«

Zum erstenmal wirkte Lymwich unschlüssig. »Ihr sagtet, Geerlings Geist habe von dem noch lebenden Körper von Teddington Fullmer Besitz ergriffen. Und als Ihr ihn fragtet, wer ihn tötete, da sagte er erst, Darlington Blade, dann nach einer Pause, Darlington Blade sei *nicht* der, der ihn umgebracht habe –«

»Nein, sondern ›hinter ihm‹«, meinte Pryce. »›Hinter ihm‹, sagte er. Interessante Wortwahl. Nicht ›der Mann hinter ihm‹, sondern einfach ›hinter ihm‹. Hinter wem? Geerling Ambersong? Darlington Blade? Mir?«

»Was ist das für ein Unsinn?« fuhr ihm Dearlyn dazwischen, bevor noch jemand genauer auf seine ironische Aufzählung von Verdächtigen achten konnte. »Wie könnt Ihr behaupten, daß diese Worte etwas beweisen?«

Pryce runzelte die Stirn und zuckte mit den Schultern. »Nun, dann vielleicht nicht die Worte, Fräulein Ambersong. Wie wäre es mit den Taten?«

»Ah, ich sehe, Ihr habt Berridge nicht alles erzählt, nicht?« Er wandte sich dem Halbling zu. »Du weißt es noch, nicht wahr, Gheevy? Als Geerling versuchte, über Fullmers Körper Kontrolle zu gewinnen, schien er auf mich zu zeigen. Als dann Fräulein Ambersong versuchte, mich zu töten, ragte er plötzlich hinter ihr auf –«

»Ja«, krächzte Gheevy, dem offenbar die Stimme stockte, weil er bisher so wenig gesagt hatte. »Das ist wahr! Er fiel auf sie und sagte, du hättest ihn nicht getötet, es wäre der dahinter gewesen!«

»Worauf wollt Ihr beiden hinaus?« unterbrach ihn Dearlyn zornig. »Das ist absurd!«

Pryce richtete nun die folgenden Worte mit ruhiger Überzeugungskraft an sie. »Die Aussage eines Spuks ist sakrosankt«, erklärte er. »Ebenso wie seine Handlungen, nehme ich an. Daher habe ich keine andere Wahl als kategorisch festzustellen, daß Ihr ›hinter‹ Darlington Blade standet, metaphorisch, physisch und sogar rein buchstäblich.«

Dearlyn sah Pryce an, als hätte der sich plötzlich in einen Todesritter verwandelt. »Ihr – Ihr scherzt doch!«

»Tut mir leid, Dearlyn«, entschuldigte er sich ernst. »Aber Ihr *müßt* es sein. Es gibt niemand anderen.«

»A-aber warum?« rief sie. »Wie kann ich es denn überhaupt gewesen sein?«

»Weil«, sagte Pryce, »Ihr die einzige seid, die über die dazu nötigen magischen Fähigkeiten verfügt.«

***

Die anderen waren wie zu Eis erstarrt. Nur in Dearlyn Ambersongs Gesicht arbeitete es. Sie machte den Mund auf und zu, brachte aber kein Wort heraus. Ihre Stirn verzog sich zu einem Faltenmeer. Ihre Augen flatterten, ihr Verstand konnte das Ausmaß seines Verrates nicht fassen.

Diesen Moment nutzte der Himmel, um donnernd aufzureißen. Der plötzliche scharfe Knall erschütterte jeden. Karkober stieß sogar einen Schrei aus. Dearlyn hätte vielleicht sagen wollen: »Wißt Ihr überhaupt, was Ihr getan habt?« aber Pryce war sich nicht sicher.

»Magie?« stieß Lymwich aus. »Was für Magie?«

Pryce ließ Dearlyn Ambersong nicht aus den Augen. »Begreift Ihr denn nicht? Nur sie kann es gewesen sein. Der Spuk ist auf sie gefallen. Sie ist die einzige ohne Alibi. Nur sie konnte sich frei und unbeobachtet in der Stadt bewegen. Sie ist tatsächlich die Person ›hinter‹ Darlington Blade – in der Werkstatt rein körperlich, aber auch im ganzen Leben ihres Vaters.«

»Sie hat ihren eigenen Vater getötet?« fragte Matthaunin ungläubig.

Erst da ließ Pryce das Mädchen aus den Augen. »Nein«, erklärte er. »Gamor Turkal hat Geerling Ambersong getötet. Sie hat Gamor umgebracht.«

***

Jetzt war es an der Inquisitrix, entgeistert zu reagieren. »Gamor?« rief Lymwich aus. »Ihr macht doch Witze!«

»Gheevy sagte gleich, Ihr würdet es nicht glauben«, stellte Pryce philosophisch fest, »aber das einzig Positive, was ich in Lallor über Turkal gehört habe, war, daß er ein unglaubliches Gedächtnis hatte. Ich verstehe nicht, wieso mir das bisher nicht aufgegangen ist. Er muß sich alles gemerkt haben, was Geerling mich gelehrt hat.«

»Unsinn!« rief Lymwich.

»Unwahrscheinlich«, stimmte Witterstaet zu.

Pryce wirbelte zu Hartov herum. »Asche! Du sagtest, Gamor hätte dich kontaktiert. Wie hat er dies getan?«

»Wie meinst du das?«

»Hat er einen Boten geschickt, ist er persönlich gekommen, oder was sonst?«

»Nein, das nicht. Er kam ... als Vision!«

»Wie Staub, der in einem Lichtstrahl Gestalt annimmt ... Hat sein Gesicht mit dir gesprochen?«

»Ja, genau.«

Pryce drehte sich mit ausgebreiteten Armen um. »Seht Ihr? Magie. Er benutzte die einzigartige Ambersong-Magie. Und er hatte sich eine Möglichkeit ausgedacht, wie er das Ambersong-Erbe stehlen konnte – mit Hilfe von Bekannten aus Merrickarta, woher er stammte. Nur muß Geerling dahintergekommen sein. Doch als er Gamor zur Rede stellte – kurz bevor ich auftauchte – hat der ihn überrascht. Selbst mit magischen Kenntnissen konnte jemand wie Turkal einen Mann wie Geerling nur durch einen sogenannten ›Glückstreffer‹ erledigen.«

Er drehte sich traurig zu Dearlyn um. »Aber Gamor war nicht der einzige, der Geerlings magische Studien ausgenutzt hat, nicht wahr? Auch Ihr habt aufgesaugt, was Ihr als Euer rechtmäßiges Eigentum betrachtet habt, seid Gamor, Eurem Vater oder beiden höchstwahrscheinlich gefolgt, um bei den Magielektionen zu lauschen. Deshalb wurdet Ihr Zeuge von Gamors Tat, und dann habt Ihr ihn selbst getötet.«

»Wie kommt Ihr nur auf so einen Gedanken?« schrie Dearlyn.

Pryce fuhr, ohne eine Pause zu machen, fort. »Aber Ihr konntet nicht einfach die Behörden verständigen, nachdem Ihr den Mörder Eures Vaters getötet hattet – nicht ohne Euer eigenes, illegales Wissen zu enthüllen. Inquisitrix Lymwich wäre überglücklich gewesen, Euch für eine solche Übertretung schwachsinnig zu machen.«

Dearlyn warf der Inquisitrix einen wütenden Blick zu. Diese erstarrte und schaute Pryce mit unverhohlenem Haß an.

»Ihr habt all meine Hoffnungen zunichte gemacht. Wißt Ihr das nicht?« fragte Dearlyn.

»Und Ihr habt Gamor ›zunichte gemacht‹!« gab er zurück. »Ihr wolltet es wie einen Selbstmord aussehen lassen, deshalb stelltet Ihr alles so dar, als habe sich Turkal selbst aufgehängt.«

»Blade, also wirklich!« warf der schockierte Witterstaet ein.

»Matthaunin, teilt dreißig durch die Hälfte und addiert zehn«, fauchte Pryce gereizt. »Sagt mir die Antwort, wenn das hier vorbei ist!« Covington wandte seine Aufmerksamkeit gleich wieder Dearlyn Ambersong zu. »Ihr habt zwar Eure widerrechtlich erworbene Magie dazu benutzt, Gamors bereits toten Körper hochzuheben, aber ich bin mir sicher, daß Ihr das Seil mit eigenen Händen um seinen Hals geknotet habt!«

»Wie könnt Ihr das wissen?« knurrte Lymwich skeptisch.

Pryce blickte so lange auf dem Deck herum, bis er Dearlyns Stab am ersten Mast lehnen sah. Er sprang hinüber und griff danach. »Wie viele Male habt Ihr eigentlich den schon in mein Gesicht gestoßen?« wollte er wissen, während er den Stab vor ihr schüttelte. »Und jedesmal wußte ich, daß ich etwas gesehen hatte, was mich irritierte …«

Er griff in die Pferdehaartarnung und zog sich zurück, um

das Werkzeug zu enthüllen, das mit Lederriemen am Ende des Stabs befestigt war. »Gartenwerkzeug, ja, ja! Das hier ist nichts anderes als eine versteckte Waffe. Aber das ist es nicht, was Euch überführt hat. Jedes dieser Werkzeuge ist mit einem sehr interessanten Knoten an dem Stab festgemacht, *nämlich genau demselben Knoten, mit dem das Seil um Gamor Turkals Hals geknüpft war!*«

Ein Blitz schoß in den Hauptmast und tanzte in einem Funkennetz zum Deck hinab. Der Donner, der nach dem Bruchteil einer Sekunde folgte, war ohrenbetäubend.

»Kapitän!« schrie Turzihubbard.

»Keine Panik!« rief Scottpeter zurück. »Die Masten dienen als Blitzableiter. Das gesamte Schiff ist geerdet. Wir haben solche Stürme schon mehrmals durchquert. Noch ein paar Minuten, dann müßte alles vorbei sein.«

Die anderen schauten nervös zu den Sturmwolken hoch. Pryce nutzte rasch seinen Vorteil. »Ihr hattet immer das Gefühl, Ihr kämt im Leben Eures Vaters erst an zweiter Stelle«, klagte er Dearlyn an. »Ihr wolltet eigentlich überhaupt nicht seine magischen Gegenstände, deshalb habt Ihr gar nicht erst versucht, den Transport der Ambersong-Hinterlassenschaft zum Talath zu verhindern. Nein, Ihr wolltet Respekt und Liebe von Eurem Vater. Und so habt Ihr letztlich aus Liebe gemordet!«

»Aber was ist mit Fullmer?« überschrie Lymwich das anhaltende Donnern. »Wurde er nicht getötet, damit er die Werkstatt nicht berauben konnte?«

»Ja«, antwortete Pryce, »aber der Mörder wollte sich nicht die Magie sichern. Er hat ihn getötet, um den guten Namen der Familie zu schützen. Hätten Fullmer, Turkal und Hartov mit ihrem Diebstahl Erfolg gehabt, wäre der Name Ambersong für immer befleckt gewesen ... Besonders, wenn die gestohlene Magie je gegen Lallor oder Halruaa eingesetzt worden wäre.«

»Aber Fullmer wurde nicht durch Magie getötet!« sagte Witterstaet.

»Getötet nicht«, erklärte Pryce. »Aber damit in die Werkstatt verfrachtet!« Er drehte sich zu Turzihubbard um und erklärte ihr: »Leider ist das Geheimnis eines verschlossenen Raums in Lallor prinzipiell nebensächlich ... Es gibt zu viele Zauberer, die eine solche Aufgabe leicht lösen können!« Er wandte sich wieder Dearlyn zu und zeigte mit ihrem eigenen Pferdehaarstab auf sie. »Ihr wart die einzige außer mir, die das magische Wissen besaß, um die besondere Tür der Werkstatt umgehen zu können. Ihr konntet zwar nicht Euch selbst Zutritt verschaffen, aber einen sterbenden Mann auf magische Weise in den Raum schicken!«

In diesem Augenblick klatschte der erste dicke Regentropfen auf das Deck. Ein rasches Trommelfeuer aus Blitzen und Donnern ließ die Verdächtigen auseinanderlaufen. Pryce verharrte jedoch und schrie über das Tosen des Sturmes hinweg: »Zum Glück für Euch überwältigte der Spuk Eures Vaters jeden Nachklang Eurer Magie. Selbst wenn Witterstaet noch einen Schatten davon wahrgenommen hätte, hätte er darin wahrscheinlich nur Ambersong-Magie erkannt, nicht *Dearlyn* Ambersongs Magie!«

Als ihr Name fiel, griff Dearlyn plötzlich nach dem Schaft des Stabs und riß ihn Pryce aus der Hand. Im Bruchteil einer Sekunde hatte sie den Stab herumgewirbelt und zeigte mit seiner Spitze nun direkt auf Covingtons Herz.

»Dearlyn Ambersong!« donnerte Turzihubbard von der Reling herüber, als der Regen auf das Deck zu prasseln begann. »Dadurch, daß Ihr Darlington Blade bedroht, erreicht Ihr gar nichts!«

»Darlington Blade?« schrie Dearlyn, während ein neuer Donnerschlag den Himmel erfüllte. »Das ist nicht Darlington Blade! Er hat es mir selbst gesagt!«

Gheevy biß die Zähne zusammen und holte tief Luft, aber

Pryce hielt stand, die Handflächen in unschuldiger Ergebenheit erhoben.

»Kommt schon, Fräulein Ambersong«, sagte Lymwich, halb drohend, halb beruhigend. »Es ist zu spät für wilde Anklagen. Die helfen Euch jetzt nichts mehr.«

Dearlyn lachte in den Regen, der jetzt wie tausend winzige Fäuste auf das Deck trommelte. »Nein! Jetzt hilft mir nichts mehr!« kreischte sie in den Wind.

Lymwich machte noch einen Schritt auf sie zu, doch das Deck war schlüpfrig, und der Sturm nahm ihr die Sicht. Dearlyn wich zurück. Sie hielt den Stab zwischen sich und Pryce, der sich nicht bewegt hatte, und Lymwich, die nicht stehenblieb.

»Ich lasse mich nicht schwachsinnig machen«, rief die Tochter Geerling Ambersongs. »Nicht von Euresgleichen.« Aber die größte Wut sparte sie sich für den Mann auf, der sie angeklagt hatte. »Ihr!« schrie sie. »Also triumphiert der ›große‹ Darlington Blade einmal mehr. Ich bin wieder ›hinter‹ Euch, nicht wahr? Nun, dieses Mal wird es wenigstens das letzte Mal sein!«

Dearlyn schleuderte ihren Stab mit aller Kraft. Er sauste durch die Luft, beschrieb einen Bogen, dann kam er direkt zwischen Lymwichs Beinen auf und brachte diese zu Fall. Die Inquisitrix landete hart auf den Decksplanken.

Dearlyn dreht sich um und rannte auf den Bug des Himmelsschiffes zu, gerade als die *Verity* in den schlimmsten Bereich des Sturms vordrang. Blitze umtanzten sie, der Regen fiel in Strömen, und Donner grollte. Pryce jagte ihr nach, doch die Blitze schlugen rachsüchtig vor ihm ein.

Dearlyn sprang auf die Reling, wo sie sich mit einer Hand am Kopf der Mystrafigur festhielt. Als sie sich umdrehte, sah sie, wie Pryce ihr nachstürzte und dabei von einem Blitz genau in die Brust getroffen wurde.

Die auf Deck Versammelten holten entsetzt Luft und wichen zurück. Mit Händen und Armen beschirmten sie die Augen. Pryce tanzte an Ort und Stelle, und seine Zehen verließen das Deck, als der Blitz knisternd und zuckend … in die Mantelspange raste.

Eine Sekunde lang war schwer zu sagen, ob der Blitz nun in ein Meer glitzernder Funken ein- oder daraus auftauchte. Aber dann war er verschwunden, und Pryce stand völlig unversehrt sechs Fuß von Dearlyn entfernt. Der einzige Hinweis auf den Treffer war ein dünner Rauchfaden, der von der Mantelspange aufstieg.

Covington blinzelte überrascht, als Dearlyn den Kopf zurückwarf und hysterisch lachte. »Der große Darlington Blade! Nicht einmal die Götter können ihn berühren!« Dann sah sie ihn gelassen an, alle Erregtheit war aus ihrer Stimme gewichen. »Ich wußte, daß ich gute Gründe hatte, Euch zu hassen.«

Und mit diesen letzten Worten sprang Dearlyn Ambersong von der Reling und verschwand in den Wolken.

14 Der Pryce ist korrekt

»Fünfundzwanzig«, sagte Gheevy Wotfirr.

»Falsch«, erwiderte Pryce Covington.

Es war ein schöner Herbstnachmittag, und sie schritten über die sanft gewellten grünen Hügel im Südwesten des Lallorer Tors. Der Baum der Fragen lag genau in entgegengesetzter Richtung. Hinter ihnen, hinter der Lallorer Stadtmauer, war das Herbstfest in vollem Gang. Selbst von hier aus konnten die beiden etwas von der Musik und der Ausgelassenheit mitbekommen, die zu diesem Fest gehörten.

»Teile dreißig durch die Hälfte …«, überlegte Gheevy wieder.

»Ja?«

»Und addiere zehn.«

»Ja.«

»Fünfundzwanzig.«

»Nein.«

»Grrr!« machte Gheevy und ballte seine kleinen Fäuste.

Den Rest der Reise zum Talath als ereignislos zu bezeichnen wäre hoch untertrieben gewesen, in Anbetracht dessen, was zuvor geschehen war. Unglaublicherweise hatte die *Verity* nur Minuten nach Dearlyn Ambersongs Sprung die Sturmwolken hinter sich gebracht und die Fahrt unter blauem Himmel und Sonnenschein fortgesetzt.

Niemand an Bord hatte das jedoch noch recht schätzen können. Karkober weinte ununterbrochen, während die übrigen, ehemaligen Verdächtigen entweder vor Schock reglos dasaßen oder wie betäubt herumwanderten. Dennoch war die Erhabenheit des Talath so groß gewesen, daß man selbst in tiefster Trauer von seiner Majestät überwältigt wurde. Und dann hatte es da noch den überwältigenden Auftritt der Priesterin Greila Sontoin gegeben.

In spektakulären Zeremonialgewändern war sie eine lange Schautreppe heruntergerauscht, die mit dickem blauem Samt ausgelegt war. Auf ihrem blassen, zerfurchten Gesicht hatte sich ein breites Lächeln abgezeichnet. Doch für eine Frau, die Gerüchten zufolge über hundertfündundzwanzig Jahre alt sein sollte, hatte sie bemerkenswert gut ausgesehen. Zur Überraschung der Mannschaft und zu Covingtons Schrecken hatte sie die Arme ausgebreitet, um den großen Darlington Blade willkommen zu heißen, der scheu vorgetreten und vor ihr auf die Knie gefallen war.

»›Ein Knie‹«, erzählte er auf der Rückfahrt der hingerissenen Mannschaft. »Sie hat mir nämlich zugeflüstert: ›Ein Knie ist alles, was verlangt wird. Ein Knie, und es sieht aus, als wollte ich Euch segnen. Zwei Knie, und Ihr seht aus, als wolltet Ihr Euch gleich über meine Schuhe übergeben!‹« Aber wie sie ihn auch anbettelten und löcherten, das Thema ihrer kurzen, aber ausgesprochen persönlichen Unterredung verriet er nicht.

»Seid versichert, daß das Erbe von Geerling ... und Dearlyn ... Ambersong in den besten Händen ist«, sagte er ihnen. »Und daß Ihr alle jederzeit zu einem Besuch willkommen seid ... Vielleicht wollt Ihr ja sogar dem Orden der Mystra beitreten, um deren uralte Weisheit zu lernen.«

Da hatte Matthaunin Witterstaet Pryce endlich die Anwort auf sein Rätsel gegeben.

»Denk nach, Gheevy«, forderte Pryce jetzt und erklomm einen weiteren grasbewachsenen grünen Hügel vor dem Lallorer Tor. »Hälfte. Durch die Hälfte. Was ist die Hälfte?«

»Von dreißig? Fünfzehn.«

»Ja und nein. Du wirst es niemals herausbekommen, wenn du nicht genau zuhörst. Fünfzehn ist die Hälfte, richtig? Also?«

»Also ... dreißig geteilt durch die Hälfte ist fünfzehn!«

»Nein, nein! Du bemerkst die eigentliche Aufgabe nicht!«

Sie liefen weiter, bis sie auf den Kamm über einem nicht allzu tiefen, welligen Tal kamen. Dort unten lag ein kleines, aber beschauliches Anwesen aus Stein, Holz und Mörtel, das sich an den sanften Hang schmiegte.

»Das ist es«, sagte Pryce. »Teddington Fullmers Haus.« Er machte sich an den Abstieg, denn der Wind zerzauste ihm die Kleider und die Haare, aber Gheevy hatte nur eines im Kopf.

»Also gut, ich geb' auf«, meinte der Halbling, der nun hinter Pryce auftauchte. »Sag du es mir. Wie lautet die Antwort auf dein Rätsel?«

»Verrate ich nicht.«

»Oh, komm schon, Blade!«

»Nein.« Pryce lachte und rannte los. »Du mußt es selbst herausfinden!«

»Die Hälfte ist die Hälfte«, meinte Gheevy, als Pryce eintrat. »Man teilt etwas in zwei Hälften ...« Dann trat auch er ein. Das Gespräch brach ab, als sie sich beeindruckt im Inneren des Hauses umsahen.

Es gab nur wenige Möbel – einen einfachen, aber schönen Tisch, praktische Stühle, ein Schreibpult und ein Bett –, aber alle vier Wände, auch die Fenster, waren von Flaschen jeder Form, Größe und Farbe gesäumt. Von den Fenstern her fiel Licht durch die Flaschen und ließ sämtliche Regenbogenfarben aufleuchten.

»Das muß die vollständigste Sammlung von Flaschenweinen aus ganz Lallor sein«, hauchte Gheevy erstaunt. »Womöglich aus ganz Halruaa!«

»Nun, er handelte schließlich damit«, sagte Pryce, »jedenfalls, wenn er nicht gerade den Diebstahl magischer Gegenstände ausheckte.«

»Und die Mystra-Oberin hat dir gesagt, du hättest die erste Wahl?« fragte Gheevy.

»Er ist ein überführter Verräter«, meinte Pryce zu dem Halbling, während er langsam in dem einzigen großen Raum des Hauses umherlief, »und ein Mordopfer. Sie hat gesagt, ich sollte wenigstens in meiner Eigenschaft als neuer Erster Magier von Lallor hierherkommen und prüfen, ob etwas Interessantes für das Schloß dabei wäre.«

Gheevy lachte spöttisch und erstaunt. »Blade, Blade, Blade. Wie auf Toril willst du –«

»Ich habe den Posten noch nicht offiziell angenommen«, unterbrach er.

»Aber das mußt du!« folgerte Gheevy. »Du bist schon so weit gegangen. Was solltest du sonst tun!«

»He, ich bin Darlington Blade!« erinnerte ihn Pryce. »Angeblich bin ich ein großer Held auf Wanderschaft, ein legendärer, umherziehender Abenteurer. Hast du das vergessen? Außerdem glaube ich, es würde mir besser bekommen, wenn ich meinem Ruf jeden Abend vor neuem Publikum gerecht werden müßte. Das Überraschungsmoment steht mir hier ja wohl inzwischen nicht mehr zu Gebote …«

»Unsinn!« hielt Gheevy gönnerhaft dagegen. »Du bist jetzt ein Teil der Geschichte von Lallor … Und von was für einer Geschichte! Für diese Leute kann ein Mann, der eine Privataudienz bei Greila Sontoin gehabt hat, nichts falsch machen.« Dann wurde seine Stimme ernst. »Und, vergiß nicht, du hast hier auch Freunde. Wo sonst in ganz Halruaa ist das der Fall?«

Pryce sah den Halbling etwas befremdet an und zog eine Augenbraue hoch. »Nun, wenn ich überhaupt darüber nachdenken soll, ob ich hierbleibe«, erklärte er, »dann muß ich erst sicher sein, daß meine Freunde schlau genug sind, ein einfaches Rätsel zu lösen!«

»Blade, ich sage dir doch, ich kann es nicht.«

»Komm schon, komm schon. Ich helf' dir. Was machst du, wenn du durch die Hälfte teilst?«

»Die Hälfte von dreißig ist –«

»Nein, nein, nein. Denk nicht schon wieder so herum.«

Gheevy Wotfirr schwieg und überlegte. Schließlich wagte er einen Versuch: »Teile dreißig durch die Hälfte? Die Hälfte von dreißig ist fünfzehn.«

Pryce schüttelte grinsend den Kopf. »Nicht die Hälfte von dreißig. Nur die Hälfte!«

»Hälfte?« wunderte sich Gheevy. »Die Hälfte ist … ist …«

»Ja?«

»Die Hälfte ist … null Komma fünf.«

»Aha!«

»Dreißig geteilt durch null Komma fünf ist … sechzig!«

»Jetzt addiere zehn.«

»Siebzig. Die Antwort lautet siebzig!«

»Ausgezeichnet, mein lieber Wotfirr«, sagte Pryce stolz. »Elementare Numerologie.«

Gheevy lachte. »Erstaunlich, Blade. Wie machst du das nur?«

Pryce wedelte überlegen mit der Hand. »Das ist eine Gabe. Oder ein Fluch, je nach dem Standpunkt. Nach einem harten Leben und einer schwierigen Aufgabe habe ich gelernt, daß kleine Dinge fast immer wichtig sind. Dinge, die sich nicht logisch oder psychologisch zusammenfügen, gehen mir nicht aus dem Sinn.«

»Eins sag' ich dir«, meinte der Halbling bei der genaueren Inaugenscheinnahme von Fullmers Sammlung. »Dein Kopf ist jedenfalls gut mit deinem Mund verbunden. Auf dem Himmelsschiff! So etwas habe ich noch nicht gesehen. Du warst so überzeugend, daß ich beinahe selbst geglaubt hätte, du seist wirklich Darlington Blade!« Er lachte anerkennend. Er wurde erst wieder ernst, als er eine ausgesprochen seltene Flasche jhynissischen Weins untersuchte. »Wo denkst du eigentlich, befindet sich Geerling Ambersongs Leiche wirklich?«

Covingtons Worte kamen ruhig und ausdruckslos. »Was? Du glaubst mir nicht?«

»Komm schon, ›*Blade*‹«, meinte Gheevy, ohne seine Untersuchung zu unterbrechen. »Wir wissen beide, wer da wirklich lag –«

Covingtons folgende Worte ließen den Halbling aufmerken. »Nun, das ist eigentlich nicht ganz richtig.«

Gheevy sah seinen Partner überrascht an, dann versuchte er zu lächeln. »Was redest du da? Wir haben doch beide Darlington Blades Leiche gesehen.«

Pryce stand in der Tür, angelehnt an den Holzrahmen: »Du hörst schon wieder nicht zu, Gheevy. Du hast gesagt, wir beide hätten *gewußt*, wer da lag. Wenn ich sage, das ist nicht wahr, so ist dies eine schlichte Feststellung. *Ich* wußte nur, wer der *eine* war. *Du* hast mir verraten, wer der andere war.«

»Ist das … ist das schon wieder ein Rätsel?« fragte der Halbling matt.

»So ungefähr. Santé schreibt: ›Vertraue nie auf das, was jemand sagt, nur auf das, was er tut.‹ Stimmt's? Das hast du mir selbst gesagt. Du hast es nicht dieser Quelle zugeschrieben, aber da kommt es her.«

Gheevy stand aufrecht da und hatte seine Schultern zurückgenommen. »Ich habe mich dir gegenüber immer loyal und aufrichtig verhalten!«

»Na, na, mein Freund, nicht so empfindlich. Santé schreibt auch: ›Vertraue nie auf das, was eine Person über eine andere sagt, aber vertraue immer darauf, daß das, was sie über sich selbst sagt, in gegenteiliger Hinsicht zutreffend sein kann.‹«

»Ich fange langsam an, diesen Santé zu hassen«, murmelte der Halbling düster.

»Nicht nötig, es kommt mir eh so vor, als hättest du ihn selbst gelesen. Und da Geerling Ambersong die einzige komplette Gesamtausgabe seiner Werke besaß, die ich je gesehen habe, frage ich mich, wie kann es angehen, daß du seine Schriften kennst?«

»Oh, um Sontoins willen!« brach Gheevy entnervt los. »Das ist doch bloß so eine Redewendung, Blade! Ich weiß nicht, wo ich sie herhabe. Das ist ein so universeller Gedanke, daß ich vielleicht sogar selbst darauf gekommen bin. Also! Ich hab's mir ausgedacht. Bist du nun zufrieden?«

»Wenn du die Wahrheit wissen willst ... Nein.«

Gheevy starrte ihn ein, zwei Augenblicke lang an, dann begann er zu lachen. »Oh, ich weiß schon, was los ist«, sagte er. »Du fühlst dich schuldig, weil Dearlyn sich umgebracht hat, stimmt's? Darum fahndest du jetzt nach einer anderen Erklärung – ganz gleich, welcher. Du siehst überall Mörder, nicht? Also schön, dann solltest du jetzt mal nachdenken. Denn macht es wirklich etwas aus, wessen Körper das nun war? Gamor hat den echten Darlington Blade getötet, Dearlyn oder Geerling haben ihn wiederum umgebracht, dann hat sich Geerling vielleicht selbst getötet und Dearlyn Teddington. Vielleicht haben Geerling die Schakale gefressen, was weiß ich. Ist mir auch egal! Der Spuk beweist, daß Geerling tot ist. Also ist es vorbei! Jedem geschah Gerechtigkeit, für alle ist gesorgt, also sieh der Wahrheit ins Auge. Es ist vorbei. Wir haben gesiegt. *Du* hast gesiegt! Und nun laß es gut sein, ja?«

Pryce war nicht beeindruckt. »Warum, Gheevy?«

»Was?«

»Warum? Das ist die allererste und die allerletzte Frage. Warum. Willst du das größte *Warum* an diesem Fall hören?«

Gheevy seufzte ausgiebig und verdrehte die Augen. »Na schön, Blade, wenn es sein muß. Was ist an diesem Fall das größte *Warum*?«

»Es muß sein«, sagte Pryce Covington ruhig. »Das größte Warum lautet: *Warum wollte ein so berühmter Held wie Darlington Blade unter keinen Umständen gesehen werden*?«

***

Gheevy reagierte wie ein untalentierter Unterhaltungskünstler, der vor dem Auge am Lallorer Tor stand. »Was hast du gesagt?«

»Diese Frage hat mich von Anfang an beschäftigt«, erklärte Pryce. »Warum sollte ein kriegerischer, gefeierter Abenteurer sich vor seinen Bewunderern verstecken? Warum sollte ein so beliebter Zauberer wie Geerling Ambersong einen solchen Helden heimlich unterweisen, ihn sogar vor seiner geliebten Tochter verstecken?«

Gheevys Mund flatterte wie ein Fisch im Sand. »Aber … aber du hast doch gesagt –«

»Diese Erkärung klang selbst für mich etwas matt. Letztes Jahr beim Herbstfest hat Geerling angekündigt, daß Darlington Blade dieses Jahr auftauchen würde, um seinen Platz als Ersten Magier einzunehmen. Ich habe gesagt, daß ich, ›Darlington Blade‹, nur gekommen sei, um den Mörder meines

Meisters zu finden. Von diesen zwei Aussagen – welche würdest *du* glauben?«

»Aber – aber wir haben Darlington Blades Leiche doch gesehen!«

»Nein, *du* hast Darlington Blades Leiche gesehen! Ich nur den Körper eines absolut Wildfremden! Eines Fremden, der meiner Meinung nach nicht den geringsten Grund hatte, sich vor den Augen der Lallorer Bürger zu verbergen. Also, warum? Warum hat niemand außer dir – jedenfalls niemand, der noch lebt –, Darlington Blade gesehen?«

Als Gheevy Wotfirr endlich antwortete, war seine Stimme verändert. Sie klang nicht länger unbekümmert oder hilfsbereit oder eifrig oder freundlich. Gheevy Wotfirrs Stimme war kalt geworden, tief und gefährlich. »Warum sagst du's mir nicht?«

Pryce Covington schob sein Gesicht in einen bunten Lichtstrahl. »Weil *du* Darlington Blade bist.«

☆☆☆

Gheevy Wotfirr lachte nicht. Er versuchte nicht, sich zu verteidigen. Er versuchte nicht einmal, Pryce von seiner Überzeugung abzubringen. Statt dessen bat er um eine Erklärung. »Wie kommst du darauf?«

Pryce räusperte sich. »Es hat eigentlich nur etwas mit der Mode zu tun«, sagte er zögernd. »Du weißt doch, wie modebewußt ich bin, Gheevy. Ich will, daß einfach alles stimmt. Deshalb hat es mich wirklich gestört, daß das einzige, was ich weder abnehmen noch wechseln konnte, dieser verfluchte Mantel war.« Er fingerte an der Spange herum. »Und obwohl alle mich wie einen König behandelten, verspürte ich doch einen Stich Neid, daß jeder andere Mantel in Lallor fast bis zum Boden reichte, während meiner schon über den Knien endete«

Gheevy warf unwillkürlich einen Blick auf Covingtons

Beins. Allerdings, der Mantel reichte nur knapp über die Hälfte seiner Beine.

»Denk nach, Gheevy«, fuhr Pryce fort. »Selbst Dearlyns Mantel ging bis zum Boden. Warum also war der angeblich gleich geschnittene Mantel von Darlington Blade nicht auch bodenlang ... *Vielleicht weil der wahre Darlington Blade gerade zwei Fuß kleiner war als ein normaler Mensch*?«

Gheevy blieb still. Er hielt immer noch die jhynissische Weinflasche in seinen Händen.

»Weißt du noch, wie ich damals vor dir auf die Knie gefallen bin und dich angefleht habe, meine Identität nicht preiszugeben? Das war das einzige Mal, daß wir uns auf gleicher Augenhöhe befanden. Wenn *du* diesen Mantel tragen würdest«, sagte Pryce und nickte selbstsicher, »wäre er bodenlang.«

Pryce wartete. Schließlich begann Gheevy zu sprechen. »Das war's? Mehr hast du nicht vorzuweisen als die Mantellänge in dieser Saison?«

Pryce sah traurig zu Boden. »Nicht ganz. Du hast vor ein paar Minuten meine Vorstellung auf dem Himmelsschiff gelobt, wofür ich dir danke. Ich hätte es wirklich nicht so gut machen können, wenn ich nicht soviel Wahrheit wie nur möglich mit hineingebracht hätte. Weißt du noch, wie ich sagte, vor den Augen des Gesetzes seien die Worte und Taten eines Spuks heilig? Richtig. Aber die Interpretation macht neun Zehntel der Rechtsprechung aus.«

»Und?« forderte Gheevy ihn heraus. »Was du da oben gesagt hast, ist doch richtig. Immer noch. Der Spuk hat das Mädchen besprungen.«

Pryce schüttelte wieder den Kopf, sowohl über die Haltung des Halblings wie auch über dessen immer ungehobeltere Ausdrucksweise. »Du hast wieder nicht die richtige *Warum*-Frage gestellt, Gheevy. Also: Warum sollte ein Magier sich die Mühe machen, ein Spuk zu werden, *und dann seine letzten Worte zurücknehmen*? Du hast ihn gehört. Er hat sich tatsächlich selbst widersprochen. Er hat deutlich gesagt, Darlington Blade sei derjenige, der ihn ermordet habe, kurz darauf hat er dann einen schwachen Widerruf hinzugefügt. Warum, im Namen aller Götter im Himmel? Warum?«

»Und die Antwort lautet ...?« fragte Gheevy gedehnt und voller Sarkasmus.

»Die einzige, gute Antwort, die ich mir denken kann, ist Angst. Dieselbe Art von Angst, die sich bei dir zeigte, als du dachtest, der Spuk würde *dich* beschuldigen. Geerling hat es versucht, aber er kannte dich nur als Darlington Blade! Er hat nicht auf mich gezeigt. Er zeigte auf die Mantelspange! Dann wurde ihm klar, daß es in deiner Macht lag, sein einziges Kind zu töten – und diesen unbekannten Kerl, der jetzt den Mantel trug –, wenn er dich wirklich entlarven würde ... Deshalb tat er, was jeder liebende Vater in der gleichen Situation getan hätte, was er immer schon für seine Tochter getan hatte. Er beschützte sein Kind, während er versuchte, ihr einen Hinweis auf die Wahrheit zu geben und sich gleichzeitig bemühte, einen sterbenden, sehr widerspenstigen Körper zu beherrschen.«

Wieder kehrte Schweigen in dem Häuschen ein, bis Pryce leise fragte: »Darum mußte Teddington Fullmer sterben, nicht wahr? Nicht, weil er die geheime Werkstatt fand. Das hatte er gar nicht, nur sein tödlich verwundeter Körper war durch dich dorthin gelangt. Er war dumm genug gewesen, ein vertrauliches Thema anzuschneiden, um bei einem Geschäft die Oberhand zu gewinnen.«

Gheevy blickte abrupt auf. Das war die Ermunterung, die Pryce brauchte. »Du hast Azzo zum Stillschweigen verdonnert, was die Dauer deines Arbeitsverhältnisses in der Taverne betrifft, nicht wahr? Erinnerst du dich, wie ich ihn auf dem Himmelsschiff auf sein Geheimnis festgenagelt habe? Darauf spielte ich an, Gheevy. Und weißt du was? Auf dem

Rückweg vom Talath habe ich ihn beiseite genommen und ein wenig mit ihm über dieses Thema gesprochen. Willst du wissen, was er gesagt hat?«

Wotfirrs Augen waren zu schmalen Schlitzen geworden. »Ich habe absolut kein Interesse an dem, was dieser fette, liebeskranke Hund zu sagen hat.«

»Ich bin sicher, die Inquisitrixen würden es gern hören«, gab Pryce zurück, der tapferer aussah, als er sich fühlte. Aber sein Ärger trieb ihn weiter an. »Er hat mir gestanden, daß du ihm den besten Weinkeller von Lallor versprochen hast, wenn er behaupten würde, daß du schon seit Jahren für ihn arbeitest. Aber er hat fallenlassen oder Teddington hat es erraten, daß du erst seit kurzem für die Alkoholvorräte zuständig bist. Ich lag hinter dem Faß versteckt, als Teddington das ansprach. Du hast es natürlich zutiefst gekränkt von dir gewiesen, aber damals schon beschlossen, ihn zum Schweigen zu bringen. Richtig?«

Als Gheevy nicht antwortete, fuhr Pryce unbarmherzig fort. »Aber Fullmer, gesegnet und verflucht soll er sein, hat mir mehr verraten als nur das. Er sagte, er hätte eine Sekunde lang beinahe geglaubt, daß ich wirklich Darlington Blade sei. Wenn ich die Bedeutung dieser beiden Aussagen nur früher begriffen hätte. Denn wenn wie im zweiten Satz ich Darlington Blade sein konnte, dann konnte es auch jemand anders sein. Nämlich du.«

Wieder senkte sich das Schweigen über den Raum wie der herabschwebende Staub von Gamor Turkals magischen Botschaften. Gheevys erste Worte nach einiger Zeit fielen kurz, aber herausfordernd aus. »Aha«, sagte er. »Und die Em?«

»Oh«, meinte Pryce. »Gelegenheit und Mittel waren für dich kein Problem, oder? Oh, nein, nicht für den großen Darlington Blade!«

»Dann bleibt also nur noch das Motiv, richtig? Was hast du dazu zu sagen, junger Mann aus Merrickarta?«

Die deutliche Warnung in den gut gewählten Worten des Halblings machte Pryce vorsichtig. Der Gezeitenwechsel stand bevor, und die Beweislast auf seinen Schultern wurde immer drückender. Aber Gheevy ließ Covington wissen, daß er ein so überwältigendes Gewicht nicht mehr lange tragen würde. So sei es. Pryce hatte sich ... und Dearlyn Ambersong ... ein Versprechen gegeben.

Er trat vor, ins Licht zurück, und gab die Herausforderung an den Mordbuben zurück. »Fragst du dich nicht, was Greila Sontoin und ich während unserer Privataudienz besprochen haben? Jeder andere tut das. Ja, sogar du hast bei unserer Ankunft hier dein Interesse daran angedeutet.«

»Na schön, ein Punkt für dich«, räumte Gheevy ein. »Ich war davon überzeugt, daß sie dich auf der Stelle desintegrieren würde.« Er sagte nicht, daß er sich dies *erhofft* hatte, aber der Gedanke hing trotzdem in der Luft.

»Um die Wahrheit zu sagen, ich auch«, stimmte Pryce zu. »Natürlich wußte sie, daß ich nicht Darlington Blade war, aber sie wußte auch, wer ich wirklich war. Nicht nur meinen Namen, sondern meine Beweggründe, mein Lebensziel, sogar meinen tiefsten Herzenswunsch. Ich lachte über ihre Erklärung, ich sei ein Mann guter Absichten und reinen Herzens, aber ich mußte akzeptieren, was Priesterin Sontoin in mir sah. Ich will nicht angeben, aber sie sagte, und ich zitiere wörtlich: ›Du lebst aus einem – und nur einem einzigen Grund – noch in meinem Herrschaftsbereich. Denn wenn der wahre Geist des großen Darlington Blade in Wahrheit bestehen soll, wird er in dir allein bestehen!‹«

»Ich glaube, mir kommen die Tränen«, jaulte Gheevy mit gespielter Anteilnahme. Seine nächsten Worte stürzten in einem Schwall hervor: »Willst du mir etwa weismachen, sie habe es die ganze Zeit gewußt?«

Pryce ließ sich nicht beirren. »Ich weiß es ehrlich nicht, aber ich glaube kaum. Sie wußte nur, daß ich nicht Blade war, daß niemand wirklich die Legende ausfüllte ... noch nicht. Aber, was wichtiger ist, Gheevy, weißt du, welche einzige Frage ich ihr stellte?«

»Ich bin kein Gedankenleser und auch keine Priesterin von überirdischer Weisheit!« fauchte er. »Ich bin ein Halbling, der mit seiner Geduld bald am Ende ist.«

»Dann sollst du deine Antwort bekommen. Ich habe sie gefragt, ob es einen Mystrazauber gibt, mit dem man eine Derroabstammung herausfinden kann.«

***

Gheevy knurrte drohend. Seine scharfen kleinen Zähne zeigten sich. »Ich vermute, es gab einen solchen Spruch.«

»Wenn nicht, dann hättest du meine Frage jetzt beantwortet«, versicherte ihm Pryce und glitt zur Tür. »Die ganze Zeit über schon habe ich mich gefragt: ›Wenn alle meine Theorien stimmen, warum tut Darlington Blade das dann?‹ Ich glaubte zu wissen, weshalb Geerling Ambersong es tat – es steht in den Schriften von Santé. Er wollte dem Ältestenrat beweisen, wie falsch dessen Politik war, die Verbreitung von Magie stark zu reglementieren. Er dachte, die Magie würde letztlich jeden erhöhen, der sie erlernte. Er glaubte, jedes Bedürfnis, Böses zu tun, würde verschwinden, sobald man Einsicht, Stärke und Weisheit errungen hätte.

Aber das große Problem war, daß *der Rat recht hatte*! Geerling Ambersongs tödlicher Fehler bestand darin, zu denken, Darlington Blade werde sein größter Triumph sein. Der lebende Beweis dafür, daß die großartige Magie, wenn man sie nur sorgfältig und aufrichtig weitergab, am Ende triumphieren würde – selbst über einen Charakter, der von Haus aus sadistisch bis zum Mord veranlagt ist und der jedes Wissen für die eigenen, düsteren Bestrebungen pervertieren will.«

Gheevy lachte verächtlich. »Ich liebe es, wenn alles gut ausgeht, du nicht auch?«

Pryce überlief eine Gänsehaut. Alles, was er sich zusammengereimt hatte, war wahr: Er stand einem Derro-Halbling gegenüber – ausgestattet mit der Macht von Darlington Blade. »Der Ausgang dieser Geschichte steht noch nicht fest, mein Freund«, erinnerte er den Mörder. »Also, wer soll sie schreiben – Gheevy Wotfirr oder Darlington Blade?«

Der Halbling stieß ein letztes Lachen aus, bevor Aussehen und Verhalten sich völlig veränderten. Jetzt strahlte er Stärke aus, und es gab weder Unsicherheit noch Freundlichkeit in seinem Auftreten. »Das macht keinen Unterschied!« schrie er. »Sie sind ein und derselbe!« Und dann begann er die Magie zu entfesseln, die Geerling Ambersong ihm um den Preis des eigenen Lebens übertragen hatte.

***

Die Rückwand explodierte nach außen. Flaschen zersprangen, Flüssigkeiten schossen hervor. Pryce zog den Mantel über seinen Kopf und duckte sich. Im Licht des zerborstenen Fensters funkelten Glassplitter wie verirrte Edelsteine. Gheevys Zauberspruch wurde unterbrochen und plötzlich der Halbling nach hinten umgeworfen durch die Wucht des Bastardangriffs.

»Gurrahh!« schrie Gheevy, als er auf den Boden fiel. Er rollte an die gegenüberliegende Wand und kam auf ein Knie hoch, während der Bastard erneut angriff. Der Halbling setzte gegen Geoffreys Attacke eine Regenbogensphäre ein. Ein Energieball tauchte vor ihm auf und pulsierte in zwei Ringen. Der hünenhafte Bastard duckte sich, so gut er konnte, wurde aber vom Rand des zweiten Ringes erfaßt. Diesmal landete er hart auf dem Boden, zerschlug dabei noch mehr Flaschen und blieb zuckend liegen.

»Ist das sein Name?« wollte Pryce wissen und sprang auf. »Gurrahh?«

Gheevy blickte hoch. Sein Gesicht war wutverzerrt, und

sein Atem ging schwer. »Ich weiß es nicht!« bellte er. »Ist mir auch egal. So habe ich ihn genannt, weil er immer dieses dämliche Geräusch von sich gab!«

»Ich habe ihn ›Geoffrey‹ genannt, weil er dauernd sagte: ›Gee-off-free‹«, meinte Pryce bedauernd. »Aber er hat gar nicht versucht, mir seinen Namen zu sagen, nicht wahr? Mit seiner gemarterten Mischlingszunge hat er versucht, mir *deinen* Namen zu nennen!«

»Und wie gewöhnlich hast du nicht zugehört!« schoß Gheevy zurück. Er rutschte durch den verschütteten Wein und die Glasscherben und verpaßte dem Bastard einen heftigen Tritt gegen den Kopf. Pryce zuckte zusammen, blieb aber, wo er war. Ein Angriff zu diesem Zeitpunkt wäre glatter Selbstmord gewesen. »Verflucht sei dieses nutzlose Stück Haut, Gamor Turkal, und du genauso!« brüllte Gheevy frustriert. »Wenn Turkal einfach seine Aufgabe erfüllt hätte, ohne auf dumme Gedanken zu kommen, wäre das alles nicht passiert!«

Covingtons Strategie ging einigermaßen auf. Gheevy war so damit beschäftigt, seine Überlegenheit zu demonstrieren, daß er die Vernichtung von Pryce hinauszögerte und die Kräfte des armen Bastards unterschätzte. Gurrahh kam plötzlich wieder hoch und griff nach Gheevys Beinen. Der Halbling war jedoch zu behende für das Monster. Geschickt sprang er zu dem zerstörten Fenster hoch, durch das Gurrahh zuvor hereingestürzt war, und stampfte dem Bastard dabei noch einmal auf den Magen. Dann fuhr er herum, um seinen beiden Gegnern einen tödlichen Spruch zu verpassen, doch statt dessen landete eine Flasche mitten in seinem Gesicht.

Pryce Covingtons tödliche Treffsicherheit hatte sich einmal mehr gezeigt.

Die Flasche zersprang, und Gheevy flog rückwärts aus dem Fenster. Der Bastard stürmte ihm nach, während Pryce durch die Vordertür schlüpfte und um das Haus herumrannte. Er erreichte das Feld vor der Hütte rechtzeitig genug, um zu sehen, wie Gheevy naß und blutend, aber wohl kaum ernstlich verletzt, gute zwanzig Schritte vor ihm und zehn vor dem riesigen Bastard davonlief.

Nein, dachte Pryce. Er konnte den Halbling jetzt nicht entkommen lassen. Dann würde es nur ein Wartespiel sein, bis die rachsüchtige Kreatur ihn foltern und schließlich töten würde ... Aber nicht, bevor sie jeden gefoltert und getötet hätte, der Covington am Herzen lag.

Pryce rannte, so schnell er konnte, überholte sogar den Bastard, aber Gheevy war schneller. Der Halbling teilte offenbar Covingtons Gedanken und heckte womöglich schon jetzt den ersten sadistischen Schachzug in einem Spiel endloser Rache aus. Zu seinem Entsetzen hörte Pryce Gheevy lachen. Dann legte der Halbling an Geschwindigkeit zu und entfernte sich weiter und weiter von dem erschöpften Menschen.

Ein pelziger Wirbel jagte in einem Tempo an Pryce vorbei, das selbst das von Wotfirr weit übertraf. Innerhalb kürzester Zeit hatte der Schakalwer den Halbling eingeholt und riß ihn fauchend an seinen Kleidern zu Boden. Pryce warf sich auf das haarige, rollende, um sich schlagende Bündel, wurde jedoch von dem plötzlichen Aufleuchten lohweißer Energie zurückgeschleudert.

»Cunningham!« schrie er auf. Der menschengroße Schakal verrenkte sich in der Luft und heulte unnatürlich. Dann brach die Energiekugel um ihn herum auf, und der Schakalwer sank als armseliges Häuflein auf dem Boden zusammen.

Pryce kam wieder auf die Beine und hetzte weiter, dem Halbling nach, der es bereits bis oben auf den Hügel geschafft hatte. Während sich Pryce näherte, konnte er mehr und mehr von dem Gelände jenseits der Kuppe erkennen. Zu seinem Erstaunen stellte er fest, daß der Halbling nun nicht mehr rannte. Nein, er stand einfach nur da und blickte auf einen Hain aus braunen und weißen Bäumen hinunter.

Vor dem Wäldchen stand Towühlke, der Gebrochene. Neben ihm befand sich Dearlyn Ambersong, die der gequälten Kreatur den Arm um die Schultern gelegt hatte.

☆☆☆

»Ich habe dich sterben sehen!« kreischte der Halbling.

»Ihr habt mich *fallen* sehen«, stellte sie sofort richtig. »In Halruaa ist das ein ziemlicher Unterschied.«

Pryce warf einen schnellen Blick zu Cunningham zurück. Er lag in einem verkohlten Kreis auf dem Boden. Sein Fell war verbrannt und die Haut aufgerissen, aber der Schakalwer bewegte sich noch. Er konzentrierte sich wieder auf die Hauptperson. »Ich habe dafür gesorgt, daß unter dem Schiff ein zweites Levitationsfeld angelegt wurde«, rief er dem Halbling zu, blieb aber auf Abstand. »Die Mystrajüngerinnen haben sie mit einem Schiff aufgefangen, das unter unserem flog.«

»Sie haben Euch aufgefangen?« stotterte der Halbling, der nun überhaupt nichts mehr verstand. »Aber wozu das Ganze?«

»Ich mußte dich in Schach halten, bis die Hinterlassenschaft von Ambersong sichergestellt war«, preßte Pryce heraus. »Ich mußte mit mir selbst im klaren sein. *Und* ich mußte den Inquisitrixen eine Lösung anbieten, die weder Dearlyn noch mich in Zukunft gefährden konnte.«

Wotfirr drehte sich zu Pryce um und sagte scharf: »Gefährden? Was meinst du damit?«

»Du hast mir geholfen, Gheevy«, erklärte Pryce. »Indem ich dich täuschte, konnte ich einen Plan aushecken, mit dem ich es schließlich den Inquisitrixen abnahm, Dearlyns magische Kenntnisse selbst herauszufinden. Ich habe sie einfach dessen angeklagt in einem Melodram, nur inszeniert, um dir eine Falle zu stellen!«

»Eine Falle?« platzte der Halbling los. »Du meinst, die

Behörden wissen immer noch nicht, daß sie … daß du nicht …?«

Pryce lächelte und nickte wissend.

»Du hast mich reingelegt«, schäumte der kleine Kerl. »Du! Der Trottel! Der Sündenbock! Nachdem ich herausgefunden hatte, daß Gamor dich kontaktiert hatte, beschloß ich, dir die Schuld für die Morde zuzuschieben. Aber dann mußtest du diesen Mantel nehmen – den Mantel, der Geerling Ambersong als Betrüger und Dummkopf kennzeichnen sollte – und diese Farce mit den falschen Identitäten anzetteln!«

»Mein Vater?« Dearlyn schluckte. »Ein Betrüger?«

Der Halbling wirbelte zu ihr herum. »Mein Plan war perfekt. Lymwich sollte Euren Vater tot auffinden, in jugendlicher Gestalt und in Darlington Blades Mantel. Was hätte sie dann wohl angenommen? Sie hätte Euren Vater verdächtigt, er habe durch einen Jugendzauber an seiner Macht festhalten und vorgeben wollen, ein vitaler, neuer Magier namens Darlington Blade zu sein! Sie sollte denken, der babbelnde alte Idiot hätte einen Fehler gemacht und wäre dabei umgekommen.« Der Halbling grinste sie verschlagen an. »Mein Todeszauber war so angelegt, daß Witterstaet dessen Echo hätte wahrnehmen können … Das Echo des meisterlichen Spruchs, mit dem ich Geerling Ambersong getötet habe!«

Er drehte sich so schnell um, und sein Gesicht war so böse, daß Pryce einen Schritt zurückwich. »Aber dieser unglaubliche Idiot mußte vorbeikommen und alles verderben! Ich habe geschworen, ich würde ihn wie die Marionette führen und behandeln, die er ja war, und ihn der unvermeidlichen Vernichtung preisgeben. Und das werde ich auch noch.« Mit einem höhnischen, bösen Grinsen sah er zu Dearlyn zurück und zeigte mit gekrümmtem Finger auf Pryce. »Weißt du nicht, daß er dich belogen und benutzt hat? Weißt du nicht, was er deinem Vater angetan hat?« Er zeigte auf den bebenden Schakalwer. »Er hat ihn *dem da* zum Fraß vorgeworfen!«

Dearlyn biß sich auf die Lippen. Ihre Augen flatterten. Aber dann straffte sie die Schultern und gab dem verkommenen Halbling einen Blick zurück. »Er wollte das alles nicht«, entgegnete sie zitternd.

»Unsinn!« brüllte Wotfirr. »Das einzige, worauf es ihm ankam, war, am Leben zu bleiben!«

»Nein«, antwortete sie, und ihre Stimme wurde kräftiger. »Vielleicht am Anfang ... ja, vielleicht zu Beginn.« Sie betrachtete Pryce voll Traurigkeit. Aber dann kam etwas anderes hinzu, etwas Mutiges, ja, Freundliches. »Aber später nicht mehr«, beharrte sie. »Das weiß ich sicher.« Sie warf dem Mörder ihres Vaters einen hochmütigen Blick zu. »Ihr selbst habt das zu mir gesagt, Halbling. In der geheimen Werkstatt. ›Er hat es nicht so gemeint ... Es war ein Unfall!‹«

»Pah!« tobte Gheevy. »Vielleicht wollt Ihr es nicht wahrhaben, aber ich bin sicher, daß ich eine gewisse Inquisitrix davon überzeugen kann, daß –«

»Sieh den Tatsachen ins Auge, Gheevy«, unterbrach ihn Pryce. »Es ist vorbei. Wir kennen die ganze Geschichte, und die Inquisitrixen wissen genug, um dir nicht zu vertrauen. Gamor hat dir die nötigen Mittel in die Hand gegeben, damit du deine böse Magie ausprobieren und den armen Towühlke erschaffen konntest. Aber als dir die gewonnene verbotene Macht nicht mehr genügte, hast du deine Pläne geändert und einen Schakalwer für die Suche nach Gurrahh eingesetzt, damit du die Werkstatt sichern konntest. Aber Gamor hat dir auch das verdorben, weil er dich mit seinen Partnern austricksen und die Hinterlassenschaft Ambersongs selbst stehlen wollte.«

»Gamor, dieser Idiot!« explodierte Gheevy. »Er wäre in den Besitz der Werkstatt gelangt nach mir! Aber er konnte nicht warten!«

»Deshalb mußte er also sterben?«

»Das müßt Ihr alle!« kreischte Gheevy. Sein kleiner Körper

schüttelte sich. »Stinkende Menschen … Ihr denkt immer, Ihr seid so großartig … Und du bist der Schlimmste von ihnen!« Er zeigte mit zitternder Hand auf Pryce. »Du bist alles, was ich an deinesgleichen hasse! Arrogant, dumm, gerissen … Du hälst dich für so schlau und so witzig … Aber du bist nichts … *nichts*!«

»Du hast genug Menschen verletzt, du Unhold«, sagte Dearlyn. »Hast du vergessen, mit wem du es zu tun hast? Einem, der das Schauspiel auf der *Verity* arrangierte! Einem, der mit Hohepriesterinnen von überirdischer Weisheit verkehrt! Du hast es nicht mehr mit einem armseligen Fremdling zu tun. Jetzt mußt du es mit dem großen Darlington Blade aufnehmen.«

Gheevy griff sich an den Kopf, bog den Rücken nach hinten durch und kreischte zu den Baumwipfeln auf: »Schlampe! *Ich* bin der große Darlington Blade!« Dann ließ er seine ganze Wut auf den Mann los, der all seine Pläne zunichte gemacht hatte.

Die Lichtung zwischen der Hügelkuppe und dem Wäldchen zerbarst förmlich unter der Unzahl von Blitzen, Donnerschlägen und Energiefunken. Pryce warf sich zur Seite und rollte sich im hohen Gras zusammen, während der Bastard vorsprang und die Energie abfing, die für Covington bestimmt war. Er zuckte und wand sich, und Dearlyn Ambersong warf ihren Stab.

Gheevy benutzte einen schnellen, reflexhaften Abwehrzauber, um den Stab aus der Luft abzufangen und auf Dearlyn zurückzuschleudern. Towühlke warf sich vor sie, versuchte die Wucht der Magie auf sich zu ziehen. Gleichzeitig griff Pryce den Halbling an. Aber Gheevys Magie war zu mächtig. Der Halbling schuf einen Ring der Desintegration und ließ diesen sechs Fuß großen, vernichtenden Kreis direkt auf Covingtons Kopf zuwirbeln.

Dearlyn wob augenblicklich einen Gegenzauber, riß die

Arme hoch und schrie: »Gegen Versteinerung!« Ein Ring löste sich aus ihrer Handfläche und schoß herüber, um Gheevys Werkzeug der Zerstörung zu verschlingen. Pryce duckte sich rechtzeitig, und die miteinander ringenden Zauberkräfte zogen über seinen Nacken hinweg.

»Verdammt!« schrie Gheevy. »Verdammt seid Ihr beide, in den tiefsten Hades mit Euch!« Er zog einen kleinen blassen Gegenstand aus der Tasche und hielt ihn in die Herbstsonne.

»Bei Zalathorm, nein!« rief Dearlyn.

»Mycontrils Letzte Rettung«, prahlte Gheevy. »Ihr könnt nichts tun, um diesen Zauber aufzuhalten. Ihr werdet ausradiert durch die Bündelung der gesamten magischen Energie von Ambersong!«

Pryce erkannte den Gegenstand. Um alles im Umkreis von dreißig Fuß zu zerstören und die Kraft aller verbliebenen magischen Sprüche im Gedächtnis des Handelnden zu nutzen, benötigte man Diamantenstaub im Wert von fünftausend Goldstücken, einen Ring aus reinem Platin ... und den Fingerknochen eines Erzmagiers.

Es war Geerlings Finger.

»Gheevy, nein!« schrie Pryce. »Du wirst dich selbst verletzen!«

»Aber ich werde es überleben«, kreischte der wütende Halbling. »Im Gegensatz zu Euch allen. Alles, was zählt, ist, daß Ihr endlich tot seid ... für immer!«

Er begann mit dem Spruch, der selbst die Natur in Mitleidenschaft zog.

Die Äste und das hohe Gras beugten sich im starken Wind, als sich dunkle Sturmwolken über dem Halbling sammelten.

Pryce sah sich verzweifelt um. Cunningham und Gurrahh lagen noch am Boden. Dearlyn war zu nah. Keiner von ihnen konnte der Vernichtung entgehen. Es war nicht mehr möglich, zu fliehen, ihn aufzuhalten oder abzulenken, außer –

Die Stimme von Geerling Ambersong brandete mit dem heulenden Wind heran. »Darlington Blade!«

Dearlyn sah sich aufgeregt um. »Vater?«

»Darlington Blade!«

Die Stimme war so übernatürlich und doch so echt, daß selbst Gheevy seinen Zauber unterbrach. »M-meister?« stotterte er unwillkürlich.

»Darlington Blade«, rief Geerling Ambersong erneut.

Ein Flügel berührte Dearlyns Arm und schob sie beiseite. Towühlke, der Gebrochene, stampfte nun vorwärts, die Schnabelschnauze weit aufgerissen, damit zwischen den Leichenzähnen und den zusammengestückelten Lippen seine Worte hervordringen konnten: »Darlington Blade ... das darfst du nicht tun ...«

»Der Spuk«, flüsterte Pryce.

Der Geist von Geerling Ambersong war zurück. Er befand sich hier wegen Cunningham. Der Spuk war mit dem Schakalwer gekommen, weil Pryce die Schakale damals so grausig für die ersten Hinweise bezahlt hatte.

»M-meister?« wiederholte Gheevy erschrocken, aber dann nahm er seinen Spruch wieder auf. »Nein, nicht *mein* Meister! *Ich* bin hier der Meister! Du Dummkopf hast geglaubt, deine Magie könnte mich heilen. Es gibt nichts zu heilen! Du hattest den Tod verdient! *Alle* Menschen haben den Tod verdient!«

»Nein, Darlington, nein!« schrie der Spuk und streckte die Flügelarme hoch.

Pryce sah von dem Halbling zur Frau und dann zum Gebrochenen. Alle drei setzten gleichzeitig zu einem Zauber an, aber wenn Pryce nichts unternahm, würde der Halbling zuerst fertig sein ... Und dann würde es mit ihnen allen zu Ende gehen.

Pryce Covington verlagerte sein Gewicht auf ein Bein, zog einen Arm heran, ballte die Faust, schwang den Arm nach unten und mit Schwung nach vorn. »Gheevy!« rief er. »Kristallkugel!«

Der Halbling blickte herüber, ohne seine beschwörenden Gesten zu unterbrechen. »Idiot! Du hast keine magischen Fähigkeiten!« Aber dann sah er eine kleine leuchtende Kugel aus Covingtons Ärmel hervorschießen und auf sein Gesicht zusausen. Gheevy verlor sofort das Gleichgewicht, kam aus dem Takt und verhedderte sich mit den Zauberformeln.

Die Leuchtkugel – es war die, die Gheevy verloren und Pryce aufgefangen hatte, als die Steintür zur Werkstatt das erste Mal aufgeschwungen war – prallte harmlos von Wotfirrs erhobenem Arm ab.

Der Halbling starrte ungläubig auf sie herunter, dann blickte er mit offenem Mund den grinsenden Pryce an.

»Na gut! Weißt du was?« fragte Covington ironisch. »Du hast recht!«

In diesem Augenblick brach die geballte Macht von Vater und Tochter Ambersong aus dem Wald hervor und zerschmetterte den aufgebrachten Halbling.

Dearlyns Arme leuchteten in feurigem Weiß, das zuckend die fünfzehn Fuß Entfernung bis zu Wotfirr überwand. Aber diese Strahlen der Zerstörung waren nichts gegen die Macht, die von Towühlke ausging. Aus jedem Finger, jeder Klaue und unter jeder Feder hervor kam ein Blitz, ein Stromstoß, ein Ring, eine Kugel oder ein Donnerschlag. Die Kräfte trafen, stachen, umkreisten, ergriffen und zerschmetterten Gheevy: Der Halbling tanzte wild an Ort und Stelle, als hätten die Götter seine Glieder ergriffen und zerrten daran.

Durch diesen Schauer aus Farbe und Energie ergossen sich Dearlyns Strahlen wie die Wellen einer Sturmflut und brachen über dem Halbling zusammen.

Pryce wich zurück, hielt die Arme vor die Augen und kroch schnell zu der Stelle, an der der Bastard und Cunningham lagen.

Im Nu war alles vorbei.
Darlington Blade war tot.
Lang lebe Darlington Blade.

15 *Ruhe sanft, Blade*

Jetzt galt es nur noch, die Toten zu begraben.

Der Bastard stand langsam auf. Der Schakalwer nicht.

»Cunningham«, sagte Pryce traurig, während er sich über die zerrissene Kreatur beugte. Die verbrannte Gestalt war inmitten der Verwandlung vom Tier zum Menschen steckengeblieben. Er merkte, daß er einen Kloß im Hals hatte.

»Ah«, brachte der Schakalwer krächzend hervor. »Mein lieber Freund ... Bitte, trauere nicht um einen wie mich ...«

Aber dabei wollte Pryce es nicht belassen. »Auch wenn du ein Monster bist«, sagte er sanft, »wie du gehandelt hast, war alles andere als monströs.«

Der Schakalwer brachte ein mattes Lächeln zustande. »Oh, ich kenne dich, mein Guter. Du wärst dumm genug gewesen, mich laufen zu lassen ... mich mit meinen Kindern ziehen zu lassen ... Aber ich frage dich – dich, den ich meinen Freund nennen könnte: Wie viele unschuldige Reisende wären durch deine Freundlichkeit zum Tode verdammt gewesen?«

Er hob eine Pfote, die fast schon wieder Hand geworden war, und berührte Covingtons Gesicht. »Dumme, unwissende, unaufmerksame Reisende natürlich«, sagte er, »aber nichtsdestotrotz unschuldige.«

Pryce lachte schmerzlich und blinzelte die Tränen weg. »Gute Reise, du, den ich *meinen* Freund nennen könnte. Laß dich in den Schlaf fallen, der den Frieden bringt.«

Cunningham lächelte. »Von dort aus werde ich über meine

Kinder wachen«, versprach er. »Und ich werde sie dafür preisen, daß sie kein menschliches Gewissen haben … Ein Gewissen, das sie zum Mitfühlen verleiten könnte.« Dann starb er.

Pryce stand auf und wandte sich dem Bastard zu, der offen und ohne falsche Scham weinte. Pryce legte dem Monster den Arm um, und dann gingen sie zum Wäldchen. Sie blieben nur kurz stehen, um auf die verkohlten, zusammengerollten Überreste zu sehen, die einst Gheevy Wotfirr gewesen waren … und vielleicht sogar Darlington Blade. Es war wirklich nicht mehr viel von ihm übrig. Schon jetzt blies der Wind die Asche in alle Richtungen auseinander.

Pryce ging zu Dearlyn, die den zusammengesunkenen Towühlke in den Armen hielt. »Es war zuviel für ihn«, sagte sie.

»Seine Organe müssen genauso Stückwerk sein wie sein Äußeres«, erkannte Pryce. »Die Anstrengung muß ihn geradezu zerrissen haben.« Er kniete sich neben das Wesen, das teils Wühlmaus, teils Falke und teils auferweckte Leiche war. »Towühlke? Können wir noch etwas für dich tun?«

Seine Augenlider flatterten. Er versuchte seinen Schnauzenschnabel zu öffnen, konnte jedoch nur ein Wort herauszwingen. »Fliegen?«

Pryce legte eine Hand auf die Stelle, wo sich das zusammengeschusterte Herz der Kreatur befinden mußte. »Ja, du wirst wieder fliegen und in der Erde ruhen. Bald. Keine Schmerzen mehr, mein Freund.«

Unglaublicherweise drehte sich der Gebrochene in Dearlyns Armen, bis ein Armflügel sich zum Himmel reckte, während das andere Glied nach dem Boden griff. »Freiiii!« heulte er, bevor er ergeben starb.

Dearlyn sah zu Pryce und dem Bastard hoch. Dann wiegte sie die mitleiderregende, aber doch edle Gestalt des toten Gebrochenen, senkte den Kopf und weinte um ihn … und um ihren Vater.

☆☆☆

»Seine Angst in der Werkstatt machte mich noch aufmerksamer«, erzählte Pryce, während er tiefer in die Höhlen unter der Stadt eindrang. »Dann fiel mir ein, daß er sich hinter Dearlyns Mantel versteckt und die Leuchtkugel direkt vor sein Gesicht gehalten hatte. Später wurde mir klar, er wollte damit verhindern, daß Ihr sein Gesicht saht und mir noch einmal erklären konntet, was ich vorher schon so gekonnt ignoriert hatte.«

Der Bastard grunzte und stieß Pryce mit der Hüfte an. Das war seine Art, »genau« zu sagen – eine Methode, die sich auf dem langen Rückweg zu den versteckten Höhlen am Baum der Fragen bewährt hatte. Für den Bastard war dies einfacher als der Versuch zu sprechen.

Sie erreichten eine Abzweigung im Höhlensystem. In die eine Richtung ging es zu dem Eingang hinter Schreders' Schenke. Und in die andere Richtung? Das wußte nur der Bastard.

»Gurrahh?« fragte Pryce. »Bist du sicher, daß das die richtige Aussprache für deinen wahren Namen ist? Oder versuchst du mir damit noch etwas anderes zu sagen?«

»Grrraughh!« erwiderte der Bastard und nickte mit seinem Riesenkopf. »Guraughh.«

»Laß dir ruhig Zeit«, meinte Pryce. »Es macht nichts. Glaub mir, ich weiß, wie es ist, wenn jeder deinen Namen falsch versteht!«

Der Bastard machte den Laut wieder und wieder, bis Pryce sagte: »Gurauggh.« Dann nickte das Monster heftig. »Gurauggh«, wiederholte Pryce, um die richtige Aussprache in seinem Kopf zu speichern. »Es ist das zusätzliche *G*, worauf es ankommt, hm?« Der Bastard hob die Hand und schob seine Lippe zurück, um ein schiefes Lächeln zu entblößen.

Pryce lachte anerkennend. »Also Gurauggh, wirst du nach

anderen deiner Art Ausschau halten? Dorthin zurückkehren, woher du gekommen bist?«

Der Bastard blickte auf beide Tunnelöffnungen, dann mit einem hilflosen Schulterzucken zu Pryce zurück.

Covington beugte sich zu ihm und redete eindringlich auf ihn ein: »Du könntest mit mir kommen ... zurück ans Tageslicht. Wir könnten so viel voneinander lernen. Ich möchte deine Sprache verstehen, damit ich nie wieder einen so unverzeihlichen Fehler begehe.« Der Bastard sah ihn zweifelnd an. »Das hier ist wirklich ein tolle Gegend, Gurauggh«, versicherte ihm Pryce, »wahrhaftig das heimliche Juwel von Halruaa, wo alle Kreaturen angenommen und zu Hause sein können, wenn sie es nur wollen.«

Eine glitzernde Träne war die Antwort auf Covingtons Einladung. Das arme Ding schlurfte in die Dunkelheit des zweiten Tunnels. Er wartete, bis von dem Bastard nichts mehr zu sehen war, dann drehte er sich um.

»Ich ... werde ... mich ... er...in... nern«, erklang es aus der Finsternis.

»So wie ich mich an dich erinnern werde«, versprach er leise.

☆☆☆

»Also, Darlington Blade«, sagte die bereits geduldig wartende Berridge Lymwich, als er aus dem wiederhergestellten Höhleneingang hinter Schreders' Lokal trat. Sie reichte ihm etwas zu trinken und hob ihren eigenen Krug. »Ich hoffe, dieses ungewöhnliche Willkommen wird Euch nicht wieder aus Lallor vertreiben.«

»Meint Ihr das hier«, fragte der überraschte – nicht gerade begeisterte – Pryce und sah seinen Krug zweifelnd an, »oder die Entdeckung, daß Gheevy Wotfirr sich gegen mich und meinen Meister verschworen hatte?«

Die Inquisitrix lachte ein bißchen zu schneidend, fuhr jedoch sehr herzlich fort: »Nun, jetzt ist alles wieder in Ordnung. Macht Euch darüber keine Sorgen. Die Mystra-Oberin hat persönlich die Gesänge über den Überresten des Halblings angestimmt. Zwar bin ich noch immer etwas verwundert darüber, weshalb Ihr ihn allein stellen mußtet, wo doch ganz Lallor Euch zu Diensten stand, aber die Priesterin Sontoin hat uns ja höchstpersönlich versichert, daß Euer Vorgehen tatsächlich im Interesse der nationalen Sicherheit liegt. Also«, sie hob ihren Krug in seine Richtung, »auf Eure gelungene Selbstdarstellung ... und die Rache!«

Pryce berührte den Rand ihres Kruges mit dem Boden des seinen, dann wartete er, bis sie ausgetrunken hatte, bevor er ihr sein unberührtes Getränk zurückgab. »Nehmt noch einen«, schlug er vor. »Auf mich.« Dann schlüpfte er rasch durch die Gasse auf die Straße und ließ eine bußfertige, besorgte und verärgerte Inquisitrix mit vollen Händen zurück.

***

Dearlyn Ambersong stand am Kamin, als er das Haus der Ambersongs betrat. Sie hatte ein Feuer angezündet und trug ein überwältigendes Gewand aus scharlachrotem und jadegrünem Samt über einem Trikot mit Goldspitze. Ihr Haar war offen, und die Hitze der Flammen ließ es erzittern wie bei einer Tänzerin aus Halabar.

Er sah sich schnell nach ihrem Stab mit dem roten Pferdehaar um, den er zu seiner Erleichterung in der Ecke weit außerhalb ihrer Reichweite entdeckte.

»Guten Abend, Fräulein Ambersong«, sagte er zögernd, denn er fühlte zwar, daß das Haus ihn willkommen hieß, war sich jedoch der Gefühle seiner Gastgeberin nicht sicher.

Sie stand da, hatte einen Arm auf dem Kaminsims gelegt und starrte ins Feuer. »Guten Abend«, erwiderte sie, schloß die Begrüßung aber demonstrativ nicht mit einem Namen ab. Sie blickte auch nicht von den faszinierenden Flammen auf, als er in die Mitte des Raumes trat. »Wißt Ihr was?« sagte sie mit belegter Stimme, »ich wußte wirklich nicht, was ich tun sollte, bis Ihr mich auf dem Himmelsschiff tatsächlich anklagtet.«

»Das dachte ich mir«, meinte er ruhig, während er zu dem Stuhl ging, auf den sie ihn einmal gestoßen hatte.

»Natürlich habe ich Euch kaum glauben können, als Ihr mir in der Werkstatt von Eurem Plan erzählt habt, während der Halbling bei den Inquisitrixen Euren Auftrag erfüllte.«

»Das konnte ich sehen«, versicherte er ihr. »Ich habe es gehaßt, dies so bald nach allem, was geschehen ist, zu tun, aber es gab keinen anderen Zeitpunkt dafür.«

Sie sah immer noch nicht vom Feuer auf. »Ich glaube, damals habe ich Euch gehaßt ... wegen Eurer Tricks und Manipulationen ... Aber ich konnte trotzdem Eure Leidenschaft und, was wichtiger war, Euer Mitleid erkennen. Ihr saßt genauso in der Falle wie ich. Noch mehr sogar, denn es stand wirklich Euer Leben auf dem Spiel.« Schließlich schaute sie zu ihm auf. Seine Augen ertranken in den ihren.

»Ich wußte, daß ich ins Ungewisse springen mußte«, sagte sie beinahe lächelnd, »sowohl was mein Vertrauen zu Euch betraf wie meinen Schritt über die Reling.«

»Was Ihr getan habt«, sagte er, überwältigt von ihrem Mut, ihrem Verständnis und ihrer Schönheit, »war großartig. Beides, meine ich. Zu vertrauen *und* zu springen.«

Sie trat vor und sah mit ihrem außergewöhnlich intelligenten und einsichtigen Gesicht zu ihm auf. »Ich hätte es fast nicht getan«, gestand sie. »Erst, als Ihr von dem Blitz getroffen wurdet. Ich dachte ... ich hatte Angst, Ihr könntet tot sein.«

Er lächelte sie freundlich an und betastete die Mantelspange. »Euer Vater hat dafür gesorgt, daß es anders kam. Er hat auf mich aufgepaßt ... auf uns beide.«

Tränen rannen ihre glatten weichen Wangen hinunter.

»Als ... Towühlke in meinen Armen lag, bevor Ihr zu uns kamt, hat mein Vater zu mir gesprochen.«

Pryce hatte sich aufgerichtet. Sein Gesicht verriet Besorgnis, doch nur um sie.

»Er hat geschworen, Ihr wärt ein guter Mensch. Er sagte, er hat mich geliebt. Dann war er fort.«

Sie senkte den Kopf und schloß die Augen, obwohl ihre Tränen jetzt in Strömen flossen. Als sie ihre Augen wieder aufschlug, hielt er sie im Arm. Sie schlang ihre eigenen Arme um ihn und klammerte sich wie eine Ertrinkende fest.

»Sogar Greila Sontoin hat gemeint, ich sollte Euch vertrauen«, sagte sie und legte ihren Kopf an seine Brust. »Hat behauptet, Ihr hättet einen klaren Blick, gute Absichten und einen scharfen Verstand.« Seine Mantelspange befand sich nun genau an ihrem Ohr. Sie sah zu ihm auf. »Aber wer seid Ihr *wirklich*?« fragte sie gefühlvoll.

Pryce machte den Mund auf. Er wollte sprechen, doch er brachte kein Wort heraus. Er war mit dem Namen Pryce Covington geboren, aber diese Person hatte sich eigentlich verflüchtigt. Doch genausowenig war er der wahre Darlington Blade. Andererseits, wer war das schon? Die Person, die Geerling Ambersong in dem Halbling gesehen hatte, oder der wahre, böse Charakter dahinter? Oder war er die Legende, die Gamor Turkal in Lallor verbreitet hatte ... der Mann, zu dem ihn Greila Sontoin machen wollte?

Schließlich schaute er sie an, sah sein Spiegelbild in ihren Augen. Das gab ihm die Kraft, die er brauchte. »Wir können unser eigenes Gesicht nicht sehen«, sagte er, die ersten Worte wiederholend, die er zu ihr gesprochen hatte. »Also bin ich in Wahrheit der, den Ihr seht.«

Als sie ihn küßte, hielt sie seinen Hinterkopf fest und erfüllte seine Gedanken mit einer Heftigkeit, die den Kuß von Chimera im Mystraschloß auf das reduzierte, was er tatsächlich gewesen war ... eine Illusion.

»Danke« flüsterte sie schließlich. »Danke, daß du meines Vaters Tod gerächt und die Dinge in Ordnung gebracht hast … Darling.«

Er lächelte sie an, glücklicher als je zuvor in seinem Leben. »Gern geschehen«, sagte er. »Liebling.«

So blieben sie eine lange Weile stehen, bis das lodernde Feuer einer ruhigen, steten Hitze wich.

»Weißt du«, sagte sie schließlich, »es gibt immer noch viele Geheimnisse in dieser Stadt … Geheimnisse, die den klaren Blick und den scharfen Verstand eines Mannes mit guten Absichten erfordern, aber auch die Magie der Ambersongs.«

»Das ist wahr«, gab er zu. »Aber du bist kein Mann mit guten Absichten.«

Sie lachte. »Und du bist kein Ambersong-Magier.«

Pryce überlegte, was dagegen sprach. Ohne sie würde sein Mangel an magischem Wissen bald auffallen. Aber ohne ihn würde ihr magisches Wissen bald entdeckt werden, Melodram hin, Melodram her.

Er konnte vielleicht vorgeben, sie zu unterrichten, aber das würde Zeit kosten … Zeit, in der er die gemütliche Umgebung und den uneingeschränkten Respekt der Stadt genießen konnte. Das erschien ihm wirklich wie ein ruhiger Job, wenn nicht gerade fürs Leben, so doch für eine ganze Weile.

Dann dachte er an Dearlyn Ambersong. Sie war wirklich anziehend, auf jeden Fall mutig und ausgesprochen interessant … Allerdings sollte er die scharfen Kanten ihrer Magie und ihrer Gartenwerkzeuge weiterhin genau im Auge behalten.

Nachdem er all seinen Verstand und alle Kraft zusammengenommen hatte, kam er schließlich auf eine absolut vernünftige Antwort: ein ausgiebiges, knochendehnendes Gähnen.

»Du meine Güte«, sagte sie, ließ ihn los und trat zurück. »Hast du überhaupt einmal geschlafen, seit du in Lallor angekommen bist?«

»Also, ehrlich gesagt«, brachte er langsam heraus, »außer einer Weile, als ich wegen der Kopfverletzung bewußtlos war ... Nein.«

»Du mußt völlig erschöpft sein!« rief sie aus, während sie eilig zur Schlafkammer lief und ihn mit sich winkte.

Pryce stand träumerisch im Hauptraum. Plötzlich wurde ihm klar, daß ihn niemand Geringeres als die höchste Priesterin von Halruaa und sogar der Spuk des Ersten Magiers von Lallor einen guten Menschen genannt hatten. Und jetzt und hier wollte er lieber ein guter Mensch sein als ein großer Blade. Während er früher mit jeder Fremdeinschätzung gehadert hatte, mußte er nun zugeben, daß Grund zur Freude bestand.

Schließlich hatte er tatsächlich ein Rätsel gelöst, das in der Geschichte der Kriminologie einmalig war. Ein mörderisches Rätsel, in dem das Opfer, der Mörder *und* der Detektiv *ein und derselbe Mann* waren.

So gesehen hatte er in Halruaa seinen eigenen Mord aufgeklärt.

Langsam wanderte Pryce zum Schlafraum hinüber und zog im Gehen seinen Mantel aus. Er lehnte sich an die Tür und sah zu, wie Dearlyn die Bettdecken zurückschlug.

»Das ist natürlich nur vorläufig«, sagte sie rasch zu ihm. »Du wirst bald dein eigenes Zimmer bekommen.« Er widerstand der Versuchung, seiner Enttäuschung Ausdruck zu verleihen, aber sie fuhr einfach fort. »Vater hätte es so gewollt. Um die Wahrheit zu sagen, ich vermisse jemanden, den ich bekochen kann ... Manchmal ist es so traurig, nur für sich selbst zu kochen. Und ich kann dir helfen, das Werk meines Vaters zu verstehen, und wir zusammen können das Inventar von Vaters Werkstatt prüfen, und –«

Darlington Blade legte schlaftrunken den Zeigefinger an die Lippen und winkte sie mit der anderen Hand zurück. »Hypothetisch«, sagte er und schleppte sich weiter. »Alles rein hypothetisch, bis ich aufwache. Außerdem«, schloß er, als er in dem wunderbarsten Haus, das er je gesehen hatte, neben der strahlendsten Frau stand, »muß ich immer noch abwarten, ob das hier nicht alles ein Traum ist oder nicht?«

Dearlyn Ambersong lächelte ihn offen an und schenkte ihm einen Blick, in dem viele interessante Versprechungen lagen. »Nein«, sagte sie. »Das ist kein Traum. Aber dank dir ist ein Alptraum vorüber.«

Er schwankte einen Augenblick, dann warf er dem Bett ein müdes Lächeln zu. »Ach, gut«, sagte er, »das ist eben der Pryce, den man zahlen muß.«

Noch bevor sie ihn sanft mit Darlington Blades Mantel zudeckte, war er glücklich eingeschlafen.